浙江省作家协会 编

月是怎样亮起来的

《浙江作家》十年精选集

图书在版编目(CIP)数据

月是怎样亮起来的:《浙江作家》十年精选集 / 浙江省作家协会编. —杭州:浙江文艺出版社,2022.10
ISBN 978-7-5339-6862-5

Ⅰ.①月… Ⅱ.①浙… Ⅲ.①中国文学—当代文学—作品综合集 Ⅳ.①I217.1

中国版本图书馆CIP数据核字(2022)第077421号

责任编辑　邓东山
特约编辑　魏丽敏　李广媛
责任校对　牟杨茜
责任印制　张丽敏
封面设计　吴　瑕

月是怎样亮起来的:《浙江作家》十年精选集

浙江省作家协会　编

出版发行	浙江文艺出版社
地　　址	杭州市体育场路347号
邮　　编	310006
电　　话	0571-85176953(总编办)
	0571-85152727(市场部)
制　　版	杭州天一图文制作有限公司
印　　刷	浙江全能工艺美术印刷有限公司
开　　本	710毫米×1000毫米　1/16
字　　数	341千字
印　　张	22.25
插　　页	2
版　　次	2022年10月第1版
印　　次	2022年10月第1次印刷
书　　号	ISBN 978-7-5339-6862-5
定　　价	68.00元

版权所有　侵权必究

目录

■ 虚 构

003　小小说二题 / 莫晨霞

007　一叶一树一世界 / 袁友才

021　月是怎样亮起来的 / 徐　衎

034　庄老爷的青绸衫 / 周　玥

037　黑伞 / 祁　媛

043　青年旅馆 / 赵　挺

057　仓鼠 / 池　上

071　唐灯 / 吴问西

■ 散 笔

087　辛亥江南 / 鲁晓敏

091　麻雀的幸福 / 陈莉莉

100　敦煌痛 / 苏沧桑

104　卫生院纪事 / 干亚群

111　桃之夭夭 / 傅祝琴

118　青·藏 / 青　荷

126　安店老街 / 曹凌云

130　陈老莲：何以至今心愈小 / 那　海

136　打面的江湖 / 雷　默

141　看电影 / 阿　航

144　白塔湖上的竹木桥 / 吴江辉

147　垒字为城 / 赖赛飞

150　洞头，那些叫作岙的渔村 / 施立松

162　空房间 / 周华诚

170　寂静之地 / 孙敏瑛

180　七间房的雨 / 惊　墨

187　古堰通济 / 郑骁锋

195　生当为侠亦为儒 / 布　谷

201　桐乡有槜李 / 朝　潮

207　虚空 / 李　鸿

214　小镇大医 / 陈富强

220　老街的记忆 / 石　林

224　在天上，在人间 / 艾　伟

227　老孟的酒事 / 吴　玄

231　恋山记 / 但　及

242　常玉，以及莫兰迪 / 草　白

250　黑蜘蛛 / 柳　营

259　金陵上元夜 / 赵柏田

265　时间中的铁如意 / 吴文君

■ 汉　诗

273　翁美玲诗选 / 翁美玲

276　思年华（组诗）/ 钱利娜

280　台州，神仙居住的地方（组诗）/ 天　界

283　雨之墟地（节选）/ 叶　琛

285　在租房的日子（组诗）/ 张　驰

288　秋风辞 / 涂国文

292　普陀山的侧面 / 啊　鸣

295　谷频的诗 / 谷　频

297　安放（外一首）/ 风　舞

300　方石英的诗 / 方石英

303　捕风与雕龙 / 飞　廉

305　落下来　落下来 / 陈　灿

308　火焰 / 周小波

309　林新荣的诗 / 林新荣

312　徐静的诗 / 徐　静

315　俞湘萍诗歌 / 俞湘萍

318　我从鸬鹚湾村经过 / 周一飞

321　救赎书（组诗）/ 柯健君

324　李利忠的诗 / 李利忠

327　在杭州 / 顾　艳

330　慕白的诗 / 慕　白

333　生命的供词（组诗）/ 流　泉

336　王利锋的诗 / 王利锋

338　胡理勇的诗 / 胡理勇

342　余退的诗 / 余　退

345　植物园 / 李郁葱

348　在大青山，等风来 / 缪佳祎

虚构

小小说二题

莫晨霞

一粒灰尘的舞蹈

周平对着镜子仔仔细细地打着领带，因为太久没有系领带，有点生疏了。看着镜中西装革履的这个人，周平恍惚又看到了那个整天忙着投简历，忙着应聘的周平。那是个意气风发、满怀憧憬的周平，眼里盛满缤纷未来的周平。雅戈尔西装挂在简易衣柜里已经整整一年，西装上已经覆盖了一层厚厚的寂寞。周平对着镜中的人笑了笑，并轻轻掸去了那层寂寞。寂寞就在斜射进来的阳光里上下跳跃起舞。

回家了啊？小伙子今天特别帅嘛，看起来像个大学生哦！房东大婶坐在一把老旧的木椅子上，打着毛衣。

周平冲房东大婶灿烂地笑了笑，拉杆箱在地面滑行，发出尖锐的叫声。一出门，阳光热烈地射向周平，今年是个暖冬，老家也应该不怎么冷吧？周平的家在一千里之外的一座大山里，在坐火车、坐汽车之后还要徒步十多里的那座大山的半山腰上。那是与周平现在生活的城市完全不一样的一个世界。那是个电话也打不到的地方。

周平已经三年没有回家了，大二的寒假里周平回过一次，花完了所有勤工俭学挣来的那些钱。再后来，周平就不回去了。周平一般两个月写一封信，寄到村里，让村主任读给六十五岁的老母亲听。周平的母亲每次就佝偻着腰，抬着头，眯着眼，看着从村主任一张一合的嘴巴里吐出的每一个字，这些字在空中跳着舞，它们告诉母亲，周平在那个海滨城市生活得很好，周平快毕业了，周平在一家很大的公司找到了一份令人羡慕的工作，周平刚谈了一个女朋友，可漂亮了。这些字从村主任的嘴巴里跳出来，最后变成母亲脸上荡漾开来的一圈圈的褶子。母亲想象着周平穿得周周正正在大城市里生活的样子。母亲就在周平编织的梦里笑着。

大学生，看你这小身板，这真不是你干的活啊！

工友们没事就会调侃一下周平。周平呵呵地应了声，但马上被混凝土的搅拌声吞没了。周平跟所有的工友一样，端着饭碗，蹲在工地上，哗啦哗啦扒着饭，听着他们有一搭没一搭地聊一些黄色笑话。周平眯着眼，抬起头，看着天空，那些拔地而起的建筑把天切成了一个个小小的方块。周平就会想起老家的那片天空。想起他第一次背起包，在村民的欢送中离开老家时候看到的那片广阔无垠的蓝天。

周平的缤纷梦想是一本书，这本书被一次次的失望拉扯得只剩下了书皮，里面的书页已经随着投出去的简历被一页页撕掉，撕掉，最终一页都没有了，再也没有回来。周平就只能把这书藏在了梦里，周平最后把梦也藏了起来，因为梦经不起搅拌机的轰鸣。

周平再也没有穿过那套雅戈尔的西装。西装被囚禁在衣架上，孤独地立在一个地摊上买来的简易衣柜里，孤独地回忆着跟周平一起找寻梦想的那段日子。

火车已经开动，两三天以后周平就可以看到生活了近二十年的大山了。其实，也就那么两三天的时间，几十个小时，并不是那么长。在周平的心里，感觉自己是在穿越，那么容易就穿越过去了，却怎么也穿越不进这个生活了五年的城市。周平的目光落在行李架上的那个拉杆箱里，那里藏着一份承包大泽乡百亩荒山的企划书，四年的专业知识，幻化为一粒种子，重新在这厚厚的企划书中萌发生长着。一道阳光又斜斜地射进了车窗，灰尘就又在阳光里上下翻飞起来。

看，灰尘在跳舞！邻座的一个小女孩快乐地喊。

你能飞多高？周平对着灰尘笑了笑，灰尘没有理他，依旧奋力地飞舞着。

回家的路

大哥，怎么很久没来了啊，忘了小妹了啊？

刘建设像见了鬼魅一般，按删除键的手指居然不自觉地颤抖了一下。

才七点，夜就像一个黑布袋一样没头没脑地罩了下来。窗外的一切已经被夜吃进了肚里，只剩下一些影影绰绰的骨架在那儿孤独地伫立着。随着一声长长的汽笛声，火车又过隧道了。

火车已经行进了八个小时，咣当咣当机械重复的声音让刘建设百无聊赖。本来百无聊赖是催人入睡的绝佳状态。可刘建设心里空落落的，像被谁掏走了什么。掏走了什么？刘建设也说不出来。

腊月二十三，今天是小年夜。为了能赶上回家的车，刘建设提前半个月就买了这火车票。刘建设转过头，看到对面的女人幸福地靠在男人的肩上，看上去坐得挺舒服。男人叉着两条长腿，仰着头，眯着眼，一只手搂着女人的腰。两人的脸上装满了疲倦和憧憬，还有心满意足。应该是一对回家的小夫妻，刘建设这么觉得。

刘建设很自然地想到了秋分。刘建设的心又仿佛被掏空了一下，被咣当咣当的声音碾碎了。秋分现在肯定睡不着，肯定在等他。刘建设似乎看到秋分抱着八个月的儿子喂奶的样子。秋分生产的时候刘建设风风火火赶回来一次，不到半个月，老板的一个电话十分有效地拉走了刘建设。有啥法子？在那地儿，到处都是进城务工的，若想找个打工的，好比在刘建设的老家找一块菜地那么简单。不回，那就卷铺盖走人吧。

家里的玉米、高粱都应该收进了，地窖里也应该存好了一个冬天的大白菜。秋分是个能干勤快的媳妇。秋分很俊俏，他们俩从初中就好上了，刘建设不知道别人谈恋爱怎样，只知道当初和秋分好的时候满眼睛、满世界都是秋分的脸、秋分的笑，还有秋分那让他血脉偾张的身子。开春结的婚，婚后秋分就有了。刘建设在插完秧后不得不出门了，就像村里所有的壮劳力那样，来到千里之外的海滨小城当了一名建筑工，找寻着老家找不到的梦。

咣当——咣当——，铁轨发出单纯而恒久不变的声音。车厢里已经一片宁静，对面的小夫妻靠得更紧了，男人发出了有节奏的呼噜声。车窗外远处偶有灯光闪过，就像老家过年时候夜空中绽开的烟火。刘建设很疲惫，却很清醒。刘建设希望这车能开得久一些，再久一些。怎么这么奇怪？不是巴望着回家吗？这感觉就像被风吹得飘忽摇曳的烛火，明明灭灭，在刘建设的心头跳一下。又跳一下。

　　工地住宿的简陋、伙食的粗劣是刘建设出来之前没有想到的。这些都让刘建设和他的工友们苦不堪言。而更苦不堪言的是日复一日孤独的长夜。白天的劳累并不能稀释青春的身躯所赋有的原始欲望。

　　那是在离家半年后的一天，同时那还是一个酒后的晚上。刘建设在一个工友的怂恿和带领下终于走出了从来没有走过的那一步，走得摇摇晃晃，走得慌慌张张。从那里出来，刘建设就感觉自己不是个人。感觉有一双眼睛在什么地方冷冷地盯着自己，那是秋分的眼睛。秋分在老家，秋分啥也不知道，但是刘建设就感觉秋分在看他。负罪的感觉沉甸甸地在刘建设心里种下了根。它生长着，它的每一点生长都会变成刘建设的愧疚。可是，孤独和欲望却化成一个妖魔，不时地从被撕了封条的瓶子里钻出来，拔去那缠绕着的根，把刘建设拖向它想去的地方。那根，种了拔，拔了种，刘建设的心就这么空了。

　　火车每隔一段时间就会报一下站点，家正飞快向刘建设奔来，刘建设好像已经看见家张开的双臂了。那门、那院子、那挂满红辣椒和玉米棒子的矮墙，那灶台、那猪圈，还有那铺着红被褥的暖炕，炕上的秋分，和秋分抱着的儿子。

　　回家的路在火车的呼啸声中被迅速缩短着，就像一把收起来的卷尺。

　　那对小夫妻在一个不知道什么站的地方下车了。坐在火车上的刘建设还在找自己的心。刘建设不知道怎么看秋分那清澈的眼睛。

（2014年第11期）

一叶一树一世界

袁友才

一

我爷爷坐在青石板上，斜着身子靠着村口的大樟树离开人世时，一滴混浊的泪从他右眼爬了下来，画成一个小小的句号，落在他霜一样白的胡子上。爷爷是三村四邻唯一的百岁老人，他的口头禅"慢慢来"像和尚嘴里的"阿弥陀佛"一样，是雷打不动的信念。

二

那天下午三点左右，我开车去城西星月建材城买灯具。我挑好灯具，刚挤到柜台前要付钱，妻子打来了电话，她的声音像一盆冰水泼了过来："干吗不接电话啊！你快……快快回来，爷爷在大樟树下……我们在等救护车，急都急死了。"

我的心像被针刺了一下，马上慌慌张张地跑出了熙熙攘攘的市场，发动车子就往王湖村开。路边的树影一晃而过，不祥的预感像天空张牙舞爪的云片一样飘在我的头顶。公司有个项目在投标，一场暗战正在无声地进行。我是忙里偷闲来办点私事，急匆匆走进市场时，把包落在了车上，未接电话的队伍挤到了屏幕外面。在来建材市场的路上，我一边开车一边乐滋滋地设想着，新房子马上就要装修好了，灯具安装是最后的一道工序。儿媳妇的预产期就在下个月，不管儿媳妇生出来的孩子是男是女，到了满月的那一天，我要在新房子里办上几桌酒席，让一百岁的爷爷坐在中间，七十五岁的爸爸，五十二岁的我，二十六岁的儿子围在爷爷的四周，拍上一张全家福，王湖村就会诞生一个"五代同堂"的奇迹。

我们王湖村在城东郊区，从星月建材城赶回去要经过市区。穿过环城路，来到西施殿门口时，晚高峰开始发飙了。我一脚刹车一脚油门，车子慢得像老牛拉破犁。堵车更堵心，我的胸口像压着一块厚厚的花岗岩。车轮刚刚爬上了浣纱桥桥头，手机收到了儿子发来的微信："老爸，救护车回去了，你直接来祠堂。"

我左手握着方向盘，右手高高抬起，重重地拍着方向盘上的喇叭按钮。喇叭发出了长长的哀鸣。攘攘路人的目光一定鄙夷得很。浣纱桥下浣江里的流水也许听惯了人世间的喧哗，依然静静地向远方流去。

三

我在祠堂右边的道地上歪歪扭扭地停好车，刚钻出车门，抬头看到远房堂弟孙海明从祠堂里匆匆地走了出来。夕阳已经咬住了牛背形的山峦，白天和黑夜开始办理交接手续了。爷爷是一九一五年的春天出生的，他在王湖村度过了三万六千五百六十个白天和黑夜。

孙海明也看到了我，他一边挥手一边喊道："孙总……有成，你终于来了。"

孙海明是我小学到高中的同学。高考时他多了五分上了师范，大学毕业之后一直在市里的一所中学教书，平时很少回王湖村。我少了五分落榜之后去学泥工，混了个建筑公司的副总。二人偶遇时，他总是文绉绉地叫我孙总。

车里打着空调，我也不觉得凉。走到了外面，空气长满了刺。我以为他是赶来帮忙的，一边焦急地走过去一边说："你这么快就来帮忙了。"

孙海明停了下来。他摸了一下稀稀拉拉的头发，眼镜片后面的眼睛不停地闪动着，说："有成，是我发现你爷爷在大樟树下……的呀！我还打了120。"

我愣了一下,收住了脚,转头看看祠堂,从包里拿出一包利群烟递给他,伤感地问:"你是怎么发现他的?"

孙海明接过烟,抽出一支香烟夹在中指和食指中间,用一个中学语文老师的手势和水平有声有色地说:"今天放学后,我来村里拍最后的照片。路过大樟树下的时候,看到爷爷坐在青石板上,身子斜靠着大樟树,一只脚搁在青石板上,一只脚支在地上。斜阳照在他的脸上,他的脸也红红的,像睡着了一样。我叫了一声爷爷,他没有反应。我走过去说,爷爷,天快黑了,你还不回去,他还是没有反应。我有点纳闷,去拉他的手,才发觉他的手又冷又硬了。"

我们王湖村要整体拆迁的红头文件是三个月前发下来的。村里的大部分人家已经搬了出去。年轻的"拆二代"像捡到了天上掉下来的金元宝一样欣喜若狂。我爷爷却整天愁眉苦脸的,像欠下了还不完的债。他一辈子就待在王湖村,从来没有出过远门。去电影院看过朝鲜电影《卖花姑娘》之后,四十多年了,他再也没有踏进过电影院的门。

我凄然地说:"中饭我和爷爷一起吃的,他还喝了一两加饭酒。谁想到他会在大樟树下……谢谢你!"

孙海明点上香烟,吸了一口,咳嗽了两声,摆摆手感慨地说:"千年大樟树下,百岁老人安然去世,一叶一树一世界啊!你爷爷的魂留在大樟树下了。你赶快进去吧,我要回学校去了,马上要高考了,这批学生要看看牢的。"

五天前,大樟树上挂了一块绿色的小牌子:树龄一千年,直径一点八六米,高四十三米。这棵大樟树也会是我们王湖村拆迁之后唯一留下来的标记。

我点点头忧伤地说:"你去吧。眼睛一眨,我们也老了。"

孙海明嗯了一声,向我摆摆手就走了。他刚走了两三步,又回过头来说:"好几个人都看到你爷爷的,都不知道他已经……我看到爷爷右边花白的胡子上挂着一滴小小的泪珠。"

祠堂里的哭声像一群叽叽喳喳的麻雀从门洞里钻了出来,飞向血色的天空。

我眨了眨眼睛,古老的灰色的祠堂好像在摇摇晃晃。我抬手摸了一下眼角,手背上沾上了一线湿润润的泪痕。我爷爷的满月酒和结婚酒都是在这个祠堂里办的，他生命最后的筵席就要开始了。

手机上又收到了儿子发来的微信语音："老爸，到哪里了？"

我微微闭上眼睛，头向天，凄凄地喊了一声："爷爷，我来了。"

四

我爷爷是在村头的大樟树下认识奶奶的。

爷爷二十四岁那年初秋的一个中午，他吃过午饭，偷偷溜出家门，走一步，去村头的大樟树底下乘风凉。爷爷是一颗三代单传的"夜明珠"，按农村里的风俗习惯要早一点结婚生子，完成传宗接代的永恒使命。可他"海拔"不过一米六，脸形像一个扁南瓜，皮肤黑得如木炭，眼睛只有韭菜叶子一样宽，却癞蛤蟆想吃天鹅肉，硬说自己要讨个西施一样漂亮的老婆。村里的媒婆已经介绍了十多个姑娘，他都对不上眼。急得我爷爷的妈心里像养着一群饥饿的老鼠，整天唠唠叨叨的，听得爷爷的耳朵皮都长出了毛毛虫。

太阳猛得像盆火，大樟树下的树荫像山一样大。爷爷弯下腰，用嘴巴吹了吹青石板上面的尘灰，再用袖子掸了掸，斜着身子，轻轻地坐到青石板上。青石板热乎乎的，他也无所谓，背靠着大樟树，一条腿搁在青石板上面，一条腿支在地上，眯着眼睛，浸泡在热辣辣的秋风里。路上行人稀疏。一只喜鹊停在大樟树枝头上，晃动着脑袋叽叽喳喳地唱着歌。

世上的事大凡如此，该来的总是会来。爷爷坐了一会之后，放在青石板上的脚有点发麻了。他欠了欠腰，把支在地上的脚慢慢地抬到青石板上，把青石板上的脚轻轻地放了下来。他这个慢镜头一样的动作刚刚完成，一个挑着柴担的姑娘从南边过来了，渐渐地走进了他窄窄的视线里。

这个姑娘大概是累了，到大樟树下之后停了下来。她利落地把木棍从肩膀上拿下来，支在扁担的中间，欠着腰从扁担底下钻出来，双手扶着扁担，亭亭地立在爷爷眼皮之下。

爷爷看到姑娘的动作十分熟练，断定这个姑娘是山沟沟里钻出来的，邻村种田人家的姑娘是不会有这副风风火火的架势的。不知是有意还是无意的，姑娘用柴担挡住了爷爷的视线。

枝头的喜鹊飞走了，树荫偷偷地向东爬行着。几个行人来去匆匆。爷爷刚要眯上眼睛的时候，意外发生了。这个姑娘抽出一只手去擦脸上的汗水，扁担转动起来了，支在扁担下的木棍也慢慢开始倾斜。姑娘赶紧去扶木棍，但柴担的重心已经偏移，扁担成了一根跷跷板，一头慢慢升高，一头渐渐低落。姑娘顾了这头顾不了那头，两捆柴如两只癞皮狗，一前一后扑在地上。柴捆的四周飞起了黄色的尘灰。扁担下的木棍也弹了出来，旋转着滚到爷爷的脚底下，静静地躺在了他的跟前。

　　木棍一头是圆形的，另一头削成凹槽形，俗称担举。小小的担举有三个大大的功能。一是在挑担的时候垫在另一只肩膀的扁担下面，一只手压在棍子上，可以把重量分散到两个肩膀上；二是要歇歇脚的时候，把这根木棍从肩膀上拿下来，有凹槽一头垂直支在扁担的中心可以当支撑用，人只要扶着扁担就能歇歇脚喘口气；三是在必要时可以作为防身或攻击的武器。

　　姑娘拧了拧细细的眉毛，看着躺在地上的两捆柴，轻轻地叹了口气。她呆了一下，转过身去，快步走到爷爷面前，弯下腰，低头去捡那根木棍。缘分的天空打开了。爷爷刚好张开眼睛，阴差阳错地看到了姑娘领子口下一条白花花的乳沟。

　　爷爷的魂灵一下子飞出了自己的身躯，这条深深的乳沟像一把刀挖空了他的心。姑娘捡好木棍站起来时，偷偷地望了爷爷一眼。这是一双黑葡萄一样的眼睛，又圆又亮。姑娘拿着木棍，无奈地敲了一下，背对着爷爷，匆匆向两捆柴倒着的地方走了过去。我爷爷看到了一条又黑又粗的麻花辫在姑娘圆鼓鼓的屁股上晃来晃去。

　　爷爷像一口喝下了一瓶加饭酒，从头到脚热了起来。他下意识地像弹簧一样从青石板上跳起来，生平第一次三步并成两步，一边走一边说着："慢慢来，我帮你把柴担抬上去。"

　　姑娘心里正发愁，一个人是很难把柴担放回到肩膀上去的。她看到爷爷坐在青石板上，又不好意思向爷爷开口说要爷爷帮她一下。爷爷说要帮她，姑娘求之不得。

　　姑娘马上点点头说："谢谢你。"

　　爷爷的手脚都软得像一个熟透了的柿子。在帮姑娘抬起柴担的时候，他使出了吃奶的力气,双手支着扁担,两只脚在弹棉花一样发抖。姑娘弯下腰从扁担下面钻进去之后,挺直腰,柴担老老实实地落在她的肩膀上。

爷爷把那根木棍递给了姑娘,声音像蚊子在叫:"去卖柴吗?"

姑娘感激地向他笑笑,微微点了点头说:"嗯。"

爷爷还想说点什么,可喉咙像塞着一团棉花。等姑娘已经走了三四步,他才支支吾吾地说:"慢……慢……来。"

姑娘挑着柴担,健步如飞地向县城方向走去。爷爷又看到那条大辫子有节奏地在姑娘圆鼓鼓的屁股上左右摇摆。她的影子越来越淡越来越小,最后消失在他扁扁的眼眶中。

爷爷在青石板上坐下又起来,起来又坐下,反反复复了五六次。他脑子里不断勾勒着这个姑娘的倩影。他在嗑瓜子的时候会想起别人说过漂亮的姑娘是长着瓜子脸的,而她的脸好像是一颗放大了的瓜子。她乌黑的大眼睛像水银一样亮,长长的鼻子高挺、顺直,鼻尖丰满。嘴唇虽然有点厚,但肉嘟嘟的,很有让人去亲一口的诱惑。站着的时候是看不到乳沟的,她胸前好像钻着两只小兔子,随时随刻要从她淡蓝色的衣服里蹦出来。

爷爷的脑袋像陀螺一样旋转起来:她是哪个村的人啊?她结婚了吗?她为什么一个人来卖柴呢?她脚上穿着草鞋,家里条件肯定不好!她经过大樟树挑着柴担来卖柴,她的家不会很远!她的屁股滚滚圆,一定还没有生过小孩!

蓦然间,一个匪夷所思的念头像一道闪电从爷爷脑袋里蹦了出来:她卖掉柴回来,一定还会路过大樟树的。我等着她,到时候我悄悄地跟在她背后,先去打探她是哪个村子的。如果她还是个姑娘,我就托媒人过去。我家有牛有地有房子,多给点彩礼……慢慢来。

五

我爷爷在大樟树下熬了三个小时,悄悄地跟着奶奶走了十八里路,花了一个半小时,侦察到了奶奶的家在徐家坞半山腰的茅草屋里。奶奶嫁给爷爷时刚满十八岁。村里的好事者会把娶来的媳妇排名次,评判的标准有五项:

皮肤白、眼睛黑、胸部大、屁股圆、头发长。每项二十分，按累计得分排名。我奶奶连续十年排名第一。

奶奶嫁给爷爷之后，爷爷的"慢慢来"无数次让她哭笑不得。

在我还没有出生的一个夏天，我爷爷在生产队的农田里和大家一起拔秧苗。当时爷爷已经人到中年了。太阳快烧到头顶时，别人已经拔了一百多个秧把了，我爷爷摸摸索索地只拔了六七十个。他这个大老爷们在生产队里从来没有挣到过十分工。

空旷的田野像一只大蒸笼，田里的水烫得脚毛都弯了头。生产队长点好爷爷拔秧的个数，站在爷爷的身边，一边用草帽扇着风，一边摇着头说："'亮眼瞎子'，你的手也是瞎的？"

我爷爷有个绰号叫"亮眼瞎子"，村里很多人连我爷爷叫什么名字也不知道。他做什么都摸摸索索的，就连吃饭时拿一双筷子也像在田沟里捉泥鳅。

爷爷低着头，抹了一下鼻子上的汗水说："慢慢来。"

生产队长戏弄地说："对对对，你的老婆倒是慢慢来慢慢来的。"

爷爷转头看了看生产队长说："我相信命里会等到她啊。"

生产队长哈哈哈大笑说："还没有结婚的人，明天就到村头的大樟树下去等着。这叫什么什么兔？"

"守株待兔。"有人应了上来。

爷爷在大樟树下和奶奶的故事，既是王湖村田头巷尾的美谈，也是他们戏弄爷爷的笑料。我爷爷在炫耀大樟树下的奇遇时，除了保留了看到奶奶白花花的乳沟的秘密，其他的他自己全部公之于众。

不知是谁又说了一句："慢人有慢福，泥塑木雕住瓦屋。"

生产队长瞪了瞪爷爷说："都像他这么慢，田要到明年才能种好。"

生产队长的话音未落，有人突然大喊了起来："村里好像着火了！"

拔秧时人是坐在秧凳上的。听到叫喊声，大家齐刷刷地站了起来，只有我爷爷还坐在秧凳上。远远望去，一团巨大的黑烟像蘑菇云摇摇晃晃地蹿向王湖村的上空，和棉絮般的白云勾肩搭背，潇潇洒洒地向南飘去。

生产队长迅速爬到田埂上，像孙悟空一样手搭凉棚，望了望说："'亮眼瞎子'，好像着火的地方就在你家。"

爷爷也站了起来，眯着细眼睛看着那团黑烟说："是吗？大家赶紧救火去啊。慢慢来！"

生产队长又蹦了几下，向村庄看了看，一挥手，大声喊道："慢你个头！快，救火去……"

大家迅速从农田里像豹子一样跳起来，满腿泥巴，像打仗冲锋一样冲到村里去救火。田畈离村子有四五里地。我爷爷一步大，一步小，跟在救火队伍的最后面。虽然是邻居家着了火，但在赶到村里之前，爷爷根本分不清是自家还是邻居家着火了。

起火的是隔壁人家的一个猪栏，里面堆放着稻草，烟雾很浓，火情不是很严重。赶来救火的人很多，道地前面又有一个池塘。大家排起一条长长的队伍，用传递的方式把水桶运输过去。近水救近火，就几分钟时间，火焰就低下了头，只留下稻草上的几股青烟在挣扎。

隔壁人家起火时，我奶奶正在家里烧中饭。她怕殃及自己家，吓得要命，一个人急急忙忙把家里值钱一点的被子啊，衣服啊什么的往门口的道地上搬。她把一只樟木箱拖到门槛上，我爷爷才赶到家门口。这时火灭得差不多了。

奶奶披头散发地坐在樟木箱上，喘着大气，眼泪汪汪地说："你这个半死人，不怕你老婆被火烧死？"

爷爷看了看门口道地上杂七杂八的东西说："你不是好好的吗？房子是死的，人是活的。房子烧掉了，人总会跑出来的啊。慢慢来。"

奶奶更加懊恼了。她站了起来，冲到爷爷的面前，两只眼睛睁得鼓鼓的，说："天塌下来了，你也是慢慢来的吧？"

爷爷向后退了三步，抬头看看天说："天没有塌下来啊！"

奶奶泄气了。她心里明白得很，要爷爷改变这副慢慢来的德行，除非要他回到娘胎里再去生一次。奶奶抹了一把脸上汗水和泪水的混合物，无奈地说："老虎追到脚后跟了，你还会回头去看看雌雄。你这个要命的'亮眼瞎子'。我爸的眼睛被麻雀叮走了，一定要我嫁给你。"

几个油腔滑调的人在边上开始起哄了。

有人嚷嚷说："那就把'亮眼瞎子'休了，嫁给我得了。"

有人嬉笑说："'亮眼瞎子'，老婆换不换？"

有人挖苦说:"你眼睛像核桃,是青光眼啊。"

我奶奶早已听惯了这样的闲言碎语。她紧绷着的脸松了下来,挥着手说:"去去去,你们还是回家当床头柜去吧。"

我爷爷嘻嘻嘻地说:"慢慢来。"

奶奶白了一眼爷爷说:"慢你个大头鬼。米缸好当帽子戴了,明天没有米烧饭了,有本事你去慢点米来。快点把衣服拿回家里去,你这个要命的'亮眼瞎子'。"

我爸是石匠,在凤凰山上打石头。妈妈跟着爸爸去做小工。他们两个从凤凰山赶到家门口,我爷爷刚弯下腰,捡起了一件棉袄。

大家哈哈哈哈地笑着散去了。那时村里的人家大都和我家一样,口粮总会缺上几个月,可老百姓的笑声总是那么爽朗。

六

爷爷七十古来稀那年冬天,我姐姐去世了。

我是高考落榜之后去学泥工的。农村里的"大锅饭"已经打破了,"商品房"三个字像孙悟空一样从天空进了出来。市里大桥路的小商品市场刚刚建好。老百姓的日子像山间的竹笋,一天一天向上蹿。我爷爷不用去田里干活,但他早上比我起得早,晚上要喝半小碗老酒。他还会去村子边上的空地上种点南瓜、毛豆什么的,分给隔壁的邻居。

那天我吃过晚饭,刚打开17英寸黑白电视机,凄厉的寒风传来了噩耗:姐姐和姐夫吵架,喝敌敌畏寻死了。我妈妈没有哭,当场昏倒在家门口的走廊上。我爸爸站在门口,像一根插在地上的电线杆。我的头上像挨了一闷棍,眼前的房子都变成了黑影抖动起来。

我的脾气有点像爷爷,可遇到了人命关天的事情,百舸争流的年纪总会激起青春的血性,况且我还没有结婚,胸中的这口气冲了出来:给姐姐报仇去,打死这个狗日的姐夫。

我急匆匆地召集二十多个年轻人,挤在一辆拖拉机上,刚要从道地上出发,爷爷一脚高一脚低地赶来了。拖拉机已经发动了,马达嗒嗒嗒地嘶吼着,我听不清爷爷在喊什么。

我从拖拉机上跳了下来,三五步跳到爷爷跟前,转头看看拖拉机说:"爷爷,你来干什么啊!我们要出发了。"

爷爷叹了口气,拉着我的手说:"有成,慢慢来,有政府的,有警察的。"

我急忙点点头说:"我知道了,你赶快回去吧,天气这么冷。"

我想把手从他的手中抽出来回到拖拉机上去。可爷爷苍老的手很有劲道,紧紧地拉着我的手不放。

"有成,你快点。"有人在拖拉机上叫我了。

爷爷抬头看了看夜空说:"天大地大,道理最大,慢慢来,不要胡来。"

我敷衍地说:"知道了知道了,你回去吧。"

爷爷终于放开了我的手。拖拉机启动了,爷爷还站在道地上。广袤的夜空下,他的影子小得像一根坚韧的树桩。我依稀看到他挥着手还在喊,马达声掩盖了他弱小的声音,但我知道爷爷喊的一定还是"慢慢来"。

拖拉机拉着一车怒火赶到了姐夫家。姐夫家里聚集着很多人,有几个警察站在姐夫家门口。我看到姐夫抱着姐姐的尸体像一尊木雕一动也不动傻了一样。她的公公婆婆在痛哭流涕。

一个中年民警把脸上写着"火"字的我拉到隔壁的屋子里。他塞给我一支烟,不急不慢地说:"昨天你姐姐的邻居丢了一只老母鸡,怀疑是隔壁的人偷偷吃了。今天中午,那个邻居在你姐姐家门口的弄堂里骂人。你姐姐以为是在骂她,就和那个人吵了起来。你姐姐吵完架回来,顺手拿起了放在猪栏边上的敌敌畏,咕噜咕噜地喝了下去,送到医院时,已经全身发黑了。"

民警还给我看了几份问讯笔录,他摇着头说:"你姐夫拿着菜刀,已经和那户人家打了一架了。要不是我们赶到,又要出人命了。"

传言和真相有时候会相差十万八千里。我本想陪着姐姐的,又怕家里的爸爸妈妈爷爷奶奶出事情,就坐着拖拉机和大伙一起回来了。

七

我悲伤地回到家里,洗了一个冷水脸,就到楼上去。我妈躺在床上在痛哭，泪水已经湿透了被子。爸爸坐在床上抽闷烟。床边椅子上的陶瓷茶杯成了烟灰缸，烟头已经塞满了。

我含着泪水，把姐姐的大概情况和爸爸妈妈简要地说了一下。

我妈挣扎着坐了起来，一边哭一边抹着眼泪说："我老早说过了……这个鬼丫头脾气像茅草，一点就会着起来，总有一天……要吃苦头的。"

我爸重重地吸了口烟，心酸地说："这是她的命。"

上天给我们家打开了血脉纵向的窗，却关闭了横向的门。我爸爸本来有个妹妹，她七岁的时候去村头的池塘里玩水淹死了，我没有兄弟，就只有一个姐姐。她比我大两岁，从小就脾气急躁，也受不了委屈。她十岁的那年，为了要做一件新衣服，整整哭上一天一夜。但姐姐一直很照顾我。我二十岁生日时，姐姐已经出嫁了。她为了给我买一套当时流行的海军蓝衣服，去山上砍毛竹卖钱，一不小心摔了一跤，手骨也跌断了。她来到我家里，一只手缠着绷带，一只手拿着一套海军蓝的衣服递给我。

我偷偷地抹去眼泪说："我去看看爷爷奶奶，和他们说姐姐是……"

爸爸的眉毛打着结，叹了口气说："好的，要他们早一点睡觉。"

爷爷和奶奶是住在旧房子里的，走过去也就三五分钟时间。已经是严冬的深夜了，天黑得像一个山洞，王湖村静得像书架上的一本书。我的心听到了风在哭泣的声音。

来到爷爷的家，推开门，我惊呆了。我奶奶躺在卧椅上抽泣着。七十岁的爷爷坐在凳子上，一个人在喝老酒。没有什么菜，桌子上放着几颗花生米。暗淡的灯光下，爷爷本来黑乎乎的脸泛出淡淡的红光。我分不清他的眼睛是闭着还是张着的，白胡子上还沾着湿漉漉的酒水。

我忘记了关门。一阵寒风突然蹿进来刺向我的脸。我连忙转身把门关上。关好了门，我走到爷爷旁边，挠着头皮说："爷爷，你在……喝酒？"

爷爷默默地点点头，拿起酒碗，大大地喝了一口。

奶奶坐了起来，伤心欲绝地说："你这要命的'亮眼瞎子'。孙女死了还要喝老酒，你也喝喝死好了。"

爷爷像没有听到一样，左手慢慢地拿起锡制的酒壶，摇晃了一下，就往酒碗里倒酒。奶奶终于忍无可忍了，她双手支在扶手上站了起来，摇摇晃晃地冲到桌子前,拿起桌子上的酒碗,狠狠摔在地上。只听到啪的一声,白花花的酒碗碎片像一只只蝴蝶,四处逃窜。有一片还溅到了我的鞋子上。

奶奶看了看地上破碎的碗片,又把桌子上的花生米抹到地上,咬牙切齿地说:"我……我让你喝。"

爷爷慢慢地站了起来。他拿起酒壶,仰起头,嘴巴对着酒壶的嘴,咕噜咕噜喝了三口。他放下酒壶,抹了一把嘴角上的酒水,顺手捡起桌子上一颗剩下的花生米,丢进嘴里,边嚼边说:"慢慢来。"

奶奶号啕大哭起来,去夺爷爷手中的酒壶,两人扭成一团。酒壶掉到了地上,流出了一摊黄兮兮的老酒,像一泡小孩的尿。

我赶紧走了过去,把爷爷和奶奶分开。爷爷看了看地上的老酒,长长地舒了一口气说:"今天的酒是苦的呀。"

我的心像被铁榔头敲了一下,睁大眼睛看看爷爷,再看看奶奶。

奶奶一愣,拉着我的手哭着说:"对了有成,你姐姐她……"

我这时才把姐姐是和邻居吵架喝农药的事情告诉爷爷和奶奶。

爷爷混浊的眼睛终于浮出了泪花,脸上像贴上了一层烤地瓜皮,喃喃地说:"慢慢来就没事了,我和她说了多少次了,遇到急的事情,一定要慢慢来。"

我奶奶像一团泥巴一样瘫倒在地,双手拼命地在地上拍打着哭嚷起来:"你这个要命的慢慢来的'亮眼瞎子',我可怜的孙女啊……"

我赶紧走过去,把奶奶拉了起来,扶着她,要她躺在躺椅上。

爷爷看了看奶奶,慢慢地走到灶头前面,拿灶头上的塑料壶,摇了摇,把壶里的最后一点老酒倒在小碗里说:"做人不能和自己过不去的啊。"

我奶奶二十年前就去世了。奶奶嫁给我爷爷之后,嘴巴里说得最多的一句话就是:"你这个要命的慢慢来的'亮眼瞎子'。"

八

把爷爷送到殡仪馆十五天后的中午,我从办公室出发,开车去市里的人民医院。天上织着细细的雨丝,路两边的树叶绿得发亮。行人的头上开出了缤纷伞花。人民医院也在城西，和星月建材城也就一炮仗的路。

在我爷爷去世的半个月之后，村里拆迁的期限就到了。祠堂里再也没有办过丧事。"王湖村"三个字以后再也不会出现在新的地图上，安置小区有个让人念想的名字：望湖家园。爷爷慢慢来活了漫长的一百年。在拆迁文件发下来的第一天，我告诉他说，王湖村要拆迁。他坐在椅子上，忧心忡忡地和我说："时间真快，大樟树下遇到你奶奶的事像在昨天一样。我还能活几天啊。王湖村……是我的根啊。"

上午我去交易中心开标。在开标室里，我心正悬在喉咙上时，儿子发来了微信："老爸，男的。"

我拿着手机的手微微抖动起来，心被这个微信砍成了两半，一边是喜悦，一边是伤感。儿子的儿子出生了，我也晋级成爷爷了。我的爷爷去世了，我家距"五代同堂"的奇迹只有十八天之遥。看来这个世界上，奇迹不是那么容易发生的。

我给儿子回了微信："我吃了中饭过来。还在开标。"

妻子也发来了微信："六斤八两。"

我给妻子回了微信："恭喜奶奶，我们都升级了。"

车开得很慢。穿过西施殿，转过健民路，就来到了医院。停车场挤得一塌糊涂，住院大楼的门口人来人往。那天我去殡仪馆的时候，殡仪馆的门口的车也是那么挤，人也那么密。我接到妻子说爷爷在大樟树下的电话有十八天了。时间快得像打了一个喷嚏，就在这条路上，那天我从西向东开，今天我是由东向西开。生命就像一趟列车，起点站是医院，终点站是殡仪馆。不同的是生命的列车一直向前，没有返回的路。

我在停车场绕了三个圈，才看到有一辆车开走了。我刚把车尾倒进去，收音机里正在播出今年高考的新闻。爷爷的丧事办完后，忙投标忙得天昏地暗，我没有去关注社会上的新闻。我们公司虽然没有中标，但建筑市场像雨水冲洗过的马路，干净多了。

我停好车，正要熄火，收音机里主持人标准的男中音又开始了："各位亲爱的听众朋友，大家中午好。万众瞩目的高考已经拉下了帷幕，我市的一位高中语文老师奇迹般地猜中了今年的高考作文题。今年的高考作文题目是

‘一叶一树一世界’。下面，我们来采访一下孙老师。孙老师，您好，您是怎么猜中高考作文题的？"

　　孙海明的普通话就差劲得多了："不不不，不是猜中的。那天我在村头的大樟树下发现百岁老人安然去世，他的口头禅是'慢慢来'。'慢慢来'看起来是人的行为，其实是内心的一种境界……"

（2017年第3期）

月是怎样亮起来的

徐 衍

她身上的一切都是长长的：比鹅蛋长的脸上一双眼是狭长微眯的，好像随时在瞄准着什么；头发披散过肩扎成长长的一束，加上手长脚长，是模特的身量。头一回见到她，人们的开场白总不离"身材条件这么好，是模特吗？不做模特可惜的"。边说边叹，一阵也不知是真假的惋惜，倒让她难为情起来。

十月末，一场秋雨突袭小城。下午三点多钟的天，黑得仿佛夜里七八点，牌桌上的人无心恋战，喝茶闲聊的也坐不住了，陆陆续续散去。她一个人枯坐着，无意义地坚持了一会儿后，终于随大流，也走了。

走进雨中，走在伞下，她从容得像只是在电影片场，拍一个雨中散步的慢镜头。雨下来之前，有人和她搭讪："你这个身段去拍电影，不是女主角也可以当个女主角的姐姐或者妹妹什么的。"她回道："万一女主角是个七老八十的阿婆呢？"对方一愣，强词夺理说："不会的不会的，这种片子卖不出去的。"她对着一只玻璃杯的杯壁哈了哈气，拿起一块绒布慢悠悠地擦拭，污浊的玻璃在她手里重新发亮，晶亮的雨就在这时落在了门外。

原本她还想再刁难一下那个搭讪者，张口闭口拍电影，你有钱投资吗，你会运镜吗，你分得清汤姆·克鲁斯和汤姆·汉克斯吗……她也知道这一帮"乌合之众"不过是肉眼凡胎，及时行乐，较真不得的。她也喜欢这样一种人际关系，不近不远，不亲不疏，尽情地逞口舌之快，很多话正是因为"不经大脑"所以才能笑得"没心没肺"。这感觉就像……像什么呢……

有点像恋爱，恋爱的初期，还没沾惹一点烟火气，叽叽喳喳地满嘴跑火车，也不嫌烦。路过花鸟市场，她想买束玫瑰，衬一衬当下类似恋爱的心情，偏偏那花主开价不低，掰着指头一项一项同她计算成本，又是空运交通费又是冷藏保管费。她顿时觉得扫兴，扭头弯到隔壁摊位上，临时决定买一只鹦鹉，拎上鸟笼从花摊前招摇而去。

鹦鹉尽责地充当雨天片场的道具，不声不响，奄在笼中。她晃了晃鸟笼，鹦鹉掉转个头，连一声"咕噜"都没有。她踱在城市的主干道上，不停变换曲调吹口哨，极力取悦这只黄绿间杂的道具鸟，渐渐有些气急败坏。如果说刚才的雨中徐行是一部文艺片，眼下则是一场疯妇的闹剧，鹦鹉终于懒懒地回应了她一声，极尖锐清亮的一记鸣叫——小插曲性质的闹剧过去了，文艺片里的雨继续落下来，"吧嗒吧嗒"，像有群鸟栖在伞面上，啄食不停，"吧嗒吧嗒"。

一进楼梯口，天光挡在外头，更暗了，她收起伞，抖甩伞上的雨水，"吧嗒吧嗒"，如鸟粪，落了一地，阉鸡似的鹦哥"咕噜""咕噜"咽起来，立在笼中，警觉地四下看，两颗饱满的眼球撑满眼眶。楼道里的声控灯常年坏着，玻璃珠一般的鹦鹉眼球闪闪发亮，有一瞬她觉得自己手里提的是一盏灯笼，烛火幽昧，拖泥带水地将熄未熄。

她摸索着打开防盗门，鸟笼搁在玄关，等她换好拖鞋再拎起来，受惊过度的鹦鹉拉了一泡屎，黄绿色的秽物，与它的毛色一致。她有点懊悔没有买花。处理完玄关的污秽，她抬着卫生纸准备进卫生间洗手，才猛然记起，还有更大一片污秽等她处理，她扬手把那张沾满鸟屎的纸巾丢进卫生间的积水里。

下水道堵塞已经持续数周，起先只是水退得慢，下水口好像变成了一只沙漏的细颈。淋浴完的她不急于离开，两脚没在奶白色的洗澡水里，等待水退去，慢慢露出脚踝、脚背，直到整只脚。她有足够多的时间来滋养足够多的耐心。后来，积水就怎么都下不去了，积少成多，卫生间变成了一面小池塘，一池死水。随着倒灌上来的秽物以及她偶尔赌气丢掷进去的垃圾越来越多，死水塘有向沼泽演变的迹象。有一天她不小心碰落了一管洁面乳到积水里，晚上要用才想起来，戴上胶皮手套摸索了好久，竟然怎么都捞不到了。

这是一片腐蚀性很强的沼泽地了。她想。

积水还没像现在这么深的时候,她在卫生间门口备了一双长筒胶靴,每天脱得赤条条只穿这一双胶靴淋浴。一场淋浴下来,胶靴里灌满洗澡水,两只脚闷出一股浓重的橡胶味,让她联想起暑天踩在烫脚的柏油路上的情形。卫生间里的浴霸还没来得及关掉,像一颗人造的太阳,把她从十月的凄风冷雨带回到七月的伏天里。

二十多年前的伏天,初伏,到处飘着柏油熔化的焦糊味,部分路段的柏油因为罕见的高温熔成了液态,许多重型卡车陷入胶状的柏油里,抛锚了。那时候有一些店铺已经安了空调,她的店里仍旧只有一只摇头扇,有人抱怨说:"还不如关了的好,尽吹热风,快吹成锅炉房啦。"有一个老板打扮的男人进店买烟,一口蹩脚的广东腔普通话令人印象深刻:"老板娘啊,你这个房子可以做桑拿房了啦。"她笑笑,关了风扇,老板也冲她笑,抽出一支烟把玩着,闪身出去时才点燃,生怕把店里的空气点着似的。临走,留了一张名片在柜台上。

在一排门脸房中,她的店并无特色,卖的都是些普通副食烟酒。她清楚唯一的竞争优势就是自己。她突兀地插在一众中年色衰的老板娘中间,想不脱颖而出都难。那时,她还在谈着男朋友,本地初中的体育老师,高高瘦瘦,每周一枝玫瑰送到店里来,现在想想其实也挺俗套的,只不过那时候她沉浸在爱的空气里,雾里看花,朦朦胧胧最易怦然心动。恋情随着玫瑰花的中断而终止,体育老师结交了同校一位语文老师,仓促完婚。"本来嘛,老板娘和老师怎么凑得到一块去。"平日里被她抢尽风头压制着的老板娘们,个个幸灾乐祸,那一阵子饭都多吃了一碗,相应地,她们中年的腰身又圆了几轮,"老板娘就应该找老板的嘛,这才叫门当户对。"

她恍悟,她是唯一一个没有"老板"的"老板娘"。她想象自己是死了丈夫独撑场面的金镶玉,可她终究没有一爿龙门客栈。打开门做生意,最忌哭丧着脸,隔天她就穿了一身旗袍亮相,黑底绲金边,腰身处绣一丛暗红牡丹,开衩如分花拂柳,牡丹丛中自露一截粉白大腿。开张大吉,惊艳四座。

她坐在柜台后面挑拣以往客人留下的名片,都是些陌生的姓名,对不上号了。她只记得他们给她名片时眼睛里出奇一致的笑意,没错,眼白和黑眼珠如被撩拨般荡漾着一丝丝笑意。翻到最近一张名片，她记得他的"桑拿房"调侃，按着名片上的号码拨过去，无人接听。她放下听筒，关于他的记忆一寸一寸越发鲜活起来。那天他穿了一件黑色衬衣，米黄卡其布长裤，鳄鱼牌皮鞋，她一眼就瞧出了他的身家斤两，而有着这番身价还不显山露水的，就更加了不得了。除了衣饰，她记起来他那天讲话带一点喉音，"老板娘"三个字咬得很重，到"桑拿房"就轻下去，引人浮想。她一遍遍模仿他的口音："老板娘啊，你这个房子可以做桑拿房了啦。"说完，自己笑笑，又不知道笑什么，只好又坐回到电话机前，熟稔地拨了一串数字，还是空洞的长音，"嘟——嘟——嘟——"一声声戳在她心上。

那身旗袍贴了无数双明着暗着注视窥探的眼，她故作不知，照旧清清爽爽做生意。有熟客笑她是闷声发大财，她继续"闷声"，回到柜台后面，坐在一张长条凳上。来客中不乏形形色色的老板，她辨得清，都是一群没什么积淀的暴发户，乡音未改。

她每天给他拨两通电话，坚持了两周，十四通电话均是长音。秋风遍披旗袍，蚀旧了。

立秋后的末伏，变本加厉地热，到处都闻得到柏油味。不少卡车先后中招，陷进晒得松软的柏油路里，犹如触礁搁浅的船，在黑油油的海里挣扎，等待救援。汽修厂全体出动，增援打捞，也有漏网之鱼，她眼熟的，是汽修厂的钳工，晃过来要了一包烟，不着急拆开，伸出另一只手剜蹭她的旗袍："多少钱？"她回了一个数，省略裁缝人工费，单算了旗袍面料的费用。对方追问："多少钱？"好像她是在答非所问。她瞥了一眼他以及他手里包装完整的烟，悬停在烟盒塑封上的五个指头，犹犹豫豫欲言又止，她心领神会，又报出一个数。他满脸讶异，但是很快就转化为兴奋。晚霞从天边烧到了他的脖颈，继而蔓延至眼口耳鼻，整个人都燃烧起来了。

他身上有一股很重的机油味，即便脱下工装，这股近似柏油味的机油味依然弥漫不散，是从他的骨头缝里挥发出来的，天生的劳碌命。她仰躺于闲置在小店里间的床绷上，不看他，但能感觉到他像一只熊熊燃烧的橡胶轮胎，她不自觉地闭目，等待他碾压而过。

他精瘦的身体蹭着她默许的身体，床在他们身下一声不吭。试探了几个来回，好不容易进入，他哼哧哼哧地故作兴奋，两具身体反倒渐渐冷却下来，她心知肚明，他们两个谁都没有快感。过了很多年，当她心血来潮买下鹦鹉，并且当街逗弄那只阉鸡似的鸟时，她想起很多年前的自己，同样如一只阉鸡，连一声呻吟都没有。

他开口了："这扇窗户怎么没有窗帘啊。太亮了。"见她不搭理自己，就不再绕弯子："我以为你不是的。"

"不是什么？"她明知故问。

"没什么。"他说完，贴伏在她身上，像一只沮丧的鹦鹉，在她的小腹盆腔处拉下一泡混浊的黏液。

就在这时虚掩的店门忽然被撞开，闪进来两名片警，疲倦的男女被那一身制服吓得一激灵，强迫意识迅速恢复，还是她反应最快："我们是男女朋友，你们私闯民宅干什么！"被她这么一将，两个片警倒下不来台了，其中一个嘀咕了一句："我们接到群众举报，说这里有人在从事非法活动，你们还是有嫌疑的嘛，跟我们回去配合做一下调查吧。"她顾不得腹部黏腻的一摊，披上他的工装，叉腰质问道："调查什么？我们马上就要结婚了，就在下个月，两位大哥到时候来喝喜酒。"话说到这份上，片警们再无底气力争，只留了一句"你们注意身体"，灰溜溜遁走。

她仍披着那件工装，她已经适应了这股刺鼻的机油味，陌生衣物上的气味刺激着她，她像受到某种鼓励，站到门口昭告天下："本来还有很多事情没准备好，我不想这么快宣布的，现在只好把话说说清楚，我要结婚啦，下个月你们一定都来喝我的喜酒，还有，报假警是一种违法犯罪……"过后一阵子，街道居委会的大妈频频光顾她的生意，零敲碎打买一些不费钱的小东西，有意无意向她打探汽修厂的情况，她很快参透其中的意思，警民一家亲嘛。她想到一部电视剧里的场景，美国移民局对那些为拿到绿卡而有假结婚嫌疑的夫妇，隔三岔五约见盘问，夫妻双方分开独审，问题千奇百怪，势必要找出为假结婚而串供的破绽……

婚礼如期举行。

大部分人都是先恋爱后结婚，有些人是先结婚再恋爱，像父母那一辈，她和他两个真是啼笑因缘了，婚宴前她绞着红礼服的衣角，怅然地想。不过就算是话本通俗小说里的那些"啼笑因缘"也不及她这桩令人啼笑皆非。她第一次想要越轨，做出一些危险出格的举动，万万料不到却把自己的终身都做进去了——有个比喻说，出来找乐子的男人，碰上用情太深的女人，犹如钓鱼钓到白鲸。她薄情自怜，但求自保，一样难逃鱼钩被替换成捕鲸网的宿命……

"我叫倪佳。"

洞房花烛夜耳鬓厮磨前，她像要确认什么，要求他再做一次自我介绍，这个叫"倪佳"的男人真的差一点就和她同名同姓了。

倪佳佳望着卫生间里的积水，真希望手里的鸟笼变成一只马桶抽。因为无法忍受长筒胶靴的闷臭，倪佳佳搬出踏步机，拖进卫生间，两个翘起的踏板立在污水中，稳稳当当。这玩意还是倪佳当年从汽修厂偷了一些零配件，自行组接起来的。"你每天吃完饭踩一踩，有好处的。"他踏上去示范给她看，五短身材一起一伏，像个自得其乐的大鼻子小丑，"以后你应该不会再做那种事了吧？"她哭笑不得，伸脚去踹踏步机，结果大拇指磕到硬邦邦的铸铁，钻心疼，这台踏步机也就被她冷落在阳台角落，只有倪佳偶尔上去踩两下，后来就没有人踩了。

如今每天踩着它洗漱淋浴，倪佳佳感到小腿日益紧绷壮硕，两条小腿渐渐地，终于不再是冰纹白瓷瓶的碎片了。东亚头一回来店里，就发现了她腿上的风景，冰蓝色的静脉虬结在皮下，"真像冰纹白瓷瓶的……碎片"。依东亚的想象，如果倪佳佳的静脉曲张不仅限于局部，而是遍及整条腿，那就是完整的冰纹白瓷瓶了，还是一对的。

倪佳佳笑他像个孩子一样，不知人间疾苦。开店的女人，每天不是久坐就是久站，都有轻重不等的静脉曲张，有程度严重的老妇，用东亚的话讲，小腿上好像盘着龙纹浮雕。浮雕硬邦邦地凸起，不时就会钩破丝袜。倪佳佳也担心有一天自己的两条冰纹白瓷瓶会变成两条盘龙浮雕。

东亚是技校艺术生，经常将一些自己的作品放到倪佳佳的店里寄卖。如今倪佳佳的店早已不是当年零售副食烟酒的格局，更像是一个自由开放的棋牌室，兼卖一点烟和饮料，同时回收一些二手商品，低价买进再高价抛售，唯独东亚的"艺术品"是不赚差价的,东亚开价多少她就代卖多少,一分不少全给东亚。倪佳佳说:"艺术是无价的嘛。"

其实在这样的小城里,能有多少"艺术"生存的余地?就和在一所技校里搞什么"艺术"一样不伦不类。所以东亚做的那些铁皮乌鸦、用很多层纸板黏合成的鲁迅头像,都进了倪佳佳的家里。

东亚每次来都要和倪佳佳分享一个近期做过的梦,前一阵子他老梦见自己在剪水龙头,剪掉了一排不锈钢的水龙头,依然找不到一滴水。倪佳佳像听八卦一样做他的忠实听众,心想,到底是搞艺术的,做的梦也两样。这一向,他每次来都捧着一盒冰激凌,画具包里还有好多曲奇饼干、彩虹糖。她眯起眼睛微笑着看他吃,好像她也在品尝甜食。东亚摸出一管彩虹糖给她。"吃了这个会好过一点。"他又补充了一句,"医生说的。"自此,她才知道他有抑郁倾向,对甜食依赖成瘾,并伴有轻微的自虐倾向。倪佳佳留意到他十个指头都有啃噬的痕迹,手背上还有一些咬痕,青紫的瘀血,类似另一种冰纹,星星点点。东亚近期送来的一批素描都是横竖线条,显得凌乱,他解释说,画的是一些伤痕。她不动声色地开解他:"真羡慕你怎么吃甜品都不会胖的体质,想吃多少就吃多少,我就没口福啦,一吃甜的就会发胖。"

从尘封多年的踏步机上下来,小腿一阵酥麻酸胀,连续一阵被动的踏步训练,她能感觉到静脉曲张有所缓和,不由感念倪佳当年的这一点苦心。婚后,两个人开始互相熟悉,摸索彼此的口味爱好。倪佳显然未从闪婚中缓过来,怎么她就成了他的新娘子,他像被飞来横财砸晕了,窃窃的眩晕的欢喜。要知道她是汽修厂多少男钳工的梦中情人,围绕着她,他们在昏暗的仓库里,在满是机油味的车间里,说过多少下流话,赌咒发过多少空幻的毒誓:倘若有一天我娶到了倪佳佳,我一定要把这小娘们捆到床上……

不冷不淡客客气气的夫妻生活,同一屋檐下倒真是相敬如宾。有一天,倪佳对倪佳佳说:"你是不是很不开心?"她被他像是肥皂剧对白一样的话弄得不知所措,只是觉得好笑。他也被她笑得不知所措。"其实,我想通了,我不反对的,你要是想接着出去做就去做吧。"他憋紧两腮,像是绷尽了浑身力气才终于吐出最后这一句,"我不怕人家笑话的。"她放开了嗓子,仰天大笑。

除了踏步机,他还自学了缝纫机,花了一个星期缝制了一个软垫给她护腰，他关心她身体的每一个器官，像在汽修厂维护一部车那样，力保她的每个身体部件都永葆活力。他所有的阅历都与汽修厂与车相关，他像爱一部车那样爱她到无微不至，并且宽容大度地允许别人使用这部经他精心保养过的车。

"下午小钱都和你说什么了啊？"倪佳的工友，不论老少，都来照顾倪佳佳的生意，小店的人气比从前更旺了。倪佳心存芥蒂，毕竟在不久之前，他们还和他在一起抽着烟，吸着车间里刺鼻的机油味，幻想有朝一日要把倪佳佳，他现在的妻，用麻绳在床上绑结实了，然后极尽人类身体的运动极限……倪佳对爱妻的叮梢和盘问日益增多，倪佳佳对于这一类问题，向来是一笑了之。当你开了一家店以后，你就会习惯顾客来来去去没有任何解释，这是你要承受的。她希望他能明白这个简单道理，何况他不是大方到"不怕人家笑话的"吗？

他的疑心越来越重，开始将从前的腹诽搬到台面上，明刀明枪中伤那帮工友，他忽然发现自己在添油加醋方面极有天赋。"那个小钱家里养着童养媳，晚上下工还要出去乱搞，他养了个安徽来的小保姆，有时候东家不在，小保姆还把他带进去过夜，也不知道干不干净的。""杨师傅以前家里也办厂，后来乱搞女人，家底败光，人到中年又出来做，老婆也跑了，现在是一个人吃手艺饭。"她像是在店里听八卦一样听他娓娓道出一个个道德败类的劣迹，可终究又不一样，这是她的男人啊，这般的小家子气，便脱口而出："你是不是男人啊？"

他一愣，像一条受潮的引线，经过许久的风干，终于被重新点燃了，他怒气冲天，像换了个人似的，一把抱住她，抱进卧房，扔在席梦思上，开始实现他曾经幻想赌咒过无数次的场面……

女儿出生以后，倪佳佳就觉得自己老了，女儿满月不久，母亲病逝，她一下感到离年轻渐行渐远，每天都离死亡近了一步。倪佳依然是一副劳碌命，每天洗一堆尿布，来不及干透就直接给女儿换上，女儿的小屁股沤出一圈湿疹，不舍昼夜地哭闹。他苦大仇深地起夜把尿，走到阳台上摸了摸晾着的尿布，都还微微湿着，索性就让女儿光屁股睡觉，结果第二天女儿发烧感冒，脸色紫红，确诊为百日咳，差一点就酿成哮喘。她头一回对他气急败坏，就算之前他强行进入她的身体,就算他一直对她抱有一种天真的误会,她都一笑了之,具备一个惯于周旋的老板娘应有的情商,然而这条小生命,毕竟是她身体的一部分,尽管坐月子的日子里,他出门上工,她一个人在家,由着女儿在摇篮床里哭哑嗓子,自始至终都不为所动,倪佳佳从花斑点点的产后肚皮上抠下一些细细屑屑的死皮,轻轻弹落——也是她身体的一部分。

女儿一天天长大,出落得和她一样美丽,算是这一桩婚姻里唯一的一点慰藉。关于给女儿起名,有人凑趣说:"你们夫妻俩名字加一加,女儿就叫倪佳佳佳吧,全家都是佳。"倪佳佳回说:"月满则亏。"其实哪有那么玄虚,不过是倪佳佳早就厌烦了自己的名字,有那么多有意思的中国字,母亲偏偏给她起这么一个烂大街的名,而她冥冥中像是被名字拖累,又遇见另一个一字之差的平庸男人。

"叫倪虹吧。"女儿的名字,是她拍的板。

倪虹如暗夜的霓虹,细细碎碎的光芒终将汇聚成河,是人造的星群,凡俗世界里的谪仙。相应地,倪佳佳尝到了美人迟暮的滋味,一并迟暮的还有她的店,原本井然清洁的副食品店,越来越落拓,从前与她明争暗斗的老板娘们改行的改行改嫁的改嫁,确实换了一番人间了。

倪虹的美一天天壮大,渐成气候,长到十三岁,倪佳佳坚持将女儿送走,去念省城的中学。打发走了青春少艾的女儿,来店里逗留的小年轻果然少了许多,倪佳佳站在空空的店里,不无悲凉地印证了自己色衰爱弛的事实。就连倪佳也不再像从前那样对她百般留意,似乎女人一到了中年,就自动解除了危险,不会再有什么市场,更没机会去吃男人的暗亏了。

凡俗又凡俗的空气,如瘟疫笼罩中年,麻木是唯一的免疫。那年开春,"非典"还只是一个新闻报道里的新词,后来的新闻每日都通报几个大城市的最新死亡人数,小城也只是像一只享受春阳的老猫,翻个身子继续昏睡,再后来不断有人涌到她的店里来问有没有白醋卖,其中不少人看着眼生,倪佳佳嗅到了商机,联系从前的供货商,都被告知无货,这才意识到事态严重。

然而也只是意识到而已,她又不是护士医生,能做的无非是把店里和家里打扫得整洁干净些,然后怀揣一颗侥幸心,祈祷病毒别盯上她。那真是一个清冷的春天,好像冬天没完没了,来店里的人越来越少,她关了店门待在家里，每天洒扫庭除，一日三餐规律有序，这对老夫老妻形同新婚燕尔，螺蛳壳里做道场般地过起小日子来。

倪佳起早上小菜场买来梭子蟹，"非典"当头菜场生意萧条，从前三十好几的梭子蟹跌到七八块钱一斤。"现在不适合吃鸡鸭，也不能光吃素，吃蟹最好了。"倪佳只吃蟹脚，掰桃似的把蟹脚全剥进自己碗里，留肥美的蟹身给倪佳佳。这也不妨碍倪佳把每条蟹脚都吮得溜溜响，再脆生生地嚼烂。倪佳佳剥着蟹壳，暗笑他，真是叫花子吃死蟹，只只鲜。连着好几天都吃蟹，家里仅剩的半瓶陈醋很快用光，外头的食用醋早被哄抢一空，倪佳照旧每日买便宜蟹回来，"有没有醋都是小问题，关键是这种蟹平日里根本买不到这个价的"。倪佳佳强忍腥气，又跟着吃了一个星期的蟹。

忽然有一夜，倪佳上吐下泻，倪佳佳伸手贴了贴他的额头，发热无疑。非常时期，这样的症状敏感又危险，倪佳佳一夜没睡，为他擦身递水喂药止泻，倪佳烧得稀里糊涂，像蟹钳一样抓牢她要她把自己送去医院，"让我一个死在里头"。倪佳佳不依，"一定会挺过去的，大不了一起死"。话一出口她微微一愣，倪佳虚弱地一笑，眼里有光。

为免引起旁人注意，不只是医院，连药店都没去过，经过几个星期在家的调养，倪佳莫名其妙地恢复过来了，就像"非典"病毒在春天快结束的时候也莫名其妙地就撤走了。倪佳佳疑心倪佳只是食物中毒、海鲜过敏一类的并发症状。谁让他贪小便宜，不就醋，吃了那么多蟹。倪佳佳也有了后遗症，一想到梭子蟹，本能地反胃作呕。或许是受不了那股记忆犹新的腥气，倪佳佳向他摊牌，离婚吧。

"为什么？"倪佳眼睛暴突，"我们不是都已经患难见真情了吗？"

"贫贱夫妻百事哀，或许不做夫妻会好一点吧。"倪佳佳说完，顿觉堵在胸口的呕吐感消下去了一些。再假的戏，仍旧是戏；可是掺了一点假的情，怎么好算是情呢？——戏真情假，婚变风波其实是很多年前那次一触即发的丑闻在延宕多年后的余波，亡羊补牢了这么多年，如今物是人非，想看她笑话的人早就不在了，这点余波算得了什么。

她和他的啼笑因缘，终究要垮台落幕。

东亚有段时间没拿他的艺术作品来寄卖了,倪佳佳正想着,就看见东亚又一次空手而来。"昨晚做了一个梦。"照例以梦开场,倪佳佳觉得一个搞艺术的再加一点抑郁症,就休想再接地气。东亚的脸色发白,幽蓝的静脉血管在青白的手背上凸起,倪佳佳忧心忡忡地拖过一把扶手椅,让他坐下。东亚本身就是一件易碎的艺术品。"我给很多人打电话,拿了一个没插卡的手机,按照上面的通讯录站在电话亭挨个打,每个电话都是空洞的长音,然后自动挂断。我打了一百多个电话,听了一个多小时的长音,感觉两只耳朵都是'嘟嘟嘟',我只好使劲摇头,把耳朵里面的长音音符都抖出来。就在我拼命抖啊抖的时候,天上忽然爆出一束烟花,然后是大片大片的烟花,我捂住耳朵,躲回电话亭。又过了一个小时,空荡荡的街上多出很多人,原来他们都集中到广场去看烟花了,难怪他们家里的座机都没有人应答。"

难得这是一个有条有理的梦,倪佳佳听懂了,很久很久以前,她也曾捏着一张名片,心怀执念地每天拨两遍上面的号码,每天听两遍空洞的长音,让人绝望的"嘟——嘟——嘟——"

"你的梦都记得好清楚。"倪佳佳说,"我做过了就忘光了。一点都想不起来。"

"等一下记得提醒我要买曲奇饼干。"东亚说,"总是在想吃的时候才发现忘了买,今年的冬天好像特别早,虽然我每天都吃得很多,可是我一样觉得冷。"东亚挠挠头,往画具包里掏了掏。倪佳佳问他找什么,东亚说:"好像彩虹糖也没了。我已经好久不记得要吃它们了。"

冬天来了。倪佳佳在打给管道工的电话里失言了。管道工问她堵了多长时间了,倪佳佳没头没脑回了一句:"冬天来了,池塘要结冰了。"她想自己一定是受了东亚北上的离愁别绪的影响。东亚要去北方找一间不错的艺术院校当旁听生。

"怎么现在才打电话啊?"管道工上门看见快要满进客厅的卫生间积水,以及积水中的踏步机、昆虫尸体和一些生活垃圾,"简直是一片沼泽嘛。"她不出声,点点头,英雄所见略同。

婚变以后的家里,像剧场后台,戏散了,生活还要继续。家里已经很久没有多出一个人了,倪虹高中毕业就去澳大利亚半工半读,每回讲电话也讲不到一分钟,都是简短的嗯嗯啊啊,好像幼童牙牙学语,可是分明都快满二十了。倪佳佳整理出一套茶具,打算等管道师傅忙完,和他喝喝茶聊聊天。管道工开动抽水泵先吸走一部分积水,然后穿上连体胶靴,往下水口探入一根直径接近下水管内径的圆木,不间断地迅速上下抽圆木,只听一声爆破般的涡旋动静,死了好久的积水终于又活动起来,同时堵塞物不断往外翻涌,一团团的头发、一管洁面乳,以及一只发黄了的避孕套。

倪佳佳当即付了工钱,打发走了管道工。

她终于又可以脚踏实地地站在卫生间地板上,坦坦荡荡地和镜子中的自己对视。不知从何时起,地心引力似乎对她格外青睐,作用在她身上的影响也越发显著:头型、脸型,还有一对乳房,都受了引力的强大牵引,松松垮垮,止不住地往下吊坠。

最近一次和倪虹视频聊天的时间比以往长一点,也没什么特别要交代的,她只是静静地看着视频上的女儿,在她脸上搜寻拼凑自己当年的遗迹。女儿成为她过去的唯一一点存证。圆脸的女儿,睁着一对杏眼,略施一点睫毛膏就很出众了,即便对着生母,也不影响她施展挥发美,不是显山露水一眼到底的美,那太俗,也轻浮。早在当年她还坐镇店里,还是很多汽修厂年轻小伙的幻想对象时,她就深谙此理。她敏感地掌控着自身的美,在打酒打酱油时,手势是微妙的柔美;在找零的时候,她确信她腕上的花露水香足以让对方记一阵子。隔壁店里的老板娘们不是浓妆艳抹就是嗓门奇大,她和她们也保持着点头之交的适当距离,把生意兴隆的原因归于起色心的男人们,谁叫她的美是与生俱来的,她的美一度与人无尤。

那个和她谈了一年多的体育老师是她平生第一个挫折;接着是那个给她名片、满口广东话调侃小店是"桑拿房"的老板,打不通的电话持续的长音放大了她的挫败感;然后就是倪佳了,原本不过是一场你情我愿的游戏,她成功证明了自己还是有市场的,却阴差阳错被倪佳吃牢了……急管哀弦的一路重创,挫了几十年,错了大半生。

视频里的倪虹起身去取一篮提子,倪佳佳留意到女儿的手势与她从前的如出一辙。倪虹边吃提子边说着她的大计,秋天之前她准备要换一个房东,现任房东有一个很大的游泳池在后院,秋天一到,后院里野树的所有树叶都会掉进泳池，她可不想和房东一家一起做清理泳池的绝望劳动。倪佳佳盯着视频里的女儿，就像揽镜自照，照出很多年前的自己，那时候她的脸也是肉团团的紧实，一点婴儿肥衬得一对杏眼格外醒目，不像现在细细长长，随时在瞄准什么似的。那时也是冬天，河面冰封，反射着明晃晃的太阳，晃得她皱眉眯眼，一个趔趄摔进一位体育老师的怀里，她的脸像月亮，反射着他的阳光。

如今只有电脑屏幕的冷光，映出她脸上的雀斑、细纹和毛孔，尽管视频像素不高，女儿脸上的鲜活她看得分明，青出于蓝而胜于蓝。阳台上的纱窗被风吹开了，寒气入屋，笼里的鹦鹉一个激灵被冻醒了，跳着脚尖叫，比寒号鸟更哀切。倪佳佳关掉视频，走进卧室裹起一条棉被，冬天真的来了，而女儿那边正是盛夏。

那一年的冬天，他告诉她，他在本地一所初中教体育；她告诉他，她在本地钟楼下经营一家小店，而之后的每周一上午她都将收到一枝红玫瑰……他脱掉冰鞋，扶住她从冰面上走回河岸，身后是日照冰河的万丈光芒。作为答谢，她请他吃了午饭，饭后他提议去河堤上走走，这时下起一点小雪，灰扑扑的固态河水，遏阻了天色，封死了星星，月亮好像还在上游，雪越下越大。他不知从哪里搞来两双长筒胶靴，两个人换上长筒胶靴，笨拙得像登月的宇航员。

(2017年第9期)

庄老爷的青绸衫

周 玥

庄府卸下丧幡后的每一个日子里,庄老爷都会穿着那件款式有些过时的青色绸衫,坐在遇见桥上的奈何亭里,望着人来人往的石桥和潺潺溪水叹息。有时候遇着人,庄老爷会拉着说好久好久的故事,他的每一个故事里都有他的夫人苏苏。

好些人都说庄老爷这是疯了,但也有人说庄老爷是装疯。庄老爷怎么会疯呢?庄老爷可是镇里屈指可数的富户,要什么没有?

庄老爷每天每天穿着他的青色绸衫,脏了就叫下人连夜洗好晾干,干不了就不出门,所以要是在奈何亭里看不见庄老爷,一定是昨夜下了一场淅淅沥沥的雨。庄老爷当然有许多比那件绸衫质地上乘又做工精致的衣服,以前他经常穿,但他现在就是不喜欢了。

少爷庄一说,老爷子您可别演了!早干吗去了?您这是做给谁看啊!庄老爷不语,他想起半月前,庄一找到他的时候,自己正在春满楼的贵宾厢房里和花魁小青花前月下,庄老爷觉得庄一骂得一点没错。在过去的许多个白天黑夜里,庄老爷都会这样无所事事地摇晃着身子,醉醺醺地躺在不同女子的香榻上,但他总做同一个梦,那梦里有他一直在寻的东西。

那日,庄一是去接庄老爷回府的,庄一就坐在春满楼外头的轿子里没上去,只吩咐管家去请人。老爷,少爷都候了您一个多时辰了,您就跟他回去吧!管家站在厢房门口,有些进退两难地说。回去干吗?我在这快活得很,庄老爷怀里搂着小青说。话音刚落,庄老爷看到一个熟悉的男人捧着一个红木盒子踌躇地朝他缓缓走来，是庄夫人的表哥。这时，庄老爷的眼神里开始闪出一种锋利的光，像是一把能将人千刀万剐的刀。男人快快地对庄老爷说，你到底什么时候才能明白？苏儿的心里一直都是你，你就快回去看看她吧！庄老爷什么也没说，只是看着男人，笑了笑，又笑了笑，便转身关上了厢门，然后响起了一浪又一浪的淫笑欢闹声。

男人无奈地看着窗纸上妖娆缠绕的两个人影摇头离去。庄一坐在轿子里，隔着长长的布帘叹了一口长长的气说，走吧！我们走吧！就不该来！我早没这个爹了。男人说，我再等等，再等等。起轿声毕，围着轿子的漂亮姑娘们和好事路人轰然散去，小青厢房的美人靠上出现了一个男人的身影，他一直望着庄府颤动的人马一点一点消失在狭长的街道，灌了一壶又一壶的竹叶青。

庄老爷赶回府时已是次日午时，同他一起回来的还有庄夫人的表哥。灵堂里穿着不同颜色孝服的亲友家眷都在掩面哀泣，庄老爷抱着红木盒子走进灵堂扑通一声跪了下来。庄老爷看见夫人穿着一袭轻妙的青色罗衫安静地睡在漂亮的檀木香棺材里，两鬓之间竟是稀疏白发。庄老爷想起很多年前，夫人为他亲手裁制了一件款式相同的青绸衫，但他从不愿穿，庄老爷一直觉得这青绸衫是做给另一个人的。

我是有多久没回来了？庄老爷喃喃自语道。您老还回来干吗！现在回来有用吗！怎么死的不是您！庄一红肿着金鱼眼，有些失态地朝庄老爷吼，庄老爷惊愕地看了他一眼，过了好久，庄老爷轻声地对管家说，帮我把那件青绸衫找出来，就是和夫人一样的那件。

当庄老爷穿上青绸衫的时候，哭了，庄老爷这辈子都没这么痛快地哭过，悔恨的泪水划过一道道无法重来的岁月痕迹。所有的尺寸都是这么刚刚好，分毫不差。庄老爷再一次打开那个红木盒子，里面是夫人细心打理的庄府的所有账簿，还有一封封盼君归来的"思念"。庄老爷这才明白，那个他在梦里一直追寻的东西就在他眼前，但他从未好好珍惜。

日子被一点一点慢慢地拉长，庄老爷的绸衫开始渐渐发白、褪色，袖口和领子也磨破了边，来庄府应征丫鬟的妙龄女子也跟着多了起来，而庄老爷仍穿着那件青绸衫整日整日地守在奈何亭里，望着石桥和溪水叹息，他们曾在这里相遇相识相知相爱。很多时候，庄老爷总会在遇见桥上看到苏苏穿着青罗衫的婀娜身段，但是一晃眼，苏苏就不见了。许多人都说这回庄老爷的心总算回来了，可等的人却走了，可惜啊可惜！许多人中的许多人又说庄老爷这是报应，活该！

后来的某个日子里，遇见桥上再也见不着庄老爷的身影，没人再找到过他。又在后来的后来，城门口的乞丐帮里多了一个气质非同一般的乞讨者，城外的河塘边出现了一个抱着青衣的疯男人，有人还在庄府夫人坟边不远的寺庙里遇见了一个奇怪的僧人，他总爱穿着一件破旧的青绸衫规劝来往的施主们，多归家啊！多归家啊！

（2017年第11期）

黑 伞

祁 媛

独处日久，她觉得自己越来越像只蜗牛，和屋子长在了一块。屋是壳，她窝在里面。可是想下去她又觉得自己不如蜗牛。蜗牛不必为买房发愁，不必挤公交车上班，不必天天化妆描眉，生来自带一个屋子，吃喝拉撒都在里面，这个优势不算小！于是她上网查了一下，发觉蜗牛的优势不止于此，比如，这么个软黏黏的东西，分泌的唾液居然能制约比它强大的蜈蚣和蝎子，真是天助也。此外，它有两万六千颗牙，在"针尖大"的嘴里"碾碎"食物。想着想着，她胳膊上就起一片鸡皮疙瘩了。记得从前母亲说过，牙多是富贵命，那么蜗牛就是世界顶级富豪了，可怕的万牙富豪！可蜗牛只吃草，命定素食，住处也就是个自带的床铺，客厅也没有，天热了，三伏天了，没有空调，而她却可以躲进有空调的卧室，听着空调轰轰轰的声音，于是她想自己应该是升级版的蜗牛，有时，一种短暂的愉悦在心里掠过，就是所幸自己还不是蜗牛，否则就离不开壳儿了，背着壳儿，也就是背着床铺去打车，挤公交车，泡吧，约朋友，总不好看。

风起了，窗外有一棵泡桐树，她可以看到泡桐树的一部分树枝在摇动，现在那树枝开始在风中狂舞了。这是她从小熟悉的景象，那时她曾担心舞动的树枝会在大风中断裂而飞到空中去，但那种情景一直没有发生，她觉得总有一天会发生的，不然地上怎么会有那些断树残枝呢。有一次，风特别大，那是她住在这个"蜗牛壳"以来最大的阵风，空中飞舞着垃圾袋，红的，黄的，白的，过节似的热闹，她也看得快乐了。她看到对面楼上种的小树，被刮得前仰后合，东倒西歪，眼看就要连根拔起了，但又站住了脚跟。

　　大雨已经下了两天，街上都是积水，没有人，只有路面雨水的反光和土灰一样的楼，土灰一样的景物，几辆车是彩色的，像是乱扔的积木一样停在路边。她想了想决定出门，随手抓了一把伞。这是屋里剩下的最后一把伞了，是在楼下小杂货店买的，很便宜，只十块钱。半透明的黑色塑料伞，这不知道是她买的第几把伞了，她不停地买伞是因为她总是把伞弄丢，她似乎记性不太好，出门老是会丢三落四，说"似乎"是因为她偶尔也有记性好的时候，比如从前一些细微的琐事——那件黄色背带裙，十岁生日时的蛋糕上的嫩黄雪青色的奶油花，对了，那次生日吃了两次蛋糕，一个是爸爸买的，一个是妈妈买的，不知是怎么回事。这些，她就总是记得，而且还梦到过，想起来这些都是她成长过程中的琐事，为什么单单记得这些事呢，她也说不清。

　　她在楼下便利店吃了一份牛肉面，随手买了一个打火机，上面印有黄色的"十足"两个字，还有红色的"24小时"什么的，这种打火机在她小的时候就是一块钱一个，这么多年过去了，不过才涨到两块。唉，人要是长得那么慢就好了。那时流行一种打火机，上面印着一个穿三点式的女人，只要被高温一烫，女人的泳衣就会褪去，留下一个全裸的女人，其实那么小小的图，即使全裸了也看不出什么名堂来。

　　那个时候她的家里有很多一次性廉价打火机，抽屉里堆了总有几十个，大多都是爷爷捡回来的，旧的、坏的，只剩一半油的打火机，被他组装了一下，又可以用了。也许爷爷从没有买过一只新的打火机，对于那时的爷爷来说，多花一块钱也会觉得是种浪费吧。她试着想象已经退休二十多年的爷爷，坐在小桌前，就着小台灯修打火机，那一刻，他一定是充实的。后来她想那充实的时候是有限的，他不能天天修打火机或别的什么，修完之后呢，那才是漫长的时日。是的，旅游，泡吧泡咖啡馆，听音乐，等等，能排遣一下，但爷爷是老派人，他大部分时间只是在家看电视，后来眼睛不行了，就戴墨镜看。此外，他还听越剧，但听来听去就是那几出，他大部分的时间都是枯坐在自己的屋里，屋里好像永远安静，就像路边那家小咖啡馆一样。

　　咖啡馆里面很少有顾客，里面的那个收银员总是抱着一把吉他在弹，他也不大会弹，磕磕巴巴的不成调，他大概也知道自己音不准，所以弹得很轻。

里面的灯永远是亮堂堂的，看上去很舒适，只是没顾客而已。其实她就喜欢没有顾客的咖啡馆，没有游客的公园，没有行人的街道和没有灯光的楼群，甚至是没有人的城市。街对面是一家服装店，店里有一个黑色的塑胶人体模特，身上总是套着华丽的亮晶晶的晚礼服，曾有一次，也是雨天，她看见这个塑料女模特被摆在店铺外面，霏霏淫雨中，它脸上、胳膊上都滴着雨水，那只滴着雨水的胳膊伸向前方，像是在邀请一个不知在何方的舞伴。上一次跳舞是什么时候，她已经记不清了，她是一个出色的舞者，据闺蜜说她跳起舞来美得连汗味都是草莓味的，可是她的左脚长了一种很顽固的鸡眼，钻心地疼，贴了几次膏药都没断根，后来还是去医院做了小手术才除去了它。她记得做手术的医生和蔼地说，要当心，你的脚有变形的趋势。从此，她就不怎么跳舞了。

前面横着蓝色的铁皮挡板，里面在建地铁站，已近一年了，仍没弄完。吊车车轮碾压着碎石子的声音清晰传来。她走到挡板前，从两块挡板之间的缝隙往里看去，路灯下，有几个戴着安全帽的工人在干着什么，她环视了里面，一堆堆的水泥预制板和一卷卷的钢筋，还有一些类似建筑垃圾的东西，她望着有点出神。这时，雨点密了，里面有人喊"收工"，听到那声音时，她不由得朝那个方向望去，是个开吊车的人，这时那人正从驾驶舱跳下，大皮鞋触地的声音很粗厉，那人的侧面，她觉得有点熟，但一时想不起是谁了。

风起雨斜斜，衣襟被风撩起来时，凉意也就侵入了。她躲进了一家水果店。店员正把摆在外面的挨雨淋的水果往屋里搬。老板娘是个阔脸妇女，怀里一个周岁左右的孩子睡得香熟，右脸有一胎记，五角钱的硬币大小，色泽微红，如同即将熄灭的炭火。据说有胎记的孩子都是天使，胎记就是记号，方便辨识，她想到自己后脑勺也有一块胎记，只是她无法看见，可见过的闺蜜说很难看，黑灰色，像皱巴巴的蛤蟆皮，她觉得那不是天使应该有的。老板此时坐在一旁闷头剥花生，他把剥下的花生壳整整齐齐地码成长长的"一"字，然后再把它们打乱重排，如此反复。身后传来一个男人的干咳声，仿佛那口浓痰粘在肺里怎么也不愿被咳出来，所以他就坚决不停地咳咳咳咳，终于咳出来了，叭的一声吐到地上，然后继续清理着口腔。她不愿在这继续待下去了，拎着挑好的橘子走出了店门。

风有点凉了,她取出一只橘子剥皮,然后往嘴里塞了几瓣,橘子很酸,她的左边刚被牙医磨过的牙开始隐隐作痛了。她忽然想起刚才在挡板缝里见到的那个眼熟的人,像父亲,是的,像父亲。父亲曾经也开吊车,是个老司机,要是活到现在,也该有五十二岁了,这个岁数并不老,但他死得早,竟像是个上上个世纪的人了。有时走在人群里,她会突然想到父亲,想着有一天他回来了,说他只是出了一趟远差。记得以前每次父亲出差回来,会把带给她的礼物悄悄地藏在某处,比如床上的被子里和衣柜里,给她一个惊喜。每次带的礼物都差不多,洋娃娃和裙子之类,那么这次出远差,算来二十多年了,父亲给她带了什么礼物呢?

她不再是当年的小女孩了,已是快三十的人了,想到这,她很担心父亲认不出她了,他肯定认不出她的,因为她无可奈何地长大了,她的脸,她的身高和说话的声音,都已不同往昔了,那么,看到这样大的变化父亲会怎样反应?她觉得他应该会伤心的。她想象着父亲站在那里看着她,就像看到一个陌生人。那么父亲会有什么变化?二十多年是很漫长的时间,他就一点没有变化,栩栩如生?真是难以想象。她很少,或者说极少梦见父亲,有一次终于梦到父亲了,见到他从一辆黑色吉普车上走下来,穿了一件挺括的黑色呢料大衣,身后还跟着几个保镖,父亲在那站着,也不说话,她想走过去跟父亲说点什么,却醒了。梦只做了一半,尽管如此,她依然觉得有一种亲切的感觉,或者确切地说感到了一种安慰,现实中的父亲常常是被人欺负的,而在梦里,他看上去干练而自在,体面而有尊严。

读小学时,一天大雨忽至,父亲到学校接她。往常都是母亲来接的。父亲拿了把黑色的大雨伞,那天雨很特别,连续四十摄氏度以上的高温,教室闷热,满屋腥臭的汗味,从窗子望出去,虽大雨,太阳仍在那儿,透过乳色的雨雾变成一个柔和明亮的"蛋黄",整个世界热雨纷纷,水雾氤氲,要不是雨点洒落在胳膊上脸上,她觉得那雨更像是浴室里的雾气。

那把伞并没有为他们挡住多少雨水,风猛且乱,有几次雨伞还差点被风吹翻了。到家不一会,母亲回来了,见了她就说"淋到了吗淋到了吗",她没说话,母亲看了看她,没再问了。她看到刚才父亲拿的那把雨伞这时斜立在门后的墙角,湿亮亮的,雨水从伞身上流下来,漫延在地,完全失去了原来热雨的温度，而像一个阴凉的影子，一个扭曲了的人影，静立墙角，后来水渍干了，影子也就没了。

有时她的脾气很坏，特别急，在这一点上，她像她父亲，不能受委屈，不懂得什么是委曲求全。记得小的时候，父亲喝醉了，回到屋里就会噼里啪啦摔碗摔碟，像女的一样。她知道父亲在外面受了气，心情不好，她发现那白底蓝边的瓷碗破碎的瞬间显得清脆爽快，毫不拖泥带水，现在想来那无疑是一种精致的毁灭。父亲一定不知道，每次他在家摔东西时，旁观的她也会觉得痛快无比，快乐得像火树银花似的。

长大以后，每次在外面受了气或生了气，她也有那种像父亲一样把什么东西破坏掉的冲动，不过只是想想而已，她既没有摔过碗也没有摔过盘，甚至连个小碟子也没摔过，她仅仅把气憋在心里，后来也就慢慢好了，她从没放肆地生过气，因为她知道没有人会吃她那一套，更没有人会纵容她和原谅她。父亲不一样，再不济，也是一家之主，可对于一个男人而言，只能关起门来发脾气，放肆，叫嚣，是多么无奈和可怜啊。

脚下的积水，在路灯的照耀下，泛着如蛇扭动般五颜六色的光。街上的行人并不多，偶有一两个人影飘过去，他们的影子被路灯拉得好长好长，像是拖地的黑长袍。

回去的路上，她突然发了狠，把手中的黑伞狠狠地往路边的墙上摔过去，没有任何原因，这一天不过是平常的一天，她听见了吧嗒的一声，然后伞就在夜色中落在灌木丛里了，她瞬间获得了快感。她继续往前走，风很大，开始电闪雷鸣了，像是什么东西漏了电，她不知怎么开始惦记起那把伞来，她怕雨伞被淋湿了，想到这她觉得自己可笑，她很久没有这个可笑的感觉了，她停了脚步欲往回走，又犹豫起来，终于，还是转身折回。没有费什么力气，她就找到那把伞了。它静静地躺在灌木丛里，没有被别的人捡走，她把它拾起来，湿漉漉的，伞还是好的，一点也没有被她摔坏。她突然暗暗地觉得有点对它不住，伞啊伞，我曾经把你扔了，你一点也不怪我吗？伞还是静静的，一点也不生气。她突然觉得这把伞好像和原来有什么不同了，但也说不上哪里不同。

她打着伞又往前走去。天压得更低，风更大了，把她吹得东倒西歪，她只得紧握住伞逆风而行,这时,她忽然发现自己这小半生所做的一切,都只是想在大风中立住,不被吹倒吧。

(2020年第5期)

青年旅馆

赵 挺

燥热的午后，我躺在油腻的修车铺里。那一年，我和冠明哥二十几岁，没有什么钱，但整天在谈论阿斯顿·马丁前后悬挂的稳定性，GT-R百公里的加速是二点六秒还是二点四秒。为了零点二秒的区别，我们能谈论一下午。谈完之后，我时常会想，如果我们有一辆轮子会动，方向盘会动，不会散架的汽车就好了。

这个愿望很快就实现了。

那天夜里，我打着手电筒问冠明哥，好了没？

冠明哥没有回答，汽车轰的一声就发动了，仪表盘一片光亮，令人兴奋。

冠明哥掸掸衣服说，牛吗？

我看着发动的汽车说，牛。然后我拿着手机说，我看看导航，现在就选一个地方。

冠明哥说，哪里都可以。

我就选了一个离我们最远的地方。活了二十多年，可能一切就要改变了。

一

天气不算很好。

冠明哥开着车在通往班公湖的路上，我坐在副驾驶座听着Augustana的音乐。此时，我们在宁波的长春路，班公湖在西藏的阿里，大概离我们还有五千公里。这还有另外一个很酷的说法，叫穿越中国。

我们花了八百块，修了这辆20世纪90年代产的二手丰田车。我们堵在长春路拥挤的晚高峰里，Augustana正在唱他们的代表作Boston。歌词大意是，厌倦了加州生活，要穿越美国去波士顿。这很符合我们当下的情况。虽然我知道，根本没人知道Augustana这支乐队。以前没人知道，以后也不会有人知道，他们已经解散了。

Augustana是一支偏向于90年代成人风格的乐队。

我对冠明哥说，我们的丰田车也是90年代的，时光倒回的感觉非常酷。

冠明哥说，90年代产的这款丰田车没有发动机防盗系统，所以可以轻松得手。

上个世纪生产的汽车，很多都没有发动机防盗系统，所以你只要找到点火开关下面的两条线，一搭上，车就能启动了。

我们之前已经观察了好几个月，这车一直停在冠明哥上班的修车铺附近。

冠明哥说，我看了一下，这车有一年半没动了。

我说，看哪里能看出来？

冠明哥说，看方向盘上的灰。

此时，夕阳在我们的右边。冠明哥开着车窗，吸着一支万宝路。我用一只老款诺基亚手机给小麦发着信息。万宝路和诺基亚也都是90年代的产物，这种感觉确实挺酷，但我没有说出来，因为造成这么酷的最重要的原因可能是没钱。

我给小麦发了一条信息，我要去穿越中国了，真正地在路上。

这时候车子抖动了一下，冠明哥熟练地换了一个挡位。

小麦没有回我，我继续发了一条，从中国的最东边，到最西边，去新疆和西藏的边境公路。

这时候车子剧烈抖动，然后就熄火了。

冠明哥叼着烟说，没事，我掉个头，去换个火花塞。

我又拿着那款黑白手机给小麦发了一条，永远年轻，永远热泪盈眶，听说过吗？

冠明哥在拥挤的长春路掉头到一半说，靠，好像没问题了，然后犹豫着把方向打回来，结果车子又熄火了。

我们的这台二手丰田汽车就这么斜在了晚高峰的长春路上。两边喇叭声此起彼伏，四面八方千言万语汇成一句话，靠你妈，会不会开车啊。

冠明哥掐灭万宝路说，谁嘀嘀我揍谁。然后赶紧摇上车窗说，我打电话让老王过来拖车。

两边的车就像蚂蚁一样慢慢在我们身边挪动着，熙熙攘攘，嘈杂不堪。

Augustana还在单曲循环着那首 Boston。循环到第十遍的时候，冠明哥打电话给老王说，王哥你也太慢了吧。

老王在电话那边说，妈的，我被堵在长春路了，比蚂蚁还慢啊，他妈的……

冠明哥没等老王说完，就掐断了电话。此时，太阳从我们的右边完全消失。

当我们第二天把车修好，再次把车开上拥堵的长春路之时，冠明哥接到了修车铺老板的电话，让他赶紧回来，急事。

冠明哥说，什么事啊？

老板说，麻将三缺一。

冠明哥咬着烟对我说，算了吧。

我说，是的，麻将回来也可以打。

冠明哥说，我的意思是先回去打麻将。

我说，也行。

我们的每次决定都是这样。

这台90年代的二手丰田车，是我人生中的第一辆车，但也许只是半辆，也许只是一个轮胎，也许就一个反光镜。

譬如，为了防止这车被偷，冠明哥装了廉价的警报器，有天晚上车停在小区里，警报器声音大作，第二天一群大叔大妈激动地围着冠明哥，冠明哥随手指指我说，车是他的。

有时候冠明哥也和我说，这车就算我们不开了，卖掉也值一万块，如果里程修改一下，可以卖到两万块，到时候每人一万。

有时候，我没事开着车去转悠很久，冠明哥就说，这车是我搞来的，你就帮我打了一个手电筒啊。

二

除了那辆车，我还有一个叫小麦的女朋友。有人说她长得像徐若瑄，有人说长得像汤唯，还有人说长得像邓丽君，我也不知道这三个人有什么共同点。我从来不关心女朋友长得像谁，只要长得漂亮就行。

现在小麦回我信息的频率越来越低，速度越来越慢。以前发她信息就像自动回复，发过去马上就回过来，后来我早上问她起床了吗，她中午的时候回我刚吃好中饭。再后来我晚上问她睡了吗，她第二天晚上回我现在有点困了。除此之外，将"嗯""哦"这两个字的用法发挥到了极致，回复内容基本以这两个字为主。

现在已经一星期过去了，她都没有回复我，所以我只能开着这辆二手丰田去找她。早上七点，我把车停在了她上班的楼下。我在车里抽掉了一包烟，往外弹烟灰的时候，有一半的烟灰飘回了车里，纷纷扬扬，恍恍惚惚。这期间还被交警赶跑了三次。交警准备抄罚单的时候，我说我马上走，然后兜了一圈又马上回来了，而交警还在那里贴罚单。

中午的时候太阳特别猛，中控台都快被烤焦了。我都不知道空调怎么开，就算知道怎么开也不舍得用。于是买了一份盒饭，蹲在树荫下，看着打开车窗的汽车。其实看了也白看，又没有什么东西可以偷，再说了这车都是偷来的。

想到这里的时候，我的盒饭已经吃掉了一半。旁边保洁大爷一直拿着扫把看着我。我想，我混得又不比他好，这样看得我饭都吃不下了。我问了一句，大爷，你饿吗？大爷扫把一挥说，快点吃完，饭盒给我，省得乱扔。

就这样到了下午五点半，太阳不再那么猛烈的时候，我终于坐回了车里。虽然小麦没有一次正经地承认过她是我的女朋友，但是我们所有不正经的事都干过，我想这应该算是正经女朋友了吧，况且妆前妆后我都能认出她，这说明我对小麦的了解已经比较深入了。但是整整一天我依旧没有看到小麦。

于是我穿过高峰期，把车停在小麦家楼下等她。那条小路堵得喇叭声连绵起伏。一个大叔电动车左把手上挂着一只烤鸡，艰难穿到我身边，犹豫了一下，唰地过去，我的反光镜被撞得往前一翻。烤鸡的香味冲入我的鼻腔。我立即伸出头喊了声，喂！大叔一个急刹，叼着烟回头说，想怎样？我犹豫了三秒说，烤鸡哪里买的？大叔吐掉烟屁股，左突右闪开走了。

我还被三轮车大妈拍了拍车屁股。我说，怎么了？她一脸和蔼地说，小伙子你让让。我看她态度这么好，也不知道说什么。一般来说，态度比我好的我都不好意思不让，态度比我差的也不敢不让，所以我就开到了斜对面。然后三轮车大妈就把三轮车一停，拿出一只喇叭不停播放，西瓜，正宗洞桥西瓜五毛一斤。

大妈的喇叭自动循环了两遍，一个中年大叔就敲敲我的车门说，门口不能停车。我看了看说，门在哪？他指了指他店面的方向，我发现起码有二十多米远。我说，这么远也叫门口？大叔说，正对着我的门，财路被你堵死了。于是我又开到了斜对面，一停下，一个穿着老头汗衫的人伸出一只手说，五块。我说，我人在这里，马上就走了。那人说，不管你走不走，五块。

于是我下车说，你等等，我买个西瓜就走。

那个人就穷追不舍跟着我到三轮车大妈面前，非得要我掏出五块钱，不然连西瓜也不让我买。于是大妈就和他杠上了。老头汗衫摆出了打太极的架势，三轮车大妈亮出了一把西瓜刀。周围迅速聚集起了一帮人。水泄不通，好戏上演，我就逃走了。

我听着收音机，把车开到小区里面绕了两圈。因为没有停车位，就把车冲上了草坪。跑到楼上猛敲了一阵门，没有反应。我又踹了一脚，结果对门开了，伸出一个男人的脑袋说，你再敲我报警了。我转身想对着他问一句，你好，请问一下，最近有没有看到过对门的姑娘？结果没等我开口，他就啪地将门关上，然后大喊一声，你要是敢敲我门，我现在就报警。

我边下楼边想，怎么动不动就报警。我将车开出小区大门，看到一辆警车呼啸而来，停在了路边。我心想，靠，这么快。警车门刚打开，老头汗衫拉着自己更破的汗衫说，警察同志你看看我。大妈捧着稀巴烂的西瓜说，警察同志你先看看我。

我一脚油门就朝江滨公园开去。以前我和小麦能在江滨公园来回走个七八趟。我不好意思说累,她也不好意思说累。实在没办法我只好假装脚扭了一下,然后坐到石凳上。这个时候小麦就特别担心,她特别担心的时候我就感觉心里特别温暖,虽然除了特别担心小麦什么也没做。

我在江滨公园停了半个小时。下车步行绕过了大卫像。这个大卫像是意大利佛罗伦萨和我们这个城市结成友好城市时,一比一复制送给我们的。大卫天天光着身体面对潮起潮落的江水。我和小麦刚认识的那会儿,我总是一本正经地说,来,我们去看大卫像。后来时间久了我依旧一本正经地说,来,我们去看大鸡鸡。这说明我们的关系发生了质的变化。再后来我还是一本正经地说,来,我们去看大鸡鸡啦。小麦就一本正经地说,你能不能稍微文雅点?这说明我们的关系还在发生着质的变化。

我开着车又穿过我们这个城市最繁华的街道,那些商店、餐馆我们都去过,还有电影院门口《速度与激情8》的大幅广告非常耀眼。我和小麦认识的时候才《速度与激情4》。那时候我和小麦约定一定要把"速度与激情"系列全部看完。结果商业片永无止境地拍了下去,而我却找不到小麦了。

兜了半个城市,我还是回到了小麦上班的地方。万一她在加班呢,所以我准备上楼去找她。大楼有门禁,肥腻的保安已经半睡半醒。我想我已经来找过小麦好几次,万一他认识我呢,于是我准备让他开门。他看了我一眼说,全都下班了,楼上没人了。我说,我有急事。他说,哦,你是小王吧。虽然我姓赵,但还是一个劲点头说,对对对。保安大爷说,不对,是小陈。我还是笑笑说,对对对。保安拿着手电筒对着我说,我随便说说,你就对对对,你到底干什么的,不然我报警了。

我在楼外面待了几分钟,心想,报警也可以啊。万一不是我失恋,是小麦失踪呢。但后来想想也不行,万一警察找到小麦了,那不就意味着我失恋了吗?所以报警的确是一件可怕的事情。肥腻的保安还在贼溜溜地看着我,此刻我多么希望这楼轰然倒塌。

我又踏上那辆二手丰田车,开到一条垃圾街。山寨炸鸡店正在搞儿童套餐活动,买个套餐送个迷你小熊。我过去要了一份。等我狼吞虎咽地吃完才发现,老板竟然没有送我那只迷你小熊。

二十几岁的这一天，我为没有得到一只迷你小熊而感到气愤。我觉得自己被骗了。我走到店铺里，气愤地告诉他们没有给我迷你小熊。老板一脸不屑地说，送完了。

我一拍桌子说，你他妈骗我是不是？

老板斜了我一眼说，送完了你说怎么办？

我说，你说呢？

此时，店外走进来两个文身大汉，操着一口东北话说，大哥，咋的？

我说，没事，有什么给什么吧。

老板说，什么也没有。

我就这样走出了店门，此时老板突然从店内扔出一只迷你小狗。小狗在空中画出一道完美的弧线，正好被我接住了。

我把这只脏兮兮的迷你小狗放到汽车中控台前，它就这么呆呆地看着我。二十几岁的这一天我觉得过得还不算太差，就是迷你小熊换成了迷你小狗我有点不爽。如果小麦在的话，一定会一脸惊喜地说，哇，真可爱啊。那时候我一定会说，特意给你买的。

这一天睡觉前做的最后一件事就是，我把这只脏兮兮的迷你小狗取名为，小麦。

三

凌晨的时候，我坐在车里听收音机里的故事连载。我打算就这样听着故事慢慢睡着。此前我大概开了三百公里。我也不知道要去哪里，我只是看着油表开，开到只剩最后一格油的时候，就把车一停听收音机。其间冠明哥打过我几次电话，我都没有接。他找我也只有两件事，打麻将三缺一，车去哪里了。

两个故事听完的时候，外面那个大哥开始对着我深色的玻璃窗捋头发，弄眉毛，最后竟然抠起了鼻毛。这个时候，我就摇下了玻璃窗，他抠鼻毛的动作瞬间就停住了。两秒钟后对着我一笑说，能不能摇上来，让我再照一下。我就又摇上了车窗，刚摇上我又摇了下来，那大哥咧着嘴正要拔下一根鼻毛。

我说，你还是照反光镜吧，这样还能照得清楚点。于是他就蹲着身子，歪着头对着反光镜。

半分钟后，他站起来表示，能不能载他一程，我说油没了，他说可以到附近的加油站帮我加一百块的油，他家就三公里远，我算了一下还赚六七十块，于是就发动了汽车。

大哥坐在副驾驶座上问我，这么晚，在车里干吗？

我最不喜欢回答这个问题了，我怎么会知道我在干吗。于是我就说，在车里看你抠鼻毛。

大哥笑了笑盯着后视镜说，你这个手串不错。

这个时候我才第一次注意到后视镜上挂了一个手串。毕竟，这车里没有一样东西是我的。于是我说，大哥，你猜这个东西多少钱？

大哥伸出一个手说，五千。

我吓得方向盘轻打了一下，顿时觉得自己要发财了。

我说，大哥，三千卖给你要不要？

大哥说，可以，帮我留着，到时候给你钱。

一路上大哥还和我谈了许多天文地理、人生哲理以及个人情感故事。我也掏心掏肺地讲了我和小麦的故事。大哥拍了拍我的肩膀，颇有同是天涯沦落人的感觉，害得我差点车子冲上绿化带。我们彼此互留了电话号码，毕竟多个朋友多条路。

下了车大哥就带我去吃最好的夜排档，各种小炒烤串啤酒。喝多了，我们轮番去后面的小树林里撒尿。大哥最后一次撒尿去了一个小时都没有回来，我以为他去大号了，结果夜排档都要关门了，大哥还没有回来。老板说，一共七百块，给你打个折，六百六吧，吉利。我说，老板六十六也很吉利的。老板说，你真幽默，好了，付现金吗？我说，老板，我洗碗行不行？老板说，我们都关门了，你就别开玩笑。我说，没有开玩笑，我真的给你洗碗。这个时候我不停地给大哥打电话，我心想，死骗子演技实在太好了。我刚想完，大哥就接电话了，大哥说，好了来了来了，刚喝多了，路边睡着了。大哥踉跄着走到我面前，付给老板七百，然后拍着我的肩膀说，急什么急，难道我们还不给钱？我心想，大哥真的是性情中人。

大哥还带我去他爸爸妈妈和岳父岳母的家。去的路上，他告诉我对长辈父母应该孝敬，平时没记得，过年过节一定要买点烟酒孝敬。我想起我爸妈，自从我成年以来，我没有给过我爸妈一分钱。于是我问，软壳中华多少一条？大哥说，八百块。我心想看来我孝敬爸妈的机会都没了。大哥摸出一叠现金在我面前晃了晃说，钱只有用对了地方才能叫钱，一会儿我楼下店里买点烟酒。我说，大哥我这手串三千先给吧。大哥又晃了晃那叠钱说，买烟酒都不够呢。我说，这里有多少钱。大哥说，一万块。大哥说完就把钱放到了包里。我心想，要是我有一万块，那我就要开车去很远的地方，各种吃喝玩乐，结果走神把前面的车子追尾了。我还没反应过来，大哥就淡定地下车和对方交涉了几分钟，然后从裤兜里摸出两百块钱就了事了。

　　这期间我还沉浸在一万块如何花的喜悦当中，在大哥上车之前，我已经将大哥包里的一万块钱挪到了自己的座位底下，我还胡乱地往他包里塞了一些乱七八糟的东西，防止包太轻产生怀疑。我承认我不是一个好人，但也没有人知道我是个坏人。

　　在烟酒店的时候，大哥挑选了一些烟酒说，你在这等我，我先把这些东西送到楼上岳父岳母家，一会儿下来统一结账。我眼睛盯着那辆二手丰田，底座下一万块，加手串三千块，对我而言已经是巨款了。过了一会儿，大哥回来又挑选了一些烟酒说，你再等我会儿，我上去给我父母送点，一会儿回来你开车带我去我那舅舅家。

　　大哥第二次走的时候，我有想把一万块钱还给他的冲动，但是我找不到理由，一万块钱为什么会跑到了我的座位底下，这太不符合常理了。在我这么想的时候，大哥已经捧着烟酒消失在我的视线里。

　　我等了一个小时、两个小时，大哥都没有来。于是我打电话给他，从没人接听到您拨的电话不在服务区。到了晚上，老板说，赶紧付钱吧，不付钱我就报警了。于是我把座位底下的一万块给了老板，老板甩着那一叠钱说，已经给你便宜了。

　　我把那辆二手丰田车从烟酒店门前开走的时候，大哥打来了电话。我那只诺基亚古老的铃声响了很久，我一直没有接，最后我关掉了手机。

四

我也回家去看看我的父母。我买了两条香烟和两瓶酒，特点是全都是假烟假酒。

我发现我父亲已经不抽烟了，也不喝酒了。他买了一套茶具，红茶绿茶普洱茶说得头头是道，座位的正后方，还挂了一幅书法，裱了框，四个字：心静如水。

从我这个样子，你们就可以看出来，我父亲应该是和我一样的人。我记得在我刚识字当作家那会儿，我爸还穿着牛仔裤留着长发喝着拉罐啤酒在轮船码头做票贩子，或者开着一辆摩托车叼着一支烟到处走走逛逛。还有一次我因为玩小霸王游戏机没有去上学，他破门而入把我暴揍了一顿。现在他好像不怎么动了，据说除了喝茶以外，还爱上了钓鱼。钓鱼是我最受不了的事情，因为要一动不动坐上一整天，这简直没有办法让人理解。按照我爸的性格，应该开一艘快艇，一路撒网或者电网电鱼，激情四射，暴力简单。

我说，爸，干一杯啤酒。

我爸说，喝枸杞茶，养生。

我以前早上都是自己去上学，因为我爸起得比我还晚。现在五点半他就来敲我的门，敲完我的门就出去锻炼了。最近好像在练习五禽戏，据说练习五禽戏能活到一百多岁。二十多年前，当我爸跳进河里的时候，他绝对没想过今后想要活到一百岁。

我妈那时候只是到水里去捡一块石头，摔了一跤。我爸不会游泳，但是看到我妈长得漂亮，水也不深，于是就跳了下去。最后我爸还是受伤了，因为水太浅了。这些都不重要了，重要的是他们成了我爸妈。

我说，爸，能不能借我点钱。

我爸来了一句古语，君子爱财取之有道。

我实在不能理解我爸的意思。于是我伸出一只手说，就五千块。

我爸说，礼不在轻重，钱不在多少。

我说，那行，一万块也可以。

我爸说，身边只有一千。

我拿了我爸的一千块就走了。我妈正在看一本励志学的书。她以前是个很漂亮的女人，你们知道漂亮女人都是不怎么看书的，关键是没有时间看书，那么多男人看着你，你也不好意思只看着书。但是我妈现在不一样了，各种成功学、励志学买了一大堆。以前她做的糖醋排骨、凉拌鸡肉丝、葱爆大蟹我最喜欢吃了，现在不知道还会不会做。

我拿着我爸的一千块只走了一天，就又回来了。

我又伸出一只手说，爸，你再给我点钱。

我爸说，五千真的没有。

我说，五万块，这次是投资，我要开店。

我爸说，开什么店？

我说，还没有想好，有钱了我自然会想好。

我爸听到这句话，拍了拍茶具然后把我臭骂了一顿，骂到一半的时候，他看看后方的墙上，然后摸摸自己的胸口说，水如静心，水如静心。

这之后我才知道，这幅书法是上周才挂上去的。我本来想纠正一下我爸这个从左往右的念法，后来想想也就算了。

我为了从我爸那里拿点钱，陪我爸尝遍了各种茶，然后还陪着他钓了三天鱼。

我说，爸，没有五万，四万也行。

我爸说，嘘，别说话，鱼跑了。

我说，还不如电网电啊。

我爸拿着鱼竿说，守得住寂寞，就守得住生活。

我想起十多年前，我爸开着摩托车带我去兜风，我们连头盔都没有戴，风呼呼打在脸上，头发吹得跟超级赛亚人一样。我们还一起玩小霸王的游戏一整天，然后我忘记了上学时间，我爸把我暴揍一顿之后，自己继续玩，并且从此立下规矩，你要是魂斗罗三条命能通全关的话，那就可以忘记去上学。就是在我爸这种英明的教育下，我早早地就用三条命把魂斗罗通关了。

我最后一次陪我爸钓鱼的时候，因为实在太无聊，打瞌睡差点掉进河里。我第一次觉得，像我这样的人钓鱼还是一项危险的活动，我爸和我是一样的人，我觉得他这样钓鱼迟早也有一天会打瞌睡而掉进河里，但他说永远不会。

五

南方梅雨季节开始的时候，我依旧坐在这辆破旧的二手丰田车里，昏黄的路灯从挡风玻璃照进来，通风口涌进潮湿的空气。公交末班车已过，地铁站关闭，火车停了，航班没有了，出租车回家了，私家车在睡觉，一切都停止了。我和我的收音机还醒着。收音机里放着帕格尼尼的音乐和普希金的诗歌，午夜有时候就是这么没有意义。帕格尼尼和普希金不会想到，一百多年后他们两个会被放在一起，且在中国沿海的南方小城里有个年轻人对他们作品的感受是，无聊和烂俗。

这种无聊和烂俗大概是从80年代或者90年代开始的，具体的时间，也许是从我爸拿着大哥大别着BP机去一个咖啡厅喝了一杯不加糖的黑咖啡开始，也有可能是从我舅舅拿着诺基亚涂着啫喱膏去一个西餐厅点了七分熟的黑椒牛排开始的。

我将笔记本搁在方向盘上写道：我昨天在梦里打了修车铺的老板一拳，在他的鼻血流下来之前我就跑了。现在整个世界都是潮湿的，就像东南亚的雨季一样。

我还想再写点什么，或者说再对丁麦哥哥说些什么。

我掏出手机看了看历史信息。这部破手机我用了六七年了，丁麦哥哥几年前发我的信息我都还留着。我那时候没有回他信息，是觉得丁麦哥哥是个二流子，他吃喝嫖赌什么都干，后来他就去了广东，后来据说又去了东南亚，靠旁门左道赚了一点钱。现在我也成了一个二流子了，周围又没有二流子，所以我给丁麦哥哥发了一条信息。但是丁麦哥哥一直没有给我回信息，我就怀疑自己是不是连个二流子都做不成了。

我有必要介绍一下我自己，在二十岁以前我是个作家，差不多刚开始认识几个字，我就成了一名作家，这直接导致我二十岁以后不知道还能去干什么。

我染上写作这个毛病已经十多年了。1997年的夏天，我十岁，身体还没开始发育，英国结束了对香港的殖民统治。我在学校机房里用一台486电脑吃力地打出一行字：香港回归，丁麦哥哥何时归。

我将这句话抄到笔记本上。我的写作就是从这个时候开始的。那时候大家都不会打字，我因为这行字，受到计算机老师的表扬，他把我的人PS到了埃及金字塔上面，并且打印出来作为礼物送给我说，这世界上从来没有人登顶过金字塔，但你上去了。

2000年还没到来的时候我到处炫耀这张照片，而2000年后的某一天我突然扔掉了这张照片，这拙劣的技术让我觉得自己是个傻帽。除了时间节点，我也不知道具体发生了什么事情，总之一切都莫名其妙地来得很快，很突然。老师告诉我们，有人活了八九十岁才经历了一个世纪，而我们活了十几岁就跨越了两个世纪，我们是幸运的。这么多人一起幸运，那幸运也没什么多大的意义。

天亮的时候，我发动汽车，准备开到更加南方的地方去。如果想成为丁麦哥哥那样的人，那也要走和他一样的路。我给汽车加了油，还买了一点肯德基。在吃肯德基的时候我发现服务员忘记给我番茄酱了，但我并没有很生气，我觉得自己还有很重要的事情要做，等吃完肯德基我就发现，番茄酱掉落在位置左边，于是为了避免浪费，我单独把两包番茄酱给吃了。

我为了省高速费就打算走国道，结果还没出城就把一只狗给撞了。我舒了一口气，幸亏撞的不是旁边的中年妇女。我刚舒完气，旁边的那个中年妇女就猛敲我车窗说，还我家一休的命，还我家一休的命，然后抱着小狗鬼哭狼嚎，周围行人纷纷驻足，场面堪比一场特大车祸。我心想，要是我撞了中年妇女，小狗反应倒不会这么夸张。最后中年妇女和我大谈狗族血统智商排名，结果我赔了两千块钱。迫于无奈我只能把原先挂在后视镜上的手串拿去卖掉。我在古玩店对着一个长着络腮胡子的人说，三千块吧，最低不能低于两千五。虽然这么说，但我心想两千块也卖了。那个人看了几眼说，三十五块吧，不能再高了。

这时候，我连续给丁麦哥哥打了好几个电话，都无法打通，于是我又给他发了数条信息，就像当初他给我发许多信息我没有回复他一样。

我就继续开着那辆90年代的二手丰田车。梅雨季节的天气说雨就是雨。我摸索了半天才搞清楚雨刮器开关在哪，调不回近光灯被对面的车子狂闪，汽车除雾全靠抹布擦。我突然发现我对这辆车的许多功能都不是特别熟悉。

六

我把车原模原样停好之后，这车就像从来没有动过一样。我又走到了修车铺。冠明哥和老板正躺在大吊扇下睡觉，我也在大吊扇下躺了下来。在被一阵喇叭声叫醒之后，老板看看我，挥挥手，示意我先过去看一下。此时冠明哥也过来，拍了拍我的肩膀说，车呢？

我说，停在原来的地方。

冠明哥说了一句，妈的，我找了好久了。

我在修车铺待到了晚上关门的时候，冠明哥都没有回来过。

（2020年第5期）

仓 鼠

池 上

一

最先发现那些家伙的是源源。当时，郝丽正牵着源源的手往瑞克英语赶，忽听得他喊，妈妈，快看。那里有老鼠。郝丽停住脚，扭头一看，看到了一个长方形的玻璃柜。玻璃柜中间又用玻璃隔成许多个小间，在原木色背景的映衬下，显得相当高级。不过，尽管离得不近，郝丽也能一眼确定那不是老鼠。那是一只仓鼠，灰白相间，很是肥硕。

那是仓鼠。郝丽说。仓鼠？源源的眼睛瞪圆了，露出好奇的神色。郝丽却不耐烦了，快走吧，不然就要迟到了。说着，拽起源源的手就走。

这是万泰大厦最南的区块。通常，郝丽会把车停在大厦地下车库的北区，再坐直达电梯上到四楼。不过昨天，车子出了点故障。他俩从地铁口出来，走了一大圈才到南门。

果真，到达瑞克英语时离上课只剩一分钟了。前台的老师一手拿一个额温计，一手拿一瓶免洗洗手液给源源量体温、洗手，又急忙领他去教室。等源源终于消失在她的视线里，她绷紧的神经才稍许放松下来。

每周三、周日晚上，郝丽都要陪源源到瑞克英语来。瑞克英语的学习时间是两小时。她常常在三楼的服饰部逛上一圈，再到一楼的星巴克点杯咖啡打发余下的时间。这座综合体大厦地处黄金地段，可谓全方位满足她的需求。当然，也不是没有缺点——东西太贵。

就拿瑞克英语来说吧。确定来这里之前,郝丽前前后后跑了不下八家机构。查看机构环境啦,上试听课啦。价格自然是重要的,但老师的口语是否标准,对孩子是否有爱心,还有机构的口碑亦是她考察的对象。A机构的优惠力度倒是大,可那外教老师翻来覆去就那么两句话,试听课尚且如此,又能指望学到什么?B机构感觉不错,可惜离家位置又远。考量了一番后,还是选了这家。

她将滑落的双肩包往上提了提,准备去星巴克小憩一会。下楼时却不知怎的想起那只仓鼠。小学二年级时,家里曾养过一群鸭子。那群小鸭子嫩黄嫩黄,毛茸茸的,挤在一只纸板箱里。那阵子,她每天放学后回家的第一件事就是看这些鸭子。她是那样喜欢这些鸭子,以至于它们长大后,她变得惊讶、愤怒,根本不能接受。灰白的湿湿的脏兮兮的毛,每走一步便一撅一撅的肥大的屁股。奇怪的是,这些变化仿佛是一夜之间发生的。否则,她又怎么会察觉不到端倪?

郝丽其实忘了,那其实是有端倪的。最初是它们变大的个头。原先的纸板箱已容不下它们,母亲给它们划了块空地,由着它们在那块空地上撒野。它们身上的黄色慢慢褪去,露出一点不纯的白色。她背书包经过那块空地时还踩过鸭粪,但由于那时变化还不明显,所以未能引起她的关注。等到发现时,它们已然变得无可救药。她心痛地望着这群鸭子,听到母亲说,今年的鸭子好,再过几天就能宰了做酱鸭了。

她后来也没吃那批酱鸭。并不是出于怜悯,相反,那是失望。再后来,她去了县里的中学念书,又考上大学,留在了杭城。她再也没有养过宠物。

她都走到那个玻璃柜前了,才发觉那其实是两只仓鼠。一只躲在另一只仓鼠的后头,从刚才的位置看去正好被挡住。它缩成一个球,将自己掩在木屑底下,露出浅棕色的头和半截白的身子。从它规律的微微起伏的身体,她推断它在睡觉。

有人拍了下她的肩膀。她一扭头,原来是姚亚军。姚队长,这么巧。是啊。真巧。姚亚军笑笑道,好久不见。是啊,好久不见。她也笑着回道。

二

　　站在庆春路的十字路口往北望，可以看到一块巨大的招牌：润友超市。这润友超市是本地的大型连锁超市。超市最红火的时候，一度在市区有十几家连锁店。八年前，郝丽大学毕业，在润友超市总店做助理。工作不久后，总店率先实行超市商场一体化，一楼、二楼是传统的超市，主打生鲜、蔬菜、水果、保健品等，三楼、四楼则装修成了百货商场的模式，主营服饰、鞋类。

　　不过，气派归气派，超市装修验收前却遇到一点麻烦。原来超市防火墙和几处通道临时有变动，却没报批。验收后消防大队要求整改。按说郝丽作为一个新人，和此事八竿子打不着。但郝丽来这家超市是她堂哥介绍的，她堂哥和这家超市的李副经理是高中同学。许是为了锻炼、提携她，总之，她被拉进了那场饭局。

　　郝丽所在的是一间古色古香的房间，房间中央摆着一张老大的圆桌，桌上盖块台布。李副经理掀开台布一角，台布下是层钢化玻璃。看到没，李副经理点点钢化玻璃道，这可是货真价实的古董。郝丽这才看清原来钢化玻璃底下是张红木桌子。李副经理又说，今天要不是严局长，我们哪知道还有这么好的地儿。

　　严局长脸长，瘦，乍一看有股清苦相。不过一旦他开起口来，眉毛上扬，和不说话时判若两人。此人是西湖区旅游局局长。他甚至都没朝李副经理掀开的桌布下望一眼，便在一张椅子上坐下。想当年，胡雪岩就是在这间屋子里，这张桌子上宴请的宾客啊。严局长这么一讲，众人纷纷赞叹不已。

　　郝丽站在众人后边。这是郝丽第二次来胡雪岩故居。大二那年，她曾和几个同学来过这里。要说杭城最有名的除了西湖便是河坊街。自21世纪初河坊街开街以来，每天都有一辆辆的旅游大巴往那里开。河坊街上有家胡庆余堂，就是胡雪岩当初筹建的。胡雪岩虽然家道中落，但这家老字号药铺却保留了下来。

　　胡雪岩故居就在胡庆余堂边上。郝丽一行人穿过幽深的曲径，到达芝园。正是正午，太阳直直地照在一汪幽绿的池水上，泛出粼粼波光。水池中央有一座曲桥，曲桥过去是一组假山。假山内设有一个溶洞，上边是荟锦堂和影怜院。郝丽之所以记得这么清楚，是因为这荟锦堂是芝园内的最高点。传说，过去站立在荟锦堂，便可将整个杭城的景色尽收眼底。荟锦堂对岸就是延碧堂。延碧堂共两层，一楼大门处围了半人高的围栏，游客不得入内。

  郝丽现在所在的地方就是延碧堂。服务员过来了。服务员穿一身青花瓷图案的旗袍，问李副经理什么时候可以上菜。再等会。李副经理说完，凑近严局长。多谢严局长赏脸，让我们吃上这顿"胡家家宴"。

  你我之间就不要搞这套了嘛。今天的重点是姚队长。不是他，我也不知道这里。不过，你们也真是的，怎么能这么不上心？是，是。李副经理赔笑道，这不是少了严局长您的指点嘛。严局长摆摆手，跟你们讲个笑话。半年前，某超市的消防检查没通过，消防大队责令超市整改并罚款五万元。队里找了超市经理商量，说是只要缴纳少量的特殊费用，就可以免去这笔罚款。你猜怎么着？人家只肯交罚款，但就是不肯交那笔特殊费用，最后呢，硬生生罚了五万。

  李副经理带头笑起来。严局长也笑。好笑吧。不过人家那是外企，发票上只要注明罚款，五万、十万都行，但你写特殊费用就不行。人家老外不认。我说这事什么意思呢？人家老外认死理，转不过弯来，你们怎么也转不过来？嗳，这事怪我。是我把这事交代给底下后，没抓紧落实。

  正说着，服务员引着一个人进来了。此人穿一身军装，前额的头发被剃平了，露出一个光脑门。姚队长，你可算来了啊。严局长第一个起身迎接。严局长，好久不见。姚亚军和严局长握手，又被引到主位坐下。

  那顿饭郝丽自然吃得不自在。幸而饭后，李副经理提议让讲解员带着大家到园子里转转。郝丽先前来的那次没请讲解员。此刻，在夜色的包裹下，整座故居显示出一种特有的神秘感。廊上的红灯笼发出影影绰绰的光。她跟在队伍后边，总算放松了些。

  也不知走了多久，讲解员忽指着一间屋子道，这是和乐堂。刚刚我和大家说过，胡雪岩的原配夫人住在百狮楼；掌握实权的罗四夫人住在载福堂；这里呢，就是余下的姨太太们住的，也可以说是她们的集体宿舍。讲解员顿了顿，又说，现在太暗。要是大家白天来，还可以看到胡雪岩为了方便和十二房姨太太联系而安装的电话。这种电话和我们今天的电话不同，它是由铜管传声，称为德律风。大家可别小看这德律风，当时只有军舰或大型游船上才有，是绝对的稀罕物。

人群中爆发出一阵惊叹。不知谁嘟囔了句，有十二房姨太太，难；能平衡十二房姨太太的关系，更难。正所谓驭妻有术嘛。李副经理这么一讲，众人便笑了起来。

郝丽没有笑，她的脸在他们的笑声中有些发烫。这时，她发现还有一个人也没有笑。那人始终闭着嘴，红灯笼照在他的军装上，呈现出一种朦胧而又奇异的色彩。

三

她后来才明白姚亚军不笑的原因。两个月后，堂哥请李副经理吃饭，叫上她和另外几个高中同学。一桌老同学，自是没了拘束。几个人像是约好似的频频向李副经理敬酒。堂哥喝得脖子都红了，仍拿起酒杯，说真的，我们这帮同学里我谁都不服，就服李苏南。当初要钱没钱，要人没人，硬是从推销员做到了今天这个位置。我提议我们再敬他一杯。

李副经理明显也喝多了，我那是没那个命。但凡家里有人，谁还会做苦逼的推销员啊。

说到这个，前阵子我们超市不是来了区消防大队的大队长嘛。原来这个大队长是靠他老丈人上位的，听说他老婆长得那叫惨不忍睹。所以，别看他在外头耀武扬威的，回家还得看他老婆的脸色。这是堂哥的声音。

也难说。李副经理嘿嘿笑了两声，现在不也有很多家里红旗不倒，外面彩旗飘飘。郝丽正随大伙举杯，听见这话杯里的酒差点倒出来。

"胡家家宴"后，郝丽还见过姚亚军一次。那日，郝丽痛经，和领导请完假，从超市大门出来往右拐时，听到一声喇叭。一看，却是姚亚军。姚亚军开一辆黑色大众，牌照上印有红色的"WJ"，问她去哪。换作平常，她肯定回绝了。但那天她实在痛得厉害。她一手捂住肚子，一手拉开车门，坐了上去。

车上放着一首老歌。她整个儿斜倚在副驾驶座上，感觉稍微舒服了些。前方是个十字路口。他把车往右一拐，拐进一条马路，又靠边停下。等我一下。没等她反应，他已经跑出去了。回来时，手里多了一杯热饮。喝点吧。

那杯热饮使得他们之间的关系拉近了些。沉默了一会后，他问，你工作多久了？三个月。哦。他若有所思地说。她琢磨他可能在想她何以能参加那次饭局，本想解释，但说出口的却是另一番话，我大学念的工商管理，正好专业对口，毕业就来了这里。哦。又是一声哦。两人再次陷入了沉默，不过，这沉默和刚才的沉默到底不同了。

大学毕业后好长一段时间丁骁都没找到工作。也不是找不到。好公司不容易进，差一点的呢，他又不愿去。同窗四年，恋爱两年，在这个节骨眼上却分外脆弱。特别是堂哥帮她打点进润友超市后，他像是怎么都看她不顺眼。兜兜转转总算进了一家广州的外企，但又离得太远。好几次她电话过去，他不是说忙就是说累，匆匆几句便把电话挂了。

我没读过大学，姚亚军打断她的思绪，初中毕业那年，我就当兵了。最早，就在前边那条路上的消防支队工作。要去火灾现场吗？嗯。有一次，我们赶去救火。人是被救出来了，不过，我的一个战友却因此殉职了。

不好意思。一时间，她想不出别的安慰的话。没什么不好意思的。和我一起来的战友全都退伍了，只剩我一人留在这里。

四

手机屏保上跳动的数字提醒她快下课了。刚刚和姚亚军互加了微信，又独自去星巴克坐了会。瑞克英语的门口早排起了一条队伍。她随着队伍慢慢移动，直至看到了源源。源源低着头，躲在乔安娜老师后边。

杰克妈妈。乔安娜老师把她叫到一边，杰克今天上课一直不在状态，几次叫他回答问题，他都回答错了。源源。郝丽一直不习惯叫源源的英文名，你怎么了？源源往乔安娜老师身后又退了一步，也不回答。源源，我在问你话呢！杰克妈妈，你先别生气，孩子状态有起伏也很正常。这样吧，回家后，你再好好跟他谈谈。

到了楼下，她才发现外面下起了雨。电梯口堵满了人。她没有带伞，赶忙掏出手机打车。滴滴打车显示前面还有十二个人。她心里憋着股火。瑞克英语一个阶段的费用是二万八，折算到每次相当于三百五十多块。这还没算上来回的油钱、她等源源的咖啡钱。再加上周六上午的跆拳道，下午的尤克里里，周日早上的儿童画……一年下来是笔不小的数字。

但这并不是最叫她揪心的。多少次，她等源源学好儿童画，从青少年发展中心出来，总能看到一溜儿的凳子。有的是发展中心的，还有的则是家长自带的小凳。所有凳子上皆摆满外卖盒，家长和孩子们就蹲在地上吃。她看着他们有一种说不出的悲哀，为他们，也为源源和自己。

回家和丁骁说起，丁骁却不以为然。你要烦，干脆就别读了。对于源源上培训班，丁骁从来都是事不关己高高挂起。不读怎么行？看看我们周围认识的哪个不给孩子报培训班？我这还算少的。那你又嫌烦。她被丁骁气得气不打一处来，偏偏源源还不争气。

妈妈，我们还要等多久。源源轻轻拉了一下她的衣角。她知道他是在试探她，没好气地回道，我怎么知道？源源只好茫然地盯着外面的雨，又时不时地回头张望一下。话说回来，源源虽然会淘气、不听话，但有时又懂事得要命。

半年前，小区外新开一家烘焙店。几乎每次散步，他们都会经过那里。源源会趴在柜台前，看上老半天，再指着其中一块蛋糕，说，妈妈，这个蛋糕好看。她是后来才反应过来，源源其实是想吃那块蛋糕。但他不表示，也不像有些孩子那般大哭大闹。

想到这里，她不免又心疼起来。她本想回家再和源源好好谈谈，这会却蹲下身子。妈妈希望你明白你来这里不是来玩的，是为了学习。源源的眼睛水汪汪的，他强忍住眼泪，点了下头。很好。那你能告诉妈妈，你今天到底怎么了？这回，源源终于没忍住，哇的一声哭了出来。

五

到家已经九点四十五，比平时晚了半个多钟头。丁骁在书房里看电脑，刚刚二十分钟前，郝丽和他发微信，说才打到车。早知道这样，还不如你来接我们。我怎么知道我加班都结束了你才打上车。不过,我真要掉头来接你,肯定还是打车快。她不再搭理他,转而去给源源洗脸、洗脚。等全部安顿好,源源睡下已是十点零五分。

你知道你儿子今天上英语课在干吗?从源源的卧室出来,她换上一套家居服。丁骁的眼睛仍停留在网页上。他在看一段NBA的视频。干吗了?他在想仓鼠。仓鼠?对,今天我们去瑞克英语时路过一家宠物店,那家宠物店里有仓鼠。小孩子嘛,喜欢小动物也正常,我们小时候还到处打鸟、抓小鱼呢。丁骁的声音混合着解说员的声音。喜欢归喜欢,但也不能影响上课啊。再说,现在的孩子和我们小时候能一样吗?

丁骁不响了。每次郝丽喉咙一响,准备和他大吵一架时,他总会适时地闭嘴。因此,他们多半也就吵不起来。从表面上看,是郝丽赢了,但实际上,丁骁不过是做甩手掌柜,那些问题还得靠她解决。

源源出生的头两年,婆婆曾从老家赶来帮忙过一阵。从喂养方式到卫生习惯再到育儿理念,前后不知道怄了多少气。郝丽母亲当然好多了,但她身体又不好。好容易等源源大一点,郝丽咬咬牙,坚持让源源进托班。郝丽父亲白天帮忙接送,婆婆没了留下来的理由。但下班回家她还得烧菜、洗衣服、搞卫生、管源源。

她也不是没想过叫丁骁帮忙,可丁骁的帮还不如不帮。源源刚学会爬那阵,叫他看下源源,结果源源直接从床上掉下来;又譬如,叫他喂源源吃饭,源源吃得满桌子、满地都是,还挑食。等源源上了一年级,她更是样样事情亲力亲为,辅导功课,检查书包……有一次,她发烧,让丁骁管下源源的作业,第二天就收到老师发来的微信,说孩子的回执没带。

她和丁骁埋怨几声,结果还遭他的反驳。你就是平时管得太多。你让他自己整理,忘记一次,就被老师批评一次,你看看他还敢不敢再忘?丁骁言之凿凿,但有一个月,她让源源自己检查作业,整理书包,结果是源源三天两头忘带东西,被班主任老师点名批评不知多少次。

不是我管得太多,是源源没达到那个能力。没能力就得让他变成有能力。你说得轻松,那你来管?我管就我管。说了半天,等于白说。因为丁骁的管就是不管,但丁骁可以不在乎老师的批评,不在乎源源是否因此没自信,她却不行。到头来，这事还得她操心。

丁骁还在看网页。她躺进被窝的时候，忽然想到姚亚军。如果当初没发生那件事，她没有辞职，现在过的会不会是不一样的生活？

那段时间——她把头发拢到枕头后，她工作上的表现堪称亮眼。就在大家满以为她再干上几年便能得到晋升的时候，她却辞了职，重新找了份工作。

隔壁房间似乎传来一声响动。她急忙爬起，去看源源。源源睡得正熟，一只小脚丫横伸到了被子外。她帮他把被子盖好，压实。

刚和源源分开睡那会，她一个晚上不知要起来多少次。担心他踢被子，睡不好，更要命的是他还老嚷嚷着哭。你是男子汉，怎么能哭呢？她鼓励他。但没用。源源赖在她怀里，怎么都不肯一个人睡。后来他总算哭累了，睡着了，她将他轻轻抱到隔壁的单人床上，自己却怎么都睡不着了。

此刻，她望着源源稚嫩的脸庞，心里头升起一个声音，这难道真是她想要的生活？

六

一连几个星期，郝丽去万泰大厦都会看那对仓鼠。那只半白半棕的总是蜷在角落里，好像怎么都睡不够。灰白相间的那只则在一个劲地踩一个咖啡色的跑轮。跑轮飞快地转动起来。它就这样踩着，直到十分钟后，它从跑轮上跳下去吃饲料。饲料盒就摆在半白半棕的仓鼠旁边，但灰白相间的仓鼠就跟没看见似的，绕开它，顾自吃起来。

营业员走过来了。这仓鼠很好养的。她又指指边上的玻璃柜，或者你看看这些兔子。她摇摇头，从玻璃柜前走开了。

那次巧遇后，她再没碰到过姚亚军。偶尔发几条朋友圈，倒是能看到他点赞。"痛经"事件后，姚亚军还来过几次润友超市。每次，李副经理都会让她一起跟着。大概因为知道他老婆的事，她和他始终保持一定距离。他呢，也不在意。等超市顺利验收，姚亚军就不再来了。她以为他们之间仅仅到此为止，但不久后发生了一件事。

那事，如今想来，仍如同做梦一般。在那事发生以前，一切都无比正常。

她记得她和李副经理一起去陪客户吃饭。吃完饭已经将近十一点。李副经理坚持要送她回家。

代驾迟迟没有到。他们坐在车子后排。忽然，李副经理的身子往她这边移了移。紧接着，毫无预兆地，他吻了她。

她应该反抗的，至少应该大叫，但她没有。她的脑子一阵轰鸣，身体根本动弹不得。出于某种她自己也解释不了的原因（她既没有迎合，亦无反抗），她就那么任由着他吻着她，直到代驾打来电话。

手机铃声响起来了。她一惊，原来是堂哥打电话来，要她礼拜天去他家聚聚。往年快过年前，她都要去堂哥家聚聚。不过自从前年开始，她就不去了，总是换到别的时候单独去。

哥，你们聚吧。我还要送源源上培训班呢。培训班结束来也来得及。堂哥说，难得大家聚一次。你去年也没来。她有点急了，不好意思，我还是等空了再来吧。

挂了电话，她总算舒坦了些。尽管堂哥没提李副经理，但鬼知道会不会再碰到他。前年，她带着源源才进堂哥家，就看到了李副经理。

李副经理已是润友超市的总店经理了。这两年，润友超市的连锁店急遽减少，但总店的规模影响还在。李经理见了她也不避讳，笑着跟她打招呼，又摸了摸源源的头，说，你今年几岁了？

她浑身起一阵鸡皮疙瘩。等源源回答完，她将源源拉开，坐到客厅靠窗的沙发上。脑子里却全都是那晚，他恼火地和代驾通完电话，又轻舔了下她的鼻尖。

七

出门前，郝丽特意化了个淡妆，又往脖子处洒了点香水。不就是去你堂哥那，至于这么夸张吗？丁骁说。她懒得理他，只点点电脑桌前的便笺，意思是别忘记上面的事。

便笺上详细列了今天一天源源要做的事。早上九点半送去学儿童画。十一点半接回，车上记得喝水。十二点半左右吃饭（注：外卖要点干净的餐馆）。下午一点，睡午觉。三点，吃水果（注：水果已经洗好，放在厨房台板上）。三点半，完成语数自主练习。四点半，练习尤克里里。五点，吃晚饭，再送去瑞克英语。

堂哥电话来的第二天，郝丽和丁骁说因为源源上培训班，推了堂哥的聚会。这次不去，以后也可以去嘛。她本来也是顺嘴一说，丁骁这么一讲，她的气上来了。从来都是我送源源，就不能你送？我送就我送。话是这么讲没错，临走前，她还是给他写了满满一张便笺。

源源跑过来了。妈妈，我想和你去舅舅家。刚刚她给源源洗好脸，擦好润肤霜，又叮嘱他今天乖乖上培训班，可他转身就忘了。

源源，妈妈不是和你说好了，妈妈有事，你乖乖跟爸爸去上课。不要。源源边说边抱住了她。我想和你在一起。

源源！她懊恼地看了丁骁一眼。丁骁总算有了反应。源源，过来。你妈还有事。不嘛。我就要妈妈。丁骁摊了摊手，表示他也没办法。她心里涌起一股无名火，将源源往外一推。你就不能听话点？源源愣了一下，不再坚持了。眼里却满是委屈。

她有点后悔，但仍拎起皮包。源源，你听话。妈妈晚上来接你。讲完后，她告诉自己无论如何不能心软。

车子在4S店还没修好，她打了一辆车，到云和咖啡馆的时候，姚亚军已经在了。上次匆匆一瞥，她没来得及仔细看。这次的近距离观察使得她发现他几乎没怎么变。同样扁圆的脸，同样标志性的光脑门。这光脑门八年前看上去还有点违和，但眼下看上去却格外和谐。

真没想到，这么多年后还会碰到。是啊。那天，她和丁骁吵完架，给姚亚军发了条微信。周日有空吗？一起吃个饭。很快，她收到回复，好。

服务员拿着餐单过来了。喝点什么？姚亚军问。她出门时吃了面包和牛奶，并不饿，不过还是说，美式咖啡。两杯美式咖啡。姚亚军点完后，说，我后来还去过润友超市，不过，没看见你。听他们说，你辞职了。是啊。不喜欢就辞了。怪不得。挺佩服你的勇气。不是所有人都能像你这样不喜欢就换工作的。

我现在做的也不是我喜欢的。啊？我在一家公司做文职，到点上下班，不用加班应酬，就是图个轻松，让你失望了吧。那倒没有，其实没几个人能从事自己喜欢的职业的。你呢？我？还不是老样子，都做了那么多年了，那点事闭着眼睛都会。

她忍不住扑哧笑出声来。你还别笑，我说真的。美式咖啡上来了。姚亚军喝一口咖啡，继续道，喝这个咖啡让我想起当时给你买的饮料，好像叫蜜桃沁饮。我还特意提醒营业员得是热的。她没想到他还记得饮料的名字，不禁有些感动。又听到他说，这样说起来，我们已经是第二次巧遇了。是啊，那次真的多谢你了。要不是你，我还不知道怎么回家呢。肚子又痛。其实我后来有几次路过那家店，还下车去买过东西，可惜一直没碰到你。

如果气氛一直这样下去，他和她会发生点什么吗？她不知道。但是，姚亚军的手机铃声突然响了起来。他似乎不想接，按掉了。但没过多久，铃声又响了起来。他看了眼屏幕，脸色不大自然地说，不好意思，我先出去接个电话。

几分钟后，他回来了。真不好意思。我恐怕得先走了。家里有点急事。她有点蒙，但只那么一瞬，随即释然了。没事。他像是迟疑了会。跟你直说了吧。是我太太。她之前动过手术，身体不太好。

八

姚亚军走后，她独自点了杯卡布奇诺。过去，她很喜欢喝卡布奇诺。但不知什么时候起，这种有着丰厚奶沫的咖啡被美式咖啡代替了。

她记起那次在车上，姚亚军跟她谈起他的战友，还谈起了胡雪岩。你知道我为什么喜欢胡雪岩吗？别人都只当我羡慕他白手起家，发了大财。但他们忘了，胡雪岩后来被革职查抄家产，郁郁而终。一代红顶商人，最后无人收尸，草草葬于乱葬岗。

她还想起那晚以后，她竭力想要忘记发生的事情，竭力避免在工作时碰到李副经理。但几天后，她正加班整理核对客户信息，李副经理过来了。

李副经理把一只手搭在她的肩膀上，郝丽，我和你堂哥是老同学了。工作上的事，你放心，我肯定会照顾你。不过啊，他把手从她肩膀上抽回，掸了掸，我还是得提醒你注意和人，特别是和男人之间的分寸。姚队长给你买饮料那次，我看到了。

换作现在，她肯定会义正词严地告诉他她和姚亚军没什么。她不过是肚子痛，才坐了他的车，喝了他给她买的饮料。但那时，她只觉被盯住了。他是在证明她是个随便的女人，他不用再为他的行为负责。可他又有什么资格在吻她后再这样判定、侮辱她？但最叫她气愤的还是她自己。她为什么没有推开他呢？咬他、踢他，哪怕大叫一声也好。是因为害怕、虚荣，还是因为她果真如他所说是那种随便的女人？

一旦有了这种想法，连她自己都吓了一跳。可她能怎么办？她不可能报警。一想到李副经理会说她是自愿接受了他的吻，还有她主动坐了姚亚军的车，她就全身冰凉，难受得无法呼吸；更不用提报警后可能会带来的莫须有的指责以及一系列麻烦；她也不可能告诉丁骁和堂哥以及父母。所以，她能做的只能是打掉牙齿往肚里咽……

九

到达万泰大厦的时间尚早。皮包里手机振动了几下。她打开，看到丁骁问她源源的水杯在哪里，又叫她不要忘记晚上接源源。

多年前，她提出辞职，家里人多持反对意见。堂哥那自不用说，先前帮了那么多忙，又听说她干得不错，直替她可惜。就连母亲这边都不同意。好好的，怎么说不做就不做了？你以为工作是儿戏啊，想辞就辞。这可是你堂哥托了熟人才有的。只有丁骁听到电话那头她哭个不停，说，真不想做就不做吧。

他们究竟是怎么走到今天这一步的？此刻，她望着不远处的那排玻璃柜。手机再次振动起来。她看到刚才那段文字下多了两张试卷的照片。照片下是一段音频。她点开，听到源源问她，妈妈，爸爸让你看看我做得对吗？

她没有回。她把手机重新搁进皮包。怀源源那会，一个朋友曾好心提醒她好好享受最后的宁静时光。等生出来，可就再也塞不回去咯。她当时顶着个大肚子，一心只想着快点卸货，好重新过上正常生活。哪里晓得朋友的话竟一语成谶。生下源源后，她从担心他的体重、身高、健不健康，再到学习成绩，有没有受别人的欺负。

有一天，源源放学回家，带回了一张表。那张表上密密麻麻的，斜上方写着两个大字：正常。前一天，学校老师通知说孩子第二天会去一家机构免费做一次测试。尽管她很清楚源源的情况，但看着这两个字，她突然就窝火起来。谁给他们的权利来定义她的孩子。就好像孩子的未来、前途全都浓缩成了这两个字——正常。

她把那张纸撕烂，扔进垃圾桶，没再向丁骁提起。她想都不用想，就知道丁骁的回答。他会告诉她要客观看待问题。再不就是，放轻松一点。就因为他没有源源在他肚子里待过十个月的那种羁绊，就因为他是男人，所以他可以轻轻松松地抛出那句话：放轻松一点。

她朝玻璃柜走近几步。这时，她意外地发现那只半白半棕的仓鼠居然在动。它从一堆木屑里钻出来，爬到了玻璃柜中央的塑料滑梯上。滑梯是背对着她的。她绕过去，才发现它在嗅那只灰白相间的仓鼠。

起先，她没反应过来。她是过了一分钟之后才反应过来的。那是具尸体。它大概已经死了一段时间，整个儿干瘪瘪的。

半白半棕的仓鼠还在嗅那具尸体，它嗅了会，无动于衷地跳开了。她倒吸一口凉气。

离瑞克英语下课还有两个多小时。她的脑袋涨得厉害。直到现在她也不晓得出路究竟在哪。但至少，在瑞克英语下课前，她是一个个体——不是母亲，亦不是妻子，一个完完全全独立的叫郝丽的个体。

（2020年第6期）

唐 灯

吴问西

一

唐灯改过一次名,她本来叫唐三彩,但她太喜欢灯火。她总是热烈地喜欢看到任何灯火,她站在露台上看,站在落地玻璃窗前看,站在山顶上看,她一城一城地看满城的灯火。在她一城一城看灯火的时候,总有风把她紧紧包着,她感受到冷,但是灯火,让她觉得身体和心是热的。她就在这冷风中热烈着,所以她心里有个声音,唐灯,唐灯,唐灯。

后来她就去改了名,先要去公安局开有无刑事处罚记录的证明,接着她去派出所领了一张登记表,她还专门去拍了证件照。她不知疲倦地忙着,忙着的时候她觉得每天都离唐灯这个名字近了一些。她临睡前会告诉自己,我是唐灯,我不是唐三彩。但我这几天还是唐三彩。

终于有一天,唐灯成了唐灯。她就有些激动,又有些失落。激动是因为觉得唐灯才是自己,所以她把脸埋在枕头上呜咽,这个呜咽是一种庆祝。失落是因为,如同出嫁一样她一下子离开了唐三彩。因此,她觉得连母亲都和唐灯有了距离,变得像一张虚无缥缈的照片。她一下子有些心慌,觉得自己有点儿不像是自己了。

事实上,从她学写"唐三彩"这三个字开始,她就觉得这是一个配不上她的名字。什么样的父母会给自己女儿取名"唐三彩"?有一次她问母亲,为何叫她三彩,母亲不无得意地说:"顺口起的,我的内衣店不就叫'三彩'吗?"

"三彩"是个卖内衣的连锁店,读小学的唐灯每次放学都要经过那条破落的商业街,经过"三彩"的时候,她总是不由得加快脚步,如果脚步放慢了一点,她那烫着泡面头的母亲就会嗓音洪亮地把她扯到店里帮着一起卖内衣。

唐灯显然不是那种偷懒的人,她只是不愿意卖内衣。这不是很滑稽吗,一个尚未发育的小女孩在和客人商议该拿75B还是75C,除此之外还要钻到简陋的更衣室里帮客人"捞一捞"——唐灯从小就看着一个个身材走形的中年妇女在她面前毫不避忌地解下泛黄起毛的旧胸罩,将两只布袋一样软塌塌的乳房晃到她面前,这些肉色的布袋在唐灯的脑中幻化成了一个个感叹号,这些感叹号夸张地惊叹着岁月的流逝,散发出颓败、枯萎的气息。她突然想起学校操场边上那株梧桐树,梧桐树落下淡紫色的花,花形硕大,一朵朵飘下来,迅速发黄、腐烂,像被雨打残了翅膀的蝴蝶,幽怨地粘在塑胶跑道上,再怎么扑腾也飞不起来了。这些女人就像那一朵朵落败的梧桐花,让人不忍直视。

等客人走后,母亲就把脸挂了下来,母亲几乎每天都化妆,如果来不及化妆,她一整天都会为此懊恼,就好像不化妆给所有人带来了难堪,但其实化完妆的她更让人难堪——她每天都把眉毛画成粗重的拱形,她将眉毛画得太长,使她的脸看起来拉长了;画得也太高,让她脸上的其余部分都蒙上了厌倦的表情,近乎嘲讽。她每天用这样一副事与愿违的表情对着客人,现在却怪唐灯不够热情。

母亲是那种咄咄逼人的女人,看她一眼,意味着后退一步。她问唐灯是不是觉得丢脸,有一个卖内衣的母亲是不是觉得丢脸,不然怎么会一直哭丧着脸?"我辛辛苦苦赚钱供你吃,供你喝,你哭丧着脸给谁看?"

母亲越讲越气,终于娴熟地操起了一个粗铅丝晾衣架往唐灯身上抽去,动作连贯流畅,这东西比塑料的结实几百倍,已经打坏了好多个,打坏的时候再顺手抡起实木做的小凳子砸,或者用竹制拖把打,打到拖把开裂。母亲打唐灯的时候,并不怕把唐灯打傻了,她不会刻意避开头部,而是怎么高兴怎么来。唐灯挨这一顿打,往往要瘀青好久,冬天还可以遮遮,夏天去学校就很难堪。母亲轻描淡写地说:"明天去学校,要是同学问起,就说是骑车不小心摔的。"

　　同学当然不信，唐灯挨打在那个小地方早已尽人皆知，但没有任何人试图阻止，邻里偶尔会劝一两句"好好说嘛，不要打"，但在事发途中绝不会阻止：尝试阻止父母管教小孩是莫大的罪孽，比小孩挨揍可罪孽多了。有几个混混常常对着唐灯挤眉弄眼。他们说，唐三彩，你妈这么打你都没把你打死，看来你很皮实啊，既然这么皮实，估计也很耐操吧？

　　唐灯身边有完全不挨打的同学，也有比她挨得更重的同学。母亲就经常说："我打你哪算重，江湖他妈打他真是一巴掌把他打到墙壁上粘着。"江湖和唐灯一样是学霸。这下好了，身边不少父母理直气壮地找到了理由："唐三彩就是家里管教得严，才有出息。""江湖成绩比你好多了还不是照样挨打，你挨打算什么？"

　　有一次母亲说："你不要以为我打你，我不难过，我每次打完你，我回房间都要偷偷哭。"这话听起来浑身都是破绽，但唐灯就是点不到要害。她甚至愿意相信母亲的出发点可能是好的，但为何总是以暴行结束？唐灯想不明白，她从来没想过一个问题会以无解来结尾，一直到她明白真实的世界可能即是如此。

　　到了现在，以唐灯对愧疚之心的了解，她能分析出母亲的哭里很可能不完全是心疼，还混合着对自己失控的羞愧，不喜欢自己失控的那个状态，以及把哭作为一个证据，去合理化自己的行为：你看我也有损失啊，我都哭了。

　　什么时候开始这种生活的呢？回想起来，几乎从记事起就开始挨打了。第一次挨打，是被织毛衣的金属棒针抽手心，挨打的缘由已经记不清了，只记得手心被抽得火烧火燎，肿得老高。抽完后母亲把唐灯拖到卫生间，让她好好反省。唐灯悄无声息地站着，盯着镜子里那个赤手空拳的女孩，她双眼无神，泪珠从脸颊上滑落。唐灯抬手去抹，手心碰到泪水，立即像被蜜蜂蜇了一样疼起来。唐灯告诉自己只是因为疼才哭，因为手心疼，而不是因为别的。

　　这一刻定义了唐灯对第一次挨打的记忆，以及此后长达十年之久很多类似的记忆。在这样的记忆中，唐灯看到的是一颗铜豌豆一样硬邦邦、响当当的自己，然后她告诉自己："这对我没有影响，母亲没有影响到我，因为没有什么可以影响我。"她为了让自己相信这一点反复强调，但她忽略了最重要的事实：它没有影响我，这本身就是它的影响。

多年以后，唐灯坐在阶梯教室听心理老师说道："当人遭遇到和自己世界观相悖的事情时，会进行自我欺骗，自我保护，告诉自己没有受到影响，当我们越是刻意强调某件事情没有对我们造成影响时，它的影响就越深。"

二

唐灯最大的理想就是逃离家庭，直到上大学填志愿，这个理想才被母亲察觉。当然，母亲完全不理解，开始想当然地以为问题出在地域上："你为什么不愿意留在家乡？家乡哪一点不好？是没那么发达但是轻松啊，我也在这边。"等她明白唐灯想逃离的就是她时，则出离愤怒："我哪里对你不好？对你真是好得不得了！"等她再发现唐灯逃离的原因是挨打挨得太多时，又陷入了深深的困惑："我打你还不是为你好，为什么你这么介意？""何况我打你哪算打得多？江湖家更多！他妈打他真是一巴掌把他打到墙壁上粘着。""哪家孩子不挨打，我们小时候还被打得更惨，我怎么不恨你外公外婆？"

只有这最后一句，倒真是不假。唐灯外公脾气极其暴躁，五个孩子在小时候，都被他往死里打过。母亲四十多岁了，在外公家和他打麻将，估计是为牌吵起来了，被八十多岁的外公揪住一顿打，母亲的体力不至于对付不了一个老朽，但不能还手，只能哭着跑开。

母亲从来没觉得外公做错了什么，也非常渴望得到他的爱。甚至她一直觉得，五个孩子中，外公最疼她，对她最好。她也是一直这么骄傲地对唐灯宣称的。但大家私下都认为外公最疼的是小舅，相对而言，他挨打最少。外公去世时，母亲因为胃癌，走路都很困难，但葬礼那天她一靠近灵堂，就蹒跚着跑过去抱着棺木号哭，用一种唐灯从来没听过的哭丧调。到她去世前夕，谈起外公，她还很骄傲地说："我爸最疼的是我。"但小舅在旁边很残忍地说："爸临死前昏迷时，嘴里一直喊的是我的名字。"母亲难过极了，掉下泪来，半天才说："不，爸最爱的是我。"

唐灯大概已经彻底绝望，并不希望得到母亲这种古怪的爱。因为多年被打的经历,她很早就知道所谓的爱,是一个成分可疑的混合体,绝对没有舆论宣传的那么纯粹,不然怎么解释人类会有这么精神分裂的行为:一边宣传着自己的伟大,一边毫不节制地伤害别人。甚至他们也偶有后悔,但下一次依然像个吸毒的瘾君子一样,毫无阻碍地进入暴怒的施虐者角色。

唐灯想起那年开学,所有新生都挤在一个大礼堂排队注册报名,她和母亲就该先排哪个队产生了分歧,母亲又是一巴掌甩过来,唐灯的脸立马肿了半边。周围很多新生围观,辅导员都过来劝架,接下来很长一段时间唐灯都不打电话回家。而在以前,敢用这种非暴力不合作的方式表达自己的愤怒时,会招来另一顿打。过年的时候不得不回家,母亲还是把唐灯痛骂了一顿:"我是你妈,你怎么能跟我斗气?我是为了你好,你怎么这么没良心!"

唐灯知道所有的家暴者,都会尽可能地把这一切暴力包装成"爱"或者其他的什么东西,但暴力就是暴力,在它前面缀一个"家"字根本于事无补。如果一个东西长得像鸭子,走路像鸭子,叫起来像鸭子,那它就是鸭子。同理,如果一个人殴打你时表现得不像爱你,羞辱你时表现得不像爱你,冷暴力折磨你时表现得不像爱你,那他大概不怎么爱你——最起码不像他宣传的那样。

在被打的恐惧中,唐灯经常尿床,但母亲说唐灯尿床是因为睡前玩火。唐灯从来就喜欢火,她在自己的房中摆满蜡烛,唐灯这样做的目的并不是为了浪漫,她只是觉得这一片火光像一个蓬松的拥抱。除了经常尿床,唐灯还常年挂着鼻涕,母亲会突然一掌横扫过来,骂她是猪,脏得要死。从此,唐灯就注意在母亲面前憋着不吸鼻子,熬着熬着,就有一种窒息的感觉。所以只要单独和母亲同处一个时空,她总免不了被这种窒息感攫住。

现在就是这种情况,母亲送她到车站,母亲没说话,她还在为填志愿的事生唐灯的气。平时光听母亲的聒噪就够了,唐灯从来都对奚落打骂表现出极强的耐受力,然而此刻的沉默令她无所适从。车站旁簇拥着栀子花,矮墩墩一堆堆浓密的绿叶堆在地上,黄昏时分虫声唧唧,蒸发出一阵阵花香,窒息的感觉越来越强烈,唐灯终于微笑着说:"我一直非常难受,这些年,你为了我……"母亲掐灭了她的话头:"说这些没用的干什么,你到时不要不认我就好了。"

唐灯不是没打算的，上大学后课业不那么紧，她可以兼职打工，赚生活费，同时还能申请助学贷款，等自己赚钱了，就把这些年用掉的钱，还给母亲。她想过，到时候把银行卡放在一捧百合花里，百合花干净洁白，叶子修长碧绿，处处显出贞静，得挑一个风和日丽的午后把这一捧百合花给母亲送去，连同这些年对母亲的复杂心绪。

三

在唐灯的记忆里，父亲总是不在家的。父亲年轻的时候和母亲口中的几个"狐朋狗友"到处弄钱，然而时运不济，血本无归，又给人作保，债权人跑路，所有债务落到他头上，卖掉房子还是不够还，索性破罐子破摔，成天抱着酒瓶醉生梦死，走路的时候也耷拉着肩膀，胳膊软弱无力，好像有什么东西抓住了他，把他往地面拖。后来父亲的眼神越来越黯淡，最后完全失去了光彩。

家里的生计仅靠母亲开内衣店的收入很难维持下去，为了躲要债人，唐灯跟着父母辗转于各个出租屋，但要债的还是费不了什么力气就能找上他们新租的那一间破屋。到了年三十，这些要债人在狭小逼仄的出租屋里一阵打砸之后，开始围住父亲打，他们打人的架势非常侮辱人，打得并不凶，但是打得非常阴毒，其他几个人限制住父亲的手脚后，就有一个脱下了脚上的鞋来抽父亲的脸。鞋抽在父亲脸上声音非常大，啪的一声就抽出父亲一嘴的血。父亲嘴里的血应声而出，这个效果鼓舞了他，他就大张旗鼓地用手里的鞋抽起父亲的脸来。

母亲号起来："你们不要打呀！"

但他们继续打父亲。他们一边打，一边发出怪里怪气的恐吓。唐灯一句话也喊不出来，喉咙被肚子里滚上来的伤心哽住，眼泪也急得出不来，只有干瞪眼的份，长着酒糟鼻的父亲被打得满脸是血，他蜷起身子嗡嗡地说："打我也没用，反正我什么都没有了。"其中有一个彪形大汉指着唐灯说："什么都没有？你不是还有个女儿吗，要么就让你女儿去卖？"

唐灯清清楚楚地听到这句话，她也知道这个"卖"和卖"三彩"内衣有着本质上的区别,但她并不惊异——她见她母亲卖过。

许多个周末的早晨,唐灯独自吃饭,完成寂寞而潦草的消化后,来到"三彩"内衣店。这时候母亲往往拾掇好了,浓墨重彩的脸上依旧挂着近乎嘲讽的表情,不同的是,她会从脱了皮的手包里变出一副金丝边眼镜,镜片是平光的,她把眼镜郑重其事地架在鼻梁上,对着镜子照了一会儿,回过头来用罕见的轻柔语气问唐灯:"怎么样?我这一双眼镜好看吧?"唐灯答非所问:"是一副眼镜,眼镜不叫一双。"母亲瞥了她一眼,掉过头自顾自地说:"你们这些文化人,就是讲究,他们说我戴上眼镜,也像文化人——你不晓得多少客人喜欢这种调调。"唐灯浑身像是被细密的针扎了,她知道母亲每个周末都要到街对面的洗头店里坐着,但知道和感觉到,从来都是两回事。

顶着泡面头架着金丝边眼镜的母亲,腿上套着廉价漆皮过膝靴的母亲,满脸劣质彩妆的母亲,每个周末都隔着一缕一缕垂下来的塑料帘子,遥遥和她对望。唐灯竭力把眼睛盯在店里的胸罩上,不往对面看,但那一片猩红色的灯雾实在面积太大了,尽管不看它,那猩红色也浸润到眼底,直往上泛。也许是它分散了注意力,唐灯卖内衣的时候报错了好几次价。

对面洗头店的女人们成了母亲的小姐妹,在一些不那么忙的午后,这些小姐妹便到内衣店里坐着,有时会带来一些卤味和啤酒。她们都有着一副被生育糟蹋过的体形,唐灯看她们张腿坐着,腰间弹出好几圈赘肉。喝酒令她们谈兴很旺,完全不顾忌唐灯在场,她们开始探讨下面出血、溃烂、流出大量分泌物的时候该怎么办,有一个看上去经验老到的说:"不要紧,用一些润滑剂和K粉就好了。"

四

唐灯突然想起父母的初见,在母亲的描述中,一簇簇白花开得照眼,一个陌生而颀长的年轻人对母亲露出了好看的白牙,母亲觉得这年轻人斯文,免不了多看两眼,一回头,发现年轻人也正在看她。

但诗意的画面很快被母亲切换,她突然带着嫌恶和恨意说:"都怪你,要不是你,我早就不和你父亲过了。"他们婚后的争吵越来越密,常常惊动邻里，母亲想不通当初花树下的少年现在怎么就变得这样牙尖嘴利，说一句顶十句，母亲骂不过，急了，把手里的唐灯往地上一摔，冲上去就挠。这都是听外公后来说的，唐灯记得外公不无得色地说了一句"虎父无犬女"。

大战之后的母亲总是负气出走，唐灯一路小跑跟着，不一会儿母亲停了下来，唐灯来不及减速，直直撞了上去。母亲转过身面无表情地说："你自己想好，是跟我走还是回去？"唐灯想也没想地说要跟母亲走。母亲的脸上隐隐闪过一丝喜色，她尽量克制地点点头，说："你想清楚了就好。"过不了两天，父亲又会来求母亲回去，只是不久以后，这出分分合合的戏还是要兢兢业业地上演，仿佛有看不见的观众一直想看下去。

父亲在一次醉酒之后倒毙在公园的花坛里。对于左支右绌的父亲来说，死亡可能是凉爽的夜晚。只是父亲至死都这么狼狈，这让唐灯难受。唐灯知道父亲多年来被内疚吞噬，他为那次作保，之后又不断为作保造成的每一声铿锵有力的回响责怪自己。他紧紧抓住那一刻和之后的一切后果，仿佛时间本身起始于那一瞬，没有历史，没有缘由，没有任何外力，直到他被追债，时间才被开启。而唐灯从不把那次变故归咎于父亲，她只是怪父亲没有在风雪来临时挡在她们母女前面——他只是终日懊悔而又无所作为，他只是一株软弱的向日葵，在太阳照不到的地方，不可避免地死去。

十年后唐灯沉重地步入成年，做着大大小小的决定，那次变故总会令她想起那些汇成人生的所有决定——人们共同或者独自做出的那些决定，聚合起来，就像不可计数的沙粒叠压成沉积物，然后成为岩石。

母亲对父亲的死并没有表现出多少难过，她显得很平静，就像之后母亲面对自己的癌症一样。也是过了很久，唐灯才明白，当厄运袭来时，人们的反应往往不是悲恸，当然更不可能是平静，只是茫然罢了。

唐灯对生养她的母亲未免有情，甚至是同情。但是，要恢复对她的信任，甚至恢复幼时天真的依赖，恐怕是很难了。她对世事看淡了，看透了，对人世多多少少是疏离的。一个人，心甘情愿守着破而未离的情感坚持，大约不太容易。人的心，是脆的，受过伤的心总是有罄的，这是没有办法的事。

唐灯最后一次去看母亲，母亲正躺在白色的铁床上，一副缴械投降的样子。生命一点一滴从她身上流逝，母亲的浓妆脱落了，她平日里的虚张声势也脱落了，只是露出来的本来面目更让人难以接受。唐灯感到一阵心痛，膝盖一弯差点瘫倒，但接下来的一刻，她感觉到了别的东西：解脱。

唐灯其实很怕母亲对她掏心掏肺，她宁可母亲声嘶力竭、哭天抢地骂她没良心，她也不想看到母亲眼神呆滞，声音喑哑，用一种交代后事的口吻说不该老打她，恳求她原谅。唐灯说她会原谅她，而且也已经原谅她了。母亲听后很触动，抖抖地伸出枯瘦的双手，仿佛被冷风吹颤的烛火，唐灯迟疑了一会儿，用一种僵直的姿势迎合了母亲从未有过的亲热。

但唐灯心里很清楚，其实那不是原谅，那只是算了。

五

有些男生会莫名散发一股帅哥之气。从穿衣打扮到站姿坐姿再到神态，总之一举一动一颦一笑都是帅哥的样子，特别潇洒，特别自在，特别有魅力。脸具体长得怎样，反而是其次。江湖就是这样的男生。

唐灯和江湖真正产生交集，还是因为那几个混混又把唐灯堵在了学校后门，像所有英雄救美的桥段一样，江湖冲上去以少敌多，用断了根肋骨的方式宣告了他对唐灯的主权。唐灯陪江湖去医院，江湖苍白着脸说："记着，你欠我一根肋骨。"

唐灯其实长得很好看，眉宇间有一股野性，但不细看是看不出来的，她给人的印象很秀雅，鸦黑头发向后一把束起，小碎发贴在额角。她站在台上擦黑板，底下男生女生都默默看她的马尾荡来荡去。大家都知道唐灯被她妈像一只破麻袋一样抽着，但当她腰背挺直、目不斜视地从你身旁走过，课本里学过的"出淤泥而不染"之类的句子，就都哗啦啦从你脑海里涌出来。在唐灯面前，你会没来由地生出一股敬意——她从你身旁走过，似乎一字一顿地对你说——"我不需要同情。"

自从江湖发现自己不由自主地偷看唐灯开始，唐灯就经常抿着嘴角出现在他的梦里，她抿着嘴角，有时候带笑，有时候带怒，但无论笑怒，她都倔强得像雪地里掩埋的一颗通红的草莓——长天大地里，就只有这一颗！江湖又想唐灯在挨打的时候也一定是这样抿着嘴角的——和他一样。江湖自己不会承认，他同弱者有一种息息相通，他和唐灯都是犄角里求生存的人，都有着不足为外人道的苦处。虽然他想帮忙也帮不上，但那同病相怜的力量却又很强大。

当身边的女同学纷纷开始比照时尚杂志打扮的时候，唐灯还是一副清汤挂面的样子。然而她的身体却发生着急速的变化，她一直拒绝身体产生任何变化，她担心有一天，她也要走到逼仄的更衣室去躬下身子捞那两只布袋一样的乳房，也许她还朦胧地联想到了混混口中的"耐操"，也许还和洗头店的女人们探讨的"下面"有关。但无论如何抗拒，在夜里，她还是分明地听到了自己拔节生长的毕毕剥剥声。她希望身体能停止生长，但它似乎不再属于她，它根本不在乎唐灯的反感。总之，唐灯还是不可抑制地长大了。

就是说当其他女孩开始温柔有情、言语生风，尝试散发女性魅力的时候，顶有魅力的那一个，却在想方设法地抑制，这种抑制让唐灯身上又添了一层微妙的张力。江湖觉得女人的美，绝不是女人自己觉得的那一点，恰恰是她不觉得，甚至刻意去抑制的那一点。

毕业后唐灯留在杭城，她喜欢生活在都市，正因为谁都不认识，某种程度上很自由。当然这也是一种孤独，但孤独有时也是自由的代名词。她不建立亲密关系，对婚姻也没有兴趣。如果男女不是为了完成繁衍，她看不出有什么理由需要婚姻。在无数个沉沉的夜晚，唐灯把头枕在手肘上，头顶一盏小灯，对面玻璃反射这点小光，好像整个世界都浸在里头，浸了个透里透。然而唐灯不知道的是，那些不能在阳光下呈现的心理，最后就会躲入暗夜中，但它不会消失，而是会以不能控制的方式出现。

唐灯工作很用心，甚至称得上"卖命"。为金钱，为价值，为孤独，为自由，无论是为了什么而工作，总要做好它。她做事不惜力，不拖延，也不迂回，直接切入正题，从不与谁争论，她只谈流程、规则和利益，方向明确而执行力强，被公司的人称为"阿拉丁神灯"。有什么搞不定的项目，召唤唐灯就可以了。唐灯心里有一个顺其自然的信念，可以以不变应万变。她知凡事不可强求，也知做人要努力。但最重要的是，她处事很灵。这个"灵"，是言谈举止之间的妙意，这种妙意，是聪明人的领会，看再多成功学也没用，研究多少方法论也学不来，它贯通了所有逻辑，却最后打破常规，自成一格。

六

江湖每次来看唐灯，都会给唐灯带一张明信片，每张明信片的图案都是一样的——一只大红色龙虾，旁边缀一行英文："You are my lobster." 这是《老友记》的台词，男女主角兜兜转转最后会像龙虾一样手牵手共度余生。这也是江湖的理想，他希望有一天能和唐灯手牵手。

虽然这么些年，他们保持联系，但谁也没有挑明了说。这也没什么可说的，从高中时代他为她断了根肋骨开始，他就觉得没必要说什么了，没必要说的话就不说。

但今晚大家都喝了点酒，两人在落地窗前席地而坐，眼睛都亮亮的，离得很近，四目相对了一会儿，都转头看窗外的车水马龙。高层望下去，连车都成了火柴盒，人真是如蝼蚁一般，但活动和聚散，却也有因有果，有始有终，仿佛都朝着既定的目的地滑去。唐灯当初买这里的房子，也是因为高，能够看见万家灯火，但也因为高，有一种置身事外的错觉。对于人世的千回百转，她总觉得自己可以撇得干干净净。

但唐灯也不否认这是个心有灵犀的时刻，这种时刻，没有功利的目的，往往一事无成，在繁忙的生活里，这是辛劳中的一点奢侈，会贻误人们的事业，可它却是终生难忘也难得的。

眼前这个男孩，曾被他母亲打到粘在墙上，也曾护她免受欺侮，甚至还为她断了根肋骨，现在他静静地坐在她对面，俊秀又清隽，通身有一种硬朗的轻盈。

唐灯不想爱任何人，任何人都不爱。这也许是因为唐灯对生活的态度，还和往日一样强硬。但当江湖用手抚着她冰凉的脚踝的时候，一股陌生的感觉还是钻到她心里来。江湖抚摸着她冰凉的脚踝，一下一下，很耐心地摩挲着，像摸着一把凉飕飕的新鲜花瓣，他说："唐灯，你管你自己叫灯，可你怎么一点都不暖，还冰得要命，跟个冰凌似的。"唐灯笑笑，把脚缩了回去。

江湖突然说，唐灯我给你朗诵一首诗吧，说着他便旁若无人地念起来：

我们甚至失去了黄昏的颜色。
当蓝色的夜坠落在世界时,
没人看见我们手牵着手。
从我的窗户中我已经看见
在遥远的山顶上落日的祭典。
有时候一片太阳
在我的双掌间如硬币燃烧。
在你熟知的我的哀伤中
我忆及了你,灵魂肃敛。
彼时,你在哪里呢?
那里还有什么人?
说些什么?
为什么当我爱上且感觉到你远离时,
全部的爱会突然地来临呢?
暮色中如常发生的,书本掉落了下来,
我的披肩像受伤的小狗,蜷躺在脚边。
总是如此,朝暮色抹去雕像的方向,
你总是借黄昏隐没。

"唐灯,告诉我,为什么你总是'借黄昏隐没'?"

唐灯知道,如果她说:"江湖,我需要你。"结果会难以想象,但是她什么都没有说,只是放下了酒杯。其实她很想说,但是她不肯。正是因为她什么都不说,江湖更觉心动。

江湖想起有一年他们踏雪回家,走到白雾深处,那时候四面一片混沌,也不知天地在哪里,江湖看见她艰难地走过没膝的深雪,很想把她抱起来。她的小脸冻得通红,呵出来的白气像喷泉一样。那时候天地茫茫,世界上好像再没有别的人。江湖想保护她,得到她,把她据为己有。

但没人能得到唐灯,她是她自己的。就算和她上了床,也依旧得不到她。她冷淡而又热情、持重而又活泼、平静而有力量,你知道她是美的,也知道她是好的，可你也明白自己从未真正拥有过她，她给人一种随时能够离开的感觉。她其实什么都没有，但又似乎什么都有。江湖一直觉得，唐灯像一朵开在角落里无人照拂的小花，但这小花的品种又稀缺得不得了，稀缺到还没有被命名。

唐灯突然问道："你觉得恋爱和共鸣有什么区别？"江湖一时答不上来。唐灯好像也不在意他的答案，径自说下去："共鸣就像握手，抱上了就是恋爱，抱上了就看不到对方的表情，对方的感受是次要的，以自己的感受为先，这是恋爱。面对面，心意相通，这是共鸣——就像我们现在这样。"

唐灯拒绝和他再进一步，这更激起了江湖的怜惜，怜惜她的坚定，也怜惜她的聪敏，因为他深知聪敏和坚定全来自孤立无援的处境，是自我保护，其实是更无望的。唐灯依旧是学生时代那个腰背挺直、目不斜视的女孩。江湖摇摇头，随手拿起桌上反扣着的一本书，看到折角的那一页：

> 语次，至村外，前婢挑双灯以待，竟赴南山，登高处，乃辞魏言别。留之不得，遂去。魏伫立彷徨，遥见双灯明灭，渐远不可睹，怏怏而反。是夜山头灯火，村人悉望见之。

唐灯说她很喜欢这则小故事，尤其喜欢那句"留之不得，遂去"，格高意远。

她不是不在意江湖，她只是觉得，一切真正值得纪念和珍藏的瞬间，早在发生的那一刻就融进血肉，没必要用假以外物的形式挽留。她现在更相信生活和时间会缓慢地自然选择，也更相信自己的直觉。

唐灯和江湖，两个人付出的都是真心，但真心和真心又有不同，有的是爱，有的是情义，都用心良苦，但不一定都能得偿所愿。父母带给她的痛楚虽然随着时光的流逝渐渐只剩下一些烟尘般的印象，可就是这烟尘般的印象，却是能够决定某些事情。

江湖的目光在最后一句流连："魏伫立彷徨，遥见双灯明灭，渐远不可睹，怏怏而反。是夜山头灯火，村人悉望见之。"他长叹一声说："这个魏书生不就是我吗，唐灯，我总觉得你就是那山头灯火，我能看见你的光，却只能看看而已。"

唐灯淡淡地说:"最好的人生,也不过就是彼此看看而已啊。"

(2020年第7期)

散笔

辛亥江南

鲁晓敏

1911,中国干支纪年法的辛亥年,关于那个年份的记忆,除了枪声还是枪声。

10月10日夜,武昌军营一个暴躁的士兵,用一双粗糙的大手扣动了扳机,爆豆一般的枪声经过层层放大,催动了一场突如其来的伟大革命。

这个暴躁士兵并不是浙江人,但是在他之前,无数浙江人扣动过扳机,点燃过炸弹,举起的刀片映照出他们青筋暴绽的头颅。循着硝烟眺望辛亥,在那幽暗的时间隧道中,一些若隐若现的身影呈现了,徐锡麟剖肝献胆,秋瑾血洒轩亭,陶成章提头上阵,尹氏姐妹以身许国……

他们都是浙江人,如此从容地选择了死亡。他们闹革命的道理很简单,就是想堂堂正正地做人,寻求救国真理,追求民族解放,为了实现心中理想的共和……许多简单的道理汇聚在一起就形成了革命的洪流。

自第一次鸦片战争以来,清朝一败再败,到甲午战争、庚子之乱败得个底朝天,连续耻辱的失败,将傲慢的天朝大国推搡到了近代文明的十字路口,仿佛一个孤居者突然误入茫茫人潮而不知所措。国家遍体鳞伤,民族劫数难逃,儒家文化体系受到强烈的质疑,大批知识分子以甲午战争为镜子,将目光投向邻邦日本,试图破解他们强盛的谜团。他们褪下了宽大的长袍,撇下了"四书五经",从迷茫的十字路口寻找出路,他们看清了裹足不前的政治体制是清朝的死穴,只有打破旧体制才能拯救衰微的中国。大批留学生归来,像定时炸弹一样安插在全国各地,在各自的时机中一一爆炸,试图引爆这个百病沉疴的封建王朝。英雄莫问出处，以浙江人为代表的江南辛亥志士，前赴后继地竞相慷慨赴国，他们蘸着自己的鲜血书写了半部民国史。

浙江在世人眼中是雅兴之地，文气蓬蓬，尽出灿若晨星的文豪巨匠。殊不知，历经南宋立国、数百年倭患、明清更替的拉锯战、太平天国运动，一朝又一朝的帝国和皇权在这片土地上更替、崛起和没落，浙江士人的誓死抗争宣告了此处是刚烈之地，延续到辛亥年，这种刚烈尤为剧烈。浙江人在泱泱中华大地上此起彼伏地抗争着，将辛亥革命推向了高潮！可以说浙江人影响了一个时代的走向，影响了一个国家的命运。

2011年，沉寂已久的辛亥革命突然之间以高密度的方式呈现在世人面前。冥冥中有种缘分，《浙江日报》约我写《辛亥江南》系列之前，我已经寻访了广州的黄花岗、武汉的辛亥革命纪念馆，此后，我逐渐走过了江南辛亥故地，一一追溯辛亥革命策源地，湖北、广东、江浙，甚至到达了远在边陲的云南讲武堂。我真实地站在历史现场的时候，书本上的内容真真切切地呈现在眼前，我抚摸着历史的寸寸骨骼，那些历史中的身形清晰可见，突然就有了旧友邂逅般的激动！我的呼吸有些急促，紧握的钢笔仿佛化成一条长枪，紧随他们的队列冲锋，涌向辛亥年。他们的战场枪林弹雨，我的战场满纸烽火！

武汉、南京、安庆、长沙、杭州、广州、昆明……所有的辛亥故地中让我感触最深的是绍兴。这座文化重积的城市，沉重得令人窒息。为了看清城市布局，我登上府山，凭栏眺望城郭，一股躁动从脚底向上勃勃升腾，浑身不由得有些战栗。灰蒙蒙的天际间矗立着一排排高楼，像是在历史与现实之间做了一次屏蔽，蔡元培、徐锡麟、秋瑾等辛亥志士的故居以及大通学堂隐藏在建筑物下失去踪影，我努力想象当年的刀光剑影、当年的惊心动魄，但脑海中一一出现的还是一张张拘谨的脸、一副副单薄的身影、一双双卷书的白皙的手。

绍兴语言是柔软语调，越剧柔曼的声调是从绍兴人柔软的舌间发出的，侧耳一听，如同扬州歌女的轻媚，如同秦淮艳姬的婉转，此间，一旦豪饮绍兴黄酒，那些纤细的手指居然拍得响铁琴铜琶，那些白皙的手指刹那间变成乌黑的枪管。这些清瘦的书生齐聚江南一隅的绍兴，掀起淘尽千古风流人物的惊涛骇浪，将晚清搅得支离破碎！那个水火蒸腾的辛亥年，成为绍兴历史上经典的插页。

可以这样说,绍兴人在辛亥年中集聚爆发,他们大义凛然,阔步行走在山阴道上,脚板在大地上踏响。循着响声,我一个个追溯他们的历史,一处处寻找他们的故居、坟茔、活动场所、革命遗迹。我驻足故地,不停地叹息,我不明白自己怎么会被辛亥纠缠得如此多愁善感。

下了府山,顺着解放街从南向北行走,穿过绍兴最繁华的商业街,我惊诧地发现,今天的绍兴城方圆仍然不大,蔡元培、徐锡麟、秋瑾、鲁迅、周恩来、徐渭、陆游的故居都挨得很近,有的甚至是街坊。一路延续下来那么多刚烈的志士,他们都源自以绍兴为圆心的一百公里范围文化圈。他们的目光齐刷刷地投射一个方向,目光的源头,是一张气势汹汹的脸,勾践怒目瞪视,大吼一声:"卧薪尝胆!"

1916年9月,距离绍兴不远的钱江湾,我们同样听到振聋发聩的声音:"世界潮流,浩浩荡荡,顺之则昌,逆之则亡。"

在我看来,这是孙中山先生写的最昂扬、最阔大的一首诗,也是最让后人铭记的一首诗。他面对千军万马奔涌而来的狂潮,他的眼际出现了一个个如雷贯耳的名字:徐锡麟、秋瑾、陶成章、陈伯平、马宗汉、蔡元培、汤寿潜、尹维俊、尹锐志、魏兰……那些名字浓缩着辛亥年的血雨腥风。

一切尘埃落定。

在这个百年后平静的日子里,和平长久地庇佑我们的时候,穿过岁月的风尘,聆听辛亥志士的呼喊,我们依旧能够轻易地抵达1911。百年过去,回望辛亥,留给了我们很多思索。

跨过辛亥的门槛,中国进入了更为艰难的共和实验,国家机器的运转与整个国民的文化价值体系还有磨合期,这种建立在不成熟的政治框架上的实验从一开始就注定失败。中华民族有着膜拜皇帝的心理痼疾,低下的国民素质,与政治体制不相称的经济体制,激进的全盘西化,到后来民国被北洋军阀操控,1927年后民国进入了党国和军国时期,诸多的原因制约了原本良好的政治实践。

辛亥,是中华重归正统的时代,同时也是被拔高的时代。辛亥革命并不彻底,也有人说甚至是一次失败的革命。为了革命,为了理想,形形色色的人物在风浪中颠沛流离，将自身与国运紧紧地扭结在一起，付出了一切，他们的宿命让人不由得慨叹万分！他们的理想是美好的，历史却是无情的，有过，爱过，得到过，不算最好。人生忘我地付出过，爱有所值，哪怕付出的对象是无形的天地正气，也是极致的风流。

  我在寻找浙江辛亥革命烈士陵园的时候，有一个念头，"浙军攻克金陵阵亡诸将士之墓"该是何等的雄伟，作为辛亥革命仅次于武昌战役的重大战役，光复南京之战的重要性不言而喻，我似乎闭着眼睛都可以想象到陵园的阔大、纪念碑的高大，然而事实并不是这样，"浙军攻克金陵阵亡诸将士之墓"坐卧在陵园一侧，墓碑并不显眼，更不气派，一个合葬墓甚至比不上一些普通的坟茔。这让我有些始料不及。辛亥革命过去一百年了，当年的激荡已经烟消云散，已经似是而非。

  也许刻在墓碑上的名字，最终只是丹青上微漠的一痕，也许他们已经被很多人忘却，可是人的不知无损爱与美的永恒。走至极境，不必回头，灵魂无所谓孤独。面对他们，我用钢笔在一张白纸上轻轻地写下几个力透纸背的大字：辛亥江南。

（2011年第5期）

麻雀的幸福

陈莉莉

一

他对我说：陈老师，热啊。他一定是看见了我，才从传达室的小房子里出来，从漂亮的尖顶、绿色穹门下走出来。这间小屋是配合整幢建筑设计的，小巧、精美、童话式的鲜艳，但不适合居住。他的脸泛着明亮的水光，头发耷在额头上，浅蓝色保安服有几处已经变成深蓝：领口、腋下、背部。他匆匆地奔出来，就为了向我说这么一句话。他虽然比我高许多，但他的脸是往上扬的，表情是微笑着的，在这么热的时候，在他的身体这么不适的时候，他还是微笑着的。我对这个微笑做出了一丝回应。我也微笑了一下。我的微笑跟大部分时候的微笑一样，是浅的。浅的笑容是我的习惯，我很少有笑得很深、很放开的时候。但面对他的时候，我的笑容几乎像是泼在沙子上的水，浅而短促。我知道我没有办法对他的那句话做出回应：陈老师，热啊。我已经学会不即时对一件事做出回应，如果没有经过深思熟虑，是不能对一件事做出回应，那样往往会留下无穷的后患，这是现实教会我的。尽可能少说话，尽可能模糊地说话，说了十句跟一句也没说一样，是我在这几年学会的。对于一件很小的事情，要尽量放大了去思考，要考虑清楚与之相关的每一个枝节，隐藏在它身后的一串骨牌，一不小心，它们就会哗地全部倒塌。所以我只是微笑一下，发出毫无意义的"呵"的声音，转身离去。

如果这个时候，他向我追问，我能回答的，只能是"再说"。在这个夏天，我已经使用了许多次这样的回应："会考虑""讨论一下再定""再说"。关于传达室的热，我们已经进行过一次非正式的讨论。这个关于热的问题，跟许多问题一样，最终是一个关于经费的问题。即便要安装空调，也必须先经过预算，每年的预算都是提前一年造的。今年夏天的空调必须造在去年的计划内。必须在去年决定，今年夏天的一只空调。所以今年夏天热的问题，是今年无法解决的，即便以最认真的态度、最快的速度，它也只能在明年夏天解决。但解决一只明年夏天的空调，它不是那么容易，它必须经过五个人的会议，在会议上争论、探讨。传达室，在单位的边角部分，它是非核心的，传达室的人员，是没编的，它们一直在视线之外，在单位已有的四十二台空调之外。即便是明年的一台空调，它也还是悬置的，无法在当前给予答复。我无法对他的微扬的笑脸，做出答复。无法对他的汗湿的脸、浅蓝与深蓝交替的衣服做出答复。我只能以一个模糊的笑容，一个转身的动作，暂时甩开它。

二

他直接推开门进来了，肩上扛着一桶纯净水。他还不懂得敲门，不懂得要在门上剥剥敲两下才进入的礼貌。与早晨对我说"陈老师，热啊"的保安顾相比，他年纪大一些，也沉稳些。他是保安袁。他大踏步、目标明确地走向饮水机，熟练地剥掉水桶上的塑料纸，把桶放在饮水机上晃一晃，许多水泡冲了上来。我说：谢谢。对应着我的感谢，他笑了笑，他是对着门、门边的电灯开关、门左上方的行政管理示意图笑的。一直到这个时候，他都没有说话，也没有看我一眼。我以为他在我的办公室里不会再说话了，因为他已经走到门边，似乎马上要打开门走掉了。但在到达门边的时候，他微微地回过头，对着窗户的方向（我的办公桌离他的视线还有两米左右），说：这里真凉快啊，我们那里，唉……他以摇头的动作结束了他的表述，然后迅速地打开门走掉了，没有给我留下回应的时间。在这次表达中，他显然掌握了主动权。在我与保安顾的对话（其实没有对话）中，主动权在我这里，我把一个模糊的表情留给了保安顾，保安顾是那个不断猜想的人。但现在，保安袁把一句话甩给了我,他只说了一句话,同时也是最后一句话,他把这句话留在了我的办公室里:这里真凉快啊,我们那里,唉……他留下了一句话与一声叹气。这句话与这声叹气一下子充满了我的办公室。它把传达室抽象的热(对我来说)具象了,摆放在我的桌面上。它使办公室的凉具有了一种不安。

从层级来说,保安袁的表达有所上升,保安顾完全是陈述式的:陈老师,热啊。保安袁切入了对比:"这里"与"那里"的对比,"这里"是"四十二",四十二个拥有空调的房间,"那里"是传达室"一";"我们"与"你们"对比,"我们"是在"一"里面的"我们","你们"是在"四十二"里面的"你们"。他以一声叹气加剧了这种对比,切入了情绪与语气。他的表达力度显然比保安顾要强。这使得他走出我的办公室之后,有了一小段时间的轻松,他在走廊上、楼道上的脚步都特别轻快,似乎吐出了胸口的一团郁积之气。但回到传达室后,他不会向另两个人说出他讲的话。在传达室的闷热中,郁积的某些东西慢慢地浮上来,他又沉默了,像石头一样安静地坐着了。在表述的过程中,保安顾试图与我对视,他希望我注视他,看见他,他在打开自己的同时希望看到同样敞开的我。保安袁一直回避我的目光,他完全不期望与我的目光对接。他的内心是拒绝的。但从本质上来说,他们的表达是相同的:仅仅描述了现象,愿望隐含在底部。他们不认为他们可以提出要求。这或许跟他们的身份有关。维系他们的是一份薄薄的一年期合同。这份合同刚在一个月前签下,现在躺在我的文件柜里。

我们在十五个应聘的人员中选中了他们四个(另两个在分校)。他们的优势,是土生土长的本地户籍、硬邦邦的方言,我们需要这种方言的安全性。这说不上是一份好工作:六个工作日/周,九小时/日,一千五百元/月(其中两百元为考核工资,半年一次发放),交纳五金(工伤、失业、医疗、生育、养老;其中单位交三百五十四元/月,个人交一百四十八元/月,从工资中扣除);实发一千一百五十二元/月。一千一百五十二元/月的度日方式对于我来说是抽象的,它比热更抽象。我无法深入这种抽象,无法从房租、生活费、学费这样的角度剥开它。但他们十分欣喜地接受了这份工作。签合同时,保安顾几乎没有仔细看任何一个条款,就签下了名字,按下了一个红色的手印。保安袁把合同带回了小屋,在仔细研究了每一个条款之后,也签下了名字,按下了一个红色的手印。我完全清楚他对合同的研究是徒劳的。这个合同，已经由专门的法律顾问先于他们经过研究。进入这个合同，他们是安全的，同时也是被动的。主动权在甲方手中。现在，一年期的合同，约束着他们的表达，他们对热的描述是简洁的、试探性的，他们没有提任何要求。他们只对这种现象发出声音，但在内心深处，他们认同这种现象的存在。

三

一直到现在，对我提到传达室的热的，仅是传达室三分之二的人员：保安顾、保安袁（按序排列）。在这个像麻雀窝一样窄的地方，还有第三个人：门卫老姚。老姚已经在这里工作了七年。在这七年里，他像一只麻雀一点点地衔着草搭他的窝。他在传达室内安置了许多属于个人的物事——一幅2010年风景挂历、一张电影画报、四条红头金鱼、两只虎皮鹦鹉、与一个小孩共养的松鼠，像一个老人微型的家。这个家在2010年5月被撤除了。5月之后，两个保安进入、警报器与安保系统进入，占据了传达室的外间，墙壁涂成肃穆的灰白，上面张贴数张白纸黑字的规章。他的领地缩小到了更狭窄的内室，不足四平方米的空间。这间小小的内室，充分体现了他对空间的想象：小床、小冰箱、小煤气灶，它们难以想象地挤在地面上，几乎是相互镶嵌在一起；在离地面一人高的地方，伸出了两块搁板，这两块搁板向空中发展着，上面堆满杂物，插在可乐罐里的一束筷子、用皮筋捆起来的几把小刀、印有宾馆标识的各色梳子、郎酒酒瓶、劲酒酒瓶、海飞丝洗发水瓶、整齐地扎起来的硬纸板……在接近天花板的地方，有一层更高、更长的搁板，它几乎霸占了小屋的整个高空部分：娃哈哈纯净水纸箱、光明牛奶纸箱、洁丽雅毛巾纸箱、曲奇饼干箱……无数纸箱紧密地堆叠在一起，收藏着内部那些更为细小的事物，将空间堆垒得无比幽暗与逼仄。

在这个夏天，他本该离开这里。我们已经向他发出了解聘的声明，他六十五岁了，已经进入了老年的序列。但老姚说：再让我做一年，就一年。他竖起了一根手指。非编人员的离开，是一种彻底的割断，像被火车丢弃的一节旧车厢，骤然失去作用，并不再关怀。他认为这样的离开太突然，他没有办法接受。他要用最后的一年,在思想上建立一个坡度,慢慢地来适应这种离开,慢慢地减去七年来建立的情感,减去依附感,减去归属的想法。他的合同也是一年期合同,并且没有续签的可能。他在这里度过的这个夏天,将是最后一个夏天。他在这里感受到的酷热,将是来自一个单位最后的酷热。或许对于这种热,他有更多、更复杂的感受。我等待着老姚向我提出要求。我一直观察着、等待着他。他送报纸时,送快递时,拎走垃圾袋时,感激涕零地取走旧纸箱时。我等待着他来说说传达室的热。他表达的层级应该会更高一些,也是我更难应对的。但是他一直没有。或许他也在等待什么。在我们共同的等待过程中,夏天正缓慢地进行着,一天,一天,一寸,一寸。

四

天气越来越热了,连续四十摄氏度的高温,阳光是白色、黏滞的,一走出办公室,就被一团热裹着,这团热裹着我行走在走廊、楼道、洗手间里,在我洗手时,水管里流出来的凉水让我的手暂时脱离了这种热,凉慢慢地沿着手臂往上爬,在手肘处停下来了,凉水的力量还是太小。关上水龙头,这点凉也消失了。热又裹着我行走在洗手间、楼道、走廊里,回到办公室里,热才被解除,它一下子消失了。

传达室的热终于到达一个难以抵御的程度。现在,他们三个人坐在校门对面的树荫下。在两棵树中间,他们摆了三张椅子,有时保安顾坐在中间,保安袁坐在左边,老姚坐在右边;有时保安袁坐在中间,保安顾坐在左边,老姚坐在右边。老姚好像很少坐在中间,他总是坐在边上。保安顾坐在那里,像是一个小孩坐在那里,他总是踢着脚边的石子与草,他椅子下的草坪因此有些磨损了;保安袁是最安静的,他坐在那里,像一块石头,有时,他手里捏着一根烟,极慢地抽着,微微地皱着眉;老姚总是东张西望,他等待着这块地盘上的他的熟人,他等待着一个熟人经过,等待着与一个熟人寒暄,所以他坐着看起来是有所等待的。从神情看,较年轻的保安顾是想要挑起一场谈话的,但保安袁没有响应,保安袁是个不爱说话的人,也是个不呈现表情的人;老姚也没有响应,老姚的热情是释放给小区居民的,老姚显然不准备培养与两个保安的感情。他在这里的最后一年，是和以前所有的感情告别的一年。他的内心世界与两个保安是不同的，他准备收拢、归结，而两个保安是要在这里开始的。或许在老姚的内心深处，他对这两个保安是怀有敌意的！

热遍布在每一寸空气中，包围着整个的身体，即便在树荫下，这种热还是涌入了每一个毛孔。他们三个坐在树荫下的姿态，稍稍地压着我。我把"传达室"三个字写在了笔记本上。这个时候，我发现，这件事早就搁在我的内心了。在这个夏天之前，我还没有在心里搁满事件的习惯，那时，我还可以把它们交给另一个人。但现在，没有另一个人了，只有我，我是所有事件的终结者，单位里的一百零五个人，谁都可以把事件抛给我，把责任抛给我。现在，我的两只手都抱满了事件，太重了。我取出那本记录事件的笔记本，把"传达室"三个字写上去，在这三个字之前的序号是十六，它是我在这个夏天要思考的第十六桩事件。

五

老姚终于说话了。他是我们在大厅交错而过的一瞬间说话的，我正步履匆匆地往外走，而他的手中握着一把水壶。这显然不是一个提出建议的时机，他选择这样一个瞬间说话，应该是出于这样两个原因：①作为传达室的一分子，保安顾与保安袁已经先于他来提出意见，他也必须来说一说。他的说，是他的责任。但他不想深入地谈这个话题，他认为这个夏天的热已经是不可能解决的了。甚至对于他来说，这个夏天的热并不是那么痛苦。他已经度过许多个这样的夏天，他甚至需要这个夏天粗暴的热，来减轻内心深处的留恋。②可以不为说出的那句话进行辩护。作为在一个单位边缘生存了七年的人，他已经摸熟了一个机构的规则。他是带着笑意说的，使他的话带有玩笑的语气：空调我来买，明年单位给我报销吧！在他说完这句话之后，我继续向外走，而老姚立即向着花坛的方向走掉了。这种提出建议的方式于我也是有利的，我不必即时回应，完全可以把它当作一句戏言。这个提法显然十分荒唐，因为它没有先例。我已经懂得，在某些方面不可以创新，凡是新的做法，都必须反复论证，一不小心，就会掉进一个陷阱。比如说，一只不经过预算、不经过招投标买下的空调，它显然会触礁的。

在五个人的会议上，终于说到了这件事：传达室的热。几个想法都迅速被推翻了：马上买一只，是破坏财务纪律的；让门卫垫付，简直是一个笑话；我提出的先买一只冷风机的想法，也被某个成员推翻了，她说，反正明年要买空调，空调买来后，这只冷风机就浪费了。我显然无法坚持这个浪费的做法。最后，大家一致认为，可以造入下半年的预算。这只空调，将会在明年安装在传达室。这个答复，很快传到了传达室。明年的夏天，传达室将拥有一只空调，明年夏天的热，将会被很好地解决。老姚是第一个表示理解的，他像领袖似的挥挥手，说：好！好！好！反正天气很快就要变凉了！他做出的这个姿态迅速影响到了保安袁与保安顾，保安袁与保安顾的情绪也着陆了，他们平和了。老姚的这个姿态是我所感佩的，因为他享用不到明年的空调。在明年夏天的凉爽来到之前，他将离开我们，离开这个他生活了七年的小小雀巢。

六

夏天正在走向末端，它的热从暴力式、持久的状态渐渐消退下来。但在白天的大多数时间，它仍是强大、使人窒息的。所以保安们仍然是坐在树荫下。三把椅子，三个沉默的人。他们数着这个夏天的热，没有几天了，明年会好的，他们这样相互慰藉着。他们的内心平静了。保安顾、保安袁、老姚都没有责备我的意思，也没有责备某一项制度的意思，他们是习惯于接受的人。然而我没有。我在内心深处是责备着自己的。我知道在这件事上，我并没有尽力。如果我尽力的话，是一定可以解决这个夏天的热的。甚至可以在当前、立刻解决。但是我确实是把他们摆在一个非核心的位置上。我不愿意为他们，承担这样的一种责任。在这个夏天，我是把许多的精力、许多的责任放在另外一些事情上。我实际上是忽视他们的。这一点上，我是跟随大流的，我跟其他的一些人，并没有本质的不同。

我在江东新村十七幢的楼下打电话，让父亲把冷风机取下来。冷风机的用电比空调少得多，父母亲有时用它来替代空调。我去吃晚餐时，它的风口总是对着我，我记得那道风，完全不同于电风扇搅动的热风，像是来自山林，清凉、舒适，使人增进食欲。父亲没有问我需要冷风机的缘由，他很快就把擦拭干净的冷风机取下来，在路边仔细地向我讲解使用方法：先装水，再插电源，然后按下开关钮、制冷钮，摆风钮可以变换风向，定时按钮基本没什么用，如果想要风更凉些，可以放进去一些小冰块……十多年前，我刚参加工作时，他给我买来了一只水桶与一个勺子，关于勺子的用法，他也跟我仔细地讲解了若干遍。而我的耐心，也从来没有变多一点点。在父亲的讲述完毕之前，我已经把脚踩在油门上。父亲只能在车窗外大声地喊着：记得一定要加水！到了最低水位一定要加水，不加水要烧坏的！

我把冷风机放在了传达室。保安袁、保安顾、老姚全部围了上来，他们都是第一次见到这个机器。我说这个是冷风机。冷风机？！吹出来的风是冷的吗？是的！他们都俯下身来，充满希望地盯着这台机器。保安顾把手伸向机器，但在老姚的呵斥中缩了回来。我跟他们复述操作说明：先装水，再插电源，然后按下开关钮、制冷钮，摆风钮可以变换风向，定时按钮基本没什么用，如果想要风更凉些，可以放进去一些小冰块……对了，记得一定要加水！到了最低水位一定要加水，不加水要烧坏的！三个男人紧张地听着，老姚严肃地对保安顾说：保安顾，你要记住！你以后负责这台机器！保安顾同样严肃地答应了。他确实听得很认真。比我听父亲讲时认真许多倍。保安顾很快地去装了水，插上了电源。三个男人围在艾美特冷风机的边上，像围着鸟窝的三只鸟。他们在等待着凉风的到来。在凉风吹出来之前，我离开了他们。

七

他们对冷风机摆风与定风的两种模式进行了实验。处于摆风状态时，风是轮流、渐次地在每个人身上吹过的。坐在左边的一个人，是最早被风吹到的，在溽热的空气中，他的左颊、左手臂忽然感受到了一点凉意，似乎有一阵水雾薄薄地飘过来，落在每一片裸露的肌肤上，并缓慢地向身体的右边移动。每一个毛孔顿时急促地打开，焦渴地汲取着这一片凉，试图导引它深入内部，解救被热围困的身体。但凉风仍以匀速继续摆动，一格一格地向右迁移,掠过他的右手肘,并从这里彻底消失了。身体重又落入无比闷热的空气中,甚至比凉风到来前更加地闷热,更加地无法忍受,身体内部的热似乎要冲破那层表皮的凉,奔突出来。他感到风扇的摆动极其缓慢,它似乎在中间与右边的那个人那里逗留了更长时间,他闭上眼睛,又睁开眼睛,等待着风口,往着自己的方向慢慢地、慢慢地转回来,等待着那种残酷的凉的再现。

他们一致地认为这样的方式是无法忍受的。他们认为这样的凉是浮在面上的,短促、转瞬即逝,还不如没有风的好。所以他们使用了定风模式。定风时,虽然每次只能吹到一个人,但吹到风的那个人,感觉到了凉的深入,它缓缓地从皮肤中渗入,流向血液、肌体,抚慰着整个身体,使整个身体都处于一种凉的浸泡中,无比舒适。而另两个人,因为有凉爽的希望,也会觉得当下的闷热是可以接受的。所以他们决定每个人连续吹风十五分钟。另外两个人,等待三十分钟。这个三十分钟,他们带着已经被凉浸泡过的身体站在树荫下,感受到了一种前所未有的惬意。

现在他们大部分的时间坐在小屋内。老姚在冷风机的对面放了一把竹躺椅,这把躺椅是利用门的空间摆下来的,他们轮流地坐在这把躺椅上,有时是保安顾,有时是保安袁,有时是老姚。如果我走近这扇门,他们就迅速地从躺椅上坐起来,保持一种比较正直的坐姿。所以我尽量地不靠近传达室,让他们可以较为舒适地坐在这把躺椅上。老姚逢人就说起这台冷风机的来处,他是站在传达室的门口,向每一个出入的人大声地宣扬这件事的。这台冷风机成了他夸耀我的一种道具,他使我成了一个伪善的人。

(2012年第3期)

敦煌痛

苏沧桑

大——漠——敦——煌——

如沙漠深处捞起的一个梦，绝美，连读音都绝美，却到处都痛。

皮肤痛。飞沙，乱石，天生粗糙干裂，黑暗苍黄，松弛垮塌。人世间再沧桑的脸，在它面前，也幼嫩。再苍老的生命，在它面前，也鲜活。再深邃的思考，在它面前，也幼稚。

星星点点的绿洲，泉水，驼铃，证明它还活着，心跳着，眼睛亮着，话说着。

脚痛。曾经以为自己是海，滚滚沙涛，翻涌了亿万年。驼峰如舟，流沙如水，走了亿万年，仍然走不出荒凉，遥远，贫瘠。天生地，它只是一个凝固的海，凝固了脚步，凝固了梦想，连时间仿佛也静止了。

它在，时间也在。走了的是张骞，霍去病，班超，唐玄奘，李白……是军人，商人，文人，墨客，使节，僧侣，马贼，刀客，还有那些来自国外的著名盗宝贼……他们走了很多年，永远走出了这片大漠，却从没有走出大漠的历史和传说。其实，所有这些人，没有任何一个愿意真心留下来，但这些被羁绊的脚步，注定和它的脚步锁在一起，又重，又痛。

心更痛。

它是一个弃儿。被春风遗弃，被雨水甘露，被小鸟，被繁华，被爱情……甚至被寂寞遗弃。寂寞，需要一种意境，一种情怀。而属于它的，是无边无际的，空白无望的，遗世独立的孤独——不是它遗世，是天地遗弃它。

传说，古时候，月亮就挂在中国西北这片高原上空静止不动，像冰雕玉砌的一个立体圆球，山川峡谷清晰可辨。后来，月亮越行越远，只有每天升起的太阳，是它的挚友，亘古不变。

也许还有，骆驼亘古不变的温顺的睫毛，忠诚的眼睛。

甚至当几百年前那个王姓道士发现巨大的稀世宝藏时，仍然没有人在意过这个弃儿，哪怕用一丁点剩余的爱，来拥抱它一下。

遗弃也不是最可怕的，最可怕的是被外人掠夺，而自家人无动于衷。

英国人处心积虑运走了三千多卷经卷，五百幅以上的绘画。法国人用化学胶布粘走了二十六平方米最精美的壁画，盗走了几尊彩塑。日本人，俄国人，也闻讯赶来，运走了无数珍贵文物。

而最亲的自家人，却用破木箱，任本就零落不堪、劫后余生的宝藏再经风吹雨淋，千里迢迢运到北京，留下一堆最破烂最不完整的东西。

最后，它以被掠夺的方式惊艳世界，不知道这是幸或不幸。从此，它备受宠爱，然而，已深入骨髓的耻辱与心痛，痛在生命里的每时每刻。午夜梦回，大漠泪雨滂沱，却不着一丝痕迹。

公元2011年8月，我用目光爱抚着这个弃儿的心脏——莫高窟。

一直仰着头，一个窟一个窟地看，脖子、眼睛酸痛难当。

多么美轮美奂啊。那一笔一笔，一刀一刀，一座一座，是谁，怎样仰着酸痛的脖子，撑着酸痛的胳膊、手腕，睁着酸痛的眼睛，怀着怎样的心情，历经十几个世纪，亿万个日日夜夜，夜夜日日，上下五层，一千多个洞窟，凿出来，画上去，造就如此完美的神秘博大、旷古绝伦？

每一笔，都是痛；每一笔，都是美。

这是一种什么力量？不过是沙漠黄土，孤山崖壁，仅有钱和能工巧匠是不够的，仅有毅力和信心也是不够的。

无他，唯有信仰。

它的辉煌，其实是信仰的辉煌。

洞窟里很暗，很静。突然，女讲解员停下柔和的声音，厉声对一个刚用手机拍照的游客说："请将照片删掉！"

我看到了几年前面对强权斗胆说"不要触摸壁画"后遭掌掴辱骂的年仅十九岁的女讲解员。

我也想到了一个与敦煌壁画一样美得令人浮想联翩的名字——樊锦诗——一个特别干瘦、弱小的老太太——莫高窟新的守护神——像常书鸿一样，将生命绝大部分的时光、坚忍与智慧，缓慢而快速地消耗在此。

心里忽然涌起感恩的泪。多么欣慰啊，在我们不可知的领域里，这个无限神秘阴暗的洞窟，已然是一个无比温馨的宇宙，弃儿的心脏里，其实一直萦绕着母性芳香气息的守护。

梦一般的大漠敦煌，是沙，是石，是风，是千年弯月，万艘船阵，是菩提，是波罗蜜多，是美人佛，是飞天，是一层一层绝美的壁画，是飘了一千年的丝绸，是走了一千年的茶香，是一千年都温不透的玉，是金戈铁马，是壮志忠魂，是爱的绝唱。

梦一般的莫高窟，也会让人梦一般遐想。我忽然想，能不能，让我们这辈人，在莫高窟最偏的角落，找一个边角，也凿一个窟，请全中国最好的艺术家，画一窟壁画，塑一窟佛，千万年后，讲解员介绍时，会说，这个洞窟是中华人民共和国塑造于21世纪初，不行吗？行吗？

走出莫高窟，收到朋友一条短信："流逝的不是时间，是我们。"

是啊，每一个人，其实都在以流逝的姿势经过生命，经过时间。此刻，我正经过敦煌。

乐傅和尚流逝时，留下第一个洞窟。

平凡的工匠流逝时，留下瑰宝。

王道士流逝时，留下一个藏经洞和一个伤口。

驼铃流逝时，留下丝绸之路。

常书鸿流逝时，留下补丁，守护。

我们这一代人流逝时，留下什么？

我不舍的目光回望敦煌时，我想问它：你的心，是不是还痛？

曾经，我还没做母亲时，对那些无知无畏、胆大包天、捣乱惹祸的小孩子，总是敬而远之。我觉得，孩子其实有邪恶的一面，尤其是，当他受到的伤害、嫉妒远远超过爱，就一定会恨。

那么，如今，你还恨吗，或是担忧？

敦煌不语。也许，在它眼里，我这棵来自江南的汁水丰足的草，太无知，无味，无谓，无为。它根本不屑与我做任何的交流。

上车时，我抖抖丝巾，丝巾上泻下几粒沙随风飞逝。我回头，在夕阳的逆光里，跟它说了声"再见"。这不是随便说的，我们一定会再见，因为，将来我必定也会成为一粒沙，飞过很多路，经历很多事，看过一代又一代世事沧桑。而那时，我才能真正与它对得上话，才能读懂这片神秘的土地。读懂它的月牙泉，如同读懂它的泪；读懂它的鸣沙山，如同读懂它的心；读懂黑夜里的鬼哭狼嚎，才真正读懂它的灵魂。

三天后，回到江南，十里荷花，无比水灵，鲜嫩。

七天后，放在清水里的干莲子抽芽了，女儿时时傻傻地盯着看，想象它会真的长大，开花，美如万里之外壁画里的佛花。

她眼里，饱含人类最初的单纯。

皈依单纯，是否也是皈依一种信仰？

皈依美、爱、诚信、正直、坦荡、淡定、和谐……是否也算皈依信仰？

世人皆如此，敦煌和敦煌们，还会痛吗？

（2012年第4期）

卫生院纪事

干亚群

那年我从卫校毕业，分配到离家有百里远的一家乡镇卫生院。在医院的第一个月过了十九岁的生日。

这是半山区的一家卫生院，南面平原，北面山区，医院位于镇上的中心位置，与镇政府相距仅几米。镇上除了卫生院，还有学校、车站、供销社、派出所和菜场，唯一的文化场所是一家建于五六十年代的电影院，也不常放映，当《月儿弯弯照九州》响起时，说明售票开始了。由一条老街把它们串起来形成了一个集镇。整个集镇不大，约莫十几分钟也就走完了。那时车站与供销社是我去得最多的地方，每两周我回家一次，隔一周去供销社买书。再就是沿着老街慢慢地向西走去，一会儿就出了集镇，沿着一条小溪向山坡走去，看落日，也看白鹭悠悠飞过晚霞。然后，又由老街慢慢地踱回来。

这一幢建于上世纪70年代末的医院，前后两进，前排是平房，后面是一幢两层楼的房子，下面是门诊室，上面是医院职工的宿舍，面积总共也不过三百多平方米。医院里设有内科、外科、牙科、妇产科、检验科和放射科，外加一个注射室。一个科室基本上只有一个医生，有时一个医生身兼两个科，如外科两个医生都兼放射科与检验科，内科医生兼管药库。我分在妇产科兼注射室。妇产科在当时是一个重要科室，每年有两百多个产妇建立产检卡。妇产科的医生算最多了，有两个半医生。说半个是因为这个医生还兼着牙科，白天上牙科班，只有轮到夜班时才值妇产科班。那时生孩子没像现在这么重视，除个别产检时有高危风险转院外，一般都主动要求在卫生院生产。我去的时候，当地还有农村接生婆在家接生的现象。整个医护人员连我在内才十四个人。比我早两年，有两个也是从卫校毕业的，一个是护士专业，另一个是医士专业。其余的除一个是从部队复员回来的卫生兵外，基本上都是从原来的"赤脚医生"经过两年的卫生学校进修走上医生岗位的，而我是第一个从卫校毕业的助产士。

我到医院后第二天就开始坐门诊，与我同科室的是一个姓钱的医生，她非常热情，一看到前来检查的病人或产检孕妇就向她们介绍我，生怕她们不接纳我。那时的我看上去像一个高中生，而且她们一听口音就知道我不是本地人，不免有些生疏，甚至怀疑我会不会看病。这时钱医生就说，人家是卫校毕业的，正儿八经的医生。尽管这样，病人刚开始还是半信半疑，不太放心。特别是那些上了年纪的人，一看还是个娃，有点不太情愿让我看病。有时明明我在科室里坐着，她们张望后会说没人，然后去找在宿舍休息的钱医生。当她赶过来时一看我在，就会责怪那些病人。当时的我一半是赌气一半是不服气，每当看到这样的病人偏不去主动询问。现在想想却非常愧疚，年轻不懂事，有些事可以原谅，而有些事却不可以原谅。

医院里的医务人员除我是外乡人外，都是本地人。大家有乡缘、地缘的关系在里面，有的还有亲缘，他们不会叫你医生，而称你哥或姐，再大一点的就是叔与婶。初来乍到的我对此觉得有点滑稽，感觉不像是在医院而是在农村大院里。同事叫我"小干"，于是他们也叫我"小干"，刚开始我很不习惯，似乎自己被人淡化了医生的角色。更让人接受不了的是，有一次一个产妇的母亲等我忙好妇产科的事后，一个劲地称我"小娘"。我听了不高兴了，"小娘"一词在我老家是老人骂小孩不懂事的意思。后来同事向我解释，这是当地的方言词语，是母亲跟女儿间的称呼。接下来还遇到一些因为语言上的差异而引起的误会，而且因为我的方言与当地村民的方言差异很大，再说那时还不习惯用普通话，所以有好几次造成诊治上的困难。好在都有同事在一旁周旋与解释，避免了不必要的麻烦。半年后我基本适应了他们的语言，而且还会说当地的方言了。

那时是我比较闲的一段日子，每天的门诊量不是很多，有时甚至才三四个病人。但一周总有两三天的时间里病人相对多一点，我也是到了那儿才知道有市日这个风俗。当地每月逢三、七的时间,是村民赶集的日子,这天山区片与平原片的村民会涌到集镇开展交易。这时,一些有点小痛或小病的人,也趁这个日子顺便到医院看病配药什么的。那时的医院似乎成了半个菜市场,病人把买来的菜有序地堆放在医院的走廊上,有时还鸡鸭连鸣,煞是有趣。等中午村民走后医院里留下不少家禽粪便,于是少不了一起打扫卫生。同事们身穿白大褂,脖子上还挂着听诊器,手上挥舞着扫帚与拖把,这样的场景也只有卫生院才有。

入冬以后病人更少了,且又没有取暖器,大家就出来在屋檐下聊天,说着一些荤笑话,互相取乐。这时在医院扫地的阿德往往成为大家取乐的对象。阿德那时三十出头,人看上去要比实际年龄苍老得多,在医院里做勤杂工已经有十多年了。我刚来的时候,院长把我领到各个科室跟同事们互相认识,当我正要回自己办公室时,院长突然用手指着一个人跟我说,这是阿德,是医院的勤杂工。阿德正一个人坐在屋檐下的一个角落里,用手摆弄着身上的衣角。也许是听到院长的声音,他微微地动了一下他的头,然后抬起眼睛,斜斜地看了我一眼,很快又低下眼睛继续摆弄他的衣角——那衣角其实已经扭成一个结了。我想跟他笑笑,可他的目光已经低下去了。院长见状似乎欲言又止,我听见他喉咙里轻轻地咳嗽了几下。

第二天早上,我刚到办公室,阿德悄无声息地走了进来,把一瓶热水放在了门边。我说了声谢谢,阿德显得有些紧张,一边带轻咳一边忙着说"没事没事",很快消失在门口。有一次,我去拿消毒包,忽然在食堂旁边看到一个人倒在那儿,不停地抽搐着,口里满是白沫。我一惊,忙跑过去,一看原来是阿德。我连忙大声叫来同事,可他们好像一点也不紧张,走到阿德身边,一个同事看了看他的嘴巴,让另一个同事把压舌板拿来,然后搬来一张垫子把他放在上面。我看症状似乎是癫痫,但又不好说出口。我说,要不要做其他处理?同事回答,不碍事,他患癫痫已经二十多年了,马上会过去的。后来同科室的钱医生告诉我,阿德是前任院长的弟弟,为了解决他的生活问题,特意安排在医院里做勤杂工,人很老实的。因为大家都知道阿德有这个病,所以也不去说他。不过,阿德工作很负责,一天扫两次地,从不偷懒,有时还会热心给病人领路。

阿德单身一人，吃住都在医院，平时也不太出去，看到大家忙的时候，他会显得很兴奋，双手插在裤袋里转悠着。如果我们闲着，他就一个人坐在角落里，看不到他的表情，也看不出他在想什么。这时，同事就要拿他开玩笑，问他是不是在想媳妇。阿德咧着嘴，有些难为情，便把头转过一边去，看起来有些歪的样子。几个上年纪的同事继续寻他的开心，问他要不要给他介绍一个。这时阿德咧着的嘴显得更歪了些，两只裤袋被里面的手拉到了一边。如果这时还要问阿德这个问题，阿德就跟你认真起来，结结巴巴地说着话，认为你这是取笑他。然后拿起扫帚走开了，几声轻咳后并没有听到扫地的声音。

跟我同科室的那位牙科医生比我大十岁，我刚到的时候，有人正给她做介绍。她那时年纪也不小了，尤其在农村这个年纪孩子都五六岁了。她每次相完亲，第二天不待别人问她，她自己已经先把情况一五一十地说出来，而且她不说我们也知道接下来就没下文了。这样又过了两三年，她还是没有相中对象。她不急，我们却暗暗地替她着急起来，毕竟是三十出头的人了。有一次又有一个人给她做介绍，男的比她大几岁，条件不错，丧偶，有一个孩子，应该说符合她的条件，因为她一再强调如果男方要生孩子就不结婚。我们都知道她去相亲了，第二天她没有告诉我们相亲的情况，于是我们替她暗暗高兴起来。她开始注重打扮，一改以往那种严谨的穿着风格，而且脸上显得红扑扑的。两个月后她告诉我们相亲没成功，我们觉得很可惜，但她似乎一点都不在乎。她说，她本来对那个人有好感，但一看到他想亲热的动作时就觉得毛骨悚然。有几个同事想笑，但最终还是忍住了。从此以后大家就不再问她个人方面的事，她自己也觉得这样过日子没有什么不好。听说直到退休她也没成家。

尽管这位牙科医生自己是单身，但她在医院已经十多年了，乡里乡亲的都认识她，妇产科的事自然少不了她帮忙的。有时产妇因忍不住宫缩引起的疼痛而发出哭叫声，她不管认识不认识都会扔给产妇一句话："你难道不知道生孩子要疼的？怕疼就不要生孩子好了。"大家都知道她独身一人，也不好回应她的话。有时遇上忙不过来的时候，她白天也会过来帮忙。她常常一边脱下刚做完牙科手术的手套，一边戴上妇产科的手套，或者刚脱下妇产科手术的手套，马上戴上牙科用的手套。有一次一个病人既找她看牙科，又找她看妇产科，看到她戴着的手套开玩笑地问她有没有换过，她也开玩笑似的说："都是你自己身上的，又没关系的。"弄得病人将信将疑的，很长时间不敢找她看牙科。

医院里每个人都有一间宿舍，还有几户家庭，再加上值班医生，所以到了晚上并不是很冷清。如果闲来无事，大家会聚在一起打扑克。没有赌注，只是输掉的人戴纸帽子。这时值班医生没有参与的份，在边上做服务工作。几个人穿着白大褂，头上却戴着用废报纸糊成的帽子，怎么看都有点好笑。有时输多了，头上只看见纸帽子而看不到脸。尖尖的帽子影聚到了墙上，一晃动，雪白的墙壁成了一道幕布，似乎是在表演皮影戏。有时病人来了，如果不是很急，倒是很喜欢站在一旁看我们打完，还会在边上出主意。

我因为不太会打，于是躲在宿舍里看书。住在我隔壁的是一位外科医生。我刚到医院那会儿，他刚上班不久。同事告诉我，他得了肝硬化，还患上了杜冷丁依赖症。他的脸色看上去黄黄的，还带点硬涩，懂医的都知道这表明肝脏有问题。也因为这个病，他上班很不稳定。有一段时间，他常常是白天休息，晚上九点后起来烧东西吃。一会儿是高压锅"嗞嗞嗞"的声音，一会儿是下油锅噼里啪啦的声音，再一会儿是拿碗抽筷子的声音，这样会持续一个小时以上。

我一般十一点后睡，睡前照例要去一下水龙头边洗漱一番。水斗装在他宿舍门口，于是不免要与他碰见。有时他会主动叫你一声，还会问你要不要吃点；有时干脆一点反应也没有，顾自低着头吃烧出来的食物。他弄出那么多声音，烧的无非是一些从老家带来的土豆、芋艿、玉米什么的。这位医生后来病情越来越严重，杜冷丁的剂量也越来越大。以前他打杜冷丁自己打，我也没见他来过注射室，后来他请病假休息时来找过我。我给他抽药水的时候，他在一旁看得非常仔细，还一再关照我把药水抽干净。等我抽好药水，他还会拿起被抽光的针剂再看一下，事后他会不好意思地跟你笑笑，但每次都会这样检查一下。刚开始我对他这样的举动很不满意，这是一种不信任人的行为。后来我慢慢接受了，因为我理解了。杜冷丁是一种被管制的药，乡镇卫生院里是不允许进药房的，这位外科医生是通过很大的努力每月才要来几支。如果要不到时，他会变得很暴躁，烟抽得很凶，有时还会摔东西。他妻子也是我们医院的职工，是一名出纳。她性情温和，长得也漂亮，尽管他们俩说不上恩爱，但也没见过大吵大闹，尤其她丈夫得了这种病后，她曾帮助丈夫想方设法去购买针剂，哪怕高价也不在乎。

我并不清楚这位外科医生患上杜冷丁依赖症多长时间了，但一看到他密密的针眼，就知道至少五年以上。我每次打针总要细细地寻找注射的位置，那些针眼让他的肌肉变得很硬，针打下去并不是很利索，如果用力不到位，针尖一不小心就会弯过去。有时他会自己帮着找位置，然后我顺着他指的地方打下去。他一边跟我说推慢点，一边又让我把药水推净了再拔出来。有一次我自己心里在想一件事，针稍微推快了点，他马上觉察出来，我一看针管里的药水一半没了，赶紧回过神来。可能他觉得自己要求也有些过了，后来有很长时间没找我打针。这位外科医生最后还是没有熬过肝硬化，吐了很多血，他过世后的几天里，我不敢去水斗倒水。他忙碌烧东西吃的情形似乎还在眼前，但一想到他现在已成了亡人，不由得打了一个冷战，说不出是恐惧，还是对原来熟悉的东西一下子消失后带来的空洞。

也不知道是怎么回事，那会儿喝甲胺磷农药的特别多，连大年三十都有人被送来抢救。这当中大多是夫妻吵架引起的，一方一时想不开就拿起农药瓶往嘴里送。不过大部分是女的。这时做丈夫的往往自己开拖拉机送医院，一边大声向老婆赔罪讨不是，一边喊叫着"要挺住"。我们一听到拖拉机的声音冲进医院大门，就立马想到两件事——不是喝农药的就是产妇。如果喊"叔"的肯定是喝农药，而喊"姨"的那是生孩子的。一声"叔"后，全院所有的人投入抢救，输液、吸氧、洗胃，各司其职。这时亲属陆续赶到，娘家人自然数落起男人来，男人的亲属也跟着责怪，尽管听得出那责怪声里没有真责怪。男人一旁早已哭哭啼啼起来，央求我们一定要抢救过来。大部分病人听到自己男人在边上又是认错又是哭啼，会非常配合我们的抢救，能自己喝水尽量自己喝，然后再呕吐出来。但也有性子刚烈的，我们只能插管子洗胃。等病人情况稳定后，全部转送到市人民医院，因此绝大部分都能抢救过来。也有个别其实只为了吓唬男人，只喝了一点点，然后假装昏迷过去，当看到男人悔恨不已向自己赔不是时，心里早已原谅了他。所以当我们要插管子时，自己马上一骨碌爬起来，主动告诉我们喝了多少。这些喝农药的大多因为情急之下没带钱的比较多，医院就让他们赊账。医院不会让他们出示身份证，他们也不必在账单上签字什么的，而这些账从来没成为过呆账。

尽管我们全力以赴，可医院的业务量还是上不去。于是院长来了个节流举措，不能用医院里的自来水直接洗衣服，只能漂洗；在电话机外面装了一个盒子，只能接听不能打，钥匙只他一个人有；办公用品一年只能领一次，谁也不能多领，有时甚至会检查你领出去的处方纸与你开出处方纸的量是不是符合。院长是一个四十出头的人，是从地地道道的"赤脚医生"做上来的，因为比较勤奋，由医院的临时工慢慢转正成为合同工，再后来当上了院长。他是一个比较节俭的人，自己端着脸盆到院外的溪坑里洗衣服，回来后用井水漂洗一下。他的桌上就一支圆珠笔，上面还打了一个绳结。有一次，医院组织去普陀春游，他为了节省一些车费，居然打听到有一辆拖拉机去宁波，于是他与我们一起坐了近两个小时的拖拉机到码头。同去的还有他丈母娘，七十多岁的人了也跟我们坐在颠簸的拖拉机上。我们从没看见过他随随便便请客吃饭，也从不乱花公家一分钱。即使上级部门来了客人，他也最多在小饭馆里请吃，而且肯定在下次院学习会上通报一下。年终会议上，他会一一通报全年的所有支出，哪怕一支笔一次电话费都记得清清楚楚，然后给我们报了一个数字，那是我们每人的奖金。大家先是惊奇，后是欢欣，每个人差不多每月有一百元的奖金。这在当时是一笔不小的数字，而这全归功于院长的管理有方。我们虽然对院长的抠门感到不快，但从心底里尊敬这位院长。

五年后我离开了这所卫生院。我还是带着来时的那只箱子，但箱子里多了一本在报刊上发表过的文章集合本和一本学历证书。

（2012年第10期）

桃之夭夭

傅祝琴

就让我从一条河说起。

在江南,几乎每一个村庄都有一条河流,每一条河流都有许多的故事,河流像血液注入村庄,村庄如桃花绽开粉色,故事花开又花落,随流水绵绵不绝。

记忆中村庄的河流总不疾不徐,清澈而写意地从岭上流经小桥畈,流过大丘田,又拐到老石桥,然后流入下一个村庄。

小时候时间会追着河流跑,河边有青草河里有小鱼虾河岸边还有野生的小浆果。那时我挎一只篮子出门,父母不会问我到哪里去,大人忙得像陀螺转,家里的鸡鸭猫狗都要小孩子照顾。一般情况下我先到桃芝家,她家就在村头,河流的上游。桃芝生性好动,整日里山沟沟河边边乱跑,她会告诉我哪个丘壑里有大片的红莓,哪条溪边蝌蚪最多,哪座山上竹笋最粗壮。记得幼儿园时,午睡醒来,老师带着小朋友手拉手去河里喝水、洗脸,桃芝先哗啦啦地赶到上游去搅混,老师说桃芝不能这样做,她会很无辜地很欢快地说,老师那边有阿公公,顺着她胖乎乎的手看去,果然,河岸边挂着一丛丛鲜红的果子,然后小朋友乱哄哄地抢上前去摘,惹得胖乎乎的女老师边歪歪扭扭赶上来,边气急败坏地叫"别摔倒,别摔倒"。

小学五年有四年桃芝与我坐一张课桌,她上课总是摸头摸脚,扭屁股扭脚,没一刻会安分。我是班长,老师进教室门,我叫"起立",大家都站直身体,桃芝眼盯着老师,见他没注意便坐在座位上安然不动,大家坐下后,她会做一个刚坐下的动作，非常搞笑。下课或放学她生龙活虎，又跳又跑，一刻也不歇。有一次她追上我，把我揿倒在她叔叔新扎的篱笆上，那篱笆摇摇晃晃倒下一片，她五大三粗的叔叔看见后，怒骂着抄起一把铁锹追过来，我俩骇得翻身就逃，桃芝边逃还边安慰我，你放心，他不敢真打的。她读书不甚认真，上课动手动眼珠就是不动脑子，一考试就央求我将试卷放在中间，她视力好，手快，极速抄袭。有一次被老师抓牢，白发苍苍的老教师，眼里最容不下沙子，责问我一个好学生怎么能纵容人作弊。我红脸低头，感到从未有的羞辱，而桃芝飞起一双吊梢眼，嬉皮笑脸地说，老师不关她的事，是我要抄的，我明天会背熟，你不要生气。老师果然不生气了，挥挥手让我们走了。桃芝的脸是白里透红的瓜子脸，笔挺的鼻梁，一笑起来，眼就往上吊，很娇媚。桃芝嘴巴很甜，路上碰到同村的人，老远老远就阿姨叔叔大伯叫着，而我因害羞或躲着眼光或扭转身体或支支吾吾说不出口，和她一起走路，人人都"桃芝""桃芝"地叫，越发显得我脸红耳赤的呆板与畏缩。到我家来先响响亮亮叫一声"婆婆"，然后坐下来帮我外婆剥笋，她纤长的十指一缠一绕，那笋壳就卷下来了，不一会儿就堆起了白嫩嫩的笋肉。我外婆每见到她总赞一声，小灵子真齐整。"齐整"两字是外婆美学的最高标准。我外婆穿了一生的灰色大襟衣，走了一辈子的黄土地，做事刻板，常因太忙碌而表情麻木，衣食无过度欲望，常说"青菜淡饭，不算怠慢"，我一直怀疑外婆的审美观，只有一次，河岸边唯一的桃树在旷野中开放，外婆在田里忙碌时抬头，然后笑起了深深的皱纹，说："真齐整。"我顺着外婆的眼光看过去，冷色调的无边的绿色田野中，纵横着尽情绽放的粉红色是如此亮丽如此妖娆。后来反复读《诗经》之"桃之夭夭，灼灼其华"，眼前就出现了那一树最亮丽的桃花还有一个张桃芝。我从小到大外婆从未赞我一声"齐整"，这让我终生遗憾。在我身体心智发育的少年阶段，桃芝在我生命中既是须臾不分的伙伴，又是压在心上须臾不离的阴影。在我还未有明确的价值观建构内心的自信时，桃芝以她的美丽开朗一次次让我为容貌为性格而黯然神伤。

我读高中后，桃芝因她姨妈的关系去镇上做营业员。一次骑着自行车到镇上去刻印，迎面撞上张桃芝，穿了件大红印花棉布裙，个儿高挑，一步一扭，风情万种，看见我立即在大街上亲热地搂住，害得我的矜持无处可放。

她熟门熟路领我去印章师傅那，然后命令说，刻好点，快点刻，是我好朋友的。那师傅见了她点头哈腰，大半是宠爱的神色，一路走来，她左打招呼右点头，长裙飘飘拂过半条街，完全是女王驾临的霸气，我站在她身边，衣服灰暗，神情呆板，内心沮丧，很不爽地想起了小时候的心情。回到安静的校园，我画立体几何图，背法国热月政变，写着青春朦胧的诗歌，内心却久久不能平静。那红裙猎猎走在大街上的风情冲撞着我的审美观，我审视着自己度过的青春：苦伏课桌，为数学熬尽脑汁；恨背史书，为文科殚精竭虑；早起蓬头垢面读ABC，晚上睡眼迷离想电学力学。在阅读中认可卡西莫多与爱斯梅拉达的经典心灵美，鄙视玛蒂尔德十年辛劳换一个晚上的美丽，可现实中张桃芝一袭红裙就让我对无亮点的青春对前途痛苦彷徨。回想起来，青春时期其实是很迷茫很摇晃的时期，用"摇晃"一词，只不过以自己的经验来说明那时很容易建立什么也很容易摧毁什么，是一个会因一点点刺激而改变也会因一点点激动而投入的荒谬期，总在对比中否定自己，总在梦想中架高自己。《红楼梦》说"世事洞明皆学问，人情练达即文章"，无论如何，这学问这文章之间，我与桃芝的差距恐怕不是一般的大。

　　我读大学的时候，夏天放假回来，听说桃芝谈恋爱了。有人说男方是银行副行长，家势显贵。有人说对方家长不同意，因为桃芝是农村户口。还有人说对方爱桃芝爱得死去活来。众说纷纭，村庄里的人传得沸沸扬扬，多的是羡慕，这等好事，不管成功与否，自家的孩子反正攀不上的。时值"双抢"，在近四十摄氏度的高温下与母亲一起收割稻子，汗水湿透了母亲的厚卡其衣服，我体贴地端一杯茶给母亲喝，母亲接过茶杯，酱色的脸神情木然，"咕咕"一口气喝下一大杯，递过茶杯时莫名其妙地说了句，你要有桃芝的福气就好了。那一刻，我突然明白桃芝成了讲实惠的乡人心中的标尺，连我母亲也不例外。虽然考上大学是一种荣耀，但在金钱与显贵的面前，大学如果未能显出它的实际价值，它也只不过是一种虚名。而对我来说，高中与大学的区别也许正在于对这件事有了自己的标准。我在痛苦中清醒地想着艾略特的诗："或当头脑是有意识的/但什么都意识不到时/在那些时刻/我对我的灵魂说/静下来/不怀希望地等待/因为希望也会是对于错误事物的希望……所以黑暗将是光明/静止将是舞蹈。"探索着艾略特对复杂人性的解剖，以及对死亡的正确认知,我可以认定最美丽的桃芝最光彩照人的桃芝在我的世界里也只是云彩飘过。阅读超现实主义文学与魔幻现实主义文学有一个好处,它让你脱离现实甚至扭曲现实看问题,于是现实变得无足轻重,正如博尔赫斯的理论,确定无限之物由无数个有限之物组成,每一个有限的个体因为无限的同类数量而得以永恒,也因为无限同类容易被忽略。就像让人身心疲惫的爱情,琐碎繁杂的生活,无止境的欲望,无穷大的命运,无法挽留的时间,变幻莫测的命运,等等。最终透悟:我身虽在村庄,却能俯瞰村庄,任潮起潮落,滴水也不沾身。

我毕业分配到一小镇做了一名老师,开始在一方小天地里谋生。慢慢随时间过去懂得了过去的我是理想化的,总是期盼远方,远的是琴棋书画诗酒花;生活中近的是现实,现实是具体的,是柴米油盐酱醋茶。日复一日后,理想的火焰渐渐熄灭,连火种也没留下;爱情的信条被自己看作笑话。我那时读晚明小品文作家袁宏道的作品,认识"情有所寄"应是这样:"人情必有所寄,然后能乐。故有以弈为寄,有以色为寄,有以技为寄,有以文为寄。古之达人,高人一层,只是他情有所寄,不肯浮泛虚度光景。每见无寄之人,终日忙忙,如有所失,无事而忧,对景不乐,即自家亦不知是何缘故,这便是一座活地狱。"我情在诗书山水,也算有寄,只要一日欢欣,便不问所寄是否泛泛了。更何况,我对爱情还处于虚构阶段,只因是虚构,便是我爱你,所以你要穿越我心灵的旷野,如同阳光穿越水晶般光亮,我的喜怒哀乐,你要全盘承受。你的权势你的地位你的金钱你的智慧你的能力与我无关,如果你不与我分享,我理你做甚?爱就要轰轰烈烈,时间和距离都不是阻碍。说到底,还是一个颓废的理想主义者。

桃芝终于要结婚了。她经历私奔后开始进入明媒正娶的步骤。她丈夫已升为行长,大权在握,他帮她用钱买了非农户口,他家人也不再反对。那一场婚礼惊动了整个乡镇。母亲和邻居的大婶大妈天天热切地议论着,她们兴高采烈地谈论着婚礼的聘金,酒席的菜谱,女方的嫁妆,还有各种各样的细枝末节的布置与排场,她们集体嫁了一个女儿。

我回家,母亲迫不及待地给我讲种种细节,告诉我桃芝已打过四五个电话来,让我参加婚礼,仿佛是天大的荣耀降临。记得刚考上大学那会,母亲以为从此我家可奴隶翻身，她竭尽全力办了许多桌酒席，以奢侈的形式宣告自己女儿多么优秀，自己从此可以苦尽甘来。其实多年以后，她仍然日出而作日入而息，在田地里收获自己微薄的希望，我并没有料想中的荣耀，她也没得到更多一点的安逸与幸福。多年以后，母亲似乎也忘记曾经对我有过多大的期待，桃芝的婚礼引发了母亲的羡慕却没有嫉妒，她对我说，你也大了，要打扮打扮，看到好的人，也机灵点找一个，好让我放心。这些话如果我读大学时听了，一定会因她的浅薄而不屑，现在却真实地体会到母亲的朴实而焦灼的心愿。

我还是没去参加桃芝的婚礼，坐在老石桥下的流水边，看溪水缓缓流淌。我想起桃芝每次心情不好，总到这里找小贝壳，找到后她拼命地搓，然后深深地埋入沙子里，她说这样我把好运气都种下了，以后没有坏事啦。也许很多时候我们都需要那么点仪式来告慰自己内心的种种不适，于是在锣鼓喧天的背景里我开始找那种白色的小贝壳，边找边想，我也许会嫉妒桃芝，她有多幸运，她的幸运不在于得到了多少钱与权，而是得到了压倒一切的真爱，而我愿意站在她的身边看她幸福妩媚的笑容，却不愿意和她站在一起接受世俗的比较。我有我个人的价值标准，我以吟诵着"这片落叶虽已枯萎飘零，但在诗歌里却发着永恒的金光"为荣。如果今天我以桃芝的幸福为标准，我其实无法真正达到自我的幸福标准，我捡着白色的小贝壳，仔细地洗净，然后把它们一个个埋入沙子，我虔诚地做着这些幼稚的动作，看起来与桃芝一模一样的举动，其实真的是不一样。

那个初冬，阳光下母亲正在晒番薯，那番薯从山上一箩筐一箩筐挑下来，然后在河里一遍遍清洗，再一个个削皮，放在铁锅里用柴火慢慢地煨，煨香后又候着冬日阳光明媚，一竹匾一竹匾地晒好，又干又黄又软又甜时，挑到城里去卖，很重的一担，要走近四十里路，五毛钱一斤，卖到五十来块钱的话，母亲会笑得合不拢嘴。她边往竹匾里放煨熟的番薯，边给我说桃芝母亲的压箱钱送了八万八千八百八十八元，而对方的礼金送了二十万，来送礼的老板的车队排在河流的两岸，一直到公路上，因为老板贷款都要行长签字的。母亲不自觉地唠叨着，我却被这几个数字深深震慑，说不出话来。我开始相信古老的话语，女人有两次命运，一次是出生，一次是嫁人。一直以为自我的奋斗才让人骄傲，现在发现无论我奋斗多少年也不可能有如此的成果。孟子曰："一箪食，一豆羹，得之则生，弗得则死。呼尔而与之，行道之人弗受；蹴尔而与之，乞人不屑也。万钟则不辨礼义而受之，万钟于我何加焉！为宫室之美、妻妾之奉，所识穷乏者得我与？"自以为内心的清高、淡泊固若金汤，在"一箪食，一豆羹"与"万钟"的对比下，也许一下子就土崩瓦解。我怔怔了半天，反而是母亲，叙说着别家的传奇，做着自己的事，风轻云淡的模样。

桃芝的传奇随流水而走，大家还各过各的日子。本就对生活不抵触什么也不想超越什么，随波逐流是最好的注脚。偶尔我会想桃芝，仿佛想念一个远方的爱人，想想她明朗娇媚的笑容，点缀我平淡无奇的生活。

接到桃芝的电话，日子又过去了几年，正逢暑期，她要我去看看她，她在老家。说实话，只要我们愿意，我们原本可以轻易相会相聚，只是世界那么小，时间那么久，心距那么大，我们怎么跨也跨不过去，还不如隔岸花开一脉香。我以怎样的姿态去见桃芝呢，内心着实挣扎了一番，我内心还保持着读书时的优越感，现实中可能又会被她的珠光宝气所折服，一如小时候时时想炫耀自己的聪明，总被她的美丽打败，一不小心就暴露内心的沮丧与自卑。更换着衣服，左右不如意，唉，何意百炼钢，化作绕指柔？

一别数年，我们仍在河边相见，流水依旧，穿得靓丽的桃芝笑容仍然灿烂，只眉目间多了点沧桑。一见面她就说，我好想见见你，好想回到以前与你一起无忧无虑的日子。说完两行泪唰地流了下来。这猝不及防的开头让我手足无措，我抱住像孩子一样哭泣的桃芝，低声问，桃芝，怎么啦？她哭了好半天才停止，然后用河水洗尽脸上的泪痕，恢复了清清爽爽的模样。桃芝努力保持着平静的姿态，告诉我丈夫因为收受贿赂被抓起来，家里一片狼藉，各种各样的人上门来烦扰，而她一直享受着美食、音乐与美容，对金钱来往的事一无所知，房子也被法院封了，她成了无家可归的人。我本来全副武装来见面，她一哭我就卸下一身的铠甲，她一说又刺痛了我的心，应一句世事无常，这无常也太出乎意料，刚刚还花团锦簇、锣鼓喧天，转眼间落得灰飞烟灭、悄无声息。

桃芝说，事情发生后对谁也不敢说，生怕惹来无穷的耻笑，所以一直躲着人一个人哭，眼泪哭完了，就呆呆地坐着，从清晨到黄昏，不吃也不喝。我看桃芝，这个在乡间路上像百灵一样歌唱的女孩子，这个我一路以羡慕的眼光追随的女孩子，无比心痛，我知道，真正绝望的时候是说不出来话的，沉默是一个人最大的哭声。我也知道曾经辉煌的婚礼会变成巨大的阴影，会引来更多的流言蜚语，这也是现在的桃芝受不了的。我问她，你打算怎么办呢？我想说，我们再不可能像小时候那样，做下一桩桩坏事，然后齐心协力把事情处理得天衣无缝。桃芝平静地说，我已经联系我以前的领导，他们公司刚好缺一个驻外销售经理，也不知道自己行不行，但我必须走了，过几天我就要出发了。我今天找你是因为憋得太久，需要一个人听我倾诉，在我心中，你一直是可靠的稳重的，并且能带给我阳光和爱的人。看着桃芝信赖的澄澈的眼光，我惭愧起来，紧紧地抱住她，眼睛忽然涌上一股热流，我哽咽地说，桃芝，我应该谢谢你，你让我也变得坚强起来了。在桃芝起身告别的时候，我轻轻地问，你会怎样处理你与丈夫的关系呢？这个问题很唐突，但话到嘴边我也收不住了。桃芝看着我，眼光有点迷茫似乎又很坚定，她喃喃地说，母亲要我不要顾他了，反正还没登记过，也还没孩子，我呢，也不能说什么，现在重要的是我自己站起来，我才有能力让别人站起来，说到底，你知道，我不是那样的人。她加重语气说了最后一句话，似乎在对自己说。桃芝走了，留给我一个背影，相比少年时蹦蹦跳跳的姿态，现在的走姿更显得矜持而高傲。她毕竟也是见过世面的人。

  我也一步一步走回家去，背负着桃芝的故事，我走得有点沉重也有点落寞。时间如流水哗哗向前，不可挽回，其实也不必挽回，因为每个人一出生，就不可逆转地狂奔在一条时光跑道上，会有风会有雨，不用等风雨过去，更多的是要学会在风雨中跳舞。桃芝告诉我也告诉你：不应该担心生活即将结束，而应担心生活从未开始。

（2014年第9期）

青·藏

青 荷

青海（一）

写下"青海"两个字，忽然沉溺其中，仿佛遇见一个高个子、大眼睛的满族女子，突然对你回眸一笑，惊喜之间，心悸动。

是《在那遥远的地方》那首歌里的姑娘吗？那么熟悉，那么亲切。

去青海，路过草原上的一个帐房，真的遇到了一个姑娘。皮肤稍微有点黑，模样也不是那么俊俏，身上还淡淡地散发着羊膻味儿，她说牧羊、挤奶是她的全部生活。也许，粗糙的生活磨掉了她身上的气质，也拂去了我心里想象的美。

知道丝绸之路吗？姑娘摇摇头，大眼睛扑闪着。

我知道，她脚下那条不知走了多少次的平常之路，正是闻名于世的丝绸之路青海道。

一直以来，人们都认为河西走廊是丝绸之路的咽喉要道。确实是。连绵起伏的祁连山脉，春风不度的玉门关，大漠孤烟的戈壁滩……在丝绸之路的交通网络上，在连接东西方贸易及文化交流的版图上，这里曾经有一段辉煌的历史。

然而，青海，大美青海，曾经也一度辉煌。

魏晋南北朝时期，战火连绵，汉朝开辟的河西走廊被阻断，于是原来位于青海境内的古羌中道就开始繁荣起来。这条路从西宁开始经青海湖、德令哈到茫崖，最后进入新疆境内到达鄯善、且末、和田，然后与丝绸之路西段重合。

青海道，是丝绸之路上一个火红的"中国结"。

不妨来一次穿越。

一千五百年前，天空一碧如洗，草原绿似地毯，一峰峰骆驼来来往往，悠悠驼铃不绝于耳，途经这里的，有高鼻凹眼的西域商人，也有穿宽衫大袖的中原商人，骆驼背上驮着的，说不定就是五彩缤纷的绫罗绸缎。

不得不提一个叫都兰的城市。地处柴达木盆地东南端的都兰，是丝绸之路上的一个重要驿址。这片方圆两万多平方公里的土地，曾经何等繁华，吐谷浑从立国到成为吐蕃属国，再到吐蕃王朝崩溃，在青藏高原存在了四个半世纪，都兰一直是其活动的中心地带。

关于丝绸的发现，有史为证。据考古专家考证，在都兰吐蕃墓葬出土的文物中，以丝织品最重要，其出土的丝绸品种之全、图案之精美、时间跨度之长在国内考古发现中均居榜首，有的出土物中，丝绸衣物保存得非常完整，色泽绚丽、图案清晰，连珠文饰、含绶鸟、花纹和狩猎的场景都清晰如初。目前已在这里发现丝绸三百五十多件，一百三十余种，其中一块钵罗婆文字锦是目前世界上发现的唯一一块确认的8世纪波斯文字锦。

都兰在蒙古语里是"温暖"的意思。一直以来，人们对柴达木盆地的印象是一望无际的戈壁和荒凉，然而，在一千多年前，这里却是柏木遍布、温暖湿润、水草丰美的地方。

沧海桑田，从绿洲到沙漠，从繁华到凋零，不仅仅是生态环境的演变，也是历史不可逆转的趋势。

青海（二）

青海，毕竟还是神秘的，在我未去之前。

见过一位朋友拍的照片：蓝天白云下，一片荒凉的沙漠。他穿着短袖T恤，脖子上裹着围巾。于是发笑：夏天还用得着围巾？装哪门子酷啊！

防风沙啊。

哑然。

青海的风沙，比我想象的更酷。天很蓝，也不热，兴趣盎然地去日月山，下得车来，一阵强风扑面而来，四周突然飞沙走石，一粒粒细小的沙石抽打在脸上，热辣辣地疼，头上的帽子瞬间飞出……难怪，当地人出门，必须戴着口罩，帽子外面还要再裹一条围巾。

两座山，不陡峭也不险峻，倚在天边相望相守，分别是日山和月山，山上建有日亭和月亭。此刻，满山遍坡挂满了经文彩旗，一阵风来，彩色纸屑漫天飞舞，如仙女散花撒落下的片片花瓣。

这就是唐蕃古道，越过这里，就是当时的吐蕃了。

也是和亲之道。

唐朝文成公主从长安出发已近一年，进入吐蕃界，她要换下轿子骑马而行了。举目一看，连绵的雪山闪着刺目的光芒，一条神奇的天路在无限铺展中生长，她感觉离开故乡越来越远，亲人越来越远，愁思如不绝的江水，阵阵袭来。

传说唐太宗为了宽慰她，特地用黄金铸造了日月宝镜，让她带在身边。她通过日月宝镜见到朝思暮想的家乡时泪如泉涌，突然间想起了自己和亲的使命，便将手中的日月宝镜挥手一扔，宝镜在落地的一刹那闪出一道金光，继而变成了碧波万顷的青海湖。公主的泪水却汇成了涓涓倒淌河。

于是后人为了纪念这位伟大的公主，把这个名叫赤岭的地方改名为日月山。

唐朝的风悄无声息地漫过古道，漫过历史，长安的钟声悠然远去。此地偏僻荒凉，寸草不生，人迹罕至，像文成公主这样深居宫中的小女子，泪别双亲，不远万里出嫁到边塞之地，生活在一个文化、风物和习俗都很陌生的地方，那远离亲人、远离故土的慷慨悲壮，其壮烈程度绝不亚于一位将军战死沙场！

其实，她经历的不仅仅是一场婚姻，更是肩负着重大的责任。

正是这个小女子，在吐蕃生活了近四十年，备受百姓尊崇。她促进了汉藏民族的友谊与和平，带去了中原的纺织和酿酒技术、天文和地理科学、音乐和舞蹈艺术以及佛教文化，推动了吐蕃的进步与发展。

日月山上，天空湛蓝如洗，点缀着些许白云。文成公主汉白玉雕像端庄慈祥，风采依然，似乎在向过往的人们讲述那一段美丽的故事和传说。

青海（三）

草原已绿，鲜花竞放。一踏上青海之旅，我的眼睛就被这里特有的美丽所吸引。

都说青海的油菜花开得特别浓烈，那是因为江南过了春季，而西北的春天才开始上演，不过，那油菜花从我身边一直开到天边，黄灿灿金晃晃，的确是开得有些肆意，有些野性。那是一种张扬的美，像磁铁般，把眼前所有的一切，都吸附在它的灿烂里。

刚刚从猝不及防的惊喜里回过神来，眼前又出现一抹意想不到的蓝。青海湖特别蓝，是因为反射天空的颜色，还是因为与湖边油菜花的黄强烈对比？湖泊的蓝是那么幽静，没有海洋的汹涌澎湃，比天空又多了几分妩媚。四周高山环抱，碧波连天的青海湖如一个翡翠玉盘镶嵌在高山草原间。

那一抹蓝，简直是从青海湖的深处透出来的，是青海湖的灵魂。

我去青海湖的时候，正是夏季。但湖边的风很大，不是入骨的冷，刮在皮肤上却有些疼，风衣吹起来似裙裾飞扬，头发乱得没有型。

青海湖的水是空旷辽远、简洁大气的，与大海的浩瀚没有什么不同。这样的一湖水，在烟波中起伏荡漾，在明净清澈的阳光下，变幻着深深浅浅的蓝色。每一种颜色的淡出淡入，都仿佛应和着自然的声息和性情的流露。

因着苍茫高原和寂寞远山的映衬，这一片宁静的湖水，却有着海的灵魂，像海一样壮阔的胸襟。

如果说在海上，你会有漂泊的宿命感，这里却尽是安定平和的波澜不惊，是你心灵阔别已久的归宿。

青海湖，是我国最大的咸水湖，藏语叫作"错温布"，意思是"青色的湖"，蒙古语称它为"库诺尔"，即"蓝色的海洋"。

有人把青海湖比作"大海退却时遗落的一滴伤心泪水，抑或是地球山崩地裂自我嬗变时留下的一份蓝色忆念"。无论是"泪水"还是"蓝色忆念"，我认为，它一定是女娲补天时不小心遗落下的一块蓝宝石，或是镶嵌在世界屋脊上的一面明镜。

所以那么美丽，所以那么幽静。

被景色诱惑，被一抹蓝打动，不可抑制地想写一首诗。

进　藏

进藏了。感觉真的不一样。

从重庆飞到西藏已是下午两点多。高原的太阳凉飕飕的，风也清冷，且干爽，明显的高原特质。

西藏的天很蓝，不像江南的天，永远是浅蓝，或是灰蒙蒙的。西藏的天，是安静的、巨大的，蓝得那样真实，似一块悬挂在天空上的丝绸，一波一波微微流动着，透而亮。

一朵朵白云挂在蓝天，仿佛伸手可及，而且，它们不停地变换姿态，像丝巾点缀在静静的山冈上，又像一朵花在慢慢盛开，然后，又变幻出一根玉带，风一般缠住了半山腰。

突然间有了诗意。很想，很想对着蓝天大声抒情。

正如导游所说的，我的眼睛长在天堂，我的身体处在地狱。在没有"高反"之前，地狱的感觉总是姗姗来迟。

何况还有花，那再熟悉不过的油菜花。

油菜花是不宜细看的，不似梅兰的清高娇贵，也没有牡丹玫瑰的华丽浓情，从没见过有人掐几朵来，插在花瓶里。看上去没品没相，憨憨的、傻傻的，像一个没心没肺的村姑，肆无忌惮地怒放着。

在家乡，这样的油菜花见得多了，点缀在无垠的田野上，耀眼的黄，出色的美。

到了六月的西藏，才知道油菜花开得疯狂了。车至途中，忽然被喊停，大伙儿争着跳下车，大呼小叫着。

什么叫铺天盖地，什么叫无边无际，甚至，是奢侈，是浪费，是毫无理由的侵占。

那金黄的油菜花哟！

再没有其他杂色，再也没有一种力量让人感到荡气回肠。那花，黄得有金属的质感，沉甸甸的黄，日不落的黄，它热烈奔放，成群结队地来，浩浩荡荡地来，猛烈地占领着整个大地，仿佛扯开大旗，在振臂高呼，把压迫久了的苦难交付这样的一次起义。

疯狂的油菜花

来吧，疯狂地来
就像摇滚，就像满地坠落的星星
一起怒吼，一起颠覆
唱，或者是跳
什么样的姿势，都可以

来吧，猛烈地来
扯开你的大旗，振臂呼喊
把压迫久了的苦难
交付三月，交付三月的一次起义
以满腔的热血，来换取胜利的果实

来吧，浩浩荡荡地来
这场生动的革命
是春天里不可复制的战场

这是我写给油菜花的诗。在西藏，在进藏那一刻。

"高　反"

但很快，被"高反"了。

早听说西藏轻易进不得，是因为高原反应。一般海拔高度到达两千七百米，就会有反应；而拉萨海拔三千七百米，我等寻常体质之人，不"反"才怪。

绍兴老乡在西藏开了个饭店，他正好打电话过来，还带着饮料、水果和预防高原反应的一些药物。异乡遇老乡，有一些温暖在心间。

当晚，症状就出来了。头疼、气短、胸闷，睡不好觉，又不敢用力呼吸，有一种萎靡不振、浑浑噩噩的感觉。"高反"，竟是这样的麻辣。

纳木错湖，海拔四千多米，还要坐十个小时的车，想起来有点怕。但不去又可惜。如果可以，咬着牙也要去的，管它"反"还是不"反"。

沿青藏公路一直走，终点是天湖，即纳木错湖。此湖是世界上海拔最高的咸水湖，也是中国第二大咸水湖，风光绚丽，是名副其实的香格里拉，海拔七千一百多米的念青唐古拉山倒映在湛蓝清澈的湖水中。

天湖的蓝，是想象不到的，远远望去，像镶嵌在蓝天及高山中的宝石。近了，反而没了那感觉。只是一抹蓝，细而长，幽幽的，湖里吹来的冷风，有点阴郁，带点肃杀的味道。

棱角分明的山，以蓝天为背景，简直是一幅画。虽然风光很美，但我无心观赏，高原反应有点厉害，头很疼，路上一直吸氧。

有人吐了，其余几个也好不到哪里去，一个个似残兵败将，无精打采，铩羽而归。回宾馆，八位同行有三人挂了盐水。

午言当过兵，是运动健将，貌似同行中最强健的一位，可他也无可奈何，打了点滴。挂完盐水的一江春水说：这次，彻底遭遇了死亡之旅。

凤是唯一的女伴，她是整个团队中最棒的一位，西藏之行，居然不见她晕东晕西，上纳木错湖，兴意盎然，似乎与天上的云一样舒畅而无忧。

我吸氧，我头疼，我睡不着，但我挺过来了。我可以骄傲地说：海拔四五千米的高原，我终于征服了！

布达拉宫

走进布达拉宫时，其实已经很累了，还是挣扎着跟上，但导游讲解什么一点也不想听了，巴不得能够早点下来，美美地休息一下。

松赞干布的王宫，虽然外表看起来很雄壮，但其内的格局不大气，真比不上我们随便哪个朝代的王宫。

布达拉宫坐落在西藏拉萨的红山之巅，宫堡式建筑。最初是藏王为迎娶文成公主而建的。17世纪重建，为世代达赖喇嘛东宫居所，也是西藏政教合一的统治中心。

白宫和红宫是布达拉宫的主要组成部分。很简单，宫殿墙上刷白土的叫白宫，刷红土的叫红宫。白宫是达赖寝室和处理朝政的地方，顶部的东、西日光殿是达赖喇嘛的寝宫，日光殿下面的东大殿"措钦夏"是白宫最大的殿堂，有四十四根柱子，达赖的宝座就在殿堂正北。

红宫是五世达赖喇嘛圆寂后所建的，主体为达赖喇嘛的灵塔殿和佛殿。八个灵塔的塔身都用金皮包裹，珠玉镶嵌，其中五世达赖和十三世达赖的灵堂最为奢华。红宫中最大的宫殿叫"司西平措"，也称西大殿，与白宫的东大殿遥遥相对，是五世达赖喇嘛灵塔的享堂，建筑面积为六百八十多平方米，有四十八根柱子。

我怕烦，也懒。去一个地方，都是浮光掠影式的，很少用心记着，但希望每一个地方能够留下最值得回味的记忆。

比如布达拉宫。金顶是布达拉宫的最高处，可以眺望拉萨全景。站在这里，我看到的是千山万壑的西藏高原，而脑中掠过的是西藏变迁的历史。

（2014年第11期）

安店老街

曹凌云

这原来应是人声鼎沸的繁华之地，如今却生出了一片落寞与破败。朋友却对我说，你应该去走一走安店老街。残缺与遗憾之地，你这几年去得还少吗？朋友知我的心，我便开车从青田县城出发，绕盘山公路二十五公里，到达阜山乡，寻到了安店老街。

周方平是安店村人，他自告奋勇要带我参观老街。在青田，我遇到许多像周方平这样的热心人，每到一地，总遇到最敬业的"导游"。我们先从横街上走过，横街也是一条老街，其历史与安店老街相近，又与安店老街形成"丁"字形，两条老街是不可分割的整体，安店老街是"丁"字上面的一横，不过，这一横横出了三百米。

周方平告诉我，他的老家就在横街上，一间两层。上世纪80年代，他举家搬到新街上住了，老房子就空置着，可惜在前年塌掉了。他埋怨老街塌的塌了，烧的烧了，面目全非了。事实也如他所言，我从横街走到安店老街，也多见老街上荒废的店铺，残垣断壁间长出野草来，倒塌的房子已成一片废墟，也给野草淹没了。几间被火烧掉的房子，留下几根烧焦的木头，一片狼藉。周方平向我描述当时火势的情景，村民是如何眼睁睁地看着自己的家园被大火吞没，房屋是如何慢慢倒塌化为灰烬。我说："老房子着火，果真是没得救的。"却想着，本是人们聚集的地方，如今"塌的塌了，烧的烧了"，这是后人的疏忽和失职吗？

安店老街沿着玉带溪而建，当地人叫这一段溪流为安店坑，溪岸上的木槿花面向溪水绽放，水不甚清澈，也没有腐臭的气味，鱼儿却在水里闪烁着七彩的光。溪的南面是一排廊屋店铺，廊屋外侧设有栏凳，习惯叫"美人靠"。店铺前檐廊道即为街道，宽三米多，为卵石铺设。我走在卵石街上，一间店铺一间店铺地看过来，共同的特点是木质结构、穿斗式、两层楼阁，每间面阔两到三米。周方平介绍，这些店铺建于清末到民国时期，那时，远近百里地的人都来这里买东西，一直到上世纪60年代，街上还有饼铺、盐铺、肉铺、酱油铺、药铺、百货店、水产店、山货店、打铁店、粮店、面店、酒楼、诊所，共有一百零八家。货物大多是温州方向运来的，客商用木帆船通过瓯江运抵青田水南，再请挑夫挑到安店老街。客商来往不绝，旅馆、客栈应势而生。安店老街是清末民国时期的官道，这官道从青田县城开始，沿着玉带溪到了这繁华的安店村，继续逆流而上，通向陈宅村，连接玉星古道，翻山越岭，到达文成县玉壶镇，再通向温州、福建等地，这条漫长的官道也是各地经济、文化交流的渠道。

这片繁华的地方，在抗战时期没有经历战火和硝烟，是难得的平静之地，杭州和温州的一些机关、学校为躲避灾难，搬迁到了这里，在这个安静的山村里，留下了一段别具一格的历史。

在我来安店村之前，朋友告诉我，抗战时期，浙江省高等法院、税务局等省级机关迁到安店村避难，但不知是否还留有遗址。我向周方平打听，他不知道，周方平又代我向老乡们打听，也都是摇着头说"不晓得"。前方战火纷飞，避难的人群踩着卵石路来了，当一切归于平静后，他们或留或归，不得而知，但都已消逝在历史的尘埃里了。

让周方平记忆深刻的还有这里的有钱人坐兜子的情景。这种抬人的兜子，相当于简易的轿子，没有轿子的华贵，却很实用，用两根粗细均匀的竹竿，套上麻绳编织的袋兜，人坐在兜里，通风凉爽，被轿夫抬着，摇摇晃晃，一定也别有一种情趣。周方平小时候家里穷，没有坐过兜子，但看到脚夫抬起人来轻便快捷，觉得十分有趣。脚夫遇上一些发福的有钱人，一路上也是辛苦的，一步一挪走在卵石路上，到了青田码头，饥渴交加，已使完了力气，收了钱就急着寻找饭店吃喝。周方平说："那时候，我隔壁邻居有两个兜子，我十多岁时向邻居租过两次，一个兜子租一天两毛钱，抬我的爷爷去青田。

也有人租过来赚钱，租了一个兜子，再租两个脚夫，一个脚夫一天的工钱一元左右，在当时也算可以了，半路上还要给脚夫吃饭。这街上多是大户，有钱人很多，所以，抬兜子的生意也不错。"

周方平还告诉我，中国现代博览会事业的先驱陈琪出生在阜山，是从这里走出去的，修筑过长江边的军事要塞，在晚清时，他成功组织过中国首次国内博览会，叫"南洋劝业会"。在绍兴学堂教书的鲁迅先生听闻这个消息，要"开拓视野"，亲自带上百余学生前往参观。这是中国近代史上最大的一次展览活动，也是中国第一个民办性质的博览会。陈琪的事迹我以前略知一二，他是中国近代史上少有的精通博览事务的专业人才。

比陈琪早五百多年的明朝国师刘基（1311—1375），当年也是取此道赴京和归乡。提及刘基，周方平又想起几年前文成、青田争抢刘基故里的事情。刘基诞辰六百九十五周年的纪念日，文成南田举行盛大仪式，迎接从杭州运来的刘基真身塑像；青田举办学术味浓厚的"刘基文化研讨会"。周方平强调，刘基本来就是青田人，连盲人在唱词里都唱刘基是青田人啊。

据周方平介绍，走出过刘基和陈琪的这条老街，竟然招徕不了游客，其实，每天来阜山的游客不算少，大部分奔向庙里去了，那庙的大名叫清真禅寺，少部分去了陈宅七星村。

我们来到了村头的廊桥上，几位老人倚在栏靠上乘凉聊天。周方平说，再过去就是另外一个村，周宅了，这附近四个村都姓周，约六千人。我见村口两棵高大的古松，笔直挺拔、枝叶茂盛，像极了村里的两个守护神。有几百岁年龄呢？我向廊桥上的老人询问古松的历史。老人说不知道，他们小的时候，这松树就这么巍然了。廊桥上有一些文字，我一一读过，也不见关于古松的只言片语。我只是感叹：老宅的静，溪流的动，古松的高大，人们的矮小，形成强烈的对比。

周方平带我走完了安店老街，我感谢了他的陪同，让他先回去，我要一个人再走一走。周方平走了，我从廊桥折回，顺着溪流走过，溪上有几条石板桥，由三条条石并成，一米来宽，凝重而又拙朴。看桥面的光滑，就知道这石桥曾经人来人往，但自从老街衰败之后，石桥也就显得不那么起眼，甚至受尽了冷落。廊屋外的美人靠大多荒废了，留下完整的也不见雕花和镶嵌，做工并不精细。安店村的先人懂得节俭，斜倚在美人靠的美人也不计较，她们在溪岸边腻腻地软着身子，静静地看着玉带溪的水缓缓流过，已是万种的风情，配上凌波的倒影，都成了过往游人眼中的画卷。

我走进老街旁的古村里，一栋栋卵石砌筑山墙的住宅，与卵石铺筑的巷弄浑然一体，住宅布局有序，巷弄纵横交错。我叩门问了几家主人，居住的本地人多为老人，他们安度晚年；租住的外来人多为中年，他们租住在这里以农业为生。

安店老街的厚重留给了历史。改革开放以后，老村外面建了新村，全盖了新房，公路从村里穿过，接通了城乡，汽车从安店村开过，外地人从安店村经过，很少有人去看一看它。安店老街成了一个被忽视的地方，也是一个被遗忘的地方。突然某一天，有一两个人特地来看它，看了一圈，也不过只是唏嘘几声，回去写一点文字，编到志书里面，或者发在报纸的某个角落。或许，这就是安店老街存在的意义了。

（2015年第2期）

陈老莲：何以至今心愈小

那 海

我因一副对联识陈老莲："何以至今心愈小，只因已往事皆非。"反复咀嚼，感其深意。陈洪绶（1598—1652），字章侯，号老莲，明亡后改号老迟、悔迟、悔僧等。出身于浙江诸暨望族。九岁失怙，后因兄长鲸吞家产，弃家自立。老莲幼时曾学蓝瑛学画花鸟，后师从刘宗周。和大多数传统文人一样，年轻时，他也有意于功名仕途，二十岁时通过县试，此后却一直未能通过在省城举行的乡试。

明中叶以后，宦官擅权，内忧外患。时运不济，世事多舛，老莲最终只能纵情声色，潜心诗文书画。甲申之变，僦居山阴徐渭故宅青藤书屋。

时人记述，甲申之变的消息传来时，陈老莲悲痛欲绝之下，"时而吞声哭泣，时而纵酒狂呼，见者咸指为狂士，绶亦自以为狂士焉"。

两年后，他避难云门寺，剃度为僧，曾自云"岂能为僧，借僧活命而已"，"酣生五十年，今日始见哭"。一年余后还俗，坚守遗民之志，鬻画为业。顺治九年（1652），"趺坐床箦，喃喃念佛号而卒"。一说他"才多不自谋，有黄祖之祸"，被人所害。他的朋友张岱则称其暴亡时竟至无以成殓，哀哉。

我与陈老莲画作的第一次见面，是在狭小逼仄的机舱。那次远行，我的身边之书是须兰的《黄金牡丹》。须兰是一位让人惊艳的作家，她的书现在市面上已经很难觅得。这本书，在孔夫子旧书网，以高出原价几倍的价格购得。但一直到下飞机，也没有翻开阅读。就这样，呆呆地注视着封面。这是一幅仕女图。一盛装的仕女侧身斜卧榻上，上半身倚着一个半球形的熏笼，姿态柔媚，神情恬淡温柔，抬头，似与什么对语。气息饱满，清雅，注视久了，这个恬静、娟秀的仕女形象呼之而出。

那是个夏天，记得还带了两朵栀子花，把它们也搁在封面。白色的栀子花，香了一路。

也是在许久以后，才知道这张仕女图就是老莲《斜倚熏笼图轴》的局部。

仕女人物是人物画的重要组成部分。顾恺之的《洛神赋图》（宋人摹本），洛神体态纤丽淑婉，脱俗高逸，让观者远观而意足。真正把这种人物画风推向高潮的是周昉，所画人物丰腴健美，颇有大唐丽人之态。人物画发展到明末，陈洪绶便横空出世，他的人物画，清圆细劲，润洁高旷，有"力量气局，超拔磊落，在仇（英）、唐（寅）之上，盖明三百年无此笔墨"之美誉。此幅《斜倚熏笼图轴》，一位盛装的仕女斜倚熏笼，抬头似与鸟架上的一只鹦鹉对语，侍女则低头注视榻前小儿扑蝶，当为老莲精品。

老莲所作人物画颜色一般很古淡，在画仕女时，大多于仕女的嘴唇上轻点朱红，其余颜色淡若无，显得纯洁丰韵。他的仕女，尤其是他画中心爱的美人，总是头大身小，眉毛和眼睛距离很宽，意态非同寻常。这件作品用笔很有特点，人物属于密体而背景属于疏体，人物造型夸张，衣纹线条清劲，突出了柔美安静的仕女形象。

当然，仕女并不是老莲人物画的主要题材。就如老莲尽管以人物画见长，他的山水画、花鸟画在绘画史上亦有一席之地。老莲在人物画中多次绘制陶渊明、老子、钟馗、白居易、苏东坡等形象，这类题材，基本都取材于古代文人高士。他一生所交皆意气相投之人，与素有"人无癖不可与交，以其无深情也；人无痴不可与交，以其无真气也"之交友观的张岱可谓惺惺相惜。两人年龄相仿，又心气相投，心意相通，有癖有痴，至性至真，方引为至交。或"酣睡于十里荷花之中"，或与月共影，与雪映照，与茶曲同品，在《陶庵梦忆》中，张岱还记述了近中秋之夜，两人舟至断桥，邂逅"轻纨淡弱"的女子，此女后来上舟饮酒，下舟后，陈洪绶暗暗跟踪，见女子身影飘过了岳王坟，再也不可觅，也算两人的奇遇记了。

如此，我们不能不提老莲一生中的重要版画作品《水浒叶子》，如张岱所说，此乃自己催促老莲而成："周孔嘉丐余促章侯（作"水浒牌"），孔嘉丐之，余促之，凡四阅月而成。"《水浒叶子》是老莲的四十幅版画精品，也是他的重要传世作品。叶子是指当时民间流行的酒令牌子。画家为四十名梁山泊英雄塑造了正面形象，歌颂了他们的英雄气概和反抗精神，造型夸张，神采飞扬，宋江、李逵、柴进等水浒人物，倾注了画家的情感，鲜明生动。

毫无疑问，《水浒叶子》是老莲的情怀之作。在晚明大厦将倾之际，基于画家深刻的精神气质性格特征，老莲也实是借《水浒叶子》一抒内心复杂的家国情怀。

作为经历了明清朝代更替的画家，如果说《水浒叶子》是老莲版画作品中的浓墨重彩之笔，他把报国无门之心倾注在绿林好汉身上，那么，《水浒叶子》得以遍传天下，还在于老莲的艺术成就。版画作品可谓陈洪绶生命的力作，这些人物画大多线描简洁、明确，耐人寻味，沉着含蓄；繁简对比，颇有韵律与节奏。《九歌图》《西厢记》《离骚图》等皆是。

可以说，这些作品流露了老莲目睹晚明的衰败以及由明入清后复杂的情感，"是儒家道义的自我及艺术家寄情笔墨的自我无法解决矛盾时的表现"（翁万戈）。如此，我们再来看他的仕女图，别有一番况味。

老莲所作一首小诗，题名《美人》，常为人所念："琴谱去新声，屏风图孝经。古心属女子，学士自箴铭。"

好一个"古心属女子"。我们看老莲的仕女画，总能窥见他对女性的柔厚温情，与嗔恨至于刃妻的徐渭徐青藤不同。天启三年（1623），老莲妻萧山来氏染病亡故，后继娶杭州韩氏。老莲一生命运多舛，身世坎坷，却也是红尘迷乱，红粉为伴，甚有性情。

看其画上题跋"辛卯八月十五夜，烂醉西子湖，时吴香扶磨墨，卞云裳吮管……"，可知他在红楼画舫作画情景。老莲也经常出现在杭州西湖畔笙歌不绝的宴乐记载中。清人毛奇龄《陈老莲别传》则称，1646年夏天，老莲在浙东被清军所掳，"急令画，不画。刃迫之，不画。以酒与妇人诱之，画"。朱彝尊撰《陈洪绶传》称，"客有求画者，虽馨折至恭，勿与。至酒间召妓，辄自索笔墨，小夫稚子无勿应也"，意为有钱人拿银子求画，他都不予理睬，但只要有酒、有女人，他自己都会找来笔墨作画，即使贩夫走卒乃至垂髫小儿，他都有求必应。活脱脱写出老莲的性情。

老莲对女子天生一段温情柔厚，亦非虚言。然而，陈老莲身处特殊的年代，晚明失意文人不平静的内心世界和不愿随波逐流的艺术个性贯穿始终。他强烈的文人气节，耻于攀附、甘于清贫的品性，在绘画上则表现为标新立异、以奇谲取胜的艺术风格。而"寸断柔肠般的眷恋融在他高古幽冷的艺术世界中，使他的作品有一种迷离闪烁的意味"（朱良志）。

因而，时运不济，末代哀歌四起，亡国悲音声声而来，老莲之"纵酒狎妓"，在我看来，大略也不过是掩盖苦痛而已。

《纨扇仕女图》，钤印：僧悔迟弗迟、章矦。图中仕女纨扇轻立，仪态万千。服饰线条流畅，袍衣厚重，袖口细笼，人物脸部圆浑丰满，体态却又是清刚婀娜。线条细润，设色颇为古雅。仿佛就在这寂然之时，一点妙色跃出。当你凝神，似乎感受到这个女子的闲愁，在这意态寥落之时，忽然有了几分鲜活。

大凡仕女画，总是将女性悠闲的生活情景作为创作的题材，陈老莲也不例外。这些女性或听琴吟诗，或煮酒烹茶，或持纨扇赏花，或与高士同乐，或孤芳自赏，但与顾恺之笔下洛神的气度高古，周昉仕女的华贵之姿，顾闳中《韩熙载夜宴图》中仕女的丰腴健康，阮郜《阆苑女仙图》中女性的娇媚之姿，文徵明笔下湘君湘夫人的温柔娟秀相比，老莲笔下的仕女，神态虽有"态浓意远淑且真"，却鲜有"肌理细腻骨肉匀"。她们多肥态，不随流，神情端庄，毫无妖冶之态，力求古意而别具韵味。

《蕉林酌酒图》，画面中，一高士在蕉林中悠然独酌，又陷入一种深思。正前侧面，一位女子正坐在大片的青绿色的芭蕉叶上，拣菊煮酒。另一位女子则手捧酒器趋步而来。

老莲画中的仕女喜欢坐在芭蕉叶上，当然，他笔下的高士也喜坐芭蕉叶。在金农看来，成片的芭蕉则给人以"绿天如幕"的感觉。《维摩诘经》则云："是身如芭蕉。"《涅槃经》有云："譬如芭蕉，生实则枯，一切众生身亦如是。"我想，这就是老莲之意。世间无物不脆弱，世间万物却又永恒。仕女拣菊煮酒，高士沉思，世间何物是久长，世间何物又不久长？鸿蒙初开，枯石万年，世间诸事幻灭而又醒悟，却又是永恒世界的永恒孤独。

这份领悟与感叹，是寂寞的，也是执拗的。这是老莲对生命的感叹，也是他营造的高古之境。我们在老莲的许多画作里，都能看到他对这种高古之境的迷恋，他反复营造这样的氛围，芭蕉林、假山、石案、酒器、树根茶几、斑驳的铜器、茶壶、花器，冷心如铁，秀色如波，道禅之味悠然而来。而这样的表达，必得是不自知而行的，而且必须显现在无意识的自发行为之中，因为我们窥见了他的深意。

《歌诗图》是老莲晚年的力作。人物安排比较集中，场景设置比较简单。它用高古游丝描，细润圆劲，富有弹力，充分表现出人体的形态和衣服的质感，画面细腻传神。仕女与高士同乐，三人对坐吟唱、歌诗、弹琴。主人悠然坐于庭院，斜倚案旁，案头有花器与蜡梅数枝，酒具依然，地上散着简牍之类。主人对面两位女子，一个背对我们，执阮，弹奏，可以想见其指法纯熟。另一个端坐，身体略略前倾，目光注视着前方，云鬟上有簪花，衣纹线条流畅挺拔，设色古雅沉着，很有装饰趣味，顿然有"云想衣裳花想容，春风拂槛露华浓"之感。

我被白色的蜡梅花吸引。它插在案头的花器中，姿态婀娜，似是试探，或是吸引，暗香浮动，在清冽中隐约而来。

三百多年前的梅花，就是这样，一直开到现在。依然闻其香，见其形，不曾凋谢。

我们需要好好地看看这样的花。说起仕女画，我喜欢的还有老莲晚年与友人合作的《何天章行乐图》。这是老莲作于1649年的作品，他负责卷中人物的绘制。画中何天章坐在庭院的松树下，旁边一片青绿色的芭蕉叶上，坐着一个貌美女子，双手握着一柄团扇。边上，一乐女吹笛助兴。一壶酒正温于炉上。

这个女子，举止优雅，神情忧郁。画面设色匀净古淡，又不失醇厚；用笔细劲沉着，温润。人物肌肤有弹性，有质感。服饰纹理细腻，圆润。总觉得陈洪绶所画仕女，线描却有别于周昉的细致精微又不失大气愉快的琴丝描。这种有金石韵味的高古游丝描，呈现的似乎是一种郁结之气。而这，想必在顾恺之的《女史箴图》中可以觅见。

再来看这个女子。她端坐着，蓝色的团扇轻轻放在胸前，扇上有寒梅数枝，极具美感。老实说，我在很长时间里一直以为她穿着的就是一件蓝色的有着梅花图案的半袄。待后来看明白是团扇，不由沮丧。后又想，倘若用这蓝色的团扇上的蜡梅图案，做成一件蓝色的半袄穿，该有多好。当然，如果不是团扇，这个女子手里拿着的应该是什么？

想想也还是团扇为妙。

晚年，老莲留下"趋事惟花事，留心只佛心"的诗句。坎坷种种，报国无门，花事与佛心两相倚，亦是如此。

（2016年第9期）

打面的江湖

雷 默

我的老家在诸暨市次坞镇，次坞出了一种面，叫打面，现在成了诸暨市十大美食之一，那些开面馆的人也广收徒弟，开枝散叶，像兰州拉面一样，把店面开到了全国各地。我看到过一则次坞打面的传说，它被贴到面馆的墙壁上，红色的面板，电脑字体打印，大意讲次坞打面源于明朝，朱元璋有一回带着军队路过次坞，人困马乏，刚好碰到次坞镇上有人做面，做的就是打面，吃后大呼过瘾。后来朱元璋建立明朝，日夜思念这种面的味道，派人去次坞招了面点师傅，这位师傅成了朱元璋的御用面点师，也成了次坞打面开宗立派的祖师爷。这个传说，我一看就知道是假的，但我能理解他们的用心。

其实次坞打面大概是从我小时候开始的，最早不过三代。这种面筋道耐饥，诀窍就在于揉面粉的时候往里面添加了苏打水。当时，整个次坞镇就三四家面馆，准确地说，是早点摊，主营早点，可摊主从不打烊，早餐过后，面馆兼具了茶馆的功能。当时并不是每家每户都吃得起打面的，只有家境富足的人才去。去吃面，第一件事是去肉摊切五角钱的猪肉，拎着那一小块猪肉一路慢慢地逛，谁都知道这肉是拿去烧打面的，于是这一路上就有了招摇炫耀的意思，好面子的人见到熟人提着肉，是断然不肯跟他打招呼的，只有乡里人，才会讨好似的说："吃面去？这肉阔气！"到了面馆，肉丢给面馆老板，嘱咐一遍全烧进面里。烧面的一般为老板娘，老板只在后厨打面。这时候，老板娘也会配合地惊叫一声："全烧了？嚯，这么阔绰！"这是吃面的人最享受的一刻，这时候，他往往满不在乎地说："烧啊，油点好吃！"这时候，冷清的后厨忙活起来，面馆老板使出浑身的劲，在后厨的木板上跳舞似的压面，他用一根碗口粗的竹杠，在面饼上来回摁压，发出咚咚的声响。这面必须现打，放久了，随着苏打水的化学反应，面条会变软变次，影响口感。

这边，老板娘就烧开了一锅水，同时给客人泡好了茶水，清一色瓷碗，茶叶必须是当年的新茶。端好茶水，老板娘会问一句："老酒需要来半斤吗？"阔绰的客人会豪气地甩甩膀子说："好！来一碗。"那些只为解口馋的客人，这时候就会面露难色，在喝不喝酒的问题上纠结半天。我亲眼看到过一个中年妇女冲进面馆，指着摆阔的自家男人破口大骂，男人只要一冲动，家里往往会拮据上半个月，所以冲动是魔鬼。

面馆老板是老江湖，往往打好一碗面会留一小撮在里间，先把切好的面条松一松，捧在手里满满当当，走到外间，笑呵呵地跟吃面的客人打招呼。为了下回生意，他把面条往烧开的水锅里一撂，转身回后厨，再出来时，手上又捧着一小撮面，继续丢进锅里，以示对老顾客的格外照顾。

这边的灶台上，两口锅一起烧，那五角钱的猪肉下了锅，火炉蹿起很高的火焰，老板娘一边烧，一边还在赞叹："这碗面的料太充足了！"除了猪肉，还需要咸菜、豆芽和大蒜，咸菜一般为鲜嫩的腌萝卜菜，看上去泛青，不是黄透的那种，黄了就熟过头了，味泛酸。豆芽是绿豆芽，早市上刚买来。这面馆就开在菜市场里，旁边是卖生禽的摊位，经常搞得血糊淋剌。

面条过水后，被捞起来，放进料里炒一炒，然后放作料，酱油是少不了的，面条烧出来必须是着色的，再看那汤，已经成了高汤，喝下去，一股醇厚的味道往肚子里滑下去，那是持久的幸福感。

一般只见大人在吃打面，很少见到小孩，我曾经积蓄了一大罐硬币，也想去试试，被父亲母亲禁止了。现在回想起来，可能跟禁吃喜蛋是同一个道理，喜蛋是经过孵化的蛋，里面的小鸡小鸭都已成形，有的甚至已经长出了毛，这有点像民间传说的吃胎盘，需要一定的勇气，但这味道极鲜美，大人有种说法，吃了喜蛋的小孩读不好书，其实是担心小孩子消化不良。这些经过孵化的蛋往往都有一块很硬的器官，大概是胃，那东西吃下去肯定有得折腾。打面也是这个理，因为太筋道，吃的人以壮劳力为主，这面不同于普通的面，耐饥饿。

打面端出来，那口碗叫海碗，比普通的大碗还要大一号。即便那么大，有时候，也会出现面条盛不完的情况，这时候，面馆的老板娘就会说："看！今天的面充足吧？"这时候，吃面的人脸上有了不屑，他说："是我切的肉多了吧？下次不要实心眼，你们留点我也不会说。"诸暨人都有这脾气，宁愿摆阔，也不愿意嘴上落下风。这时候，老板娘会矢口否认，说断不会打折扣。这时候，后厨的老板也会出来帮腔，场面有点闹哄哄起来，几句过后，老板会从口袋里掏出香烟，拔一支给吃面的客人，这对峙才渐渐平复下去。

面馆主业不是烧打面，因为毕竟吃打面的人少。主业是经营烤馒头和豆浆，那些烤馒头个儿也大，一角钱一只，底被烤得焦透，咬上去却不厚，上面撒了葱花，端上来，那香味能迅速刺激人的食欲，往往一个半大的孩子能一口气吃下十个。豆浆更不用说，自己磨的黄豆，煮沸，没有喝原味或者加糖的，清一色咸豆浆，一只蓝边大碗，碗底是一调羹酱油和一些葱花，有时候也放点味精，从豆浆炉子里舀出来的豆浆冲到碗里，瞬时就凝结成花，你只要不急着喝，上面会结一层厚厚的豆皮，喝起来的味道比嫩豆腐再嫩一个层次，它是流动的，但你能感受到那种豆腐胚胎的质感。

喝豆浆吃烤馒头的人相比于吃打面的人会多一些，遇上忙碌的时刻，老板会急匆匆地收拾空了的碗筷，有点下逐客令的意味，也从不见老板娘给喝豆浆的人泡茶，只有吃打面的人是交足了粮票，可以无限制坐下去的。打面吃完了，在那里聊天，茶碗空了，取过开水瓶，又续上，继续喝。往往半天的时间就这么打发完了，直到茶水变淡，太阳当顶，吃完打面的人才慢悠悠地起身，这时候，如果谁要不识相，说一句："茶这么淡，再来一碗。"老板娘的脸色就凝重起来，她会说，这茶叶她是从菜场刚买来的，不禁泡，每月的茶叶开销成了店里沉重的负担。

再说说这三家面馆的主人，其中两家是老夫妻，都上了年纪，其中一家的男主人是个聋人，次坞镇上最早戴助听器的人大概就是他，像一副耳塞，在打面的时候，他常常取下来，挂在胸前，只有跟人对话的时候，才戴上助听器。我猜想可能是他屏蔽了外界的干扰，所以数他打的面最筋道好吃，他老婆也爱干净，连炉子都擦得发亮，真正吃打面的人一般都喜欢去他们家。

旁边的那对老夫妻，有一个致命的弱点，烧面的老板娘掉头发，吃面的人经常在碗里挑出一根根长头发,有的人受不了恶心,就在那里破口大骂。这时候,面馆的老板会风一样跑到那位客人面前,把那碗打面连同证据一起卷走,带回后厨,倒入垃圾桶。所以,他们家的面馆经常会出现连烧两碗的情况,有的客人食量惊人,一碗不够饱,往往吃得差不多了,再开始嚷嚷,于是可以再白吃一碗。即便这样,这家面馆也还是坚韧地经营着。当然,他们也有固定的客人,乡里乡亲,到最后都是碍于面子,谁跟谁熟,就会去谁那里吃。他们也做烤馒头,相对来说,烤馒头出锅,头发丝更容易发现,我看到过好几回,在盛烤馒头的时候,老板用极快的动作,从馒头中抽出头发丝,而那盘烤馒头随后被端到了客人的面前。直到有一天,人们发现这家面馆关门了,据说老板中风了,差点没抢救过来,在一个月之后,传言说老板已经瘫痪在床了,不可能再下地走路了。就在人们觉得这家面馆会永远歇业的时候,某一天,它又重新开张了,老人的儿子和儿媳妇接管了这家面馆,据说老人生病前和他的儿子儿媳妇关系很紧张,儿子儿媳妇大概认为老人把钱看得太重,而老人仗着经营着面馆,也顽强地和儿子一家保持着距离,身体一垮,据说儿媳妇主动上门帮婆婆一起照顾公公,让老人家觉得很感动,他终于主动让出了面馆。重新开业的那天,失散的老顾客很多都去捧场了,鞭炮的碎屑铺满了街面,人们惊奇地发现,掌勺的儿媳妇头上戴着一顶像护士一样的白帽子。

　　第三家面馆是一对三十多岁的夫妻,老婆长得有几分姿色,白面红唇,一口晶莹的牙齿,所以吃面的人显得不正经许多。老板娘喜欢穿紧身健美裤和羊毛衫,一年三百六十五天,几乎每天都穿,而且她性格外向,笑起来声音脆不说,气还很长,据说她是福建人,以前嫁过老公,前夫死了,她就嫁到了次坞。一般这样的女人都会配一个窝囊的老公,她的老公就是这么个人,所以面馆开起来,除了面条有次坞的血统,味道就差远了,而来这里吃面的人也不图打面的味道,而是来看几眼老板娘的身体轮廓。他们吃面的时候,隔着热气腾腾的雾气,一双贼溜溜的眼珠不停地打转。老板娘深知经营的门道,她会主动挑起激发荷尔蒙的话题,说兴奋了,她会跟客人干杯喝黄酒,旁边的人跟着一起哄,这面馆就有了理发店的味道。时间一久,理发店总有点说不清楚的事。人们总觉着这家面馆开不长,迟早有一天会出事,可它一直顽强地经营着。他们的孩子也跟我一样,从一个挂着鼻涕,趴在餐桌上艰难地写着作业的毛孩子,一下子蹿成了一米七八的个。

在初中毕业那年,老街的菜市场进行了拆迁,这三家打面馆一夜之间都消失了,新菜场兴隆起来以后,次坞打面馆如雨后春笋,遍布了整条大街。

我经常遇见某位白发苍苍的老人回忆他这辈子吃过最好吃的食物,这些食物往往不是通常意义上所谓的名贵佳肴,而是普通得跌落到尘埃里去的东西,比如一块麻糍,一碗白粥,等等,却能让一个耄耋老人记挂一生,甚至讲述起来老泪纵横。这泪水里,有对饥饿刻骨铭心的记忆,也有对食物及馈赠无限的虔诚和感恩。

不知道从什么时候开始,我对好吃的食物变得异常热衷起来,热衷于那碗打面的味道,热衷于源自童年的记忆,也同样源自选择多元的斑斓现实。到一定年纪之后,你会忽然发现,其实你的迷恋只是简单的食物,可是这些食物从某个时刻开始,它从你的人生中消失了,就像一个儿时的好伙伴,散落在滚滚红尘,从此音信全无。

(2017年第6期)

看电影

阿　航

　　像我那个时代的少年,"看电影"可说是唯一的娱乐活动了。有关看电影的记忆,应该说也是数不胜数的。比如说那部《南征北战》,我就至少看了不下三十遍。在今天看来,这简直是匪夷所思的事情了,而在当年那个特殊年代里,却是再正常不过的。因大部分电影都成了"封、资、修"的东西,被批判后压在箱底——而人们又是那么渴望看电影,需要"精神食粮"——那么,就拿仅有的几部革命影片大放特放了呗。另外,那"露天电影"也是值得说说的。操场上扯起一块大白布——天还大亮的时候,人们便三三两两地各自携带个矮板凳跑操场去占位置了。那放映电影的人也特别牛,咳嗽声都要大声一点,脸绷得铁紧,好像他是在干一件什么重大事儿似的。我有时嫌银幕正面的场地太过拥挤,就跑到银幕后面去看。那电影里头的人物,他们所做出的动作,都是相反的。比如说电影里的人是右手拿枪的,但在这后面银幕看到的,却是左手拿枪的。

　　在这里,我想说说在老家县城电影院看电影的几次经历。这座电影院,现在早已拆了。电影院当然是坐落在老城区了,在大埠头菜场旁近。电影院的正门,有十来级台阶,台阶宽度有十来米,清一色花岗岩石板铺就,因踩踏的人多了,光滑无比。台阶上去后,是一排封顶的木栅栏。这排木栅栏,牢固得很,留有一个个竖条形的洞孔。木栅栏里头为过道,与放映厅隔着一堵墙。可千万别小瞧这排木栅栏哦,这木栅栏的里头和外头,分明是两个世界呢。里头的人接下去马上就能够看电影了,而外头的人则只能看那堵墙壁。

木栅栏的一侧,开有一个仅容一人出入的小门,几个守门人坐在高凳上,凶神恶煞地嚷嚷着,撕票、放人,一丝不苟,充满了某种威严感。

先说一起轻松点的。

当年我父亲在县电厂工作,我们家也住在电厂附近。我和二弟,有事没事常跑电厂去玩。有一天,我父亲和两位同事站在电厂门口闲聊。其中一位说电影院里放新片了。另一位说,那要不……我们去看电影吧。他们三人于是横过公路走向万松巷——那可是去电影院的方向哦。而他们的这几句对话,却恰好被在他们身后玩耍的我和二弟听见了。我和二弟立马决定紧跟过去。

我们兄弟俩和他们保持着一定的距离,所以他们到了电影院都没有发现我们跟在后头。等到他们在电影院的售票窗口买了电影票,我们"露脸"了。当然了,这"露脸"也是有讲究的,并不能让他们——尤其是我父亲——瞧出我们是"跟踪"过来的,而要装作我们是在电影院一带闲逛,无意中碰上的。一位叔叔先看见了我们兄弟俩,他叫了一声我父亲的名字,说你儿子在这里呢!我父亲看了一眼我们,他当时脸上的表情,很难形容。那叔叔说道,那就带你儿子一起进去吧。两位叔叔各牵上我和二弟的手。我和二弟心花怒放,但在表面上,我们都很平静。而跟在后头的我父亲,却显现出了一丁点的尴尬,像是占了人家什么便宜似的。

那天看的那部电影,我至今仍记得,叫《秘密图纸》,电影海报上印着穿警服的演员田华的头像。

接下来说的这起,多少有点忧伤吧。不过同时,我也觉得蛮暖心的。

我小时候,长得不好看,五官粗糙,人木头木脑。我和二弟,形成了鲜明反差。我二弟小时候长得面白唇红,五官端正,十分秀气。尤其是他那张嘴巴,甜得很,不怯生,逢上男的叫叔叔、逢上女的叫阿姨,很是讨人喜欢。我们兄弟俩,隔三岔五地往电影院跑。我们兜里自然是没一个子儿的,连一根毛都翻不出来的。我们跑到电影院去,是想让大人们带我们进去看电影。我们看到那些没带小孩的大人走过来,便会黏上去叫声叔叔或阿姨,恳求他们把我们带进去看电影。这个过程,看起来简单,但做起来并不容易的。有些大人,脾气不好,一下子就把你伸过去的手甩开了;有些大人,一只手握着锥形瓜子包,一只手捉瓜子往嘴里嗑,腾不出手来就懒得搭理人了;也有些男女，成双捉对来电影院是谈情说爱的，凭空拖上个小孩，太煞风景了呀。

可是我二弟，却是每回都能如愿以偿，每次都能进影院的。我二弟人长得可爱，嘴巴又抹了蜜，三五回叔叔、阿姨叫过后，总会有人牵上他手的。而我就惨了。我人长得马虎，而且"金口难开"，那声"叔叔"或"阿姨"，就是憋了老半天还叫不出来的。故此，情况往往是这样子的，我二弟站在木栅栏的里头，我站在木栅栏的外头。兄弟俩难舍难分，通过洞孔手拉着手……一道木栅栏将我们给无情地隔开了。我二弟叫我一声哥哥……我说里面开始放了，你进去看吧。二弟说，没关系的，还在放假演呢。所谓"假演"，那是当年放电影正片前，都要放上一段新闻纪录片的。这些宣传性质的新闻纪录片，对小孩子来说，自然是可看可不看的了。

最后这起，我已读小学毕业班了，所以从情感层面上来说，也是要丰富多彩一些的了。

那是春夏之交的一个白天，学校里包场看电影。电影还没有开场，学生包场的影院里如同一锅沸腾的粥，喧闹声不绝于耳。我在影院的走廊上来回走动，于不经意间，抬头看见了楼上一位穿白衬衫的女生。这是一位鸭蛋脸女生，肤色白皙，长发梳辫子；她双手摊开撑在围栏上，脸上一副若有所思的神情。当年的女生大多有个习惯性小动作，那就是下嘴唇略微外伸往上吹气，拂动额头的刘海——当时这位女生，正是这样子做的。

说起来很不可思议呢，当我无意中看见这一幕时，那周围的嘈杂声于顷刻间便退去了，到了鸦雀无声的地步。而那一幕景象，同时也永久地烙在我的脑子里了。

过后我对那位女生有了一定的了解。说实在话，这世上是没有人能够避免掉岁月之侵袭的。而且，现实中的这位女生，同样也存在着这样或那样的缺陷的。说白了，人都是凡人而已啦。然而，在我的主观世界里，那一日的她，却成了我心目中的"女神"，成了我往后评判异性的一个"尺度"。或许，这就是那个所谓的"诗和远方"之魔力吧。

（2017年第6期）

白塔湖上的竹木桥

吴江辉

很长一段时间,桥对我而言是一个方位词。白塔湖方圆百余里,湖中有湖,湖里有天。我家后背是山,桥里就是门口,过桥才能进到湖心,抵达远方。

那时,家家户户墙上都贴着一座桥——南京长江大桥,桥虽好看但遥不可及。白塔湖里脚步所及的地方,七上村东头、小桥头和金朱两站的连接处,也有桥。那是湖的边沿,水面收得很窄,但一脚又跨不过去,只好建了石拱桥,下面能走船,上面是平的。这样的桥是大路的一截,走在上面没有桥的感觉。我喜欢我家门前的竹木桥,它有自己的体香和温度。

从我家天井的石级算起,绕过池塘,沿田埂直直地走,一个小小的右转再左转,我一般走三百六十步左右就到了桥头。我常常去那里,听外婆带过来的一个给母亲的口信,去拿父母从单位托人带来的小物件,去买一条刚捕上来的一脸傲气的白条。夏季农忙的时候,傍晚就听从祖父悠长的叫唤,给他送去干净的大脚布和裤衩。靠我们一边半个村的男人在桥头洗澡。第二天一早大家也来桥埠头挑水。

我匍匐在第一、二块桥板的接合处,开始谨慎地触摸桥的身体。我不敢一下子很深入。一二三四五六七,桥上一共七个桥孔,中间一个最高也最长,大半根毛竹的长度,其他两边一点点紧缩。桥面与田埂一样宽,也就是四根毛竹那么宽。四根毛竹调头调尾扎成一个竹排,搁到木桥桩上面就是桥板。在月亮升起来的时候,毛竹桥板已恢复了竹的本性,凉凉的,还有淡淡的香,这样的清香特别适合夏天的晚上。有人在桥上惬意乘凉，睡着了，一个翻身砸落到了湖里才幡然醒悟。来过几次桥头，我很快就摸遍了每一块桥板，能在桥上飞跑。这是湖里人的天赋，没什么可炫耀的。

走中间一块最有意思，足够长，也柔韧。用力走几步，就会进入一个与竹桥板的共振状态，像要被弹出去，又被紧紧地吸附着，沉浮与共。把握一个事物的难度，总会给人些许的自豪。我们会走桥的几个伙伴，常常骑在桥桩的柱头上，看不同的脚从桥上经过。

自己村里人或会走桥的人过来了，不看也知道。听上桥的第一步，其实无所谓第一第二，噔噔噔，脚步连贯，与刚刚从田埂上过来的步伐一致，没有犹豫，充满自信，快捷地直奔对岸。这样的脚步，走桥人眼中其实没有桥。桥就是路，我们走路，眼睛关注的是前方，只留一点余光提防身边突然出现的异常。赤着的脚与青竹的接触很有力度，脚掌的每一次翻动几乎都让桥面满意，发出"吱、吱"短促而清脆的呼应。我们明显感觉到了振动，这个振动很快传递到水里，水面便漾开来一圈一圈的纹理，紧密，微微凸起，像在刻录一张唱片，最靠近桥桩的音符还在跳跃。这是男人的节奏。如果水面波光潋滟，纹路匀称，温润光洁，它属于女性，走起桥来也轻手轻脚。

七十多岁的祖父走路起风，跟他一起过桥，必须保持至少一块桥板的距离。一般，他在前面，我就跑过桥去。如果与他走在同一块桥板上，特别是中间的那一块，我会深深地陷入他的脚步中，不能自拔。跟得太紧，等于把自己搁在了一片虚无中，在不是自己设定的起伏里，每一步都进入不了章法。脚没个着力处，不是走进绵绵泥沼，就是踩踏时机有误，被强力反弹，险象环生。亦步亦趋也不是适合每个人每个地方的。

看见湖水西流的时候，桥便逆水东移了。这是陌生人在桥上恍惚。沿着桥的直线延伸，有一条较大的田埂，这是去下半个湖沿村子的近路，所以总有远村人铤而走险。一个高大的男人刚才在田埂上无情地超越了我，差一点把我挤下水田。现在，他在桥上不安、焦躁。他半蹲下身子，又马上站直，蹲也不是站也不是地走过第一块桥板。第二块，他开始横着身子走，我们看不起这样的走法，横过来一个身子，莫非桥的长度变成了宽度？他向左横身走几步，感觉脚下不实，又转过身向右横着摸索，高大的身子却前后晃得厉害。桥忽地抖了一下，这正好成了他止步的借口。他的新布鞋很斯文，该是去走亲戚的，赤惯了的脚一定感到生硬，他又蹲下身子脱了鞋。但晃动、柔软的路使他每走一步，心就往喉头提一点。看看脚下，桥面有点倾斜，桥桩的水下部分情况不明，桥身在水的涌动中不断长高移动。过于关注脚下，想象中的危险被他放得很大。一个刚刚还蛮横的身子终于彻底蹲下，企图以此降低恐慌的高度。我在桥上故意侧身跨越了他，跨过他身子时，桥面隆重地配合了一下，摇晃程度远远超过田埂上的挤撞。我得意地看他时，正与他的眼神遭遇，他的眼里居然对我充满欣赏。我立刻原谅了他刚才的鲁莽。我要拉着他的手过桥，他说不用。他调整了一下身子，手脚并用爬过了桥，没有像别的陌生人那样爬起来半途折返。于是，我又对他生出许多好感，低下身子并不全是卑贱，它至少比失败高出一个身子。

  有一年夏天，时间被暑假拉得很长很长，我跟一个知青去他家看城市。我站在城里桥上数汽车的那些日子，白塔湖边的许多人却在桥上钓大鱼，大青鱼。尼龙丝做线，8号钢丝弯钩。钓上来的最小也有十多斤，大的五六十斤，鱼鳞比银圆还要大要厚。钓上来好多，但我都是听说。据说，每一条大鱼从上钩到上岸，都与人比过体力与意志，但没有一个人被鱼拉进湖水里。从隔壁几个村的桥下钓上来的鱼最多，大概跟那儿湖宽水深有关。有人给我几片鱼鳞，说这鱼鳞是用宽口锄头刨下来的，我拿着它想象湖里钓鱼场景的壮怀激烈，也想去城里大桥上钓鱼，没鱼的时候就看看高楼还有法国梧桐。

  我的印象里，白塔湖上有四座竹木桥，从我家门前的桥算起，依次还有七里下、七里中和七里上。它们如一枚枚碗钉，缀连起许多碎裂的湖泊的瓷片。

（2017年第8期）

垒字为城

赖赛飞

这只是一种行当,一副手艺。将一个地方的土石、草木、鸟虫——有时候会有人夹带在其中,像违禁品一样被搬了上来,一点一点搬到纸上。其过程,想起来轻巧,落笔之时颇费力气,同时感到喜悦。虽说万物有主,但一旦将东西搬到了纸上,它的所有权就发生自然转移,谁搬的就属于谁。至少在文字界,万物都是你开拓的对象,不用做权属证明。看看是自己心仪的,搬起走人。有些人不愿意跟以文为生的人多打交道,担心一不留神就被掳走。这是有可能的,所以这种随忧虑而来的警惕很有必要。

世界很大,万物皆重,能搬动的东西实在有限,都没空到更远的地方走走。

多数时候,完全忘记是在搬运文字,以为是搬实实在在有质感的东西。搬运花朵的时候,能闻到它的香味,看见蜜蜂和蝴蝶来过的痕迹。搬运泥土的时候,发现它的温度适合大部分的种子。搬运一棵长成的树,能看见上面有鸟巢,巢里有三到五枚满脸雀斑的蛋。

最难搬运的还是人,有时候发现把人搬上来,但忘了将他的灵魂也搬上来,看上去苍白模糊,只有一个人样而已。有些写作者能将一堆人,包括上下三代四亲六眷都搬上来,鸡犬升天一般,他们的锅碗瓢盆也都搬上来了。这些人在他的纸面上来来往往,哭比笑多,恨比爱长,活一阵子,从此死去。一笔写生死。

我也知道很多人其实在干些相类似的事情,只不过更有成效而已,比如搬进博物馆内、搬进典籍里。所搬的对象有石板、木头，坛坛罐罐，所有稀奇的东西。仔细想想，就像失火了似的，很多人都在匆匆忙忙地抢搬东西。这个时代，跑得太快了。

世界上有很多搬运者，职业或爱好就是搬运世界。他们都是一些收藏狂，想把世界弄到一个角落独自享用或干脆生活在其中。有时候会想到动物界中的猎豹，拼命将猎物拖到树上以便独自占有。每当看到它排除万难将沉重的猎物搁上稳妥的树丫，然后坐下喘息的样子，就能感觉到它此时的欣悦远多过疲乏。

县城附近就是影视城，住着一群专业搬运工。这些人当中的极端者，深知不能独占一个世界，完全陷入搬运零件重塑世界的狂热之中。把自己当造物主，在里面大动干戈。一部影视作品面世，等于是一个人造世界出其不意地现身，就有很多人来审视。他在那里的推演如此逼真、绘声绘色，结果所有围观的人都以为置身炮火连天中，置身卿卿我我里，甚至置身远古洪荒置身遥远的未来，因此不能自拔。我也曾去，看他们为了一个镜头，三番五次，进展极其缓慢，无聊至极。

搬运零部件重塑世界是一件极具耐心的事情，影视界的人玩的实际是过家家的游戏，玩好了，就是艺术。倒过来，艺术就是玩。

这样说恐怕不妥。

自从我参观过影视城，觉得作为观众去看一部戏的拍摄，真是不妥的。除非你一开始就不打算看。不幸你看了的话，面对画面，你会想到它们是怎样做出来的，一边看，一边想：死亡是假的，爱和美是假的，富贵是假的，连贫穷都是假的。假的假的假的，真叫索然无味。影视拍摄于观众而言，就像是隐私，过程，外人不宜。

与影视公司这种现代化大型企业相比，做文字的都是手工小作坊主。他们的工具就是文字，原材料也是，产品也是，都是文字，只有文字。这个人单打独斗，造个亭子是一个人，建座大厦还是一个人。如果足够懒惰的话，会发现造个亭子最容易。

以质而论，要用质地最上乘的文字搬走一物一来历，一地月光一叹息，还有一个人的一生。这个时候文字才有力量。

有时候，搬运到一半，忽然罢工。于是有个人物死到一半，有一场说好的雨下不来。

　　这种罢工就好像原先的爱情忽然烟消云散——这通常是单方面的，可能是移情别恋，也可能仅仅是审美疲劳，结果都是半分知觉也没有了，神仙都无能为力。

　　但这常常是短暂的，等到有一天，重堕爱河，手下纸上的世界重新开始呼吸。

（2017年第9期）

洞头，那些叫作岙的渔村

施立松

风吹岙

风吹岙。这样的名字，听着，眼前会出现一丛蒲公英，白色的种子，在风中飘飘荡荡，风吹到哪里，落到哪里。

听到这个名字，是科室里来了个新同事，温州医学院（现温州医科大学）刚毕业，个子不高，憨憨的，爱笑，一笑鼻梁皱出几条小条纹，露出两颗小虎牙，青春得像一蓬野地里逢春的草，可头发却星星点点地白了。他坐诊，家长带孩子来看病，说，来让叔叔看看。完了又说，不对，得叫阿公。从此，同事便调侃，称他"阿公"。他倒坦然接受，说，叫"黄阿公"吧。他特别强调了他的姓。后来我们才知道，当年他父母为了生个儿子，坚持不懈了半辈子。他有七个姐姐，他是黄家香火唯一的传承人。大姐的女儿比他大两岁，外甥女成家早，他当舅公很多年了。

"黄阿公"在科室里"走红"，是因为他的七个姐姐不断给他送东送西。"风吹岙的蚕豆，好吃，大家都拿点回去！""风吹岙的马铃薯，又大又香，拿几个！""风吹岙的芥菜""风吹岙的红薯""风吹岙的蛏子""风吹岙的弄潮儿""风吹岙的鸡蛋"，甚至，同事的孩子哮喘，"黄阿公"的某个姐姐送来了"风吹岙的麻雀"——麻雀汤治哮喘，是风吹岙的"秘方"。

春天后，我在上班的路上，顺手折了一户人家后院的一枝桃花，那滴露的花瓣，让科室里那些被来苏儿麻痹了的味蕾，都舒活了，稀罕得什么似的，啧啧称赞。"黄阿公"走过来,瞥了一眼,不屑一顾:"风吹岙的映山红,那才叫美呢!"

吃多了"风吹岙的某某",早就对风吹岙动了心,于是,风吹岙之行就排上了日程。一个春风荡漾的早晨,一群拿惯注射器、听诊器的人,被春风裹挟着,浩浩荡荡奔向风吹岙。

风吹岙在海边,却要先上洞头本岛最高的山顶,再往下走。老旧的公交车,一路气喘如牛地在山道上拐来拐去。彼时,我怀着四个多月的身孕,被盘山公路拐得头晕目眩,恶心不已。好在,路旁,"黄阿公"说的映山红,这里一丛那里一簇,开得正艳,好像风中摇晃的招幌,诱得我们心痒痒的。在一个叫"旧厂"的站点,我们下了车,走不多久,便陷入一大片一大片红彤彤的映山红的重重包围中,山脚下的风吹岙若隐若现。路是人走多了走出来的山路,曲折,崎岖,我们却走得无比欢快,因为有烂漫如星如火的山花,有厚如绒毯的紫云英,云蒸霞蔚的映山红,还有翩跹在身侧的蜂蝶,婉转在树梢的鸟雀,和从草丛中冷不丁蹦到我们脚上的蚱蜢。生命的欢欣无所不在。来自海上的咸腥的风,经了满山林木的过滤,清新中带了点点咸意,让寡淡的味蕾,都分泌出贪婪的津液。

村庄地处山坳,依山濒海,东为高山,逾岭与白迭岭头、尾坑自然村交界;东南隔山岭与白迭自然村毗邻;西北临海,与霓屿岛石子岙村、外山鼻自然村隔海相望;东北隔山岭与小文岙自然村相连。周边有水窟儿、三阿倪坳、小东澳、南西屏尾、岭尾、大埕尾、后澳、小风吹、乌鸦栖尾、大坑尾等地方。早前,村中间有一座圆形石冈,夹在两山之间,从海上看村庄,如同双狮戏球,可惜后来为建晒场,石冈被夷为平地。

"黄阿公"说,他家的族谱记载,他们祖先原为村庄取名"凤居岙",后演变成风吹岙,是因为村口朝北,每年西北风季节风力都超强,往往飞沙走石,浪花扑面。他又引经据典喋喋不休:清光绪《玉环厅志·三盘山》记载,"西即小盘山风吹岙,常见银涛万叠,飞白凌空"。《洞头县地名志》记载,(村庄)因坐落方位之故,不管刮什么风,岙内风势均较大,故名风吹岙。1958年人民公社化运动后,曾改名"丰收岙",缘于那年番薯亩产达到四千斤,晒成薯丝干,平均亩产八百斤,为有史以来所未见,为显示人民公社化运动伟大成就，乘机改名。我在心中暗自庆幸，幸好因循习惯，新名号没有叫响。

村庄掩映在一片茂密的林木之中，房前屋后大树参天，有朴树、樟树、根树、枳实树等。村东是村中大姓黄氏祖墓所在地，墓地旁一排高大的朴树，最大的一株已列入县级保护名录。一群人在村中游走，好像一群清晨放出笼的鸡鸭，嬉笑追逐，散漫而自在。村里三四十座房子，都是石头瓦房，米红色的石面上，石英点点，弱弱地反射着阳光。屋顶黑瓦上，密密麻麻地压着石头，想来，是因为风大，怕风吹走瓦片吧。每家屋前屋后的菜地里，菜蔬长势极好，芥菜、萝卜、油冬菜、大蒜、小葱、豌豆，应有尽有，"黄阿公"姐姐们给我们送的风吹乔特产，都能在这里找到，大家便跃跃欲试，不顾雨后地面泥泞，纷纷跳进田里，拔萝卜的拔萝卜，折芥菜的折芥菜，摘豌豆的摘豌豆，大呼小叫，像一群饥饿的麻雀扑到玉米地里，不一会儿，衣兜兜揣满豌豆，腋下夹着芥菜梗，手里拎着萝卜、大蒜、小葱。野地里的马齿苋、马兰头、野葱、蕨菜，也随处可见，还有薄荷、锦地罗、紫苏、鱼腥草、柴胡、藿香，这些只在中药房的药架上、中药书上见到过名字，这会儿生机盎然地绿在眼前，着实让这群学医的人激动了一番。村里补渔网的，种地的，割草的，用锄头给铁锅除烟垢的，抱着孩子哺乳的，男女老少，纷纷出来看热闹似的看我们这群大惊小怪的人。"黄阿公"不断地跟人打招呼，不时还停下脚步，聊上几句，也有几个腰酸背痛头昏腿脚抽筋的，走过来跟"黄阿公"诉苦，向他讨个法子。一大一小两条黄狗在我们身边跟来跟去，鸡鸭鹅则遍地撒欢，偶有迟钝的，待我们走近，才惊叫一声，张开双翅仓皇逃离。

这是上世纪80年代末，村庄最鼎盛时期，村中有一百多户人家，四百余人，靠渔业捕捞和海上养殖"讨生活"。

那天，"黄阿公"的大姐夫，为了招待我们，特意起个大早，趁涨潮时到村前的海湾，网了一篓鱼，退潮后，又在滩涂上抓了蛏子、文蛤，还逮到一只大青蟹和几只弄潮儿。我们到的时候，蛏子和文蛤正在竹篮里吐着清水，而青蟹和弄潮儿，则不甘心地张牙舞爪，试图从鱼篓里爬出去。当然，所有的试图，都是白费力气，它们和一只鸡，以及无数的野菜、蔬菜，都上了我们午餐的餐桌，那个鲜嫩，那个鲜香，馋得这一群人还没放下筷子，就谋划着几时再来风吹岙。离开时，所有人都是满载而归，从"黄阿公"的邻居家买来的鸡蛋，渔民黄昏归航收获的还沾着海水活蹦乱跳的虾蛄、龙头鱼、小黄鱼，蔬菜当然是少不了了，映山红也扛回了不少。

后来，却再没有去过风吹岙。只是风吹岙的"啥啥"，仍由"黄阿公"的姐姐源源不断地送到我们的手中。

一晃二十多年过去，再去风吹岙，是本岛诗人楠叶要做"洞头消逝自然村庄"调查。

春正好，阳光暖融温和，万物都已在或正在蓄势勃发，绿在山野里做着渐变的魔法，花则红黄蓝紫随意点染，进村的路，已是水泥硬化的机耕路，车子可以直接进村。刚到村口，一户人家的大狗就扑出来狂吠，主人家急忙出来喝住狗，这个中年男子，静静地看了我们一眼，慢慢地回屋去，对我们的到来，似乎有一点好奇，却又了然于心似的，走开去。

这是这村里唯一的一户人家了。山村静谧，石头房依旧洁净，有几户人家的门上，还贴着红艳的春联。大多数房子的石墙缝隙里，艾草、青蒿、草藤志得意满地挺立着，屋前屋后更是杂草丛生，曾经种满菜蔬的田地，也都乱乱地长满了草，几户人家的屋前，还堆放着养殖用的塑料泡沫、网绳等渔具，只是也都被倒下的树和杂草藤蔓覆盖了。

一个村子的衰败，来得让我猝不及防，又有些黯然神伤。

楠叶说，风吹岙村民的经济产业历来有渔业大网、张网，近海涂地养殖蛏子、泥螺、紫菜、海带等，农业种植番薯、豆麦、蔬菜，饲养家禽家畜。改革开放后，随着渔业资源衰减，部分村民兴办鱼粉加工厂，外出从事铝窗安装等业，收入颇丰。后来由于村庄交通不便，基建配套落后，基础教育薄弱，校网调整，围垦退渔转业等，本世纪初开始，村民陆续外迁，或打工。大部分迁到北岙小区、新城区，部分在外地经营生活，仅年节返乡。到去年春天时，仅剩一户五口人留守。而在白天常回来做农活的还有二三十人。

风吹岙自然村环境优美，房屋完好，非常适合休闲养生。硬化了通村机耕路后，交通也变得较方便。两年前又接通了自来水管网。加上邻近已经建为休闲旅游区的白迭自然村，区位已有优势。据说，目前，风吹岙正在规划开发民宿项目，待围垦竣工后，必将有新的发展。听了楠叶的一番话后，黯淡的心慢慢温热起来。

我可以期待风吹岙重又生机盎然的一天吗？我相信所有的风吹岙人，和所有曾到过风吹岙的人，都会有相同的期待吧。

小文岙

打鱼船经过，一次又一次。有一日或遇风浪，或寻水源，或满舱的鱼需寻一处岩壁曝晒，于是，将缆绳往岸上一抛，岸边的礁石接住了。渔船靠岸。渔民洗脚上岸。多日的风霜该洗洗了，多时的咸腥该晒晒了，喝多了储在船舱里的淡水而发苦的唇舌，看到树叶上的清露，都想伸出舌头去舔一舔。更恰好，这一处，居然有一汪清泉。于是就搭个草棚，留下来，歇几日。慢慢地，家口也带来了，起初，或许只是一户两户，或许只是同舟共济过的三五个人，村庄和那颗被鸟衔来的树的种子，在这三面环山、一面临海的地方，却渐渐地长出来了。生产生活的用具带来了，护佑平安的妈祖，也带来了，庙建在岸边，渔船一靠岸，就在妈祖的门前。渔船要出海，先去庙里拜一拜，祈一声平安，便心安地出门。

我想着这些的时候，阿婆颤巍巍地端出一碗红薯丝的汤，给我解渴。

一直都觉得洞头很小，本岛有些说道的地方，我应该是都去过了的。可是，我没有去过小文岙，一次也没有，连远远的遥望都不曾有过。我不知道这个村庄，甚至没听说过这个名字。当然也无法想象曾经有怎么样的一群人，在这里繁衍生息，在这里日出而作日落而息，在这里欣喜或烦愁。

当我第一次踏入这个村庄时，村庄只剩下一个八十五岁，患过中风，行走不利落的阿婆。阿婆正从门前的菜地里，摘了几片芥菜叶、几棵葱，午饭时间将近，大概，这是她午餐的佐菜吧。

这时是三月。一直觉得海岛的春天，来得总不那么明显，那一阵多雨，雨后初晴，别有一番况味，便约友二三，前往山野去。驱车到达东郊村大坑分岔路进入九仙村境，一路下坡到达大文岙自然村，再横穿山腰唯一机耕路向西慢行，路尽头，便是小文岙村。

这个村庄，和许多海岛的村庄都有相似之处。石头房子，点状散列，屋前屋后开垦了许多菜地，大的，有小半亩，小的，就一个斗笠大，点几棵葱蒜，撒一把青菜籽。渔家来了客人，不用上街采购，到海边的网笼里抖一抖，总能抖出几只小蟹，几条鱼，再不济，挽了裤脚到滩涂上，挖几个文蛤、蛏子，拣一把海螺，洗一洗，煮煮蒸蒸，撒一把葱花蒜苗，就是待客的美味。屋前屋后还有些树，大的小的，粗的细的，都有，每一棵都早在种下的时候，就有明确的用途，打家具，做房梁，当船板，甚至种棵香樟，留着百年后做棺材板。如果再跑些鸡鸭猫狗，再有孩童嬉闹，一树桃花在屋前艳艳开着，一群鸟雀在窗前唱着，推窗就是碧波，迎面就是海风，虽然算不上现世安稳，却是可以踏踏实实地与岁月一起静好下去的。

可是，外面世界的喧嚣终是打破了这一份静好。围垦退渔，校网调整，就像最后一根稻草，压垮了几代人对家园的坚守。年轻的走了，接着，年少的也走了，然后，连老人也走了，村子荒芜了下来。留在村中的唯一的老人，也曾试图随儿子住到县城，只是最终，她觉得还是老家住得舒坦。

她说，一个人住，挺"闹热"。儿媳会隔三岔五地送一些米、肉、鱼来，晚上头，她早早吃了晚饭上楼，楼下有大黄狗和两只黑山羊守着，窗前是海，海那边是霓屿岛，灯火点点，彻夜不歇。

她留我们吃中餐。我们客气了一番，便不客气地留了下来，或许，我们也是她的"闹热"之一，能多陪她一会儿，就多陪会儿。她翻箱倒柜地找食材，又蹒跚着去菜地里摘芥菜，又洗又切，做饭做菜，有些忙乱，有些兴奋。恰好她儿媳来，帮着忙活起来。不一会儿，一桌农家午餐鲜活呈现。吃了饭，自是要留下些钱，她自是不收的，推来推去，最终，她儿媳包了一大包的红薯丝相送，才算了结。

离开时，去了海滩澳口的妈祖庙。这庙相传是随郭氏祖先迁徙而来，始建于清雍正年间（1723—1735）。庙里的一只三叉型鱼骨香炉约有两百多年历史；另一只石香炉为清同治五年（1866）庄氏渔民敬献，均为文物。庙很新，赭红黄橙，都还鲜亮着，阿婆说，2011年村人筹资新修，只是香火并不太旺。

到底是行将废弃的村子。

石岗顶

　　那应该是个朝阳初升的早晨，田间劳作的村民拄着锄把，眯细了眼，望向村东的山岗。阳光把一岗的石头描了金，金碧辉煌得如同仙境。村民心念一动，唇边便逸出三个字：石岗顶。

　　乡里人取名字，就图个好记、顺口。石岗顶，用闽南话念来，朗朗上口，又接地气，像唤那顽皮娇憨的小儿女二狗子、翠花似的，语气里尽是亲昵，尽是疼爱。

　　我们一行三人去石岗顶时，是春天，树木葳蕤，花草香馨，有鸟声清越如歌如吟，有虫鸣婉转如泣如诉。乡村的春意，是能舒软红尘里僵硬了的心的，只觉得满心满怀，都拥着无限春光。硬化了的机耕路，不时有小小蟋蟀张着绿羽扑到我们的脚边来，我们不得不小心翼翼地前行，唯恐一落脚便伤了这些小小的生灵。路上遇到一个村民，七十开外，肤色黝黑，身体很硬朗，望着我们笑，我们便向他询问石岗顶的路怎么走，他扬手指路，朗声答话，中气十足，后来索性给我们带路。我们客气道，不用麻烦，我们能找过去。他反而安慰我们，没事，反正闲着，正好去看看老朋友。一路上，听他说石岗顶：差不多搬光了，现在只有两对老夫妻住着，原来只有一对，不久前搬回来一对。好好的村子，唉，怎么就搬空了呢。远远地，看到村口有人在割陈年的茅草，走近了，却见那人正挥着镰刀在草丛里翻着什么。天气并不热，可他脸上的汗水在壕沟似的皱纹间奔流着，不时抬臂用袖子擦上一把，嘴里还嘟囔着，怎么不见了呢？陪我们的老汉跟他聊了起来。

　　原来是找手机。

　　那还不容易，报上号码来，打一下不就有了。

　　可是打了，却没有预想中的铃声响起。

　　不会是没带出来吧？老汉问。

　　"刚刚才接了儿子的电话！"那人白了老汉一眼，仍低头翻找着。

　　我们帮他找了一会，可草木杂密，实在没有头绪，只好爱莫能助地离开，向村子走去。

老汉说:他就靠那手机跟子女联系,万一子女打电话来,没人接,孩子得着急死,所以,手机是万万不能丢的!

我们相视一眼,频频点头,可不是,记得有一天给娘打电话,她到地里收拾菜蔬,没带手机,我连打几个,越打越着急,忙放下手头的工作,打了出租车奔向娘家,心急火燎地赶到时,却看娘正抱着几个玉米穗子,望着我呵呵地笑,说,看,今年玉米长得多齐整!

石岗顶的村口处,有一幢崭新的别墅,据说是外出经商发家致富的村民回乡建的,花了近百万。村子到底是静了,连小猫小狗都不见一只,走了许久,才看到两只白色的番鸭,正懒洋洋地在田边觅食。许多石头房都颓败了,房顶倾塌,露出嶙嶙支架;好几棵树都斜斜地倒在地上,想是被台风刮掉的吧。老汉带我们去找那新迁回来的那对夫妻。

那房子是修缮过的,屋内很整洁,墙新涂了白石灰,屋后扩建了一个卫生间,有抽水马桶。老妇正准备做午饭,新摘的芥菜绿得滴水,切好的年糕雪白,盛在青花盆里,红的虾干,黑的香菇,还有切碎的肉末和碎成段的葱花。老妇也七十多了,身体不错,可眼神不好,说起闽南话,有点外地口音,一问,才知她原是福建人,虽然年轻时就嫁过来,生了两双儿女,可后来又出外去经商了,在村子里住的时间并不长,乡音难改。她唤了楼上的老伴来。老伴腿脚受过伤,走路一颠一颠的。他坐到灶口,生起火。老妇掌勺。两人不用言语就配合默契。他边烧着火,边跟我聊起从前的事,滔滔不绝。或许,已很久没有人听他叙说了吧?

村子最鼎盛时,有几百人,从事渔业、养殖、鱼粉加工等行业。那家鱼粉加工厂是洞头最早的鱼粉加工生产厂家之一,当时生意最兴隆时,村民都赚了不少钱,村子里几幢好点的房子,都是那时建的。可惜好景不长,后来工厂经营不好,就解散了。上世纪90年代开始,村人到外面打工做生意的越来越多,到最后几乎倾村而出,只留下一个老人。他也是一直在玉环、福建经营水产品生意,前年身体不好,生意交给儿子,他带着老伴回老家休养。

从他家出来,我们在村子里转了转,多年不住的房子,都被草占领了,春去春来,草枯草荣,少了人气的房子,显露出衰败之气,一树桃花,几株野油菜花，倒把村子点缀出一种岑寂之美。朋友在村里拣了许多造型拙朴的陶罐，要带回去放在新屋插花种草，我想，他要的，也是一种岑寂之美吧！

离开村子前，回首看了看村东山头的那一片石头，岁月的苍苔披在石头上，阳光热辣辣地一照，活脱脱的一派岑寂之美。

瑞安寮

三月多雨，难得晴好，晨起见雾气渐散，阳光和煦，便约了楠叶、妙华夫妇，去山顶东郊村寻访瑞安寮。

瑞安寮自然村位于九仙村东北端的一个逾岭山坳。村庄依山面海，东面山体连接望海楼所处的烟墩山，南与顶寮自然村交界，西与九仙自然村隔岭，西北向海，东北近小朴王山头。山后面属东郊村域，海对面遥望状元峚岛沙岗村，村中一条大溪沟直通大海。村庄沿山沟一侧而建，呈长条形（上下）点状散列。据传，瑞安寮的祖先为瑞安人，为逃避人命案到此搭寮定居，后发展成为一个自然村，故名瑞安寮。

从东郊村顶寮自然村的小路向西行，经过一个山岭口，再向下走，到达一个分岔口，有两条山路通向村子，左边那条路先到达的是墓地，再绕进去就到村里；沿右边小路逶迤下行，绕过一小片耕地，再往下就到村庄。这是楠叶前些年进村的路。

今天我们驱车到炮台山下车，往上走，到了顶寮自然村，再沿小路过去，上坡。一路上，春意烂漫，满山花红草绿，土地湿润，菜蔬油亮。一行三人，一路采花摘叶，恨不能把春天都抱在怀中，走得很是欢喜畅意。可是，当我们走到山顶，往下走不多久，路消失了，到处是杂草。那两条通向村子的路呢？我们跟在楠叶后面，在齐人高的杂草丛中披荆斩棘，寻找记忆中的路。不一会儿，妙华的丝袜被钩破了，我的裤脚沾满了草屑，茅草割伤了楠叶的手。此路不通。我们又重新折回来，试图找另一条进村的路，可惜，这条路也完全被杂草掩蔽了。

回到顶寮村，想找个当地人带路。那人说，十多年没人走了，哪还有路！

我们仨面面相觑，不敢相信一个村庄，会就这样消失。

其实，我对瑞安寮并不陌生。瑞安寮的名字，在我的记忆中，与满山坡的虎莓联系在一起，与讲灵姑联系在一起，甚至，与父亲联系在一起。

瑞安寮离我家有些远。去瑞安寮，可以在北岙坐公交车，到炮台山。但我多次随母亲前去，都是凌晨两三点就起床，徒步近两个小时，到瑞安寮，天才蒙蒙亮，村子还笼罩在一片淡淡的烟岚中，村前的海面，开始有些发亮，村里二十来户人家，十来座石头房，跟海岛上的村子并没有什么不同，连袅袅升起的炊烟，都是相似的。

我们去瑞安寮，为的是找那个法力超凡的灵媒。据迷信的说法，灵媒能帮我们与亡故的父亲对话，而清晨时灵媒的法力最强，清晨第一个"背"来亡灵，既快又准。

灵媒是个中年女子，两条长辫子，细细的，盘在头顶，肤色黑，牙黄，眼睛有点浮肿，好像没睡醒，是个平常的农家女人，可她总绷着脸，半闭的眼睛看人时，好像在看你，又好像不仅仅在看你，是在看你身后你不知道的东西，让人心生惧意。我每次一进她家的门，总紧紧地拉着母亲的手，母亲去给神灵上香，我就紧紧拉着她的衣角。

上香时，母亲会把父亲的名字，坟墓的地点和方位，忌日，陈述一遍，然后，灵媒坐在佛龛前一把高高的竹交椅上，双眼微闭，手指掐算，不断打嗝，摇头晃脑。神灵上身了！她用一种很奇特的口音说话，把母亲上香时说的那些事，重新询问一遍，然后道一声：我去请亡灵！只见她打个哈欠，恢复了正常。她会去做早饭，喂猪，扫院子。母亲便带我出来走走。春天时，满山坡都是杜鹃花，母亲会去折一些给我，或是看到长得很壮的野葱，就拔一些来。夏天山坡上有很多虎莓，红红的，看着就牙根发酸，母亲就爬上去，采一捧给我，或是抽一根狗尾巴草，将虎莓一颗颗穿进去，一根串满了，再去抽一根，再穿一串。看看时间差不多了，重又回到灵媒家。这时，灵媒饭也做好了，猪也喂了，院子也扫好了，鸡放出笼了，衣服也晾起来了。她坐回竹交椅上，跟妈妈闲聊几句，问这是女儿吧，家里怎么样，母亲不肯回答，她便闭上眼，打嗝，摇头，掐算，不一会儿，她用一种粗粗的像男人的声音问，是谁找我呀？母亲装作闲闲地反问，你说谁找你？你自己看看是谁找你？灵媒说，我知道，我当然知道，妻子和女儿呗！母亲便泪流不止，好不容易才问一句,你怎么忍心丢下我们孤儿寡母?你知道家里发生了什么事?你怎么不保佑你的孩子?母亲一句一句地追问,泪水一串串地流下来。母亲早忘了我们是为什么事来的。

讲灵姑,是洞头比较盛行的迷信活动。人亡故后,家里人会立即找到灵媒,询问亡者出殡时的注意事项,有什么要求。家里如果有人生病了,或是家事不平顺,有些人就会去找灵媒,请出家里最亲的亡者,问问是谁在从中作梗。因此,母亲每次带我去瑞安寮,都是家里出了什么事,她难以解决,想问问父亲怎么办,可其实,灵媒每次给出的答案都是模棱两可的,母亲却如获至宝。以母亲的聪慧,应不至于看不出其中的猫腻,只是母亲更愿意相信这是父亲给她的建议,给她的方向,有父亲,她才不至于在生活的汪洋大海里茫然无措,即便她只能以这样的方式与父亲交流。当时,很多人都笑母亲傻,我也觉得母亲有些傻,那个神神道道的灵媒,跟父亲八竿子打不着。我长大后,才懂得了母亲,那种阴阳永隔的无奈和痛惜,那种独力抚养五个子女的艰难和无助,心里是需要一个依傍的,这个依傍,就是父亲,即使是不靠谱的灵媒,也比没有强,也值得母亲一次又一次路远迢迢赶到瑞安寮。

那时的瑞安寮,还是人丁兴旺的。据记载,1982年时,瑞安寮有二十七户一百人,村民,清一色李氏,以养殖、农业为主,也有渔业大网,种植番薯、豆麦、蔬菜,养殖蛏子、紫菜、海带等。改革开放后,随着渔业资源衰减,部分村民加入鱼粉加工、电气供销、铝窗安装等业,收入颇丰。

由于村庄地处偏僻、交通非常不便、基建配套落后、渔业衰退、基础教育薄弱、校网调整等因素,从1986年左右开始,村民陆续外迁,至2002年左右全部迁走。大部分迁到北岙小区、小三盘村等地。人一离开,草就占村为王,房子就开始衰败。台风一来,暴雨狂肆,瓦片纷飞,房顶露出一个缺口,风便嗖嗖地灌进去,雨便唰唰地倾过去,瓦越来越少,缺口越来越大,紧接着,房梁房柱裸露出来,像被啃掉一块的鱼,骨架支零。没有瓦的遮蔽,墙也开始长青苔,长草,长虫蚁——当然,虫蚁不是墙长出来的,是它们在原本坚不可摧的墙上安营扎寨。不用多久,墙断了垣残了。十多年,一个又一个寒来暑往,足以让一个没有人守护的村庄消亡。

据村干部说,瑞安寮自然村独处深山,满山苍翠,幽静神秘,又靠近望海楼景区，有望纳入古村探险之类的旅游开发。目前已有将九仙、瑞安寮和望海楼连片的意向，朝旅游养生基地的方向进行改造利用。

或许若干年后，瑞安寮会以别样的面貌，重现江湖。

（2018年第1期）

空房间

周华诚

一

"我和你分别以后才明白,原来我对你爱恋的过程全是在分别中完成的。"王小波算得上是撩妹高手,给李银河写信,情话如泉水涌出。但他也说出了一个事实——只有经历分别,热爱才显出价值。世上事莫不都是如此,岂止男女间的恋爱。

奇怪的是,我是在从上海浦东飞往日本名古屋的航班上想起这句话的,同时发现了自己内心深处的一个隐秘——我居然开始想念一个房间。

二

一铺床。一张书桌。一个矮茶几。三张椅子。此外墙上还有一台电视机,一个画框。画框里是一张水墨,徽派建筑的白墙黑瓦与点点梨花。这是一个空房间,电视机与画框是它的窗户——前者通往辽阔未知的疆域,只要打开它,你就可以进入一个没有边际的地方,可以是天空,也可以是大海——大海也许更准确一些,它是汹涌的,不由分说的,甚至它的潮起潮落也跟你没有关系,你只要打开堤坝(很简单,拿起遥控器按下开关键即可),浪花就奔涌出来,充满热情,五光十色;后者则通往一个特定的地方,通往过去(已经很难找到这样纯粹的徽派村庄了吧),通往诗意(你内心有没有),通往宁静（寂静无人的小路）——但与前者不同，它是静默和矜持的，小门虚掩着，需要你主动推开。

也许这是一个暗示，或隐喻，这个空房间提供的是无限的可能性。向前或向后，向左还是向右，选择权在推门而入的那个人。

我左手提着一个袋子，右手推着一个箱子，背上还有一个硕大的双肩包。门打开的一刻，明亮的光线向我展示了充分的友好。床。书桌。茶几。椅子。电视机。一张画。简洁而不啰唆，热情也恰到好处。绝没有虚假的客套。不像宾馆的房间，推开门之后，迎接你的是刻意营造的感觉：奢华与拥抱，暧昧与逗引，或是距离与生分。但这里令人感到很舒服。我放下手中的袋子，袋子很沉，里面装着一个石盆，石盆里用清水养着一丛菖蒲。我把石盆摆在窗台上，调整几次位置与角度，以便隔着玻璃的阳光洒在它的叶子上，然后把剩下的半瓶矿泉水浇进石盆中。

三

抽屉中的一个本子上记录着一些名字。这些名字有的听说过，有的没有听说过。手写体透露着执笔人的个性，高矮胖瘦，性情如何，可以揣摩。

只扫了一眼我就飞快地合上了。

这个房间里住过不同的人，他们走的时候都会在本子上记下一点什么。我没有读它，是因为我还没有做好读它的准备。需要一个心理建设的过程——这是一次相遇，太过仓促的、猝不及防的遇见，不见得是一件太妙的事情。很多时候，美好就是这样夭折的，很多事情可以慢慢来。

而我还想慢慢去体会。

这样我知道在这个房间的某一个抽屉，放着一个本子，里面有很多人在这张床上住过的记录。仅此就足够了。因为同住一间房，我们看到过窗外同一个角度的风景。因为同睡一张床而发生某种裸裎相对的关系。因为怀揣同一个目的，每个人都心事重重，站在窗下沉思或抽烟。

我不抽烟，但显然这个房间的墙壁或砖缝里储存着烟味，以及酒味——建筑是一个容器，房间也是一个容器；使用同一个容器的不同内容物之间，便有了某种神秘的牵引——事实上，也可以叫"串味儿"。

谁说不是呢，有的人来了，有的人走了，但气息相同的人，总会在某些时候相遇。

四

我把带来的几本书堆在床头，以便随手可以摸到，《哲学的故事》《小说课》《天上的日子》。有书真富贵，无事小神仙。书带得不多，但一些书总会牵引着另一些书到来，最终会越来越多。

台灯不够亮，但也足够了。我洗完澡，舒服地靠在床头，开始翻读一本书。这种时候最愉快了，世上万般事，统统都无关，慢悠悠读几页书，直到昏昏欲睡。这是我在这个房间、这张床上的第一个夜晚。我在无数张床上度过了一个又一个夜晚，甚至有一段时间，我坚持用相机拍下睡过的床的样子，被褥的褶皱、身体的痕迹、床间的氛围，都被收进底片。一张床，就是一个生命最真实状态的承载。无数张床，构成一个人的时间。你的生命是由你睡过的床构成的。床对你的亲密和了解程度，几乎大于马桶，肯定大于书桌；床把你最天真、最无助、最脆弱、最亢奋的状态——记录在案；如果床会写小说的话，一定是最成功的小说家；如果床会写诗的话，只要把你的梦呓如实记录，也会是相当不错的诗歌，尽管其中会夹杂着不规则的鼾声——某个异性朋友的名字依然清晰可辨。

在床上，我们会伴着夜晚的寂静回想起自己这半辈子走过的道路。比如说我——走到这里来似乎经历了漫长的道路。当过农民、医生、干部、记者，风里来雨里去，最终走到这里。当然，这没有什么可说的。道路的选择并不是什么值得炫耀的资本，如果可以选择，没有人会想要走一条弯路。

我曾经在许多个山头眺望你。"蒹葭苍苍，白露为霜。所谓伊人，在水一方。溯洄从之，道阻且长。溯游从之，宛在水中央。"我跋山涉水来看你。我来来回回地走啊，走啊，看见一扇门。二十年前我在一间属于自己的单身宿舍里，偷偷摸摸地写文章。那是一间不足十平方米的小屋，一张从走廊上捡来的书桌摇摇晃晃，历经沧桑。窗外下着雨。穿着白色连衣裙的女孩从窗子下的小巷里走来又走远。我趴在那里，把每一个夜晚都变成一行一行歪歪斜斜的文字。

那时候我从来没有想过，有一天可以走进另一个与文学有关的房间。而且是在北京。而且是光明正大的样子走进去。写字在我看来从来都是卑微的劳动。我的不自信，大概来自我种田的父亲。他从来没有为自己种出过一季又一季水稻而感到过自豪。我写字的时候就像父亲弯腰在田间劳作，一个字一个字，一行水稻一行水稻，通过这种低效率但认真的手工劳作，成果慢慢地生长出来，慢慢浓密，直到覆盖整片稻田。

没有人注意到一抬头，天都黑了。

即便是这样，我依然要说，其实这一路走来，我满心欢喜。因为所有的选择，都是对自我的成全，哪怕并非本意，那也是自己要走的路。我坚定地朝前走，哪怕是一条歧路，那也有自己的风景，我从不后悔，因为世上并没有一个标准答案。

五

许多人来过这个房间：一个诗人。一个评论家。一个写散文的。一个编剧。一个小说家。一个老乡。一个穿西装的人。一个喝多的人。一个山西口音的人。一个光头。一个说不定能得诺贝尔文学奖的人。一个在发言时用高亢的语音赞颂了天气和粮食的人。一个脱离了低级趣味的人。一个浑身上下都是低级趣味的人。一个来了又要离去的人。

六

对于这个房间来说，时间是短暂的。

十点钟成为一条死线。所有的来访者必须在晚上十点前离开。在九点五十分电话就会响起，您好，您的访客时间已经到了，请他下楼。如果到了十点还没有下楼，那么就会有工作人员客气地敲门。

时间的长短都是相对的，这是不是相对论？宅在房间里，光线在窗户上移动,影子在菖蒲叶上移动。我突然觉得这是多么奢侈的时光,这段时间,脱离了生活的正常轨道,只是在这里读书写作,发呆聊天,探讨生命里那些并不像食物和水一样重要的东西,是多么奢侈。就好像突然放空了。你到这里来,就是放任你的天性,自由自在。你不是说喜欢读书吗,你就读吧。你不是说喜欢写作吗,你就写吧。你还喜欢胡思乱想吗,你就想吧。没有人来指责你。你所做的一切都是被允许的。以文学的名义,你不用不好意思。这里的人,左邻右舍,短暂的住户们跟你一样天真,一样任性,一样天马行空。

你甚至觉得,睡觉都是一件文艺的事情(文艺就是一种生活方式,这没什么大不了的,爱谁谁)。是的,睡觉,让我们回到这个房间最重要的意义上来。不就是为了睡觉吗?这张狭小的床,之前睡过的人,你们或许会成为知音。他们有的在这里住过七天。有的是一个月。有的是两个月。有的是四个月。但不管多长时间,这里依然只是一个驿站。一个喘息、休憩、加油、停栖的地方。一个码头。一个凉亭。一个旅店。鸡声茅店月,人迹板桥霜。你依然还得早起,赶路,你要去的地方还远着呢,兄弟!

时间是短暂的,无论你逗留的时间是七天还是四个月。来了又走。来了又走。这个房间的门被不同的人打开,这张床被不同的人躺过,但是他们陆续又离开了。有的时候我们甚至会怀疑,这个短暂的时间到底意味着什么?

那些离去的人,总有一些线索可以找到他们。他们在遥远的地方,在某一些时刻,会回想这一段时光。他们有一种发自内心的感激。对他们来说,这一小段时光到底意味着什么,是生命的赐予,还是光阴的警示?

会不会是一声当头的棒喝,把你从时间的道路上惊醒。

七

一个石盆,现在只剩下一个石盆。原先它还怀抱着一丛长势良好的草,但现在它被草抛弃了。

我短暂地离开这个房间几天,我把草和盆忘记了。北京的冬天是干燥的,水分在这里是一种稀缺的物质,刚洗好的衣服滴滴答答地挂在衣架上,不用拧干,只要挂在卫生间里,明天早上你就会惊讶地发现,衣服已经变干了。

菖蒲就这样成了窗台上的标本——这是我的过失。这南方山野里的草被我带到这里，本来就是一件匪夷所思的事情。山野里有林泉，有深涧，有石蛙鸣唱和云雾飘移，那才是菖蒲应该待的地方。

文化赋予事物以意义。在菖蒲作为菖蒲之前，它只是山野里的一丛草。我们在国画上、在诗文里看见它，慢慢地，它就有了个性，有了内容，有了意义。这是对我们而言的。它不过依然是草。当我再一次推开门，看见那丛已然干枯了的草的时候，我有一点沮丧与懊悔。

让草回归到草，让事物回归事物本身，是一件挺难的事情。《小王子》里说，你给一朵玫瑰花浇水，你不断去呵护它，照看它，它就变得重要了。事情总是这样，你为之投注的目光越多，付出的心血越多，它就对你越重要。

一个丑陋的人是怎么追到漂亮女神的？无非就是不断去骚扰，请求她的帮助。开始很烦，慢慢地也会帮助他。直到有一天，她开始发现他变得重要了。

现在文学就是那个女神。

我们都是不断去骚扰她的那个作怪的丑人。但是有什么办法呢？除此一途，我们已别无选择。

菖蒲枯萎了，石盆兀自寂寞，我与书本，与纸笔，与键盘，在这里相互依靠。在这里，哪些东西才是我们生命里真正重要的？哪些东西是一个人走到最后依然无法舍弃的？对于真正喜欢的东西，你，又会用什么样的代价去换取？

八

有一天我会离开这个房间。

离开是已经预知的，但它依然会比想象中来得更快。我收拾行李，把桌上、床上、茶几上堆叠得越来越高的书归拢起来，把茶叶、茶壶、拖鞋、毛巾、台灯、日历、杯子、墨水、充电器、滴眼液统统归拢起来。打包。装箱。抛弃或带走。然后，这里就会重归寂静。

一铺床。一张书桌。一个矮茶几。三张椅子。此外墙上有一台电视机，一个画框。

关上门,把这些留在身后。513。门牌号也留在身后。但我的行囊,已变得沉重了许多。

接下来会是谁来推开这一扇门?

九

现在就让我们打开那个本子,那个静静躺在抽屉角落里的本子,也许记录了一些片段,或者揭示一些答案。

第一个人写道:

　　这个本子我来时就在,但不知曾在513住过的第一个人是谁,因为他没留下名字。

　　现在是鲁院最后一天中午。上午举行了结业典礼。直到凌晨4:30我们才回来,毕业会餐,路旁烧烤,钱柜唱歌,但什么也没用,我们还得离开这个我们不愿离开的地方。

　　513是个好房间,欢迎你来住。

鲁十五　王凯
2011-7-8

再翻开一页,有人这样写:

　　入住513的新同学,再有三天我就离开513了,欢迎你成为513的新主人。音响我不带走,衣挂也留下,你可以继续使用,也可以扔掉。订餐卡之类的名片不知你用不用得上,也不扔掉了。往东走的"静湘情"饭馆对鲁院学生优惠,打八八折,可自带酒水。东门对面的小区里有邮局,可寄东西。

鲁十七　孟学祥
2012-7-4

随便再翻开一页，有人这样写：

  鲁院像我们最后的青春，激越浩荡。鲁院也像最后的爱情，沉静甜美。用两个月走进鲁院，要用一生来忘记。祝福我513房间的继任，你的鲁院生活更精彩。在鲁院的最后一个夜晚，我不舍得睡去。相逢的人还会再相逢。下个路口见。

碎碎

2015-8-1 凌晨3:15

十

  许多人会在远方想念一个空房间。
  在从上海浦东飞往日本名古屋的航班上，我想起了王小波的那句话。"我和你分别以后才明白，原来我对你爱恋的过程全是在分别中完成的。"对于文学的爱恋，正是在一次又一次的分别当中完成的。只有挫折与痛楚，才能带来新的体验和收获。生命的过程何尝不是如此，没有悲伤又何来欢欣，悲欣交集才是生命最灿烂的颜色。
  "每一次见面后，你给我的印象都使我在余下的日子里用我这愚笨的头脑可能想到的一切称呼来呼唤你。比如说，这一次我就老想道：爱！爱啊！你不要见怪；爱，就是你啊。"

（2018年第4期）

寂静之地

孙敏瑛

湖 边

湖在山顶。

山顶上满是大树。

风吹动流云，吹动幽绿的树叶，再吹到脸上来的时候，就带着一丝叶子的清凉。由着这样的风吹上一会儿，心里慢慢觉得惬意起来。

我是初次来这里，对这里的一切都觉得新奇。湖边那个用树枝围起来的菜园也让我逗留了好久：里面一垄一垄种着的，是卷心菜、小葱，还有颜色很绿的韭，一行行，不密，也不疏，排列得齐整好看——那个亲手种下它们的人，在播下种子的那一刻，就已经算好了它们可以长到多少大，所以预留了位子，让它们到了成熟的季节还能自由伸展。约翰·西摩曾说过"世上最好的食物是从自家菜园里长出来的"，此言不虚。我相信，在这样自由环境中成长起来的蔬菜，人们在享用时，一定会觉得格外地甘美鲜嫩、香气四溢。

实在是太安静了，我在湖边散步的时候，听见脚步声一下一下落在泥地上。我尽量走得轻缓，怕吵着枝头的鸟儿——它们偶尔会在近的远的枝头卖弄各自的歌技。有几只鸟儿的歌唱非常甜美，让人听了，不知不觉就在心底泛起温柔的水波。还有几只的叫声却是直白干脆，它们唱起歌来的时候，就好像许多颗白色的小石子一起滚落在湖水里——不知道这些原住民在这里繁衍生息有多久了，它们的世界是那样平和，我从来没有看见过两只鸟儿在枝头打架,它们总是相亲相爱的样子。

湖边西头有幢石头屋,老旧的,有些年月了,墙外置着一张青石头桌,边上依次搁着几个青石头凳,被前一晚的雨水冲洗过,桌、凳皆干干净净,显露着石头本来的颜色,让人忍不住要坐一坐。这时候,若能来碗茶就好了——周遭山头连绵起伏郁郁苍苍的全是茶树,一圈又一圈,我的目力无法企及。眼下,已经过了采摘期,茶场里一个人影也没有,只有那些渐渐长老了的叶子,一片片在茶枝上,寂寞地立着。

沿着一条往下的斜坡走不远,就是一条深深的山谷。

空气很纯净,略微有阳光出来,斜照进山谷,是很白净的日光。两棵巨大的含笑,开了满树的花,因为吃了一夜的雨水,花朵沉沉的,坠弯了树枝,连一丝幽微的香也闻不到。

在湖边漫步,耳边始终有淙淙的流水声。土路上,一些自由自在的小野花,紫色的、粉黄的,稚气未脱,一朵一朵,开得正好,因为沾了雨水,还含着梦一样的神情。

湖东边有一幢低矮的砖头小屋,一半隐在野草间,显然久已无人居住了,有点破败,且含着一点山野间的神秘。这样的房子,如果能修一修,住在里面,一定不会错吧。我忽然这么想。就像颜文樑那幅《夏》中所描画的,刷上白的墙,围上一圈篱笆,屋旁铺一条石头小径,再种几株木槿或芙蓉,开花的时候赏花,不开花的时候赏叶,都好。不过,我心里知道,那只能当童话一样,想想而已,我绝不会有那样的勇气将这个想法付诸行动。

午间在茶场的农庄里用餐,吃到一盘很香的笋干,就像我小时候从山间拔来的小笋晒干后的味道。忍不住问农庄的主人,笋干是哪里来的?她笑着说,是她自己在山后面拔了小笋晒成的。还说:"你若要,可以称一斤去,我是不卖的。"她在小仓库里给我笋干的时候,还仔细地跟我说,要先在水里泡一晚,再用高压锅压一小会儿,拿出来切成小丝,再放几片肉、几只泡软了的香菇干,一两个八角、干红椒,加上姜、蒜炒起来,会很香。

听她这么说着,我看见她笑着的眼睛,已然不再年轻了,但是,她的声音还是那样清亮,或许,这是因为她常年喝的是山泉水的缘故吧。

树　下

　　密密的雨线织起来的时候，我正站在一棵大树下仰望，许久，仍不能透过蓊蓊郁郁的枝叶望见天空，只能明晰地听见雨点落在叶片上的声音——从起初的啪嗒啪嗒，到后来的滴答滴答、淅沥淅沥，一直到汇成一片，沙沙沙沙……像巴赫的《G弦上的咏叹调》，安静、舒缓又饱含诗意的节奏，令人沉思。

　　过了好久，树下仍是干的——那些密生于枝条上的柔绿的叶子，它们以沉静的气势舒缓了雨奔跑的节奏。

　　这便是一棵老树才会有的气势吧，就像一个上了年纪的人，苍老温厚，不说话，只用眼神便可以让对方知道，何为对错，该行进还是止退。

　　只有承载过几百年风、霜、雨、雪的老树才会有这样的智慧。

　　树下的石栏杆上坐着几个满头银丝的老者，互相在说着话。他们神态安详，衣着朴素随意，一看就知道都是村里人。

　　"这棵树，真的有八百年了吗？"我把心中的疑问抛给他们。无法看见树的年轮，我不知道他们凭什么判断一棵树的年纪。

　　一位神情和蔼的老人看着我，说："八百岁，只会多，不会少，族谱里都记着呢。"然后问我从哪里来。

　　我说："很远的地方。"

　　老人笑了，他告诉我，经常有人路远迢迢跑来看这棵树，在树下待上半天，画画、拍照，"方圆百里，再找不到比这棵古樟更大的树啦"。

　　我相信他的话。

　　我随着许多陌生的旅人来到这个小村庄，看了许多石头矮墙、宗祠、书院、路亭、野草丛生的荒芜的院落、雕花的木窗和大梁、明澈的溪水及随着流水漂远的落叶或花瓣……一切，皆静谧而美。

　　在这个陌生的村庄里行走了半日，时时感觉古时和今日交织的时空和气场，最后，喜欢上了这棵古树。正是五月，沐浴在雨水里的老树，所有的叶子——胭红的、翠绿的,是那样鲜明,闪闪发光。

再过一百多年,它就一千岁了,我不能看见它地下盘曲错杂的根,我只能看见它稠密交错的枝叶,仿佛已经遮住了整片天空。

一颗雨滴从云里落下来,要经过许久,才能从最上端那一片叶子滑到树下的泥土里。晴天的时候,阳光同样要等待很久,才能穿过摇曳的枝叶照下来,在泥地上画下明亮的光斑,因为它要等待那一阵恰到好处的风。在树下坐着的人,慢慢地说话,笑,眼神交织——树叶簌簌的轻响、风息,或鸟儿细碎的鸣唱,皆成为朦胧的背景……

在这美好的情境里,我乐意当一个听众,内心平静地听老人与我说起这棵树以及这个村庄里曾经发生的许多故事——八百多年前,他的祖先带着族人到处避难,逃到这里,实在走不动了,就亲手种下一棵樟树苗,并立誓,如果樟树能成活,他们就在这荒僻之地定居下来,反之则继续往前流浪。

结果,树苗成活了。

从那以后,树的四周慢慢建起了房舍,石头屋、木头屋、茅草屋、泥土屋……他们安定下来,日出而作,日落而息。他们开辟田园,种上庄稼,收获果实。他们从泥泞里修路,在野涧上筑桥,在草木葳蕤处挖出可赖以生存的深井……终于,越来越多的人来到这里,把这里变成了一个村庄。最先逃难到此的人,渐渐将自己隐藏在不相干的人群里,保全了自己。

朝朝暮暮,物换星移,树苗一年年长大直至变得苍老。目送一代代族人从呱呱坠地到埋进泥土,越来越多的村里人成了它的回忆,它阅历丰富,但从来缄默无言。

老人说:"我年轻的时候曾用皮尺量过,再用圆周率计算出树干的直径,是二点七四米。"

"现在肯定不止了,"他说,"又过去了这么多年,我都已经老了,七十多啦。"

村里所有的人,无论男娃还是女娃,没有一个不是在这棵树下玩大的。早先的时候,树上鸟声稠密,鸟窝随处是,有斑鸠、喜鹊、猫头鹰,还有松鼠,最多的是那种可以教会说话的黑八哥,它们成天呼啦啦飞出去,又呼啦啦飞回来，热闹无比。每年春天，树下的孩子们把老树换下来的红叶子一片一片拾回家，往灶膛里一丢，轰的一声，一阵清香袭来，他们总是无比开心地享用那以叶的香气炊熟的饭。

还在六七岁那会儿，有一次，他的一个小伙伴在树下拿着一把花伞转着玩，转了不多久，竟从树上掉下好几只小鸟，"小孩子转伞，鸟儿们躲在树叶子里偷瞧，谁知瞧着瞧着瞧晕了，就'扑落扑落'从枝丫上掉下来啦"。

许多年前，他还没成亲的时候，和他相恋的姑娘，总是在这棵树下等他从外面做工回来，他那时候还是一个泥水匠，早出晚归，辛苦得很。

听老人慢慢跟我说着，我的脑海里出来一幅画：皎洁的月光下，一个梳着长辫子的姑娘，在树下含羞等待，她的笑容月季花一般芳香醉人。

如今，他的老伴已经先他而去了；那个转伞的孩童也和他一样面容苍老，满头银丝，颤颤巍巍，不能走远，出家门口才百米远，就膝盖疼。每年的冬至日，他的子孙们总会从外面回来，抬着坐在松木椅子里的他，到树下来拍一张全家福。

"还在上一代的时候，这棵老树，一半站在岸上，一半站在溪水里，村民们怕溪水冲走树下的沙石，会让老树根基不稳，就齐心协力，将这条溪水改了道，再在溪上铺了水泥板，在老树四周筑起了石栏杆……"

所以，我到这个村庄时，已经见不到那条明澈的小溪，然而我知道，它就在我脚下的暗道里，我仔细聆听，能听到泠泠的水的清音，它们绕过大半个村庄，往西边的田里去了，出来的水，依旧清澈甘甜。

此刻，沐浴在春雨里的古樟，静静的。打满皱纹的树干上，布满了在光阴里慢慢形成的厚厚的绿苔。

一棵树，在幼年时是不成气候的，无论它生长在哪里，森林、原野，还是村庄，要想成为一道风景，就一定得长成参天大树，就像我眼前的这棵，它的沉默和包容使它显出一些神性。

不知从什么时候起，村里有人生了不好的病、两夫妻吵嘴了、年轻的姑娘想要一份好姻缘……都要来求一求这棵老树。而待到他们遂了心，无以为报的他们就拿了纸钱来，在树下，烧给树神。

树怕火,但是,它不能拔脚逃开。愚昧的村民,终于使老树遭受了灭顶之灾。

四十三年前,这棵古樟被大火烧了一天,又一夜。

说起那场大火,老人叹了一口气:"叶子被烧焦了,卷起来,毕剥毕剥作响,每一根枝条都在冒烟,镇上的消防队员赶来,用了二十多个小时才把火扑灭。"

自那以后不久,古樟最茂盛的那根枝条断了,掉下来,接着,是第二根、第三根……树枝跌在地上,溅起沉闷的回响。

村民们都以为古樟准是活不成了,互相埋怨那些无知的行为。

到了来年春天,古樟虽然也抽出了新枝,但是,它已元气大伤,树上鸟儿少了大半,被烧空的树干成了白蚁的乐园。农历三月,白蚁长翅后从树洞里飞出来,一阵阵,让人忧心。村民们曾经用过杀虫剂,也每年都去找镇上的林特员,但都无济于事,树干上的黑洞终于还是越来越大……

"你过来看看。"老人指引我转到树的另一边。

在老树的另一面,我果然看到一个幽深的黑洞,它出现在一人高一点的主干上,那样突兀,叫人触目惊心。

"去年的一场洪水,淹到大树的半腰上,水退去后,它断下一截足有两个人合抱那么粗的树枝,树枝中间也已被白蚁蛀空。

"前几年,还有人谣传古樟皮可以治疗风湿病,周边村里的不少人过来,用刀剥树皮,我们发现后,坚决制止,还差点闹出人命,这才让老树避免了又一场灾祸。"

老人的话,落在我的心上,沉沉的。原来,我眼前的古樟,并不像我起先看到的那样肢体康健。它经历了大火的焚烧、雷电台风的肆虐、白蚁的啃啮、贪婪人心的伤害,早已遍体鳞伤。

如今,虽然鸟儿是越来越少了,但古樟下,仍是村里最热闹的地方。只要是晴日,午饭后、晚饭后,做完农事的村民总爱扎堆绕树围坐,拉拉家常,说说经年的旧闻,怀念一些永远无法再见的人。挑着担子推着车经过古樟的小贩,也喜欢停下来坐在树下歇歇脚;谁家找不到孩子了,就到这古樟边来,总能找着。

"我也一样,习惯了每天到古樟下坐坐,看看它哪里枯了、哪里新抽了枝子,心里总是一清二楚。"老人说着,目光久久地抚摸着这棵不寻常的树。

雨住了。风吹过来,树枝摇晃,落下来好些细碎的、温柔的、忧伤的、无奈的树叶的低语……

我望见他花白的头发,理解他对这棵树的深情,人的一辈子,总有一些不想忘却的记忆,也总有一些想要忘记却一直记得的往事。

如果可能,他一定会希望再回到四十三年前的老树下去吧,无论是老树,还是他自己,那真的是一段最美好的时光。

湿 地

当我站在湿地外那一大片柔软的草地里时,连成一片的蛙声,让我有一种意外的惊喜!

已有多久未闻那样的天籁了?那些热烈的歌者,它们似乎有成千上万只,隐匿在紫红的矮树荫里、一圈圈散开的小而白的野花里,也在层层叠叠镶着金边的灌木丛中,叽叽咯咯……叽叽咯咯……似圆号一般热烈,似小提琴一般清亮,且绝不稍逊于钢琴或萨克斯的声线——它们坦坦荡荡地合奏出一曲田园的交响乐。

在那一刻,我不能调匀自己的呼吸!

一个热爱滑翔的朋友曾经告诉过我,他曾从这片湿地上空飘过,俯瞰过水流细心地勾勒出的湿地的线条——是那样婀娜且丰富无比,那一片柔绿的包围里,竟有一颗心似的,那分明是一颗闪闪的清凉的湿地之心!

既然有心,那么,这片绿地,自然是充满生命的,让每一个来到这里的人,皆能深深地感觉到它的一呼、一吸……

我们的小舟拖出明晰悠长的涟漪,从湖边的码头离开,当蛙吟成为背景且越来越远,清新的风四面吹来,带着青草的气息,情不自禁地,我的视线随着它们蔓延。四周,随处可见各种个性鲜明的植物,一蓬蓬、一丛丛、一片片,它们交织在一起,却一点也不显生硬突兀,只能是更美,美得像是一幅色彩斑斓的锦。

迎面一条瘦丁丁的小桥，桥边那一丛是会长出蜡烛的小香蒲吧？

一条小船穿过桥洞悠悠而来，交会的刹那，看见船上整齐地排着一篮篮紫黑的桑葚，果粒大而饱满，馋人的眼。抬头望向那小船的来处：那低矮的、朴素的、柔绿宽和的叶子——不正是桑树吗？我一直喜欢那些树，孩提时，我曾无数次在桑树荫里看见过天空，也尝过一颗颗果实，青的红的紫的黑的，各种滋味的酸和甜，一棵桑树，仿佛挂满了玲珑的珍宝。

我虽出生在江南，但是，这样美丽的景色还是不能常常见到，如今我居住的小城，惯常听到的是嘈杂的市声——永无止息的汽车的鸣笛和摩托车的突突声，邻居们装修他们的房舍时传来的电锯声、凿墙声……而在湿地，这些让人厌倦惹人头痛的声音全都消弭不见，只有木桨划动水波的声音，各种小虫随性的鸣唱声，满眼看到的都是绿色——浅的深的绿，疏朗的稠密的绿，明媚秀丽的绿，粗朴随和的绿，是接连不断或者只那样单独的一株……它们常常会在微茫的晨曦里醒来，又一起在美丽的月光里睡去吧。我模糊地想着这一切，心上起来一片柔软的恍惚。我觉得，要想清思净虑，这样如画的地方，自然是最好的。

水声潺潺，让人不舍得上岸去——我看见，那一片随着轻风摇曳的软草里，几只白鹭翩翩飞临，我欢喜地赶紧按下快门，然而，充满灵性的天使，却未能如我所愿，在轻微的快门声响起时，它们早已飞出了我的镜头，摄下的照片也未能记下它们的清鸣……

在小山上

出城不远，绕过几幢灰色的建筑物，小山的轮廓便清晰地在眼前了。

早春时节，天还不是很暖，我去那上面流连了一番，感觉甚好。

那日刚巧是雨后初晴，空气格外清新，我独自走过田间阡陌的时候，鞋底沾上许多湿润的泥土，坠得人累，只好不止一次折了路旁野树的粗枝，将它们送回田里。

目光所及处，一片片土豆、蚕豆的青苗，皆精神饱满，油菜花早已结荚。竹篱旁那一丛豌豆，花正开着，紫色如蝶的花瓣轻盈地在小风里摇晃，叶片缀满雨水，几个青青的小豆荚挂在藤上诱惑着我，忍不住摘来尝，有些甜，有一些植物才会有的清香。

如果能久居乡村，最惬意的时光，应该是此时吧。农忙还未开始，村里村外，四下里走一走，恬淡舒适的气息弥漫四野。道旁，无意中会跳到眼里来一丛野花，娇小的，清丽的，一圈，散开来，像小姑娘的花裙，烂漫又天真。不知不觉，那些柔软或坚硬的时光便会回溯到心底，漾起一丝往昔的小忧伤。

走过一段斜坡，便是上山的石级了。

上了山，风景迥然且丰富起来。经过的山道旁，时常能见一树树洁白的山茶花，柔软的白瓣，嫩黄的花蕊，亭亭玉立。因为生得过分活泼茂密，一朵一朵，竟然伸到近旁的高枝上，仿佛成了别的植物开出的花。还有一些花朵则远避世人，躲进浓荫里，自己勾勒成一个小小的动人的剪影。

周遭静静的，常有陌生的游人迈着轻快的步子超过我去上面。偶然的眼神交流告诉我，在这座小山上，我谁也不认识。我因而能够尽情地由着自己的心思，对着一朵花或一丛绿草发呆——有一种树，尤其吸引我，叶子是极浅白的绿，已经长得很茂密了，所有的叶片仍然嫩如新生，仿佛一个驻颜有术的人。加上数不清的野草野花野灌木，每一种植物散发的香都是单纯而热烈的，随着风传送，在阳光里，整个山野香气扑鼻。

不知道一路上歇了有多少次，还是微微地出了汗。到山顶时，已快正午。站在山顶，远远望见下面山道似一排排整齐干净的白牙，在翠色的树林里忽隐忽现，一直延伸到山顶。

山顶上矗立着几幢殿宇，皆别具一格，颇有古意。因为正在装修中，砖块散落一地，没有游人到里面进香。

午间，我在摆了许多木头桌子的土屋里用餐——原来只是想着，这里是山顶，食材都是农夫从山下一步步挑上来的，即使不爱吃，也不得浪费。不承想，这里厨房的师傅本事十分了得，做出的包子鲜香无比，邻桌有一位，居然一口气吃下八个。我自己点的菜，一盘土鸡肉，一盘小青菜，一碗竹笋咸菜汤，分明是平日里吃惯的，齿颊间传来的却不是惯常的味道，我便坚信，这位做菜的师傅，一定是一位隐居在山间的高人。

那天，我在山顶上静静地远眺了好久，瞧见许多与平地上不同的景致，不远的峭壁处，有个人拢着手，对着山那边喊："我——在——这——里。"山风把他的声音带出去好远。我虽然看不清他的脸，但听声音，感觉他应该是个年轻人。

下山的时候，在路旁的草丛里看见两双跑鞋，抬头去寻，就见两个青年仰躺在半山腰的大岩石上，头枕着臂，看青天里飘着的一朵轻盈的云。

(2018年第8期)

七间房的雨

惊 墨

　　七间房的雨季很长，整整下了三十年。
　　据祖母说，七间房最初是由七户人家（同宗兄弟）合力建成，故名七间房。一连排的七间两层老楼房紧紧靠着，昔日甚是壮观大气，又因临近山脚，冬暖夏凉，亦便于挖笋打猎。在那段贫瘠岁月中，七间房几乎成了旺妙人最钦羡的所在。当祖母嫁入七间房的时候，那里已经更替了好几代主人。
　　我是在祖母从养老院回来以后，才第一次见到重修后的七间房。
　　确切地说，那已经不是七间房了。
　　当我一步步走近祖屋时，内心是抵触的，我十分不愿意承认这就是祖母的老屋。小道尽头的古井早已被水泥石板封死，曾经妖娆地围绕着它的苔藓和树莓也悄然散尽。稀疏的雨水落进古井的声音，打湿杂草丛的声音，那都是叩响童年记忆深处的声音。
　　我当然也没见到记忆中的门厅。曾经最让年幼的我们头疼的高门槛，如今一脚就能踏过去。但我知道，我永远都踩不到那道童年的门槛了。
　　穿过门厅正对着七间房的大堂，亦算是七户人家的公用地。早先是用来摆放祖宗牌位的，所以并未安装门窗，后来渐渐被杂物占据，是秋收稻谷、冬藏炭火的好地方。若有谁家赶上喜事丧事，此间房便又有更好的用处。
　　谈起七间房，必得说到那些阴湿的下雨天。除了能清晰听到雨水落在黑瓦上滴滴答答的声音，更有极具分量感的雨滴从滴水檐上落下来，响亮地砸在青石板上，一点点将青石板侵蚀，直到青石板被冲刷成明晃晃的大镜子。

长廊上的青石板铺得并不紧密，偌大的缝隙间滋生出很多青苔，它们如雨后春笋般争前恐后地冒出头。青苔被雨水一浸润，十分翠绿娇嫩，与深沉阴郁的老宅格格不入。

有穿着雨靴的小孩跑过，鞋底块状的泥土便顺势依偎在青苔上。一个个泥泞的小脚印从门厅处延伸进来，是鲜活有力、朝气蓬勃的。它们本不属于这个沉寂的老宅，但七间房里的大人们却并不指责。

于是，下雨天就成了我们肆无忌惮、尽情撒泼的日子。

当然也有安静的时候。

那是梅雨时节，常常会有连绵不断的雨，一连下好几天。祖母没办法出去串门，叠元宝就成了我们俩雨天的娱乐活动之一。

叠元宝的纸是明黄色的，却很薄很酥，一滴水就能将它穿透。祖母边叠嘴里还边念着佛经，我现在当然不记得她念的内容，但她念经的样子很虔诚。每叠好一只元宝就放在嘴边念几句。

我看着她不停闭合的嘴唇，像一朵花的轮回。祖母念经叠元宝时不喜欢有旁人打搅，我便也不敢多言。

周遭是寂静的，但我却觉得很热闹。门外雨声潺潺，仿佛就下在耳边。透过一桌子明黄色的纸元宝，我居然能清楚闻到来自老宅深处木头腐朽的潮湿味，裹着青草泥土的微凉，那是我对春雨的最初认知。

但，自从离开七间房后，我就再没遇见过雨天了。

七间房是有门栏的。七家的门栏都比我们高。

谁家小孩如果没有完成作业，就会被关在门栏里。我就被祖母关过一次，当时坐在门槛上，双手抓着门栏，只能眼睁睁望着在长廊上玩耍的小伙伴们，明明只与他们隔了一个门栏，却像是隔出了一个世界。

门内，油盐酱醋，一地鸡毛。

门外，烈焰繁花，活色生香。

祖母很愿意收拾房子，我们的房子能干净利落得让人忽略掉它的简陋。

一楼最里面的那座灶台远远高出我的头顶，所以每次偷吃锅里的烤番薯，我都需借用凳子。直到有一次不小心摔在尚留着余温的大铁锅边上，烫出一个水疱后，我才不再靠近灶台。

灶台正上方垂着一个破旧的吊篮和吊灯。自从有一次从吊篮里跳出一只眼冒绿光的老鼠后，祖母就再没用过那只竹吊篮。

吊灯幽暗的光线每天都笼盖在祖母矫健忙碌的身体上。她在灶台前不停烧水，做饭，炒菜，炒茶叶。而我每天最开心的事情，就是看她从灶台大铁锅里端出一个个白瓷碗。无论我多用力仰头，看到的永远是一圈圈打磨平滑的碗底。

灶台边上开了一扇小窗户，它总是很灰暗，因为日光是照不到的。只有落雨的时候，才能被雨点光顾到。窗户并不装玻璃，只用纸草率地糊着，每逢下雨，雨丝便顺着风爬进来，若遇上狂风暴雨天气，更不敢关窗户，我们俩只忙着将灶台上的一应炊具碗盆收拢放好，然后眼睁睁地看着灶台、吊篮和吊灯在风雨中飘摇不定。直到有一日，祖母叫人来重新装了窗户，灶台才渐渐恢复平静，再也不必担心风雨来袭。

可是，灶台、吊篮和吊灯却也从此失去了生机。

祖母的八仙桌是最显眼的家具。一进门就能望见，它就靠墙站着，低着头没有任何姿态。八仙桌是没有上过漆的，因此木质显得特别柔软有温度。一滴水落下去，都能嵌在里面，直到一顿饭吃完，它才悄悄从桌子上消退下去。

这让我想起七间房的雨。来势汹汹，却也退得彻底。

每逢狂风暴雨，老宅总有几处漏雨，她就得手忙脚乱地四处找脸盆水桶接雨水，通常是外面下大雨里头落小雨。这时的雨恰像调皮无度的孩子，带着恶作剧式的快感，我们的房间里除了四处散落的脸盆，还有半空悬挂着的凌乱的衣服，含着潮气，一副欲言又止的样子。这是祖母顶讨厌顶害怕的梅雨时节。

一提到八仙桌，不免想起祖母对我的严苛教育。在饭桌上，她不允许我狼吞虎咽，也不允许我随意浪费。倘若遇上有鱼的时候，她会格外叮嘱：不能乱戳乱翻，得吃完一面鱼身才能翻面。通常，一条鱼我们俩能吃一天，我甚至能准确无误地咀嚼出每根鱼刺来，然后把它们都堆起来。因为祖母不允许我乱吐乱扔，她要求我每次吃完饭后的桌面跟擦过一样干净。

这个习惯我一直保持到现在。

如今想来，祖母对我的教育似乎都在这张八仙桌上进行。

"做人就如同写字，需得方方正正才好。"这是刚学习书法时，她同我讲得最多的一句话。

祖母出身于一个财主家庭，幼年时就有私塾上门教授他们兄妹四个写字读书。在那个"女子无才便是德"的年代，祖母算是时代的新女性——女知识分子。

盛夏的晚上，她穿一件男式白背心，手里摇着一柄芭蕉扇，坐在我身侧教我一撇一捺。尽管这样的形象与我想象中的大家闺秀到底相差甚远。但她却总能一眼就准确无误地指出我字里的问题。

天气很闷热，七间房小孩又多，祖母担心开着门总有小孩串门进来吵闹，所以每次练字时她就关上房门。房里本来有一只老吊扇，每次运行时总会发出吱嘎吱嘎的声音，她担心吊扇声分散我的注意力又嫌风扇会吹散宣纸，所以就索性将吊扇也关了。

练字时总有豆大的汗珠从我额头掉下去，落在墨迹上就渗透开来。我因惧怕祖母责备，并不敢懈怠。渐渐地，倒也能耐下性子。祖母摇着葵扇为我纳凉驱蚊，落笔的时候，就有扇底风混着墨香味进入我的鼻子里。

七间房的夜是很安静的，但若有雨落下，便显得越发幽静。一晚上练一个"及"字，第二笔横折横撇总写不好。耳朵听见雨落下来，有些心猿意马，提笔的时候，看到笔锋处有一根毫毛掉下来，于是手就停在半空。似乎只一晃神的时间，雨又停了。

祖母发现我在开小差，放下手里的针线活，从我手里接过毛笔，颤抖着左手按住宣纸，她在我面前低下头去，我看到她齐耳的短发中夹了几根银丝，正想帮她拔掉，她却忽地抬起头来，再一看，"及"字已跃然纸上，有惊天动地的力量。

如今荒废书法已廿余年，但当年苦练书法的场景却历历在目。周遭是寂静无声的，祖母芭蕉扇的风起声，毛笔落在宣纸上的声音，祖母缓慢沉稳的呼吸声，以及我缓如更漏的心跳声，一直都留在了那张八仙桌上。

在那些风雨飘零的夜晚，孤独的八仙桌上，祖母教会我的并不仅仅是静心，更是自己与自己对话的能力。

那是一种可以超越生命的力量。

祖母极少同我讲起她深居闺阁的日子。兴许是看着我埋头练字的样子，她忽然想到了她的少女时代——她也曾如我一样爱过雨，于是便兴致勃勃起来。出嫁那天也落着雨，铜鼓喧天，迎着十里红装。轿帘被雨点打湿，年仅十六的她看着那一方鲜红的布慢慢变成暗红，心里却很欢喜。她被抬进七间房的时候，雨仍然下着，新郎掀开轿帘的时候，一束春光和漫天的雨丝扑面而来。

说到这里，她用干枯瘦削的手在宣纸上书写了两句词："少年听雨歌楼上，红烛昏罗帐。"当时年幼，并不知道这两句词的意思，我只是清楚地记得，在写到"帐"的时候，最后那一捺被她撇出去很远，带着无限的怅然和叹息。

祖屋的楼梯是木制的，踩上去就能听到咯吱咯吱的声音，有些松散懒漫的样子。我每次上楼的时候都很小心，唯恐一个不稳当，就从楼梯上滚下去。

楼阁板亦是木制的，却不如现在的红木、楠木地板那般精致昂贵。祖母的木地板是灰白色，却透着青，像是长久没经过的小径，渐渐长起了青苔。

我顶喜欢的，是祖母的窗户——木制的纸窗，冬天的时候，有太阳透过窗纸投射进来，我一坐在地板上，就能看见身边斑驳的光影里，混着老宅里沉静百年的尘埃轻轻扬起，再慢慢落在我年幼矮小的身体里，沉淀出最古老而宁静的光阴。

但一到雨天，窗户就热闹起来。雨点打在纸窗上，窗户立马不矜持地发出毕毕剥剥的声响。老宅里的空气变得潮湿而暧昧，水泥地，木楼梯，木地板，八仙桌，甚至连灶台都是湿漉漉的，像镜子般泛着清冷的白光，而那几扇纸窗又成了吸饱了水的海绵，低垂欲滴的样子，仿佛永远都拧不干。

晚上和祖母躺在老眠床上，看着泛黄的蚊帐慵懒地挂在眠床顶上。仿佛只是一晃神的时间，雨就很快落下来，近在咫尺。

春雨和秋雨是不一样的，我总能分辨出来。春雨润物细无声，雨声应该是极其小的，甚至可以说是无声的，但整个老宅会发出轻微的呢喃声，像刚发酵出来的酒酿圆子，有气泡透出水面的噗噗声。祖母安睡，打出轻轻的呼噜，一下一下，每一下都带着甜甜的青草味。

我闭上眼睛，正想睡去，却隐约听到隔壁家收音机里传来莲花落的声音。那是祖母最喜欢的《翠姐姐回娘家》选段，莲花落的喜气热闹落在这寂寥的老宅里显得那么格格不入。

我的整个童年都在这幢祖屋里度过，潮湿黏糊，晦涩不明，甚至连阳光都是深思再三后才落下来，一寸光只能照亮一方地。她让我想起临终前老人奄奄一息的样子。但我仍然那样深爱着七间房，它所有的悲欢喜乐，阴晴雪雨，都刻在我童年的每个日子里。

七间房的大火突如其来。在一个寻常的雨夜。

我得知的时候，已经是一个月后的事情了。当时祖母因半身瘫痪刚搬入养老院一个月。

我迟迟不愿去七间房。我无法面对面目全非的七间房，如同不敢面对那支离破碎的童年。我唯一愿意记起的，就是七间房的雨声，因为它总是和着祖母满足的呼噜声。

父亲姐弟三人将祖母从养老院接回来后，就轮流陪侍在她身边。祖屋已经见不到一点旧日痕迹，一间陌生的平房拔地而起。

此刻，祖母就躺在这个崭新的房间里，风烛残年、弥留之际的她听不到任何声音，亦说不出任何话。

我想或许她根本就不想说话。

父亲跟她说，妈，我们到家了。

但我知道，这并不是她的家。

父亲姐弟三人张罗着挂窗帘，搬沙发，买菜做饭，崭新陌生的房间里弥漫起饭香味、笑语声。他们将桌子搬到祖母床前吃饭喝酒，聊天欢笑，宛若孩童嬉戏。

那是回光返照前的须臾，亦是祖母曾期望的子孙满堂的模样。

我回家前站在床前与祖母告别。她的眼睛微微张开，眼眶里都是模糊不清的泪水，混浊无力，这让我看不清她的眼神。但我知道，她并没有看我，也没有看向任何人，她只是静静打量着这间房子。她的嘴巴张得很大，唯一的一颗牙齿被嘴唇包裹着，她已经没有将嘴巴合起来的力气，像一条被人拎上水面的挣扎的鱼。

她就如同祖屋一样，与我记忆中的样子相去甚远。他们衰老破败，龇牙咧嘴的样子让我无比恐慌。

我打开门撑了伞就躲进雨里，雨声依旧淅淅沥沥，却再没听到祖母的呼噜声。

离开七间房的时候，透过屋内昏黄的灯光，我看到屋旁烧焦了的土地上，零散地堆着几根焦黑的房顶大梁。我想这应该就是曾经挂过竹吊篮的木梁，它焦灼的丑陋样子，与我记忆中高远强劲的样子相去甚远，它破败在我的脚底下，生出一缕青烟。

雨越下越大，冲刷着那片早被焚烧殆尽的祖屋遗迹。我听到自己的心跳声，跟雨点一样，重重落在这片已逝的土地上。我与面目全非的祖母对话，与单薄的童年对话，与万物对话。

唯独无法与这场七间房的雨对话。

我撑着伞站在废墟中，看到自己的影子被割得凌乱散落，所有的洒然岁月荡然无存。它们如退潮般迅速撤离，又如大厦忽倾，我来不及缅怀，来不及悲伤。

我只是忽然想起那个夏夜，祖母书写的蒋捷《虞美人》中的词句：

壮年听雨客舟中。江阔云低，断雁叫西风。　而今听雨僧庐下，鬓已星星也。悲欢离合总无情。一任阶前，点滴到天明。

天气预报说，今夜的雨不会下到天明。它突如其来，然后戛然而止。

我一回到家，父亲的电话就打过来。

他的话简短到让我一度怀疑自己是否出现幻听：奶奶走了。

我挂了电话看到镜子里的自己，发现眼角眉梢处不知什么时候起多了几条细纹。

（2018年第9期）

古堰通济

郑骁锋

我越来越觉得,这是一条被严重低估的江。

事实上,在浙江省,它八百里的长度仅次于钱塘江,然而,历代却很少有著述提及,清人顾祖禹著《读史方舆纪要》时,仍将它一笔带过,反而用大量篇幅去描绘短得太多的浦阳江与苕溪。

我说的是瓯江。汉字"瓯"可以追溯到某种原始瓦器或者欧冶子铸造的剑,还可以理解为一种后来写成"鸥"的海鸟——对"瓯"至今莫衷一是的解释,同样暴露了主流文化对这块区域自古而来的疏远。

或许连土著也没有真正重视这条江。通常要到青田之后,人们才将它视为瓯江,在此之前,往往随口称呼,好溪恶溪,甚至大溪小溪——事实上,这条江早在"大溪"阶段,也就是丽水莲都一带,便已显露出了大江大河的气象。

一种浩渺,世代以来,就这样被官方与民间有意无意地共同忽视。以至于一项足以载入世界史的伟大工程,竟然就在世人眼前,隐藏了十几个世纪。

全世界最早的拱形大坝与水上立交桥:被古樟林掩藏的千年奇迹

首先是一个"圳"字令我感到亲切。

字典里,这个字的读音是"zhèn",譬如深圳。但在浙中南民间,它常常被读成"yue"或者"yan"。它还是老辈农民所熟悉的少数汉字之一,频频出现在各种场所，以至于又成为我们小时候最早认识的字。

事实上，这是一种约定俗成的简化。他们真正想说的，其实是"堰"。堰，是农村最常见的一种拦河坝，天旱可以蓄水，天涝可以排水。对于拿惯了锄头的手，画三道竖线，比描一个"匽"字要省力。

——直到今天，莲都碧湖镇的堰头村，还是被很多人写成"圳头村"。

堰头村，因堰而得名。村在松阴溪旁——松阴溪发源于遂昌贵义岭，经松阳聚拢松古盆地诸水，往东南而入莲都，为瓯江的一大支流。

那条始筑于南朝梁天监四年（505）的古堰，就建在村口的松阴溪上。

关于这道堰坝，资料记载的数据大略如下：大坝全长两百七十五米，坝底宽二十五米，顶宽二点五米，南端与南岸山岩相驳接，整座大坝呈凸向上游约一百二十度，截面呈不等边的梯形，前底面向下游倾斜呈坦底。

枯燥的数字都已隐没于水底。我能看到的，只是横截江面的一道黝黑的长线——露出水面的坝顶。令人诧异的是，坝体并不是直线，而是形成了一个C字形的弧线，凹口顺着水流的方向，以弯曲的背面，阻挡着奔涌而下的激流。

受到阻挡的江水发出了低沉的轰鸣。一只白鹭紧贴水面，沿着坝的方向滑到了对岸。

这个来自一千五百多年前的弧形具有极其重大的意义。它有力地证明了，我国是最早修建拱形大坝的国家。在西方，要到16世纪，西班牙人才修建了类似的爱尔其坝。

令人惊叹的是，这条堰坝，并不是这段水域拥有的唯一世界第一。

在距离堰坝进水闸三百米处，有一座建于北宋政和初年的引水桥，巧妙地采取了立体交叉的方式。在堰渠上架设石函，引山上下来的涧水南流入溪；渠水则从石函下向东流过，如此涧水渠水上下畅流，互不相扰，尤其可以避免山涧水冲下来的泥沙淤塞水渠；最上层再架设桥板，供人行走——

这座千年石函，分明是一座人类保存至今的最早的水上立交桥。

小小的堰头村，竟然保持着两项世界纪录。这本该是一种莫大的荣耀，然而，在我看来，这个瓯江边上的小村子，却似乎有意无意在掩藏着这道玄机重重的堰渠。

在堰渠两岸，村民栽植了两行樟树，说是能够借助这种顽强植物的发达根系巩固堤坝。千年下来，这些古樟都已长大，数人才能合抱，尤其在村口附近，更是连绵成林、遮天盖地。

堰坝，沟渠，驿道，老宅。先人所有的遗迹，都被隐入了这团浓绿。

乱世仁心：两位司马的通济之愿

堰名通济。

作为农耕时代最基本的水利工程，它每天能从松阴溪截下大约二十万立方米的水，能灌溉约四万二千亩农田，灌区受惠人口达三万四千四百人。

事实上，它盘活了整个碧湖平原。丽水地处浙西南山区，素有"九山半水半分田"之说，平原极少。碧湖平原坦荡丰沃，面积约八十平方公里，为古处州（今丽水地区）三大平原之一，建堰之前，松阴溪桀骜不驯，雨季泛滥成灾，旱季白白流失，通济堰建成之后，涝则可排旱则可蓄，整个平原都成了重要产粮区，直到清代，所出粮赋还占到丽水全郡三千五百石中的二千五百石，可见此堰在地方经济中举足轻重的地位。

然而这么一道功德无量的堰坝，建造者却没有留下完整的名字。

"詹司马、南司马，名佚无考，生卒年、籍贯不详。"

一千五百年，足以抹尽通济堰缔造者在这世间所有的痕迹；然而今后一千五百年，这段江水却将依然遵循这两位都只剩下一个姓的司马画下的轨迹奔流。

天监四年；司马。无论是属于南北朝的年号，还是司马这个来自军政部门的武职，都将这道堰坝的起初，指向一个黑暗而血腥的时代，指向一种紧张而压抑的气氛。

但两位司马留给我们的，却是一道袅娜的弧线：相比箭矢般的直线，半圆形的弧度更能令人感觉松弛，甚至还有某种程度的空灵——

是啊，天下各种土木工程，本该是司空负责的事啊！

是什么让两位行伍出身的司马知道，采取拱坝形式，能改变水流方向，使江水沿拱坝圆心方向泄流，从而减少水流对堰坝的冲击力，能抗拒更大的洪峰呢？

　　有许多传说，试图诠释是什么启发两位司马奇思妙想的灵感，或说他们看到了白蛇游水，或说他们看到了村姑浣纱。

　　我不懂水流的力学。但我能理解这些传说与堰坝的共同点，那就是一种柔软。

　　由直到弯，看似简单，其实有了本质的改变：坝与水之间，再不是火星四溅的碰撞，也不是剑拔弩张的对峙，而是谦逊的迎接，含笑的导引，彼此举案齐眉，柔情脉脉。

　　当年毛泽东论战，以胡琴琴弓做喻，说不妨多走走弯路，走走弓背。一条线，垂下两肩，姿态越低，往往力量越大，越能化解更多的暴戾。

　　一阴一阳之谓道。让过锋头，四两能拨千斤，柔弱可胜刚强。

　　以一条弧线为初始，通济堰在处州腹地旋出了一个巨大的太极，旋出了一个富庶的粮仓。

　　在观看通济堰沙盘时，我注意到，大坝建在了碧湖平原的西南角。这无疑是经过精心测量的；碧湖平原地势西南高东北低，如此选址，可将堰水的灌溉面积发挥到最大。不过，我更感兴趣的是，松阴溪与瓯江干流龙泉溪的合流处就在大坝下游数百米处。这令我莫名萌生了一个荒诞的念头：撇开水利因素，詹、南两位司马，选中松阴溪而不是水量更充沛的龙泉溪筑坝截水，是否也有深意？潜意识中，他们是不是不想让任何一方良田沾染杀伐之气？

　　——毕竟，自古以来，龙泉便是天下最著名的刀剑铸造基地。

　　对着沙盘，我忽然意识到，司马虽说是个武职，但主要职责之一，却是筹措军粮。

　　——在农民眼里，他们自然是威严的军人；但在真正的军人眼里，他们却不过是披了身铠甲的农民。

从柴木坝到石坝：一道弧线的脱胎换骨

　　公元1093年，时任处州知州的会稽人关景辉来到通济堰。在堰旁看到了一座小庙，但是墙宇颓圮，风雨飘摇，所供奉的神像更是残缺破败，已经辨认不出是谁了。他找来当地人询问,才知道,这座庙其实是丽水人建起来祭祀为他们筑堰的詹、南两位司马的,却已经荒废多年;从前庙里还有一些记载堰渠掌故的碑刻,但早在六十年前,就被大水冲走了。

关知州闻言,不胜唏嘘。他感叹道,如果坐视不管,那么随着壮者老去老者逝去,古人的功绩势必彻底湮没。因此,他拨发库银,将司马庙修葺一新,并亲自撰写了《丽水县通济堰詹南二司马庙记》,铭刻为碑留传后世。此碑保存至今,成为所能见到的最早记载詹、南二司马建堰的史料。

两位司马固然应该感谢,但对于通济堰,关景辉本人也是一位重要的功臣。事实上,他来通济堰,就是为了视察大坝与水渠的整修工程。因为就在上一年,处州大雨成灾,松阴溪水暴涨,冲垮了通济堰坝及多处水渠。

这样的情况,其实已经发生了很多次。根据史料记载,詹、南二司马初建通济堰时,为"木筱土砾坝",也就是用竹木编为筐笼,填以沙石,投入水中渐次垒成,即俗称的柴木坝。这种坝几乎每年都需要加固维修,费工费力,一旦长期失修,便容易在洪水季节坍塌。

但我们现在看到的通济堰,却是石坝。由柴木坝到石坝,南宋开禧二年(1206),也就是关景辉重修司马庙的一百一十三年后,通济堰进行了一次史上规模最大的翻新。将上千根巨松嵌入河床作为坝基,再压以巨石;巨石预留榫卯,彼此契合连接,并在接榫处浇铸铁水,如此环环相扣,直至将整座石坝连为一体,终于结束了七百余年修修补补的日子。

据说这次将柴木坝升级为石坝的大修足足持续了三年,还动用了三千名朝廷的士兵。

主持这项浩大工程的,是告老还乡的龙泉人何澹。何澹的官做到副宰相级别,但也惹下了不少是非,以至于在《宋史》中得了不少差评。不过到今天,一本旧账早已烂透,再没有谁会去关心当年的恩恩怨怨,人们眼中看到的,只是一座历经千年风雨却仍岿然屹立的大坝。

临终之时,何澹嘱咐子女,将自己安葬在堰头村的后山,与通济堰遥遥相对——这位主持过军国大计的老人,在生命的最后,似乎将重修这道古堰,视作了一生最重要的事业。

清同治及光绪年间的《通济堰志》,收录了历代为通济堰做出贡献的官员士绅，包括主修、策划、督修、捐助、董事等，仅有名有姓者，便不下三百人；民间传说中，更是有很多为修建堰坝献计献策，甚至献身的平民英雄。

那条来自南朝的弧线，被无数双手反复书写，直至深入河床，永不泯灭。

守堰：一场关于水的世代修行

在通济堰的修建史上，苏州人范成大也留下了浓墨重彩的一笔。

这位著名的南宋诗人，是以地方官的身份来到处州的。与他那些有责任心的前任一样，范知州也对通济堰进行了大规模的修浚。不过，今天看来，他对通济堰最大的贡献，是为其制定了一部堰规。在这部多达二十条的堰规里，范成大彻底放下了诗人对文字的洁癖，"卯时上工，酉时放工；或入山砍筱，每工限二十束，每束长一丈围七尺"，诸如此类，不厌其烦，甚至有些絮叨。对通济堰的养护与使用，涵盖了每一个环节、每一项支出，所涉及的账目，更是细致到了每一文钱。

举一个例子。在"堰概"一条，范成大不仅明确了每一级别堰渠的宽度——大坝将松阴溪水拦入引水闸后，干渠分为四十八条支渠和三百二十一条毛渠，通过六座大概闸和七十二座小概闸，分流调节，在碧湖平原上形成了竹枝状的储溉系统；还规定了相关渠闸的使用原则，比如大旱之年，内开拓概便只能开闸放水三昼夜，第四日便得封闭让水。

范成大亲自书写了这部堰规。诗人之外，他也是一位造诣深厚的书法家，时人评价其笔力直逼苏轼黄庭坚。一篇约束性的文字，却得到了最舒展、最潇洒的展示。

我在今天的司马庙见到了铭刻着这部堰规的石碑。只是除了碑额上还能依稀辨认出"重修通济堰规"六个大字，碑身上的字迹都已经模糊不清。毕竟是几个朝代前的物件了。

有人做过比较，堰区现有的水系网络，与宋绍兴八年（1138），县丞赵学老绘制的《通济堰图》，几无二致。也就是说，范成大的堰规，直到今天，还在有效地执行。司马庙中，十多通碑刻，宋元明清首尾衔接，更是以官方的权威，铭记了一部长达千余年的守堰护堰史。

每一次严格依照原址的翻修，都是向范成大与何澹等先贤的致敬。但我更想得知通济堰的民间养护状态。这次采风，我有幸遇到了一名守堰人。应该说，守堰人只是个笼统的称呼，关于通济堰的管理与维修，范成大的堰规中，有各种职能分工。比如说"堰首"，总理堰务，每天早晚都要巡察所有堰堤、斗门、石函等，如有破坏，及时组织抢修；"堰首"下面又有"监当"与"甲头"，层层分管；还有六名专职"堰匠"，常年看守堰坝、斗门等"要害去处"；另外还有"堰司"与"堰簿"，相当于文书和会计，专门统计派工情况和工钱账目；还有看守斗门船缺的"闸夫"、负责管理渠概的"概首"……

出现在我眼前的守堰人却无法说清楚自己的身份。那位面色黧黑、四十多岁的憨厚汉子，只反复说他家祖上几代都是守堰人；而我，也难以听明白他每日负责的具体工作。两人不禁都有些着急。

幸好，我记起了他的姓，"诸葛"。我知道，这极有可能是一个外来的姓氏，因为浙江几乎所有的诸葛氏人，都来自兰溪。

我试探着询问起他的祖籍。果不其然，他并不是本地的原住民，是从爷爷那一代，才迁来堰头村的。于是我问他，作为一户外来姓氏，怎么也被任命为守堰人了呢？而且一做就是三代，做成了整个堰头村最出名的堰渠守护者。当我提出希望能够采访一名当代的守堰人时，几个当地的朋友推荐的都是他。

我的问题让诸葛大哥思考了好一会。但他回答的，还是那句话，我爷爷那代就开始做了。

无疑，这次采访有些不得要领。百无聊赖，我看着身边的风景。

农舍门前的小小河塘。有阳光。有妇人在塘边汰洗衣服。一条肥胖的黄狗趴在一旁。河对岸是一片小竹林，竹林里用纱网围养着一群本地的麻鸭；橘树林则挂果金黄。水流缓慢而平稳，据说下游不远处，便是一片极大的湿地，有各种鸟，甚至还有濒危的秋沙鸭……

我们在一座单车道简易石桥上谈话。桥下的水，从四千米外的通济堰而来，在桥的出水一侧设有三道概闸，将渠水分为中、东、西三支。根据竖在一旁的工程铭牌，虽然已经用水泥板代替了原先的条石木枋，但每一道概闸的尺寸还是严格依照范成大的规定。在堰规里，这座名为"开拓"的堰概就被范成大频频提及。

事实上，这里其实已是整个堰灌系统最重要的枢纽。然而，当我侧身避让过桥的汽车，当我凝望在堰水里盘旋而下的菜叶，当我的思绪从半开半闭的堰闸游离到闸外的田亩与湿地，我忽然又想起了那个"圳"字。或许，它才更接近一座堰的本质。

是啊，何必弯弯曲曲拐出一个复杂的"堰"呢——再高深的原理、再复杂的工程，说到底，不就是在地里刨出几道水沟吗？

一双最成功的鞋是让穿者忘了它的存在，一部堰规也是如此。正如堰水通过支渠毛渠灌注整个平原，范成大的堰规，早已渗透到了碧湖百姓的日常生活当中，已经无须刻意去记忆，更无须拘泥自己的职责与身份。

漏了就补，堵了就疏，塌了就砌，朽了就换。

一场关于水的千年修行，就这样落地生根、世代传承。

（2019年第3期）

生当为侠亦为儒
——宣侠父与左联及其"湖风书局"

布　谷

　　1931年春节前后的一天,宣侠父在上海与时任左联党团书记的阳翰笙会面,会面地点是在上海先施公司的旅馆里。虽是第一次见面,但他给阳翰笙留下了深刻的印象。阳翰笙在晚年的回忆文章中生动而形象地记述了当时与宣侠父会面的情状:"他(宣侠父)当时住在先施公司(或永安公司)的旅馆里,这次见面给我留下极深刻的印象,他三十岁左右,长得高高的个子,气宇轩昂,仪表非凡,说起话来干脆又儒雅,像文化人又有军人风度。他对人热情诚恳,我们一见如故,谈了很久,从左联工作谈到写作与出版,从他在西北军的经历谈到他的近作……"

　　当时,宣侠父以共产党员的秘密身份,在冯玉祥集团所属梁冠英部的二十五军任高级参议,领中将衔,驻扎淮阴。

　　因为这次见面,戎马一生的宣侠父获得了一次机缘,将与中国左翼文化运动发生正面连接而载入中国新文化运动的史册。

　　其实,宣侠父与阳翰笙两人彼此也有着值得追溯的因缘。宣侠父是黄埔一期学生,阳翰笙曾任黄埔军校政治部秘书兼政治教官。虽阳翰笙进入黄埔时,宣侠父已经离校,但母校的这层师生关系,似乎是难以割舍的,第一次见面便"一见如故",恐怕也是有着黄埔因缘的。

　　宣侠父这次约见左联领导人,除了了解上海左翼文化运动的情况外,还准备联系"近作"《入伍前后》的出版事宜。二十万字左右的小说《入伍前后》，是宣侠父此前不久的1930年底，在武汉创作完成的。小说梗概是这样的：一个贫困山区的青年，因生活所迫，从军加入军阀部队，后接受革命思想的教育，成为一名坚强的革命者，并成为所在连队的负责人，领导并发动兵变，带领全连官兵起义，投奔红军。主题是鲜明的。

宣侠父虽是军人出身，却热爱文学，热爱诗文写作，在此以前，经陈望道举荐，宣侠父的自传体小说《西北远征记》由北新书局出版。当时，阳翰笙读后给予了极高的评价："文笔生动、流畅，感染力很强。"喜欢南社诗人高天梅当年赠予诸暨蒋智由的诗句："敢说度人先度己，生当为侠不为儒。"套化一下，当是宣侠父的写照："敢说度人先度己，生当为侠亦为儒。"

当时，左联的处境非常困难，处于半地下的状态，所属的几家出版机构如太阳社、创造社等先后被查封了，即使是民间一些"灰色"的出版机构，要出版像《入伍前后》这样"题材明显赤色"的作品几乎也是不可能的。宣侠父了解了这样的一个出版现状后，表示愿意资助左联，出版一些革命题材的作品。

阳翰笙在晚年的回忆文字中较为详尽地描述了当时的情状："侠父同志了解到这种情况就说：既然出版这样困难，我们是不是自己办个小书店，我可以想办法搞点钱，交左联来办。"宣侠父这一建议，当即得到了阳翰笙的赞许："可谓雪中送炭，使我深受感动，我高兴得一再说：这再好也没有了，这再好也没有了。"

于是，就在1931年仲夏的一天，在闸北区七浦路441号（时属英租界），一家名叫"湖风书局"的书店在鞭炮声中开张了。这个店铺，还是宣侠父请二十五军军长梁冠英，通过杜月笙的关系找到的。湖风书局的店名是阳翰笙写的，名为书店，实质是左联的出版机构。

此间，宣侠父还在阳翰笙的安排下，与左联的主要负责人与骨干见了面，见面的地点在一个叫"一品香"的旅馆里，参加见面的有夏衍、阿英、冯雪峰、楼适夷、丁玲、杜国庠、沈起予等。见面的气氛是和谐、宽松的，宣侠父作为一名军人，给左联的作家们留下了"亲切热情的印象"。丁玲在晚年的《回忆宣侠父烈士》一文中，对此有过追忆："1931年夏天的一天，朋友通知我，有一位国民党的军官想开书店，邀请我们左联的几个人到他住的旅馆去谈谈。……我仔细看那位主人,三十多岁,黑黑的脸庞,长得五大三粗,如果穿上军服,一定像军官。可是现在看来,虽然穿身西服,却像一个刚从乡下来的中学校的体育老师,讲一口不太好的江浙官话,声音柔软,与他的外貌极不相称。……我最初的印象,他是一个平凡的人……非常朴实,温文,诚恳,是一个有思想,爱文学的以国民党军官为职业的人……一个在国民党军队内做党的工作的秘密党员。"

王增如、李向东编著的《丁玲年谱长编》"1931年　27岁"下"7月"中有载:"应国民党军官、中共地下党员宣侠父之邀,去上海一品香旅馆商谈成立湖风书局事宜。参加者还有阳翰笙、冯雪峰和湖风书局经理周濂卿等人。"

书店的老板周濂卿,是宣侠父的诸暨同乡好友,是阳翰笙委托宣侠父物色的。书店的两个伙计也是诸暨同乡:一个是金树望,是宣的内侄,后来随宣参加革命,成为党的高级领导干部,后来从国家劳动人事部顾问任上离休;一个是马产宁,当时还是复旦学生。

周濂卿和金树望等,对当时的左翼文化建设做出了贡献,丁玲晚年在《关于左联的片断回忆》一文中对他们有追忆,颇为真切:"有一次,我到湖风书店去,三楼是我们接头办事的地方。我还未进去,书店已经坐满了特务。我走进书店,煮饭的工人便对我示意,保护我;我就没有上楼,装着买书的样子,很快离开。又未被抓。……书店经理周濂卿,是宣的同乡好友,很为左联的机关刊物《前哨》出力,也出过钱。湖风书店被封时,他被捕了,保释出来后,听说也为左联做过事。"

书店开支的经费是宣侠父从梁冠英处筹措来的。据金树望晚年追忆:"侠父为了筹办书店,向梁冠英坦率说明上海文化人想出书,苦于没有经费,由侠父当老板在上海开办一个书店,梁便给了侠父三万大洋。"后来,宣从梁处又陆续筹措到了几笔资金,以保证书局的正常运作。

在中国新文化运动史上产生过重大影响的湖风书局,从策划创办者到老板,还有伙计,大都来自诸暨一域。还有后来由湖风书局负责出版的左联机关刊物《北斗》,其主要编辑之一的姚蓬子的老家也在诸暨。这实在也是挺值得回味的一桩文事,是可以与地域文化发生连接的。

在此期间,宣侠父向阳翰笙提出,希望能够加入左联。条件是完全符合的，最终考虑到宣侠父身份的特殊性，以为公开加入左联，对宣侠父开展工作不利，便采取了一个非常的办法。阳翰笙晚年在《宣侠父与左联》中是这样追忆的："关于侠父参加左联，这当然是不成问题的。只是考虑到他的公开身份，公开加入左联可能对他的工作不利，便决定吸收他做一个不公开的秘密左联盟员。这件事只有我们极少数几个同志知道。"

在湖风书局开张不久的1931年9月，左联机关刊物《北斗》杂志创刊，丁玲任主编，左联还给丁玲配了两个助手，一个是姚蓬子，一个是沈起予。当时被称为是《北斗》的"三驾马车"。丁玲后来在《关于左联的片断回忆》一文中写到了当时编《北斗》时的一些情况："冯雪峰说，《北斗》杂志在表面上要办得灰色一点。我提出来一个人办有困难。于是就决定由姚蓬子和沈起予协助我，由我出面负责。我负责联系作家，看稿子；姚蓬子负责跑印刷所，也担任部分编辑事务工作；沈起予懂日文，他就管翻译。"

《北斗》的创刊号封面上刊登了德国版画家凯绥·珂勒惠支的《牺牲》，是丁玲登门请求鲁迅先生支持，先生当时便推荐了《牺牲》。这是丁玲第一次见到鲁迅，是冯雪峰陪同丁玲前往鲁迅寓所的，时间是在1931年7月30日的下午，这一天的《鲁迅日记》中有记："下午文英、丁玲来。"王增如、李向东编著的《丁玲年谱长编》中载："30日，经冯雪峰介绍并引路，到北四川路拉摩斯公寓鲁迅家里为《北斗》创刊号选版画。这是初次与鲁迅交往。"

推荐《牺牲》一幅，其实先生内心是有意图的。鲁迅先生后来在《为了忘却的记念》一文中做出了说明："当《北斗》创刊时，我就想写一点关于柔石的文章，然而不能够，只得选了一幅珂勒惠支（Käthe Kollwitz）夫人的木刻，名曰《牺牲》，是一个母亲悲哀地献出她的儿子去的，算是只有我一个人心里知道的柔石的记念。"

《北斗》从创刊始，便得到了鲁迅、瞿秋白等的大力支持。鲁迅的名篇《我们不再受骗了》《答北斗杂志社问》等便是经《北斗》而发表的。在《北斗》上发表作品的还有：茅盾、冯乃超、冯雪峰、阿英、夏衍、周扬、郑伯奇、田汉、丁玲、魏金枝、阳翰笙、沈从文、冰心、艾青等文坛大将。

湖风书局在负责出版《北斗》的同时，还出版了大量左翼作家的作品包括译作。

鲁迅先生亲自校订的孙用译著《勇敢的约翰》和李兰译著《夏娃日记》，便是由湖风书局出版的。先生在校订文稿过程中，频繁地与湖风书局发生联系，集中记录在1931年9月到12月间的《鲁迅日记》中。翻开这一时期的《鲁迅日记》，随处可以看到"得湖风书局信并《勇敢的约翰》校稿，即复""寄湖风书店信，并还校稿""寄湖风书店信""寄湖风书店信并《勇敢的约翰》插图十三种""下午校《夏娃日记》讫""收湖风书店所赠《夏娃日记》十本"等等字句。

郭沫若、丁玲、阿英、夏衍、穆木天等著名作家这一时期的重要作品包括译作，都是由湖风书局出版的。阳翰笙当时的一些重要作品如长篇小说《转变》，短篇小说集《最后一天》，中篇小说《义勇军》、《大学生日记》等也是在湖风书局出版发行的。

《北斗》一时在读者中产生了很大的影响，尤其受到了广大青年读者的青睐。《北斗》第3期上刊出的一则启事，说："发行未久，已被国内外读者所称许，公认为1931年我国文坛唯一的好刊物。"

宣侠父的小说《入伍前后》也是由湖风书局出版的，因为题材太过"赤色"，只好在内部秘密发行。金戈等撰写的宣侠父小传中对此有所记述："宣侠父按照阳翰笙的意见，将他的小说《入伍前后》，自费在湖风书局印了二百本，赠送给左联成员和一些革命同志。"

《入伍前后》出版后，在左联内部引起了很大的反响，阳翰笙在读了《入伍前后》后给予了高度的评价，说："这是一本好书，讲述一个士兵的起义和曲折的斗争经历，具有炽热的革命内容、强烈的革命精神，文笔很好，鼓动性很强，这在当时的革命文学中也是少见的。"

印量少，加上战乱年代，《入伍前后》现已失传。1949年后，阳翰笙一直想再版重印《入伍前后》，以为纪念。"遗憾的是始终没有找到这本书。"这确是一桩非常遗憾的事情。

或许是左翼作家的激情使然，原定的《北斗》杂志"在表面上要办得灰色一点"的办刊调子，也渐渐被淡忘了。一些左翼作家对连续在《北斗》上发表沈从文、陈衡哲、徐志摩、戴望舒、凌叔华等所谓"灰色"的作品，表示了异议。于是，办刊调子便发生了变化，出刊两三期后，也就慢慢地"赤色"起来了。湖风书局出版的书籍，左翼倾向也跟着变得明显起来，湖风书局当时还成了左联的一个活动据点，左翼作家们常常在那里碰头、聚会等。凡此种种，自然就引起了国民党文化检查部门的注意。1933年5月，《北斗》被国民党当局以"助长赤焰，摇撼人心"之名查禁。共出版了两卷八期七册。同时被查封的还有《北斗》的出版发行机构湖风书局。

湖风书局及其《北斗》虽存在时间不长，但在推进中国新文化运动以及左翼文化工作中产生了巨大的影响，发挥了积极的作用。阳翰笙晚年在《宣侠父与左联》一文中对湖风书局给予了极高的评价："湖风书局自1931年创办，至1933年被封闭，是左联在白色恐怖的年月里唯一的、自己的出版机构。它将载入三十年代左翼文化运动的史册。"同时被载入左翼文化运动史册的还有这位"生当为侠亦为儒"的宣侠父。

（2019年第3期）

桐乡有槜李

朝 潮

一

六月的最后两天,应邀与十余位同道去浙江桐乡市品尝一种名果:桐乡槜李。当一种果实需要与原地名联合命名或标榜,往往非珍即贵,也昭示着一种独特性。

桐乡两日,逛果园,访果农,空气一直沉闷燠热。太阳在云层间时隐时现,偶尔又飘几丝毛毛雨,天气像是使劲憋着气,在晴和雨之间犹疑不定。第三天离开桐乡时,天空不再沉默,大雨如注。朋友邹汉明开车送我到火车站,车窗外的雨势惊心动魄,从打开车门到撑开雨伞这一两秒钟时间,人就淋湿了。想到偌大的果园里还没有采摘的槜李,可能会被大雨所害,心生可惜;尤其是那些熟透的,轻轻一碰就会掉落在地。在返程的高铁上,我托腮冥想,想象力建筑在一种虚实相间的力量上。那种力量叫风雅。

桐乡是一个风雅又谦恭的地名,意思就是梧桐之乡。桐乡现在的主城区就叫梧桐街道,还有一条很长的梧桐大街。据说一千年前,这里曾有大片梧桐,树上经常栖落着美丽的鸟群。这是一个地名的来历。以前只知道桐乡有乌镇、小桥流水,有著名的蚕丝品、杭白菊,它们全是当地风雅属性的物质文化代表。现在我的常识里又增加了一项:槜李。在江南的这一块平原上,槜李果树择地而生,长成了梧桐之乡的歌赋和散句,长成了当地的一张产业名片、一种地理标志。

懒得出门是我的一个重要标志。就像没人知道春天具体从哪天算起，也没人知道中年从哪天开始实施。人到中年，万事大多失去诱惑力，好奇心也大打折扣；不爱出门，甚至害怕见人，随之而来的是热爱独处和发呆。此前一月，分别有北京、四川两位朋友约我前去参加活动，机会也被我轻轻断送掉了。但是我来到了桐乡——

这是一个热爱水果之人的宿命。有多爱独处，就有多爱水果。

李子种植的文字记载有几千年了。有关槜李，史书上有限的记载大多是"吴郡嘉兴县南有槜李城"。"槜李"二字，最早是作为地名记录于史册的，比如春秋时著名的"槜李之战"。直到清朝的《康熙字典》，其解释也是：槜李，地名；字典所举例句，就是"于越败吴于槜李"——此例句出自《春秋》。此行曾与但及、甫跃辉两位同道，沿着石门湾古运河边找到了"古吴越疆界"，界碑以南是古越国，以北为古吴国。也就是说，桐乡曾是越国和吴国的边境。现在的桐乡，还保留着南长营、千人坡等吴越时的军事遗迹；城南有东西走向的校场路，曾问当地人是否跟吴越战事有关，回答称不清楚。作为地名的槜李城，早已消失在历史的尘烟中，果名槜李却千年传承了下来。

历史是粗线条的，过程也纤瘦，史书轻轻翻动几页就是几百年。如果让桐乡的槜李作为一个第一人称的叙述者，溯端竟委，来讲述这几千年它所经历的包括战争在内的一切，一定异常坎坷，也无上珍惜。它会在漫漫岁月的破折号后面，讲述花瓣中浮现的旧时家园、树枝间失落的世事沧桑和一棵果树的寂寞、艰难和重振。最近十来年，随着市场环境和种植技术的优化，果农们问雨课晴、剔虫修叶，种植的信心和面积不断扩大，桐乡槜李也迎来了它有史以来的高光时代。

二

桃园村。这个村名可能在很多诗人的作品里出现过，它笔触轻轻地指向一种虚无的精神家园。现实的桃园村也符合诗人的臆想：村里家家艺树栽果，拥绿成村，是浙江省生态文化基地，也是全国一村一品示范村。行走在村道间，视线里的一舍一院相当整洁，树绕村庄，水盈河道；河道中央栽有成团的水生植物，村子的河沿、住宅的院落、小桥的护栏，好多是由竹子、实木制品作为隔离和步道，看上去淳朴、简约又端庄。我可以将一个村庄的抽象外貌背诵下来，却无法描写它风雅的江南品质。

槜李，主产地就在桐乡市梧桐街道桃园村。村里有桃树，也有桑树、枣树、梨树等，它们点缀和修饰着一个村庄的精神文明，衬托着主角的恢宏局面。槜李树几亩几十亩地生长着，对于一个具体的村庄来说，它就是核心价值。

如果时间往前推三个月，这里应该正是李花盛开的时节。梧桐街道每年三月在桃园村举办"槜李文化节"，已连续办了八届。想象每年三月的这场盛会，一树碎玉，千树烂漫，整个村子被大片大片的李花簇拥，加上多种文创活动，形成自然与人文相结合的江南特色景观，也契合"浙江省最美赏花胜地"这个称号。今年举办了桐乡市首届槜李文化节暨桃园村李花观赏季。我们去的时候，活动期间的红灯笼还在，启用不久的"槜李堂"也以精致、典雅的面貌迎接客人的到来。不能有幸目睹三四月间桃园村的李花怒放一树白的美景，却能想象这里的居民们推窗遇见花海、出门春花袭人的景象。成片灿烂的李花开成最美的春天，也开成了桐乡的一面旗帜。

桃园一日，穿村过桥访果园，在农家品尝当地美食，与果农促膝座谈……到访的那个果园很大，成片的槜李树华盖如云，参差有律，显得安静、和谐，它似乎遵循了一幅风景画的秩序；人的出现反而显得突兀又不合群。以前读过一本专门谈植物的书，说所有的植物是有感知和情绪的，它们通过地下的树须进行交流，传递养分和信息。在果树底下钻行，我幻想着它们的反应和心情；摘果的时候，难免小心翼翼，手指尖警觉又谨慎，生怕惊动它们。

我只吃了三颗，两颗是树上摘的，一颗是地上捡的；落在地上的反而比树上摘的更加成熟，且蜜汁香甜。食槜李一颗，舌尖的理想会得到极大的满足。果实不会欺骗人，它会激化味觉，丰富的铁元素、钾元素和维生素会在体内倾诉它的神奇和快乐。

这是一种使人快乐的水果——来自一个外地人第一次仔细品尝后的自白。

槜李品质之独特，颠覆我常识中李子的印象和价值。它的外形大小跟普通李子差不多，色红如殷，果实表面散布黄色小斑点；去皮后，果肉呈晶莹琥珀状，鲜亮饱满。完全成熟的槜李，色泽可能更深，果实呈半浆化，只需破一小洞，用嘴可一吮而尽，只留下完整的果皮和果核——这时的果实内部，大分子物质开始降解，在微生物的作用下，果味如甘如醴，带一丝淡淡酒香。果浆的香味，也界定了它的独一无二的品位，因此在当地槜李也叫作"醉李"。魂之所依，成就了桐乡槜李使人快乐的基因，这种人造快乐是现实的涅槃妙心。

别的李子与"甘美逾恒，迥异凡品"的桐乡槜李放在一起比较，品质上有着巨大的差距，这种差距无法拯救。以至古人将桐乡槜李与岭南荔枝相提并论，互有轩轾。

实际上，桐乡槜李比岭南荔枝价更贵，因为相对来说产量更加稀少。一位村民说，他家屋旁种有四株槜李树，八九个槜李就是一斤，每斤卖五十至八十元；年成好的时候，一株树就有两千元左右的收入。电商平台卖的价格可能更高，出售的还不一定是正宗的桐乡槜李。据一位种植户介绍，现在嘉兴境内好多槜李树不是正宗的，多年前他也曾引进过一种高产树种，嫁接后长势很好，产量也极大地提高了，但甜度不够，最关键的是失去了槜李特殊的品质，揉不出浆汁，成了假槜李。于是，他又将原树砍掉，全部改种本地树种，并按照合作社要求严格控制产量，以确保每颗槜李的品质。这位种植户现身说法，说出了作为一名果农的种植之道。价值观是道，人文智慧是术。只有道术具备，恪守槜李留给世人的神秘箴言，才能使这种历史悠久的特产水果在匠心守护之下，永保品质，声名远扬。

作为一个珍稀品种，利益所趋，槜李自然会有一等品、二三等品和仿冒者。槜李是否正宗，外地人肯定很难分辨，当地人却有着外形识别真伪的微妙法门。

三

日常，我每天午后的第一功课是烧水泡茶；午后的一杯茶，对我具有伟大的意义。喝茶，抽烟，观窗外，视内心。到达桐乡的当天，我的午后是从吃一颗槜李开始的。

　　到达桐乡的当天午后，朋友递给我一颗槜李。一口咬下去，汁液四溅，地上、身上到处沾染，被朋友取笑。说实话，除了甘甜，我当时没有尝出它的独特口感和气味，注意力和味觉随着果浆的喷溅而四处失散。下午抵达宾馆，打开房间门又闻到了水果的气息，轻轻呼吸之下，嗅觉便被注满抒情的汁液；果香像一根手指拨动某根琴弦引起的颤音，声波在房间里扩散和回响。

　　宾馆房间的茶几上放着一碟水果，其中就有两颗槜李。

　　每年的十二个月，五、六两个月是水果品种最为丰富的时节，樱桃、杨梅、枇杷、芒果……对于一个热爱水果的人来说，六月的榜单中现在又添加了"桐乡槜李"。房间里这两颗槜李我没有马上去动它，直到晚上游访回来。

　　当晚，黑陶、汗漫、邹汉明和我，相约去老城区寻访。我们从校场西路和庆丰南路路口开始向北行走，拐入振兴中路，然后进入桐乡老城区的狭窄巷道。邹汉明是桐乡人，对城区历史典故很熟，一路为我们指认先前的城区、河道、府邸，其间也穿插关于桐乡槜李的过去和传说。一种植物有几千年历史不奇怪，但是千年前的建筑是很难保存下来的，保存下来的也大多经过了历代的不断重建或修缮。桐乡槜李作为一种活着的历史被传承了下来。我查了一下资料，历史上有关槜李的文献很少。南宋张尧同、明朝钱谦益等名人为槜李撰写过赞美诗篇；桐乡的近代文化名人朱梦仙，种李十多年，撰写有《槜李谱》，对后来的桐乡槜李研究有着重要贡献。

　　穿行在一条条窄巷，偶尔抬眼观望，稍远处一些高楼傲慢地挡住了我的视线。在老城区，一些很窄的住宅路段没有路灯，只有沿巷人家零星的灯光照明；那晚间或下着零星细雨，使得整个寻访行程充满着隐秘、潮湿的气息，似乎弥漫着几百年前的古街巷的气味，使人联想起过去水运码头、街巷两边的市声嘈嘈，包括槜李的叫卖声。这片现今的晦暗地带，正是桐乡人文的过去，保存它们的意义是几幢高楼替代不了的。我们四人在昏暗的视线中寻访着夏家浜古建筑群，每到一处门墙需要用手机上的手电照明细细打量。穿越丁字街、南横街、南门直街、县前街……最后顺着梧桐大街回到庆丰南路。

　　回来的路上，想起一些桐乡文化名人：茅盾、丰子恺、木心……这些响亮的名字与一个地名同在。那晚在街道上穿行的我，一颗心略大于整个江南。

六月桐乡之行，有老友相逢，新朋相识，古今人事遨游而过。在对一个地名的浅薄认知过程中，一个热爱水果的人纵然有无数心得，其中所感所念，"槜"是那一颗深红的古老又神奇的果子。

（2019年第11期）

虚 空

李 鸿

一

这个冬天，她在疑雾重重中前行。人一旦对自己的身体产生疑虑，心理层面的跌宕起伏就可想而知，思维和判断也变得飘忽不定。

最近，她老是做梦，梦见自己走在一条狭长的隧道里，潮湿、幽暗、绵长，在梦里，有一个小小的，类似一枚水疱的东西，隐在粉色的子宫里。

醒来后，她眼里不由得升起薄雾般的哀愁，这哀愁，令她感到羞愧和恐惧，随后慢慢地消失在空寂的房间里，最后又回到她隐秘的身体里。

对着镜子，她打量着自己，双肩，乳房，还有小腹。此刻，它们有些松懈，疲惫，毫不设防。她的指尖轻微划过，小腹的某个部位有隐隐的痛和不安。这疼说不上具体的点，时间也只是几秒钟，但它确确实实存在。她低下头，腹部依然虚软平坦，表皮上没有一丝异样。她小心调整着身体的姿势，手从上面滑过后微微垂下，那若有若无的感觉让她心塞。

"去医院看看吧。"家人对她说，她的手从身体滑过后微微垂下，确实不敢和自己的身体有一丝丝较劲和抗衡。还是去医院看看比较放心。

周末，很好的阳光，她缓慢地起床。一抹日光投射到窗帘上，呈现出梦幻的色度。光在真空中的传播速度是每秒三十六万千米，而病菌呢？是不是也这样快速，脑子有点混乱，不敢再想下去。赶紧下床打开衣柜，衣服安安静静地在柜子里立着，一大半是黑色的衣服。眼睛在柜子里来回扫视一遍，那件苍绿的毛衣，在黑色衣群里一闪，眼角的余光捕捉到了。伸手把毛衣拿下来，慢慢地掸平，毛衣的绒线，在冬日，是温暖的。穿在身上，心情也随之一亮。临出门时，把那条格子围巾搭在肩膀上，暖意顺着双肩一下子蹿了上来。

乘22路公交车，从城市的南面到北面。她靠窗坐着，城市的林荫道上，有一辆小推车停靠着，有人在卖微型的花和花盆。叫不出这花的名字，花朵儿虽小，却发现花盛开的样子很美。一个老年人，从绿色的草木丛中闪出，穿着橘黄色的环卫制服，戴一顶同色系的帽子。其实她是看不清他的面目的，但她看得见他的动作，他拿扫帚的样子，他用力地清扫地上的垃圾，他来来回回地在绿化带和马路上清扫着。每个人都在自己的轨道上运行着，没有人知道下一秒会出现什么，身体是事物的一部分，它不喊疼的时候，永远是鲜亮的。她的目光越过去，在一幢很高的楼里停住。这是她今天要去的医院，二十几层的高楼，跟周边的房子比起来，特别高冷。

车子停在离医院不远处的一个停车牌下，整理了一下坐乱的衣服，随人群下了车。相对于很多综合医院，她就诊的这家医院规模还是不错的。门口有一个大花坛，左转有游廊、小径、草坪，右边有一个人造的麻枯石假山，两米多高，上面长满浓郁的植物，一些藤蔓悬挂着，不均匀地从上面铺挂下来，像是别致、优雅的绿色挂帘，有细细的水流声，一滴滴的水沿着藤蔓爬下来，然后叮叮咚咚落在底下的一个池子里，有几个病人穿着医院条纹服在散步。

一楼是门诊大厅，挂号、取药、验血，全在一楼。门诊室的人最多，挂号的窗口是一列长长的队。边上有几台自助的机器，她发现很多人还是愿意在人工窗口候着。看看长长的队伍，她在自助机上取了一个号，挂了一个妇科，然后乘电梯直接上了三楼。

在一个挂着主治医师照片的门口停住，很多人已在等候了。她静默地站在队伍的后面，墙上滚动的电子屏幕不断更新着名字，时不时传来不带丝毫情感的电子叫号声。外面是冬日的暖阳，却无法照进医院的长廊。空气里有一种说不出的压抑。是的，是压抑，心理上、生理上，都有。

医院自始至终都有一种特别的味道贯穿着，这是一种说不清的味道，既有酒精、消毒液弥散的味道，又有众多人呼出来的气味，这些气味相互混杂，渗透，折合，勾兑出一种很特别的味道。从小到大，都不喜欢医院这种气味，阴郁，腐朽，潮湿，还有忧伤的味道。

走廊通常是医院最热闹的地方，特别是妇科楼，这里聚集着不同类型的女人，她们或步履缓慢或行色匆促，或面容稚嫩或皱纹丛生，疾病或新的生命，在她们的体内寄生，无一例外。她们有时在她眼前一闪而过，有时匆匆地走进某间敞开或者闭着门的房间，她们会在她眼前停留片刻，相互间述说一些与病情有关的话题。而她在等待中靠打量这些人来消磨时间。走廊的椅子上坐着一个看起来有七八个月身孕的人，她的面容透着疲惫，但手抚肚子时动作和眼神却是骄傲的。她的边上站着她的男人，这里的男女比例特殊，所以这男子高高的身影特别引人注目。他们都没说话，眼里全是一种浓情。这应该是这层楼里最幸福的表情，在生与病之间，希望和失望之间，这样的画面是温暖的。

忽然，对面一个紧闭的房间里传来几声呻吟，那声音毫无悬念地穿透了房门和墙壁，不由得让她一阵紧张。想起身上的那些病菌，再看到医院墙壁上的那些白色印记，忧伤渐渐弥漫开来。

二

妇科的门诊室与其他科室没什么不同，两张桌子相对靠窗摆放着。一个穿白大衣，脸上没多少表情的女医生坐在桌前的那把木椅上。她应该有四十多岁了，手上拿着一张就诊单无声地看着。房里还站着几个人，小声地和周围的人交谈着身上的某些不舒服。墙壁上挂着几张图，绘着人体的一些器官，色泽浓烈，让人怀疑这是拍的还是手绘的。还有一张挺特别，是女性的生殖系统图片。这真是一个奇异的世界，上面标着各种器官的名字，用文字表述着，一些细小的血管隐在里面，像雨后蚯蚓。

这个房间是朝南的，阳光放纵地闯过对面大楼的阻碍，直白地从窗口进来，女医生身上的白衣被阳光摩擦着，那双瘦弱的布满经络的手在键盘上跳跃着，她一边在写着什么，一边张嘴叫了叫：五号，赵静。少顷，一个年轻的女孩走到她面前，直发，圆脸，眼神清亮。她把病历本递过去。女医生没抬头，依旧在电脑上写着什么，然后对她说："什么情况自己先简单说一下。"女孩嗯了一声，低声告诉她："肚子疼，例假不正常，有时会流很多的血。"医生在纸质的病历上唰唰地记录着，然后又在电脑上打字，动作很快。

"还有没有其他情况出现？"女医生问。

女孩说："超过十几天了，这个月还没有来例假。"

"有男朋友吗？"女医生的语言有点尖锐。

女孩点点头，轻轻地说了一声："有。"

一阵静默。

"同居了吗？"问得很直白。

女孩随即摇了摇头说："没有，没有。"声音怯怯的。

女医生用手指了指里面的那个挂着帘子的房间，先去里面躺着，等候检查。女孩转过身，一脸惶然，她掀开那条彩色的珠帘子进去了。她看了一眼，那帘子是由许多颗珠子组合起来的，沉重地向下悬垂着，身子刚进去帘子马上合拢，女孩的身影就消失在帘子后面，只有帘子上的珠子不时碰撞着发出一些声响。她不知这珠帘后面是这样的一个房间，看着刚进去的女孩子，心里老是跳出一些画面：是自己二十多岁的时光，身体鲜活得如同花朵一般，明亮的眼睛，饱满的双唇，纤细的腰肢，每一寸都充满了惊讶和欣喜。她那时候应该还在美院学习，每天除了上课，就是安安静静地守着身体里这份鲜活的生机和充沛的力量。那时的身体丰盈、鲜活、健康，如一尾灵动的海鱼。何时，这青葱般的身子竟然让可怕的细菌暗暗地滋生起来了呢？不敢再想下去。

女医生出来了，用手拧开靠墙壁的那个水龙头，水哗的一声出来了，她不停地搓着手，上上下下，左左右右，准确细微地洗着手。水声，一段漫长而虚空的水声后，女医生重新坐下来，女孩无助地站着，女医生开了一张B超单，说："去四楼做个阴超。"女孩拿着单子逃似的出了门。

六号，某某，听到叫自己的名字，她立刻向那个女医生靠近。从早晨开始一直到现在，漫长的等待后，身体变得飘忽起来，递过就诊卡，就坐在女医生的对面。抬头才发现女医生手里竟然握着一支羽毛一样的笔，刚才没仔细看，这样面对面坐着，发现这笔像是鸟身上的一片羽毛，轻盈而洁白。凝视着这支笔，有一瞬间的恍惚。这笔不似平常的笔那么简单，它有某种至高的权力，她的身子经这支笔的宣判，会是怎样的一种情景呢？她无法猜测，也不容她更多猜测。女医生开始问话了，按惯例问了一下身体的状况，接下来淡淡地对她说："进去躺着先检查。"

她站起来往帘子那边走，想起刚才那个女孩，没来由地一阵害怕。掀帘子的手有些迟疑，突然害怕起帘子后面的冰冷，害怕女医生瘦弱的手指，害怕那些泛着白光的器具。它们瞬间变成无数枚尖利的针，刺进她的身体。她本能地抚摸自己的双手，确信这一切全是自己的臆想，才缓慢地掀开帘子，走进那间亮着医学灯光的房间。其实这帘子并不重，可此刻却感觉特别沉重。

一张手术床冷漠地置放在房中间，上面铺着一层单薄的塑料布，淡蓝的色泽。这上面是刚才那个女孩躺过的吧，她紧张过吗？她把那张单薄的塑料布拿掉，放在边上那个绿色的垃圾桶里，换上一张新的塑料布，然后迟疑着把身体安放上去。小心地调整着身体的姿势，塑料布在身下发出窸窸窣窣的细响。床的两边有两个搁脚的位置，看起来很人性化，却有一种被绑架的感觉。一盏灯冷冷地泛着白光，让人想起电视里某个受刑的场景。

她躺着，心却咚咚地跳着，她无法让自己平静，这小小的空间压得她喘不过气来，就像一只待宰的羔羊。深深地吸了一口气，试图平复紧张的心情，不就是检查一下吗？她将后背靠在那张床上，双腿伸直，放松身体，慢慢地将衣服褪去。她的身体裸露出来了，皮肤在灯光下是那样洁白。独处时，从没好好地打量过自己，这一次，她抚摸着自己的每一寸肌肤：大腿、手，还有柔软而虚空的小肚子，想象着自己什么时候把病菌种下的呢？一下又一下，轻柔地安抚着自己。一时之间，身体竟然有种被唤醒的意念，这才开始真正放松下来，意识回归到自然的秩序中。暖意流水般回到四肢，她的手拍着自己的身体，很轻很温柔地拍打着不同的地点，如正在沐浴中，温水从头顶灌下，洁白微温的光冲洗着身体，柔和地浇淋肩和头，然后一直沁入心灵。

唰的一声，门帘被掀开又合拢的声音响起，她又回到一种恐慌状态，把身子往床上缩了缩。身上的毛孔也绷紧了。女医生进来了，一张沉默的脸。听到她转身在找什么，然后是一阵金属器具碰撞的声音。她熟练地把一次性的薄手套戴好,对着灯光晃了晃手。手套有一种隐隐的光亮,她又莫名地紧张起来,手心里布满细细的汗珠。女医生过来了,对她说:"把双腿张开。"她怕得要命,又不敢不听。开始感觉女医生用手在她的身体里按压着,那种莫名的张力让她恐慌着,不是疼,就是害怕,缩着身子,根本无法打开身体,还没等医生进一步检查,又微微抵制地缩了一下,并低声地喊着什么。女医生生气了,大声说:"还没检查呢,你叫什么呀,胆子那么小,怎么查啊。"她突然觉得自己像孩子一样,特别地委屈。

时间在这一刻是如此的缓慢,身后的检查床特别地冷和硬。女医生用手指在她的身体里触摸着,她咬着嘴唇,不让自己出声。闭上眼睛,想象着这是一种对身体预查的美好的行为,这只是一个过程,检查的一个过程。这样想着,心里的确放松了许多。慢慢地,意识有点模糊了,一种熟悉而遥远的感觉回到她的意识里。有一双手牵着她,一起坐在院子里看星听风的样子。是他的样子,千真万确,他羞涩的微笑,微微颤动的嘴唇。他伸过手,充满爱意地抚了抚她的头发,那么轻柔,让人战栗。他展开双臂,他们的胳膊交叉在一起,在她的手臂上面,是他温暖的皮肤。她的意识越来越模糊,他们仿佛来到了一个河边,听到有些遥远的水声,那水声喧哗着、动荡着,她感觉她的身体成为水边的芦苇、水草,丰盈着,摇曳着,有手指一寸一寸地掠过身体,像微风一样,很缥缈很缓慢,她分不清这是谁的手,这一刻觉得自己鲜活起来了,不再有任何不适,在柔软的水意中渐渐地又演变回来了,觉得自己像一条鱼一样呼吸顺畅,她摆动着身子,灵巧而无忧地穿过那片水域。

三

慢慢地,真的放松下来,一切都没问题,她似乎正被一束光笼罩着,那光如此纯粹,充满了平静,蕴含了能量。也不知过了多久,听到女医生的声音从某个地方传来:"好了,起来吧。"当她睁开眼看到女医生那张没有多少表情的脸时,竟然觉得有点可亲起来。女医生摘下白色的手套,掀开帘子说:"没什么问题,吃点消炎药,保持卫生就行。不用紧张,多运动,多喝水。"医生的话让她神情一振,她迅速从那张床上坐起来,整理好衣服,竟然一身轻松。

  掀开那道白色的布帘，外面的阳光照过来，有着细细的光斑，房间里仍有很多人。女医生走到水龙头边，精准地拧开龙头，水哗的一声喷出来，她开始一遍一遍地洗着那双纤瘦的手。这一天，她要洗多少次手啊。她的职业生涯已经持续了很多年吧，每天面对那么多女人的身体叠覆在一起，构成了多大的体量，她觉得此刻特别理解女医生。

  拿着就诊卡去药房取药，依然是长队，但感觉心里轻松了许多，那些隐痛和疑虑早就溜了，人一旦消除了心里的硬核，一切都正常起来。原来这一切，都只是自己为自己设置的一场虚惊。拿了几盒消炎药，她脚步轻盈，有中药的芳香飘过来，微醺。快步走出医院的门，她看见一只飞鸟从楼前飞过，一刹那就过去了。她想，它是从哪里飞来的呢，她也想要借一双翅膀飞翔。

  门外，喧嚣的市井声蜂拥而来，人流、车流、轰鸣、吵闹，不可一世，这一天，虚惊一场后，尘世的一切又恢复原来的状态。

（2020年第1期）

小镇大医

陈富强

最近，我突然对自己的出生产生好奇。我一直问自己，谁是迎接我来到这个世界上的产科医生？她叫什么名字？她长什么样？她家住哪里？她的儿女们都在哪里？还有，她还活着吗？

我的诞生地安昌是一座典型的江南古镇。从我记事起，我就记得镇上有一家医院，我是从父辈那儿听到的，他们把这家医院叫卫生院。镇上的人，生病了，大多去卫生院诊治。事实上，也没有选择的可能，因为镇上医院独此一家。生了大病重病的，只能去离镇二十多公里的绍兴城区。我只知道，卫生院里有一位大夫，个子很高，慈眉善目，医术很精湛，似乎无所不能，是位了不起的全科医生。他姓潘，大家都喊他潘医生。

潘医生穿着白大褂的模样很神气，他的脖子上挂着一副听诊器，在年少的我看来，潘医生就是传说中的神医华佗。谁有病，家人只会说，去卫生院找潘医生。似乎只要潘医生的手一摸，就手到病除。有一次，我生病要在医院挂盐水，看着那枚针头，其实心里是害怕的，这时，潘医生恰好经过病房，就进来了，躺在床上的我，感觉是一大片白云，从门外飘逸而入，又仿佛进来一个雪人，一下就把原本就是白色的病房映得更白了。潘医生俯下身子，摸了下我的脑门，又看了看盐水瓶，说，小朋友你是病毒感染了，挂了盐水就好了。说完，潘医生就出去了，陪我的母亲说，你看，潘医生都说了，挂了这瓶盐水就好了。在母亲心里，潘医生的话就是金口玉言。而我的记忆里，除了潘医生有一双慈祥的眼睛，就是感觉他的双手特别温软，按在额头上，似乎病已好三分。

现在回想,我觉得这家卫生院,就是我的诞生地了。父母都已不在,我已无法从他们那儿获得答案。但有一个十分简单的事实,除非我母亲身怀六甲,去了外地,比如绍兴城里的医院分娩,不然,我在这家卫生院出生的概率应该就是百分百。那么,谁会是我的分娩师呢?

在我去卫生院时,总会遇到一位女医生,看上去年纪和潘医生差不多。母亲说,她是潘医生的太太。似乎母亲也不清楚她姓什么。后来我又发现,但凡去卫生院看病的,有喊她潘医生的,也有喊她潘师母的。我从未喊过她,她也不会记得我是谁,她怎么会记得呢?潘师母这辈子接生的孩子超过三千个。

现在我确认潘师母是第一个迎接我来到这个世界的医生。我的同学们都这么说,只要是五〇后六〇后七〇后,凡是在安昌卫生院出生的,绝大部分是潘师母接生的。她是医院的产科医生,她从事这个专业的时间超过三十五年。

所幸,潘医生的儿子中东是我高中同学。当我决定寻找我的分娩医生时,中东给我提供了最翔实的素材。还有谁,能比中东更熟悉自己的父亲和母亲?

原来,潘师母叫夏宗濂,1928年生,与潘医生同年。1949年以前,在上海劳工医院的卫生学校学习助产专业,毕业后分配到南京郊区的江宁县医院工作。在那里,夏医生认识了潘医生,从此执子之手。

那么,在南京的潘医生和夏医生又怎么到了偏居绍兴一隅的安昌古镇呢?说来话长。

夏医生是上海松江人,父亲是医生,家有良田百亩,可见家境不错。遗憾的是夏老医生在给病人检查时不慎染上重病不治。这时,夏医生刚出生不久。祸不单行,在她两岁时,母亲又撒手而去。夏医生从小由叔叔和两个哥哥照顾长大。后来她报考医专,也算是为夏氏家族延续了一份妙手仁心之义。而潘医生是绍兴大和乡前庄人。大和乡毗邻安昌,后来合为一体。日本人进入中国,也到了大和乡,潘医生的妈妈拖着一家人逃难去安徽蚌埠。当时,潘医生的父亲在蚌埠帮亲戚管理几家电影院。潘医生是家里老大,下面有两个弟弟一个妹妹。当时,他们从前庄出发,一路艰难,日本人的飞机追着逃难人又是投炸弹又是机关枪扫射。饥饿加上恐惧，潘医生的两个弟弟在路途中受尽苦楚悲惨去世。妹妹在路上则不时被吓哭，怕引起日本人注意，潘医生妈妈差点想把她放弃。最后还是潘医生坚持背着妹妹逃到了蚌埠。

潘医生逃难到安徽后，从小学到高中一直在蚌埠，而且成绩优异，初中毕业考试成绩名列学校前三，被保送免费读高中。但高中毕业后，由于家境困难没有继续求学，而是跟着一个蚌埠私人医生当学徒，学习西医。从这段简历中可以得知，与夏医生受过正规系统教育不同，潘医生很大程度上是拜师学艺、自学成才。

从蚌埠到江宁，是潘医生人生中一个重要的转折点。他不仅在江宁收获了爱情，也在医学上取得更精湛的造诣。这也为他后来回到老家开设私人诊所提供了经验和基础。事实上，江宁县医院对一下子失去两位优秀医生，一开始是抗拒的，但考虑到潘医生思乡心切，加上当时的安昌地理位置比较偏僻，确实需要好医生坐诊，另外，也从潘家的生计考虑，医院还是为两位医生开了绿灯。多年以后，江宁县医院依旧向潘医生伸出橄榄枝，随时欢迎他回去。

安昌卫生院的成立，是公私合营的事情了。潘医生拿出两千多块钱的积蓄，作为安昌卫生院的开办费。卫生院一开，潘医生的私人诊所就消失了。可见，潘医生对公私合营这件事，表现得还是相当大度的。在潘医生心中，无论什么性质的医院，他的职业就是医生，而医生的天职，就是敬畏生命，救死扶伤。

潘医生在古镇有口皆碑，他不仅医术好，人品也是无可挑剔。虽然不是科班出身，但潘医生好学，临床经验丰富，加上天资聪颖，又肯钻研，终于获得医学真经，成为小镇一代悬壶济世的名医。当时的安昌卫生院有二十多个人，几乎没有财政资助，基本要靠自负盈亏。潘医生和夏医生对医院的贡献率在七成左右，夫妻俩毫无疑问成为撑起整个小镇卫生院的栋梁。

潘医生的医术为小镇人普遍认同，很多病人到了卫生院，指名要挂潘医生的号，往往排队等候一小时，诊治或许只是两分钟。这也说明病人对潘医生的无条件信任。通常，潘医生每天的门诊量都达上百人，经常忙得连上厕所的时间都没有。

在中东的记忆中，父亲下班回家后，几乎每天吃晚饭时都会有病人上门求医，潘医生匆匆吃上几口饭菜，就背起药箱出发了。如果有急诊，潘医生晚上也要出诊。那时的乡村没有路灯，潘医生常常在漆黑一团的乡间小路上行走。当时家里不舍得花钱买东西，但为了出诊，潘医生还是花了三十块钱在安昌的旧货商店里买了一件雨衣，是那种涂胶的雨衣，军绿色的。售价三十块钱，在上个世纪60年代，这是一笔很大的数目了。再加上十来块钱，在安昌当时的旧货商店可买一张旧红木八仙桌，尽管家里用的是会摇动的四仙桌，但潘医生还是舍不得买。为了病人，他舍得花近半个月工资买一件雨衣，却不愿改善一下家里的生活条件。

当然，出远门诊治的话，偶尔也有条件好一点的病人家属，会租一条船来接潘医生。那时，小镇不通公路，自然也没有汽车，船是小镇最主要的交通工具。如果用船来接潘医生，那真是再好不过的待遇了。倘若单靠双脚走夜路，顶多只能走方圆十里以内的地方，当时，绍兴县域内乡镇之间的距离差不多也就是十里路的样子。

当大多数百姓还处于贫困线以下的生活水准时，很难让他们有良好的生活习惯。因此，安昌卫生院不光看病，还要承担卫生防疫任务，配合镇政府改善饮水卫生、建设公共厕所。而农村一旦流行病暴发时还要消毒处理等。在中东的记忆里，潘医生曾给他说过，由于当时干部与医院配合默契，虽然活多人也累，但心里还是很有成就感的，因为卫生院的工作改善了人们的生活环境，减少了流行病的暴发。不过，到疫区看病及消毒处理，风险也很大。潘医生在临近退休时碰到甲肝流行，他坚持门诊为甲肝病人诊治，结果被传染上了，不得不隔离休息两个月。

潘医生内外科都诊，但很多小镇人不知道，潘医生居然也当过产科医生。中东有一些初中同学就是潘医生接生的。说起来，主要还是安昌卫生院的条件有限。当时，卫生院只有夏医生一个产科医生，夏医生自己分娩需要休息，她通常只休息一个月就上班了，因为卫生院实在离不开她。夏医生在家坐月子，那些四乡八邻的孕妇没闲着，到了预产期，孩子在妈妈的肚子里可待不住。这时，就只好潘医生上阵，代替夏医生当产科医生了。中东说，一定是妈妈教过爸爸，爸爸只好赶鸭子上架。但潘医生聪明过人，接生的孩子个个都很健康。

也不是所有的孕妇都会到卫生院来生孩子。有的孕妇临产，以为是要拉大便，结果，婴儿生在马桶里的也有。这时，夏医生只好放下手头的工作，无论白天还是黑夜，赶去产妇家处理。

许多年以前的乡镇卫生院医疗条件之艰苦，是现在的年轻医生无法想象的。乡村孕妇生小孩有时是在晚上或后半夜。夏医生往往整个晚上都没有时间睡觉，特别是碰到初产妇，胎儿在母体内的位置不太好的，有的孕妇是高血压患者，夏医生整天提心吊胆，不光消耗体力，还要承受巨大的精神压力。绝大多数孕妇都不知道，夏医生需要常年吃安眠药强制入睡。生下儿子中东时，夏医生三十六岁，生了一场大病，到杭州的医院也诊断不出病因，最后到上海大医院才诊断出是胰岛功能亢进。这个病不能正常饮食，所以夏医生只能吃高蛋白低淀粉的食物。

所幸安昌卫生院有正规的西医治疗系统，许多流行病能够得到有效控制，也因此减少了许多后遗症。西医妇产科孕妇的产前检查工作，避免了不少难产，降低了新生儿的死亡率。许多孕妇在产前检查后，可以安排提前调整产位或及时送往距离相对较近的阮社医院，阮社医院其实是绍兴市第四医院，医院条件相比安昌卫生院就要好许多。但也会出现突发事件，比如有时来了一个没有做过产前检查的孕妇，加上又是难产，这时，已经没有时间送阮社医院，只能就地产娃。这时候，夏医生通常就彻夜不眠，整个晚上都提心吊胆，时刻观察，直到孩子平安降生。早上，孩子们起床，看到的是一脸疲惫，体力与精神消耗殆尽的妈妈。

中东告诉我这些细节时，我终于想起夏医生的样子，也是高个，作为上海女子，她的身上有一种与生俱来的优雅。她年轻时，妩媚俊俏。她穿着白大褂时，就是一副天使的模样。想到夏医生的同时，我突然想起一个人，她叫林巧稚，林大夫说："生平最爱听的声音，就是婴儿出生后的第一声啼哭。"

我想，夏医生这辈子听得最多的哭声，应该就是婴儿的啼哭吧。相比林大夫一生接生五万多个婴儿，夏医生接生三千多个婴儿，在数量上不可相提并论，但是她们从事的职业，却一样神圣。林大夫是"万婴之母"，那么夏医生，不就是"千婴之母"？林大夫说："我愿为上帝做一辈子的值班医生。"那么夏医生，不就是上帝派来我们小镇的白衣天使？

  与我同龄的中国大陆人有二千九百三十四万。那一年，也是自1949年以来的人口出生最高峰，空前，或许不一定绝后，但从最近几年的出生率来看，要超越那一年的纪录，概率几乎为零。这个庞大的数字中间，有超过三千名婴儿，是经夏医生的双手出生的，其中包括我。

  潘医生和夏医生的儿女们完美地延续了父母的基因。中东的两个姐姐都是医生，一个是妇产科医生，一个是药剂师。我认得其中一位潘姐姐，她貌若天仙，以无比绰约的姿态行走在小镇的街头。在少年的我看来，一定是天使下凡。我不知道我见到的这位潘姐姐是产科医生还是药剂师，只知道她是潘医生的女儿。在镇上，只要是潘医生的女儿，就会引来足够多充满善意、羡慕和爱的目光。镇上的人，谁能保证一辈子都不去卫生院呢？去了卫生院，谁又能不遇上潘医生、夏医生和小潘医生呢？

  其实，中东考上的大学专业也与医学有关。他学的是生物医学工程专业。但大学毕业后，中东没有进入医界，而是改行做贸易了。中东改行的理由是觉得父母当医生太辛苦了，有点怕当医生。当潘医生得知儿子放弃子承父业时，我相信他的内心是有点失望的。好在他的两个女儿都从医，潘医生的金字招牌，在安昌古镇依旧口口相传。

  如今，潘医生和夏医生都已不在人世，但小镇人都会记得他们。他们的一生，几乎就是一部乡村医疗的历史，从他们身上，我们看到作为医生的良知和仁慈。他们在这座古镇留下的痕迹，让我们永生不忘。他们虽然离开了，但他们还活在小镇人的心里。至于很多人将夏医生喊作潘医生，也没有关系，在小镇人眼里，潘医生就是一个符号，代表的是病人的希望，是华佗在小镇的再世，况且夫妻同心，都是一家人。

2019年12月4日

（2020年第3期）

老街的记忆

石 林

以我的经验,看一卷历史书,不如到城市的老街上走走。因为老街的古建筑会透出一股清秋般的苍凉,你能在上面看到岁月抚过的痕迹,触摸到历史心音的脉搏,读到烙在它心灵深处的记忆。

东大街和西大街是定海最负盛名的老街。定海这座历史文化名城从胚胎、童年、兴旺的青年到成熟的今天——一个丰富而独特的海岛小城的历史过程,全部默默地记忆在了老街的巨大肌体里。沿着人民中路经过舟山一百城市奥莱左拐是西大街,右拐就是东大街了。西大街的入口处高耸着一堵粉墙青瓦的防火墙,跨过月圆形的洞门,眼前就会蓦然一亮,觉得老街仿佛扭着身子活跃地动了几下,旧时的记忆一下子全被点燃了。说来奇怪,在被高楼簇拥的宽敞马路上行走,我常常觉得自己是走在一具巨大的僵尸上,紧张、空虚、不知所措。这样的城市老是让我联想到腹内空空的暴发户的样子,表面上闪亮亮的,其实是个失忆症患者。而在狭窄的老街上闲逛,你会无限地放松和陶醉。这种时刻,你分明觉得这老街像河流一样,潺潺流动着,等着你的脚踏出阵阵水花。

西大街只有两米左右的宽度,两侧是层层叠叠的老房子,依次排列着百年老店。门楼各具特色,有的高而窄,有的矮而宽。房子多数是两层的小楼,很少有三层的。它们的色彩以栗色和苍灰色为基调,屋顶的瓦都是深灰色的,灰得年代久了,就成泛黑了。这种老街特有的灰色调,老是让我记起那些老照片来,是泛出深黄的那种,那种沧桑的黄与眼前的这种灰一定在意味深长地传达着什么，但又传达着什么呢？面对它们，我们付出的只能是无边无际的心情。可我从八十年代来到这座小城求学开始，就一直喜欢这片老街。我常常在夜自修结束后的黑夜里，就着昏暗的灯光，独自穿梭在老街的弄堂里，就像走进定海的历史一样，熟悉着这座海岛小城。我那时认为要融入小城，首先要融入这片蒙着岁月灰尘的老街。因为历史的粘连是不会像油和水一样不相融的。所有的时刻，我和所有存在的以及正要存在着的事物，都处在共同的时空之中。这片老街渗出的破败也好，颓废也好，潮湿也好，都是这座城市存在的灵魂片段。

老街在我的记忆里仿佛长得没有尽头，而且不是笔直的那种，略微地弯着，但不是老人的那种透出暮气的驼背，而是一个如花似玉的少女笑得不能自持时的妖娆的弯腰，风情万种。可惜在一场席卷全国的现代文明的冲击下，老街不得不一步步退缩，从而随手抹去了一段又一段珍贵的城市记忆。现在的老街虽然只是一部分了，但石板路还是干干净净的，明净、妥帖，上面踩满了一代又一代先人的脚印，还是能把我们带回到历史长河的记忆里的。老街两边的老屋比比皆是，它们还是保持着房屋原来的状态，格局是老格局，窗户也是老窗户，如同河流里的磐石，无论历史如何激荡或平静，始终默默地伫立于激流中，承受着流水的冲刷，用一道道沟槽刻下了风霜的痕迹。行走在曲折的老街上，我仿佛听到了当年先人匆忙的脚步声，三总兵在这里摇旗呐喊，同英军进行七天七夜血战。姚怀祥从这里昂首阔步地走向英艇，铿锵有力地说："我从没有见过这样的坚船利炮，但我不得不与你们一战。"定海总兵蓝理从这里发出了一道又一道剿灭海寇的军令……

从西大街右转是东管庙弄，路口又是一堵粉墙青瓦的防火墙。浸在月光下的墙壁像是一块隽永的碑刻，更像一片多变的回音墙，分明看到了先人们隐隐约约的过往。艺术家曾告诉过我，建筑是能听的，是有感情的，我却认为建筑是一座城市承载种种历史记忆的最大的物质遗产，一代代人创造了它以后纷纷离去，却把记忆通过建筑留在了城市。就连城隍庙弄、县府前街、柴水弄、竺家弄、留方路、顺裕弄……这些老街、弄堂的名字，也是一种不可再生的遗产，一种不可复制的记忆。它们纵向地记忆着城市的史脉与传衍，横向地展示着城市的宽广与丰富，并在这纵横之间织出了城市独有的个性和身份，成了最富有定海历史人文特征的名片。

在这样的老街上，顺手走进一间老屋，都能捡起一份失落的记忆。老屋里一律能嗅到一股隐隐的潮气，门是一重接一重的，门槛虽然被旧主人踩得伤痕累累，但还是像历史的卷轴一样卷着一幅又一幅先人们的生动画面。两扇木质的门扉半开半合，时间和蛀虫在那上面留下沟沟壑壑。推门而入，是一个大院子，地上铺着青石板或者方砖，角落里顽强地长着几棵美人蕉，丛中是一株高耸的歪脖子老树，不知是什么年代的鸟雀在上面搭了个草窠，像老人们历经沧桑的眼睛一样，沉静而略嫌冷淡地望着我。屋顶一律是青得发黑的瓦片，几棵在风中微微惊悸的瓦楞花，几朝几代了，还是倔强地见证着时代的变幻。而当我们从白天的尘嚣直入黑夜的宁静之中时，屋檐上，总会有一只从先前到现在的夜猫，带着点诡秘和心怀叵测，踏瓦而行。这样的房子里面一律是黑黑的，现在看来有些阴暗，没有大窗户，那栗色的窗子又大多是木格的。木格很细碎，仿佛是横在窗上的一把剪刀，把进屋的阳光给凭空剪得零落而黯淡了，所以几乎找不到一间阳光充足的屋子，好像只有这样，才能显示岁月的沧桑和历史的久远，记录先人的生活。我不知道世界著名的船王董浩云、旅沪巨富朱葆三、航运名人许廷佐、出租车大王周祥生、天津商界巨头刘显哉、近代爱国实业家刘鸿生、散文家何为等一代又一代名人，是不是因为流连在这样的深宅大院里，住在这样永远暮气沉沉的深深庭院里，由寂静和昏暗生发出了幻想，才对外面的世界有了迫切向往，而像活跃的鱼一样游进上海滩，走向世界的……

但像朱家大院、蓝府、刘坤记大院这样的大户人家的房子，就显得气派多了。门面是大块青砖砌成的，柱子是石头的，虽不是大理石，但也坚硬如铁，用手摸一下柱子青砖，清凉如水。楼虽只有两层，楼层却很高，全然没有了阴暗的感觉，阳光可以肆意地穿透整个空间和角落。门楣上的飞檐如美人的眉毛，恰恰遮蔽住门口。进门的中轴线上，依次排列着前屋、正屋、后屋、左右厢房和生活用房，气势磅礴，昭示着自己殷实的家底。窗子也不是木格的了，石雕、砖雕，不仅坚固而且耐看，说明主人有钱讲究建筑的风格和艺术了。这种房子的二楼通常是四面连通的，在楼下可看到楼上的栏杆。栏杆后面通常安放着几条长凳，这是女眷们嬉笑说闹的地方，也是给女眷们偷窥客人的好去处。我们可以想象这里是这座大院最能产生风花雪月和才子佳人故事的绝妙之地。我不知道朱家的女儿们是怎样嫁出大院的，但有一点是可以肯定的，在相亲时，她曾羞羞答答躲避在二楼的栏杆后面，偷看自己的如意郎君……历史就这样铭刻在了砖雕窗棂上，记忆在了石雕栏杆上……

这样的老街上，当然少不了寺院、庙堂的存在。因为寺院和庙堂是小城芸芸众生的精神支撑点。定海的城隍庙弄里也有这样的一座寺庙，叫祖印禅寺，是定海许多百姓的心灵共鸣处。寺院初建于五代天福年间，后屡毁屡修，现在的建筑是清朝时定海名人朱葆三集资重建的。寺院里山门、天王殿、大雄宝殿、后大殿和厢房、钟楼、斋堂等寺院建筑应有尽有，一直是普陀山的进山寺院。我们不知道有多少善男信女在这里进出过，祖印禅寺已经过滤掉了许多对历史来说不必要的细节，它能记住的只是一种宗教上的意义，是一种人文意义上的关怀，并在后来的日子里渐渐变成了定海这座小城的某种象征和历史上的记忆。当然，老街在近代的某个时刻也出现过天主教堂，并和祖印禅寺并存在小城人的记忆里……

其实，记忆可以分为两种，一种是不自觉的，另一种是自觉的。作为个体的记忆是不自觉的，松散的自然的不经意的，记住也好，记不住也好，只是一种感性的色彩。而那种自觉的记忆，则是理性的刻意的，是为了不被忘却的记忆。老街的记忆，就是城市生命的自觉记忆，是城市见证自己生命由来与独特历程的可感可触的地域气质与人文情感的记忆。对待这种先人的经历与创造的老街的记忆，我们有什么理由不慎重、严格和精心对待呢！因为城市不仅仅是功能性的、物质的，它更具有城市个性的价值与独特的文化意义。

因此，我不知道能不能这样讲，定海的海洋文化名城建设在某种意义上说是靠这老街的记忆了！

（2020年第3期）

在天上，在人间

艾　伟

　　钱塘江江面辽阔平静，江上船只稀疏，偶尔会漂过一只，安静缓慢地移动。我站在北阳台上，久久地凝视它们，江远船小，仿佛一动不动，漂浮在水天相接处，漫无目的，我的思维也因此停止了。我把这种时刻矫情地叫作灵魂逃离现世的时刻。什么都不想。什么都不做。喝茶发呆。六和塔立在月轮山腰上，月轮峰山体秀美，植物蓬勃。秋天的时候，能看到红色的枫叶和金黄色的银杏点缀整个山脉，色泽饱满但不抢眼，有着古画一般的沉着与低调。我因此相信这些黄和红是某位丹青高手千年之前点画在这脉山体之上的。

　　三年前我从宁波搬到杭州，定居下来。我选择在钱塘江最秀美的一段安了家。我为自己的居室起了个名，叫南有堂。我本来没有起堂名的雅好，我画点小画后，似乎需要有个堂号，可以刻一枚小章。我画不行，全靠好章醒画。

　　每天早上醒来，总是有一只白鸽——只有一只，在江上飞来飞去。一会儿栖息江边的树枝上，有阳光的日子，它可以一动不动几个小时。总是有一些人在钓鱼。我没有看见过他们的渔获，好像他们在那儿只是一个点缀。早餐后，我坐在电脑前，也像是屋子里一个点缀。时间过得很快，一天转眼就过去了，我可能一无所获，像窗外那些钓鱼的人。

　　这三年，宁波杭州两边跑，过起了双城生活。我通常开车回去，不过也会坐高铁。我记得夏天的某个下午，刚下过一场雨，我坐在高铁上，看到车窗外山体连绵，高度饱和的绿色之上，白云低垂，一动不动，整个世界像被刷新了一样，透出某种一尘不染的美感，像是世前的某个瞬间。

我望着窗外，想到一个再普通不过的词：江南。在中国文化中，"江南"这个词太重要了，要是没有"江南"，我们的传统几乎无所依归。"江南"是我们传统里的血和肉。

西湖无疑是"江南"的代表，也是关于"江南"的想象所在地。她美丽得近乎虚幻，硬生生把自己装进了一卷古画里。我经常想，西湖在中国相当于《红楼梦》之于中国。

我很少去西湖。在出神的时刻，会想象一下西湖。过了钱塘江大桥，进虎跑路，到尽头就看见西湖了。把游人想象到最少，西湖便成一个清寂的存在，那是古诗里的江南了。前年下了一场大雪，西湖便成了一个雪白的世界。在江南，下雪是件让人高兴的事。朋友圈里晒着各种西湖的雪景。我和女儿乘兴去西湖看雪。在雪天，虽然一样地游人如织，一样地人挤着人，但还是觉得那就是苏东坡和白居易的西湖，干净、清寂，透着非人间的气息。

到了宁波就不一样了。宁波到处都透着热气腾腾的人间气息。

我在宁波待了二十多年，可以说生命中最好的时光都留在了宁波。与杭州比，我应该更了解宁波。思乡是从胃开始的，思乡之情总是巧妙地转换成味觉。我虽不是宁波人，但宁波的美食早已融入我的味觉系统。从这个意义上说，宁波已是我的另一个故乡。

我在宁波的房子比杭州的大，有一个大书房。我女儿有时候会带同学来，会被书架吓到。书架确实是吓吓人的，不少书我没读过。到了我这年纪，对读物越来越挑剔了，有些书买来，可能永远不会打开。

作为一个写小说以及喜欢独处的人，我在书房待的时间最久。在我的小说世界里，有一个叫"永城"的地方，那是我虚构的一座南方城市，潮湿而混乱，时而沉静，时而喧嚣。这个叫"永城"的城市和宁波息息相关。在"永城"，有很多街道、公园和河流，比如公园路、法院巷、护城河、南唐老街等，可以和现实的宁波一一对应。

几年前，三江口的天主堂失火，我在《风和日丽》中描述过这个法国人建的教堂。那时候我还没离开宁波，特意去现场看了，很多市民神色凝重，惋惜之情溢于言表。这座一百四十年的教堂，不算高大，但细节非常精美，也是宁波的地标建筑。我在宁波时，若是有外地朋友来，会带他们去看看这座老教堂。在我心里，它不仅仅是一个宗教建筑，也是一个见证，五口通商给这个城市带来的现代商业文明。

商业文明以实利为原则，尊重规则，对物有敬意，因此有更大的包容性以及建设性。在"文革"期间，宁波没有太多过激行为，"四旧"得以逃过一劫。如今，在宁波乡村，依旧可以看到完好保存的古老的祠堂以及精美的戏台。

我喜欢站在我家阳台上，望着远方。我喜欢拍天空。前些年，空气很糟。这几年好多了。我在阳台上拍了无数天空的照片。蓝色的天。灰色的天。鱼鳞状的天。镶着金边的云朵的天。狂风呼啸或电闪雷鸣的天。我这行为没有任何意义，这四十五度角的仰望不是在探求宇宙的真理，是我实在太宅了。

当然，我还是愿意去外面散步的。散步是我唯一的运动。

从我家往北走，是月湖和天一阁。这个方向好像更具精神性。如果向南走，那就是南塘老街。那是一个吃货的世界。有各种各样的老字号小吃。毛豆腐。油赞子。烤生蚝。炸鱿鱼。蟹黄汤包。等等。对我来说正确的方向是向南走。我将要创造的世界必须是一个充满人间烟火的世界，我需要透过人间烟火看清人生冷暖。

行走在熙熙人流，一张一张习见的陌生的脸，或热烈，或漠然，或平庸，或惊艳。他们和我擦肩而过，他们如此遥远，又是如此之近。他们的人生我无从得知，要回到写字台前，进入虚构的世界，我才感到这些陌生人似乎早就认得。

如果天气好，我便在南塘老街路边的椅子上坐下来，来一碗汤圆。汤圆应该是宁波最有名的小吃了。更重要的是汤圆这个意象和宁波的气息是如此吻合，它是人间的，圆融的，家常的，却也是精神性的，和西湖的雪一样是洁白的，只不过它是热的白，世俗的白。

（2020年第5期）

老孟的酒事

吴 玄

好些年前,我在呼和浩特的一家酒庄,看见一具皮制酒囊,武士造型,披着牛皮铠甲,双臂叉腰,三四分具象,六七分抽象,看起来很是可爱而又威猛。我请售货小姐把酒囊拿来瞧瞧,我摸了摸,又摸了摸,就莫名笑了起来。小姐问,笑啥呀。我说,这酒囊太精神了,它让我想起了一个朋友。

我想起的朋友就是老孟。那具酒囊,若不将它当酒囊,干脆把它当作老孟,我觉着也是可以的,他们之间不仅形似,说八九分神似也是没问题的,只是老孟比酒囊更高大更威猛些,可以装更多的酒而已。

老孟,是别人的叫法,我通常叫他孟老,也不算尊称,我只是觉着把老孟倒过来叫更好玩一些,其实,老孟,孟老,孟繁华,随便怎么叫都行,反正他是没大没小的,而且孟老似乎更乐意做小。有一个深夜,确实是深夜,深到了凌晨三四点,我,孟老,魏微,在北京老孟家附近的一间小夜店喝酒,喝着喝着,我们就觉着老孟变小了,魏微突然说,我是你姐。从此,老孟就叫比他小二十几岁的魏微为姐,老孟打电话给魏微说,姐,我是姐夫。

孟老的好玩就在于此,不只是喝酒,还会说好玩的胡话。戴来每次与老孟喝酒,总是把自己舌头也喝短了,还要打个电话报告一下,呵呵,我们跟老孟玩,呵呵,我们把老孟玩坏了。

与孟老玩,当然是喝酒,孟老喝酒是不用别人劝的,他劝别人喝酒,自己干了,别人没干,他也是看不见的,他并不在乎别人喝不喝,他在乎的是自己要喝。有时,我们觉着孟老毕竟是孟老了,上年纪了,不能这样乱喝,就训斥他，孟老，孟老，够了，你不能再喝了。孟老遭到训斥，忽然一惊，酒杯停在胸前，目光落在酒杯里，喔嚅道，求求你，请允许我再喝一瓶好不好。

其实，孟老的酒量并没有他自己吹嘘的那么高，他只是好酒而已。我见过酒量远甚于孟老的，譬如温州的哲贵，哲贵喝酒就像喝的是空气，进去就没了，永远跟没喝一样，是那种无可救药的"酒冷淡"。如果孟老的酒量也高到酒冷淡的地步，也就没意思了，我想再没有比哲贵喝酒更没劲的了。好在孟老的酒量恰到好处，完全不是这样，你拿着一瓶酒，不让他喝，让他看看，他也是很兴奋的，喝了酒的孟老，自然更是眉飞色舞，滔滔不绝，酒喝多了的孟老，不仅仅是酒鬼，批评家、政治家、小品艺术家、好色之徒，他几乎什么都是，他就是整个世界。

我是不喝酒的，而且有些讨厌酒桌，但我乐意陪孟老喝酒，看他喝酒。许多个夜晚，我们从酒馆里出来，孟老在前，健步如飞，冲着车流滚滚的大街，挥手，大喊，同志们好同志们辛苦了！我顿时觉着，我也喝高了，我也是整个世界。

但是，孟老禁酒了。

准确地说，是被禁酒了。好像是什么高血压之类的原因，用他自己的话说，是被老婆"双规"了，在规定的时间规定的地点交代酒事、房事。房事，我们不知道，但酒，确实是被禁了。当我见到被禁了酒的孟老，我几乎惊呆了，眼前的孟老还是孟老吗？不喝酒的孟老，在酒桌上完全失去了往日的神采，呆如木鸡，连眼珠子也是死的，偶尔偷窥一眼别人的酒杯，泛出一点点光来，又觉着犯了忌，迅速地移开，目光也迅速地又暗淡了下去。我们看着孟老这个样子，实在是痛心，鼓励说，算了，别禁了，喝吧，喝吧。孟老沉默许久又长叹一声，唉，不喝，不喝。可是，孟老是酒做的啊，他的身体是酒做的，灵魂也是酒做的，不喝酒的孟老是多么的煎熬啊，就像福克纳说的，孟老在煎熬。

孟老到底还是开禁了，开禁了的孟老分明感到了喝酒不易，比以前喝得更欢。

去年九月，在杭州，孟老中午喝了一轮，晚上喝了一轮，夜宵再喝一轮，酒是红酒、啤酒和白酒。凌晨两点，我和石一枫，一人一只胳膊，将他绑架回房间，摁倒在床上，我们手一松，孟老炮弹似的弹了回来，不睡，不睡，就是不睡。说着出门逐个房间敲门，此刻，他面对的是房门，不是大街，没得挥手，他的身份由领袖变成了警察，他要抓嫖。我们好不容易把他重新抓回房间，我已满头大汗，累得瘫倒在床上，有"孟繁华青年时代"称号的石一枫也不行了，喘气说，孟老力气真大。

第二日中午，继续喝，美女作家苏沧桑请客，地点就在她的豪宅春江花月里面。酒开了，刚倒了一杯，孟老端着酒杯，端了一会，又放下，忽然起身，步履缓慢地走出门外，我以为他上洗手间，旋又回来，扶着门框，表情十分严肃道，吴玄，你来一下。孟老从来没有这么严肃过，不知吃饭中间还有什么这么严肃的事情。我出门只见他已经在走廊的椅子上躺下了，嘴巴嚅动着，艰难地说，我不行了，快送我去医院。我说，你怎么啦？孟老断断续续说，胸，喘不过气来，酒精，中毒。我扶他起来，细看他的额头爆出了豆粒大的虚汗，脸色是灰的，那一刻，我想到了死，心里充满了悲伤，孟老若是这么喝死了，以后我和谁玩呢。

医院就在江对面，过桥就到了。医生是女医生，戴着口罩，但不戴口罩的部分，看得出来是漂亮的，护士不戴口罩，看起来就更清楚了，更漂亮了。孟老躺在急诊室一角的椅子上，挂着吊瓶，眼是闭着的，对急诊室里的美色完全无动于衷，我和石一枫拿美女逗他也没有反应，看来，孟老真是不行了。孟老边上躺着一个年轻人，也是酒精中毒来挂吊瓶的，看着孟老有伴，吾道不孤，我也就放心了些。大约过了半个多小时，孟老终于睁开了眼睛，巡视了一遍急诊室，终于发现护士是漂亮的，而且最漂亮的护士就是替他挂吊瓶的护士，孟老啧啧道，这医院真不错，护士真漂亮，小姑娘，晚上我请你喝酒。

我和石一枫，同时松了一口气。

再一会，孟老躺不住了，单方面宣布自己好了，让漂亮小护士帮他卸下吊瓶，小护士笑笑，你还没好，得挂完。说着就转身走开了，又一会，孟老突然坐了起来，看看周围，随手拔了吊针，拉了我和石一枫，快步跑出了急诊室，嘴里还嚷嚷道，快走，快走。

路上，孟老又想起了苏沧桑的那瓶酒，郑重说，苏沧桑的那瓶酒，确实是好酒。

(2020年第6期)

恋山记

但 及

> 我飞翔，不安分的狼吞虎咽的灵魂飞翔，我的行程用铅锤探测不到。
> ——惠特曼

一

抵达三清山脚下时，已过子夜。天竟然下雨了。

住在农家，几十号人席地而卧，把屋子全给占了。露在睡袋外的耳朵，不时听到雨滴敲打树叶的声音，房脚边哗哗的溪流声也一刻不停。

早晨醒来，雨没有歇，很密，斜斜地飘。看来只有冒雨登山了。三清山只露出一个角，雾霭缭绕，朦胧不清。穿上冲锋衣和冲锋裤，背起几十斤重的装备，里面装着吃的、喝的、穿的、住的，更装着一团热情。驴友们一齐出发了。

迎接我们的是小道，实际上也是我们选择的，既然是穿越就要走别人不走的道。残存的石阶，倒下的树木，茂密的杂草都昭示着这是一条被遗弃、被封存的道路，通向这些废弃石阶的是一扇锈迹斑斑的铁门，为了走这条道，还特意走后门请人打开那把挂在门上的沉重的铁锁。铁门洞开，飞雨，落叶，荒草，还有模糊的小路在召唤我们。

雨，飘飘洒洒，绵延不止。冲锋衣红红绿绿，斑斓得像雨中的一只只蝴蝶，几十号人拾级匍匐而上。雨打凉石，泛起青幽反光，脚下变得异常湿滑，尤其是冲锋鞋，它不怕踩，不怕淋，不怕坑洼，就怕脚底升起来的滑。滑，让冲锋鞋的弱点暴露无遗，因此每遇到坑石，遇到小木桥，都格外谨慎。不时有人摔得屁股朝天。

树，密密麻麻，好些树像拦路虎一样倒在地上，横七竖八，连树根都裸露在外。当地向导告诉我们，是几年前的一场龙卷风害的，好些树连根拔起。这是一条废弃的道，因此就保留了当年树倒下时的情形，从姿势里还能看出一种悲壮。这些拦路树却成了障碍，于是我们常常只能手脚并用，小狗小猫一样地钻进钻出，手上衣裤上沾满了泥巴。

雨落下，再从树丛里散开，变成碎沫子，又飞舞起来。雨又细又密，有时还斜飘着，硬往你脸上塞过来。雨沫子毫不留情，专往脸上贴，东一波，西一波，弄得满脸淌水。走一阵，就要用手擦。不擦，水珠子就会往眼睛里钻。脸上淌水，身子却热，汗也在后背淌。汗爬满后背，黏黏的，能把衣服吸住。

崎岖的山路其实并不可怕，可怕的是石阶。遇到陡峭的石阶时，难度就大增。陡峭的石阶最耗费体力，对膝盖的压力和人的体力要求最高。常常，走上一段，就会喘上几口大气，心也会怦怦乱跳，甚至会感到呼吸的困难。但，此时不能停，后面的队伍跟着，屁股后面是一个个的头颅，喘上一小会儿又得前行。

向上！向前！

二

这些年一直在爬山，对山有感情，很向往山，但又怕山。山对我而言是复杂的。

历朝历代的文人都向往山，对山有一种莫名的亲近感。

"海客谈瀛洲，烟涛微茫信难求；越人语天姥，云霞明灭或可睹。天姥连天向天横，势拔五岳掩赤城。天台四万八千丈，对此欲倒东南倾。我欲因之梦吴越，一夜飞度镜湖月。湖月照我影，送我至剡溪。"这是李白笔下的天姥山,飘逸,峻峭又多情。

"尔来四万八千岁,不与秦塞通人烟。西当太白有鸟道,可以横绝峨眉巅。地崩山摧壮士死,然后天梯石栈相钩连。上有六龙回日之高标,下有冲波逆折之回川。黄鹤之飞尚不得过,猿猱欲度愁攀援。"这又是李白笔下的蜀道。

这些鲜有人迹的山川,某一天突然出现了驴友的身影。他们跋山涉水,挑最险的路走,从刺激甚至恐惧里寻找快乐。我认识几位资深的驴友,他们一说到山,就滔滔不绝,兴奋溢满面容。我受他们的怂恿、挑拨和鼓动,也渐渐爱上了大山,以及山背后的那份神秘与诱惑。

三

对山的情感最早可追溯到2007年。一个周末,一次冲动。

周五,看到报纸,上面登着周末去徽杭古道,兴致就被莫名地点燃。报名,租器材,一下子就融入了这支一个人也不熟悉的队伍里。没有半点准备,全是冲动在背后推动。这是我平生第一回参与户外运动。

第一天是徽杭古道,走了足足半天,从浙江境内走到安徽境内。所谓古道也不全是,其中只有几小段是石板铺就的路,古道上渗满青草。走古道不算累。走完后,还有一个项目,那就是爬清凉峰。我是冲着古道来的,对清凉峰一点也不了解。我甚至不知它有多高。

凌晨,大伙儿起来了。大伙都说去,我想了想,也说去。一座山,又怎么样呢?不就是爬个山吗?

在农家喝粥,喝得稀里哗啦。实际上不是粥,是稀饭,是把昨天剩下的饭加水煮开而已。喝了,胃就热了,精神也提起来了。戴上护膝,带上登山杖,在头灯光和电筒光的指引下上路了。四周漆黑无边,除了一条羊肠小道,什么也看不清。我只是跟着,跟着大部队走。怕什么呢?我是一只羊,跟着羊群呢。

跌跌撞撞,没头没脑地走,天在一点点变白。那道白,就像折着的纸张,在一点点展开,越透越多,越透越亮。路不好走,都是荆棘和茅草,幸好带了登山杖，可以在乱石丛中保持身体的平衡。不久，天空的云彩起了变化。有橘黄的云彩从树枝间冒出来，还有斑斓的鱼鳞云，一片片地倒贴在天上。天空绚烂得有些异样。这不是我们平时见到的天，是一个通透、高耸的天。

太阳出来了，但它藏着，在山的那一头。我们只能感受到阳光到来时那份新鲜的橘黄。橘黄已把山地染黄，绿压压的树丛变了色，沉浸在阳光温暖的抚慰里。

我们在山道上鱼贯而行。从这座山又攀到了那座山，曲曲折折，这中间还走错了，于是只能原地等待，等待向导把我们拉回到正道上。实际上是没有道的，向导就是正道。看来，出发前我的观点是大错特错了，清凉峰不只是光秃秃一座山峰，它需要一座座绕过去，像盘山公路似的。

我们在里面绕来又绕去。

四

爱默生曾经是这样书写行走的："世间的一切都热衷于书写自己的历史……并非是雪中或大地上的脚印，而是印在纸上的文字，如一张行军路线图，多少会更加持久。大地上满是备忘和签名；每一件东西都为印迹所覆盖。大自然里，这种自动记录无尽无休，而叙述的故事就是那印章。"

在徒步三清山的这趟行程里，我们在半山腰遇上了游客，他们都是乘索道上来的。这是两支截然不同的队伍，同样是出游，但选择了完全不同的方式。一个是轻逸的，日常的；另一个则是沉重的，非日常的，我们试图在这大山里寻找"备忘和签名"。

我们这支队伍全副武装，在雨中行走。整齐有力的步伐吸引了许多眼球，啧啧称奇的有，感到不可思议的也有。一路上，就被这样的目光包围，吸引，但我们脚步飞快，不为所动，带着骄傲，阔步向前。

走到这地步，能一览三清山的秀美了，但风景在哪里呢？此时此刻，风景藏起来了，藏在雾霭和雨丝里。眼前全是灰蒙蒙的，山的轮廓影影绰绰，似有似无，像在昏睡一般。它们摆出各种形状，似器具，似人，也似动物。俊秀的山在变幻着阵势，这阵势却让雾气遮蔽，变成混沌一团。雾越铺越大，整座山峰都笼罩在烟色里。行前，看过三清山的风光照片，然而这风光仿佛是一段梦境，面前连一点影子也找不到。我知道，只有阳光能办到，阳光有力，会推开这些雾霭，把这些风景隆重地召唤出来。

傍晚，扎营三清宫门前。雨停了停，像在喘息，我们就赶紧搭帐篷。搭完帐篷有时间的话，我想去瞻仰三清宫，这三清宫可是道教圣地啊。

帐篷支起来了，是一顶蓝色的帐篷。我想象着这个热闹又孤独的夜晚，大地当床，天空为帐。在这道教圣地沉睡一晚，与道教幽远的思想和深邃的历史为伍，越想越激动。此刻，几十顶帐篷密不透风地扎在宫前一块空地上，帐篷多姿多彩，仿佛雾地里开出了一朵朵艳丽的花，红的，绿的，橙的，黄的，妖艳透了。

雨是突然大起来的，一下子就变密集了，喧哗的水声充斥帐篷外。

我躲在帐篷里，躺着，突然觉得有凉意。打亮手电，一看，发现一侧有水在渗进来，于是急忙整理，转移东西。

我希望雨能停，雨就是不停，且声音越来越洪亮。再往另一侧看，也有水在漫进来。水越来越多，整个垫子都沾水了。糟了，糟了，全帐篷都进水了。穿上冲锋衣，去寻找领队。领队跑来一看，说没辙了，帐篷搭得不好。这是我第一回扎营，没经验，哪想到这样的"好事"轮到了自己头上。

抢救出衣服、背包，塞到别人的帐篷里。其他的帐篷都好好的，只有我的帐篷中招，我一身狼狈。领队说不能住这边了，他帮我打电话联络农家，过了半小时来了个中年男子。我灰溜溜地跟着他走。看着边上一个个整齐的帐篷，又气，又不舍。

走到村子的木板路上，那不争气的登山鞋来了一个大滑板，让我在黑暗中腾到了空中，又重重地砸回地面。我在泥水里摔了个四脚朝天。

这是一个倒霉的夜晚，但，也是一个奇妙的夜晚。

来到一处建筑工地，进了一个简易棚，屋顶罩了一层红蓝相间的塑料布。房东是一对中年夫妻，我与他们同住。他们的床与我的床紧挨着，我就睡在他们另一头。夜风起来，塑料布不停地拍打，回声四溢。那对夫妻躺着，伴着雨声在黑暗里窃窃私语。我想听清他们的话，但都是土话，我啥也听不懂。

雨，疯疯癫癫，时大时小，反复无常，小的时候静止无声，大的时候又像是在揭屋顶。塑料棚顶经受着风和雨的冲击,哗啦一下,又哗啦一下,好像有整盆水浇在上面。棚在摇,好像随时要塌落。我的同伴怎么样了呢?他们的帐篷会不会被大雨冲走呢?我缩在陌生的被窝里,还在担忧这群野外的人。我担心他们淋成落汤鸡。

五

清凉峰海拔一千七百八十七点四米,系浙西第一高峰。

到清凉峰,要经过几块艰难之地。

一叫野猪林。顾名思义,就能明白这是野猪出没的地方。好在我们人多,不会见了野猪就怕,只会让野猪见了我们害怕。

二是绝望坡。这是驴友的发明,可见这个坡的难度。一个土坡,上面有几株草,零乱,松散,坡很陡,陡到什么程度?陡到要手脚并用。人必须像动物一样四肢行动,否则就会失去重心。

三是乱石岗。就是一片乱石堆,你经过时不仅要手脚并用,爬、钻、跳,各种手段都要用上。

这些都是我没料到的。实际上,当走到野猪林时,有点想撤退了,我的脚不适应这样的行走。但,此时回撤有点丢脸,也有点扫兴。内心挣扎着,是继续向前还是勇敢后退,我犹豫未定。最后脸面还是胜出,不管,走下去再说。

走着走着,体力出问题了。身边只有一瓶水,其他啥也没。昨天包里有牛肉、面包和饮料,走徽杭古道时,一口气装进了肚子。现在,只有凌晨一碗稀饭,这碗稀饭的能量在辗转中早已消耗殆尽。我渐渐感到,脚不听使唤了,脑也空乏了。望着空旷的大山,满是荆棘的土地,第一次产生了畏惧。我担心,体力能支撑下去吗?但,想到已走了两三个小时,我陷入了进退两难的境地。

我们走走停停,停停走走。中间遇到了一个奇怪的陌生人,那陌生人像幽灵,背个简单的小包从树林里钻出。此时,我正和两个同伴坐在地上喘气,他看到了,靠近,然后蹲下。他说他是安徽人,问我们是不是第一次来。说着说着，就打开了包。我看到了里面的东西。那里有巧克力，一包的巧克力啊，他慢慢地取了出来。

我的眼光就一直贪婪地跟着，贪婪得几乎要叫出来。我不知道他要干什么。但我知道自己想吃，想好好地吃上几大块。我太饿了，没能量了，快走不动了。他应该是看出了我的用意，取出几块，高高地举在空中。你们太累了，每人吃一块吧，他这样说。

听到这话，我幸福得快要晕了。有生以来第一回，对食物产生了如此的贪婪。现在，真是遇见好心人了。这块巧克力不知是怎么吃下去的，囫囵吞枣，嚼也没嚼就吞了进去。

吞完后，我的眼睛还是盯着他的手，一直紧盯着，不放。

能不能再给我一块？突然，我竟这样厚颜无耻地说。

陌生人一愣，很惊奇，朝我扫来不安和好奇的一眼。终究，他还是给了，又递了一块。我无比幸福，一再道谢，并迅速地吞下肚去。现在，我又有力气了，不怕了。

陌生人说，到顶峰还有两个小时呢。我鼓着劲，朝着顶峰冲刺。

六

终于，登上了清凉峰的主峰。

到顶峰，才感到天竟然是迥异的。颜色像是重新涂刷了一遍，天蔚蓝，又空又透。白云列队，静候在远方，那里雾霭缭绕，仙气飘飘。层层叠叠的山峦，像在捉迷藏，若隐若现。我明白，正前方就是黄山，黄山就在最远端的这片云海里，它藏着，但又仿佛探出了一点身姿。

不到顶峰就看不到这辽阔无边的云海，也看不到这浩瀚连绵的山峦。登顶也仿佛让我的胸腔打开，连吸进去的空气也温润又悠长了。

激动过后，袭来的还是担心。走了四个半小时登顶了，但回去还是等程的。我还能走得动吗？我不敢想，但不想是不可能的，脑子里还在想。

归途，又是一次考验。如果说，前面冲顶时还有勇气和虚荣在做支撑，此时这些统统消失了。我已严重体力透支，两脚开始发飘。

走了一个多小时，反应越来越明显了，脑袋空悬，身体无力，脚步在拖，拖得很沉很沉。我感到自己就像一辆老爷车，汽油到了临界，快没了。红灯频闪，身体在发出警告。走一阵，就要坐下来。一坐，就不想起来，只想躺下，一直躺着。

登山，食物是最重要的，我恰恰什么食物也没有了。这需要经验，但我没有经验，凭一腔热血。我感到自己快要虚脱了，闭着眼在走。

走啊走，我成了一个无依无靠的人，一个被放逐到山野的人。

冥冥中，像是上帝的安排，就像上去时遇到那个给我巧克力的人一般，突然在一荒僻处冒出一个农夫。如幻景一般，他坐在树荫下，面前放着橘子。面前大约有五六个橘子。那橘子就像红彤彤的太阳，闪发着能量。我的眼直了，看到救星了。我上前，用两手捂住橘子，然后掏钱，不问价格全部买下。我要统统吃下，吃个痛快。

可这时我看到了同伴，他们同样在艰难地行走。我想躲起来，可又没地方躲啊，于是只好假惺惺地问别人。我内心祈求他们都不要，这样我就可以吃个痛快，结果却是问一个要一个，他们居然全都要。我内心万分不舍，懊恼着一一分发。最后，手中只剩一个。就一个。我为我的假客气后悔不迭。

橘子进嘴了，甘露四溢，这是我一生中吃过的最鲜美的水果。

那缕清甜与香喷，一下子滋润了心田。我那枯竭又干旱的胃，顷刻得到了滋润和浇灌。一个橘子的能量是如此之巨大。就这么一个橘子，让我的身体激发出生机。仿佛是加到了汽油，我的脚步呼呼生风，健步如飞。我被这个橘子的能量震撼了。

这以后，我就变了一个人，飞也似的冲下山去。我披荆斩棘，勇往直前。

回撤到蓝天坳，遇到了一个资深的驴友。看到我，露出迷人的一笑，他说，好样的，征服清凉峰，你成了老驴了。事后，我了解到清凉峰登山的难度系数是五级，属中级。我懵懵懂懂，毫无准备，误打误闯，居然也爬上去了。

印证了一句古话，初生牛犊不怕虎。

在蓝天坳，我连吃四大碗米饭，肚皮变得滚圆滚圆。回去还要走几小时的徽杭古道，但此时我已不再畏惧。我知道，我不是战胜了这座山，山是不可能战胜的，我战胜的是我自己。我对自己那身皮囊、脚力以及意志有了一个新的认识。

七

"我曾经有过差不多一年生活中没有高山的日子。我被困在剑桥郡的书桌前工作着，丝毫看不到休假的前景。我渴望高山那垂直高度……一个月末的一天，我失去控制，赶上一趟尤斯顿车站的公共汽车……从火车站，我们搭了便车到凯恩高姆停车场，然后开始朝北方悬崖群黑白色的崖面走去。"麦克法伦在《心事如山——峦山史》中这样写道。

我也有这样的心绪，亲近山的愿望紧迫又强烈。山就在那里，变幻莫测，似远、似近，奥妙无穷。这些年，陆续跑了浙江、安徽、江西、新疆、青海等地，爬了一座又一座山。有一阵子，突发奇想，居然想去爬雪山了。这个执着的念头令家人恐惧，妻子一次次劝阻。我心里一直惦念着，不能放下，我想一睹雪山之巅的壮观与无边。

我会看驴友上传的照片或视频，看他们登上雪宝顶或哈巴峰时激动、骄傲的神情与模样。那是享受的一刻，璀璨的一刻。直到有一天，路游的领队毛头说了他们登雪宝顶的事。他说："我们还算幸运，被雨雪围困几天后顺利登顶，但就在同一天也发生了意外。那是另外一支登山队，遭遇了雪崩，有两名队员再也回不来了。"

话语一下子凝固。

行走是有代价的。

从此，我那颗放纵、急躁的心稍稍有了收敛，再也没在妻子面前说登雪山的事。

八

但山依然有诱惑。

山有灵魂，有风景，更有人文。在青海久治，我就遇上了这样的景观。

2010年夏，我抵达久治，久治是个小县，到达那里时正好赶上藏族的煨桑节。清晨，大雨滂沱，洗刷大地。藏民们穿着节日的盛装，骑马，骑摩托车，高举经幡，冒雨向绿油油的山顶进发。他们要在山顶上举行仪式。从未见过如此的仪式，我心仪神往。

久治海拔四千多米，在这个高度上再去登一座山，难度就不是一点点了。

自然景观可遇，人文景观难求，我的心早已飞出去了。雨一停，就忽悠几位同伴前往。走着走着，同伴要么坐下不走，要么转身不见了。山顶有几百米之高，途中不时听到山顶上人们的欢呼声随风飘来，一阵紧似一阵，还能隐约看到顶上人的影子。我催着脚步在走，不时停下喘气，补充新鲜氧气。此时，山顶有人下撤，仪式似乎就要完成，我急了，竟奔跑起来。高海拔奔跑是十分危险的，会缺氧，晕厥，但一种无形之力在后面驱使。有一阵子，感觉自己虚脱了，动弹不得，我想到放弃。躺在山地上，身后却有个声音一直在鼓动：上去，再上去。

最后，拖着疲惫且发飘的腿，还是登了顶。

就在登上那一刻，我看到了激荡人心的一幕。一缕烟，腾空而起。那是桑烟，煨桑节的主角。几百个男人骑在马上，围着幡旗和桑烟在奔腾、盘旋。呼叫声和马蹄声响成一片。周围都是马，我湮没在了马群里。马群沿着逆时针方向在快速地转圈。

经幡在风中哗哗作响。一支支扛上来的幡旗，现在已围成硕大的一堆，高高地插在山顶的正中央。人们在祈祷，僧人在诵经。地上一片雪白，像下了一场厚厚的雪。拾起一看，纸上有图案和经文，人们正在抛撒纸片。一声未落另一声又起。

这真是生动的一幕：叠叠纸片拿在手里，随着口里的叫喊，纸片被抛到高空，随风飘开，然后像花瓣一样纷纷落下。这纸片就叫龙达，是祈福的纸片。原来，我在山脚听到的喊声就是人们抛龙达时发出的。呜——呜——

太阳升起来了，缕缕阳光从云缝里钻出。山顶上铺了一层白色的地毯，掩去了原来的青绿。我置身于一片陌生的海洋里，声音是陌生的，人群是陌生的，景色也是陌生的。每张脸上都写满了自信和骄傲。他们在喊，在叫，声音融到了大自然中。眼皮底下，就是久治县城，声音仿佛正朝着县城传去。

我好像也成了他们中的一员。内心一直在澎湃，就像马蹄一样疾速又奔腾。尽管，我只看到了煨桑法会的尾声，但这一幕却注定永存。

　　呜——

　　终于，我也喊了一声。尽管这声音很不像我自己的，但我还是喊了出来，对着这片辽阔而又深远的高原。

（2020年第8期）

常玉，以及莫兰迪

草　白

　　常玉被誉为"东方马蒂斯"或"中国的莫迪利亚尼"，并有各种细致入微的分析来证明他们之间存在的关联度及可比性。事实上，任何艺术家之间的比较，都是后人无奈中的偷懒行为。如果说常玉在其艺术生涯的某个时期，受了亨利·马蒂斯和阿梅代奥·莫迪利亚尼的影响，那应该是存在的。

　　常玉到巴黎那年，天才莫迪利亚尼刚刚去世不久，马蒂斯也于三年前搬到法国里维埃拉的尼斯郊区，但常玉认识马蒂斯的儿子皮埃尔·马蒂斯，他们还是大茅屋画室的同学。

　　无论是马蒂斯，还是莫迪利亚尼，他们对常玉的影响，更多的应该是在技法层面，这是最浅层，也是最容易被识别的。就经典作品对作家的影响，余华曾经做过一个比喻，大意是说，阳光对树木成长的影响，在于树木吸收了阳光后，仍然以树木的方式成长。

　　艺术作品对艺术家的影响也是如此。

　　这篇文章当然不是为了做比较，拿常玉与莫兰迪比，找出他俩作品的差异性及共通处，以此得出某种牵强附会的结论。事实上，常玉与莫兰迪的人生没有任何交集。常玉出生于中国四川，在巴黎蒙帕纳斯终老。莫兰迪更是过着僧侣般的生活，终其一生几乎没有离开过他的故乡——意大利北部的博洛尼亚，唯一一次出国是去苏黎世观看塞尚的画展。莫兰迪大常玉十岁，两人分别于1964年和1966年离开人世。或许，他们都没有见过彼此的画作呢。

　　此文之所以将常玉与莫兰迪写在一起，更多的是基于我的发现与看见。

这与常玉无关，也与莫兰迪无关。在过去的某段时间里，这两个人在我的内心逐渐走近，就好像他们曾一起住在某个无名小镇，互为邻里，可以相交默契，当然最有可能我行我素。

我想象着身材瘦削的莫兰迪从家中出发，走到博洛尼亚美术学院，给学生们上完版画课后，又原路返回；回到沾满灰尘的陶陶罐罐中间，回到安静而充满秩序的生活中，日复一日。而巴黎城里的常玉，大概会晚睡晚起，在午后的咖啡馆里一坐就是大半天。那些咖啡馆的侍者，会给这个中年落魄的中国艺术家留一个不被打扰的位置。

在常玉那里，一束花、一盘水果、一匹马，可以经年累月画了再画。莫兰迪也是如此，反反复复地画着家中随处可见的瓶子罐子，以此发现它们之间微妙的差异。画瓶子罐子的人很多，可没有人像他那样，画得如此灰蒙蒙、惨淡淡，好像在所有的颜色里都掺入了灰色调，或许还有白色调——浓雾一样惨白的色调，意大利北部的秋冬天气大概就是如此吧。

常玉以及莫兰迪，好像都在追寻着日常生活中隐藏的东西。他们从不满足于眼睛看见的。他们在表达感觉，对"物"及对时间流逝的感觉。由此，观者看他们的画，总有一种恍兮惚兮的神秘感。

一直以来，粉末一样的时间，纷纷扬扬，覆盖在莫兰迪的静物上。常玉的人体和花卉也在时间的沙漏中处于永恒的静止状态。在这样的画面中，画家没有直接描述自己的体验，但观者在观看这些形、色与空间时，会不知不觉地将自身体验带入其中。

莫兰迪的静物，使得高楼林立的现代都市成了《水经注》里的烂柯山，而观者干脆化作荒僻深山里看棋的童子。常玉的动物与花卉，也摆脱了现实世界的生长逻辑，阐明了另一种关于时间的逻辑，那就是人在时间中的出神状态。

我相信，无论是常玉，还是莫兰迪，他们对时间的敏感度和熟悉度远远超过其他人。而且，他们借助的是物，那些永恒之物散发出圣洁的光辉。特别是莫兰迪，终其一生都在画物的精神肖像。

莫兰迪大概一直铭记伽利略的话，后者认为真正的哲学之书、自然之书中的文字，跟我们的字母表相去甚远。莫兰迪以艺术家的敏感，看到了物与物之间天然存在的亲密关系，那就是圆柱体、球体、圆锥体之间的关系。他自由地排列、组合它们之间的关系，而那些灰蒙蒙的色调恰恰是对这种关系的真实把握。某种程度上，莫兰迪所做的就是日常物体的"非日常化"表达。这既是他深入观察的产物，也是对现实之物的想象与质疑。

常玉生命中的最后二十几年，除了短暂的出游外，一直居住在巴黎蒙帕纳斯沙坑街28号公寓里。在那间位于顶楼的寓所里，他画那些盆花静物，铁线般的枝条，色彩艳丽，且长满动物小兽、奇花异果——有中国的石榴、桃，还有飞舞的蝶、鸟、雀，应有尽有；并有大肆渲染的红、黄、蓝、绿等色调，给人琳琅满目之感。这次，常玉使用的是最强烈、最炫目、最具冲突性的色调，与早期画作中的清淡色系迥然有别。从这一点也可以看出，常玉晚期对色彩越来越没有偏见，他按需索求，而不是听凭习惯的召唤。绚烂色调及超现实因素并置的做法，或许也是为了隐藏内心的失落与虚无吧。

战后的巴黎不再是艺术家的朝圣之地。随着年老体衰，体力不济，自由惯了的常玉大概也感到了某种不适。艺术家可以离群索居，可以隐藏现实生活的痕迹，但所有一切在作品中必将暴露无遗。——当面对自己的时候，任何人都无法做到不诚实。这是艺术的价值，更是人类尊严所系。

莫兰迪不允许家人打扫画室里的灰尘——它既是时间流逝的见证，也是所有物的归宿。从这个意义上说，灰尘是见证"真实"的物证，清洁则是对真实性的违背和去除。莫兰迪画作中，那些蓝色、白色、黄色的物的表面上，都堆积着一层薄薄的、毛茸茸的灰尘。让我想起小时候，祖母卧房角落里堆积着的圆肚子、小口的瓮，其瓶盖上也是那种灰乎乎的颜色。

时至如今，我似乎还能闻到那股呛人的气味，一种时间流逝的悲怆感。大概就是为了真实地表现一个"尘埃"与"光芒"同在的世界，莫兰迪创造了一种独特的色调，被后世称作莫兰迪色。这种低饱和度的色，喑哑、幽深，宛如笼上一层时间的迷雾，给人一种寂静和疏离感。无论是明亮的黄，还是纯净的蓝，在莫兰迪的理想国里，都成了灰黄与灰蓝，是某种色调在过度使用之后所呈现出的泛白的感觉。这是莫兰迪对时间的直接表现，也是其作为艺术家对绘画语言的重新发现。

常玉的粉色系列也给人类似的观感。常玉在粉色里加入了白色与灰，使得那些粉呈现出某种斑驳感，而不是予人明亮和清新。常玉减弱了粉色的亮度和纯度，使之更接近于暗粉，或者粉白，从而模糊了粉色与周遭色彩之间的界限。

无论是常玉还是莫兰迪，都抓住了色彩的本质。他们将色彩从物的颜色，过渡到心理的感觉，进而营造出一种氛围。氛围往往比具体的形与色更具感染力和说服力。氛围与回忆有关，也与心理暗示相关。它是一个谜。猜不透，说不出。只有一次次，不断地观看、沉思，进入其中，再出乎其外。除此之外，并无别的办法。

如果常玉看过莫兰迪的静物，或许会惊呼，居然一个异邦画家的作品中流露出如此纯正、蕴藉的东方趣味，尽管是以西方几何语言表达出的趣味。形与色的极简，雕塑般的立体造型，在依稀的、可供辨识的基本形态中，追求似与不似之间的意趣。有些静物轮廓甚至微微扭曲，似乎是对个人精神遭遇的暗示。可以说，莫兰迪画的不是静物，而是最高意义上的精神之物。他的美感永远是简净的，混沌的，同时也是生机勃勃的。

常玉的用色方式多为整体平涂，色与色之间是分明的，或互补或对照，给人明亮和纯粹之感。莫兰迪却不同，他的色与色之间是渗透的、杂糅的，空间语言是错位与重叠的。他的色彩在平面和深度上，进行着融会与交流，给人真实感。

有时候，我分明觉得这是浪子与隐士的两种不同选择。一个天真而率性，一个虔诚而谦逊。他们可以是同一个人的两面，互为表里，互相映照。

无论是常玉，还是莫兰迪，他们都属于那种"室内"画家。他们作品中的时间性并不明显，也不追求晨昏变化。在他们那里，时间好像是恒定的，而空间呢，就是那个唯一的永恒的室内空间，所有静物、花卉共同存在的空间。他们不热衷于野外写生，也不追逐大自然的光影变化，常玉干脆就是一个对光极度不敏感的画家，或者说，他注重的不是瞬时写生，而是回忆似的摹写。

关于静物画的构图，常玉和莫兰迪都非常注重静默空间中平衡感的营造。尤其是莫兰迪。在莫兰迪看似缄默的画面中，时时处处存在着言说的蛛丝马迹。比如绘画时的笔触、物与物的交叠摆放、物体边缘的碰撞与重合——画面中，那种颤动感始终处于运行状态。在色彩与形式之间，莫兰迪找到了一个稳定的框架。他的平衡感体现出修士般的虔诚与克制，以及艺术家的清醒认知。莫兰迪认为即使在一个简单的题材里，一位伟大的画家仍然可以实现让观者即刻产生感动的情感强度和视觉庄严。

莫兰迪所面对的不仅是简单题材，还是可以称得上枯燥、乏味的题材，它们不过是些形状不一、高矮不等的瓶瓶罐罐，它们不主动产生叙事性，也没有物品背后的故事要讲；它们是日常用品，既不特殊，也不别致。初学素描者临摹的就是那些物品，除了勾勒物体本身的几何造型，甚至都不值得着色。

可莫兰迪给它们上了色，还赋予它们内部的暖光。据说，他是这样画那些瓶瓶罐罐的：一开始，他会在布面上涂一层鲜亮的色彩，之后，再用别的冷色颜料一层层涂覆上去。最后，观者所看到的这些灰蒙蒙的物体，便带有一种由内部生发出的隐约的光亮与暖意。

常玉和莫兰迪共同感兴趣的是，以何种态度转身，走向他们酷爱的题材，走进题材的内部去，去考量画面的分布与布局。也就是说，他们关注的是物的位置以及物与物之间的关系，以及由这些关系所传递出的情感力量。这和叙事文本中，由对叙事内容的关注转移到对叙事方式的更新，有相近之处。

常玉早年所绘的《白瓶粉红菊》，瓶和菊，以及它们和整个空间，有一种整体黏滞在一块的感觉。垂直的画面与造型，没有前景、后景之分，瓶身线条与周遭背景也缺乏明确的界限。画作背景看似单纯，却是各种色的微妙混杂与融合。在并不纯粹的白中出现浅蓝、粉红，并带出隐隐的菊的色调，给人以视觉的斑驳感。而后期的《蓝底瓶花》，蓝色作为背景色，并不是整体平涂而成，其间透出许多空隙，瓶中的白色花穗也给人留白之感。在这里，常玉画出了一种轻盈感。这种轻盈感也是对中国传统绘画"留白"手法的更新。留白，不是空，也不是无，更不是画面的凝固和表意的停滞。相反，这幅画的内部空间是流动的。有一些微弱的光，从其内部倾泻出来，好像那里面还有一个更大、更隐秘的世界。

综观莫兰迪的所有静物画，其造型与配色都给人相似之感，不过是物的增增减减，以及物的排列组合的细微变化，看似重复和毫无意义，但观者看这些画不仅毫无厌倦感,相反,却有一种沉浸在自身世界中的欢喜。

纵观整个西方美术史,莫兰迪是个异数。他不顾一切、心无旁骛地发展了自己的才能和天性。他画的是物,但观者看见的永远是其背后的东西;在他的形、色、空间之外,我们感受到另外的气息。不论是紧凑摆放的物品背后空间的营造,还是画面中流泻出的氤氲之气,莫兰迪都遵循东方精神中的"有无相生"之道,让人想起八大山人,想起马远,想起石涛。

这位生于意大利北部的艺术家,是一位隐士。西方绘画史上也有一些这样的隐士,比如丹麦画家哈莫修依,但隐士的生活,与画风之间并不具有必然联系。在此,我想到塞尚,是莫兰迪对塞尚绘画艺术的认同与追随,让他比塞尚走得更远。

写常玉的时候,我就想到塞尚,还想到八大山人,想到亨利·马蒂斯。但后来,我时常想起的人只有一个,那就是莫兰迪。我脑子里总是装着他的静物画。我看过他的原作,尺寸很小,挂在展馆僻静的角落里,给人灰迹斑斑的感觉,很不起眼。

将常玉和莫兰迪放在一起,给我一种更深地理解了常玉晚期作品的感觉。从莫兰迪出发去理解常玉,与从马蒂斯或莫迪利亚尼出发去理解常玉,是不一样的。常玉当然不是莫兰迪。但他们之间似乎有一条隐秘的通道,它们来自共同的对东方精神的追随。莫兰迪的时代不是一个封闭的时代。即使不能观看原作,也能通过报纸或杂志接收来自巴黎艺术圈的信息。有资料显示,莫兰迪在观看塞尚作品的同时,也观摩了中国和日本的水墨画。

在常玉和莫兰迪之间,我还想到一个人,那个人就是南宋画僧牧溪。莫兰迪的瓶瓶罐罐可以看作是对六百余年前牧溪《六柿图》的呼应。六个柿子,墨的六种颜色,其排列紧凑舒缓,明暗虚实都照顾到了。

最终,我又想到常玉的《枯梅》图。

梅是冬天里的花,是荒寒岁月的馈赠。它开在雪地、山涧、荒野,也开在驿外断桥边。而且,梅枝有一种天然的萧索之美。常玉以此为题,断断续续创作过一些《枯梅》图。疏朗的枝条,极简的瓶身勾勒,线条、造型都很类似。那梅枝的造型不给人树木的感觉,像是由钢铁焊制而成,充满冷硬的现代感,而整个画面却弥漫着古典韵味。两种貌似冲撞的风格,却由一种气息完整地统摄在一起。

这些瓶瓶罐罐,六个柿子,以及这花叶落尽的梅枝,好像是同一个人在不同年代、不同时间里绘下的。它们不表现生机,却处处都是生机。这些画面里也没有"我",观者却时时刻刻感受到"我"的存在。

无论是常玉、莫兰迪,还是塞尚,他们都是能从自身中找到题材的艺术家,而且选择的大都是重复的题材,更重要的一点是,他们都没有开拓新的题材,而是在属于众人共同的题材上,表现出新意和天赋。

所以,这里的题材不仅是题材,更是一种观看方式。如何去观看和感受那些梅枝、柿子、瓶瓶罐罐,如何从形色出发,最终超脱时间和经验表象,抓住事物本质,才是最重要的。

很久以来,童年和少年生活,都是我的写作题材,也是别人的。如何在信息和经验的旷野上,搜寻到那些能刺激我们想象力的碎片,并使得那些碎片重新组合成一个足够完整的世界,这似乎是我应该做的。与此相比,或许真正重要的是我们现在的处境,创作中所处的此时、此地。我们是站在此刻的立场上,运用此刻的感觉,去面对我们的题材——而它们发生在过去。从这一角度来说,所有的创作都是回忆和虚构。

绘画也是一种回忆,是在回忆基础之上的重塑。人们感兴趣的是这种回忆的生成机制。它是如何发生的。那些大耳朵、大鼻子、大门牙的象,为何变得如此幼小,变成了陆地上最小的动物。

我说的是常玉画的象。他画过《白象》和《孤独的象》。象,向来被认为是庞然大物,有壮阔的体形,巍峨的身躯。常玉有没有见过真正的象,或许是见过的,但这并不重要,重要的是那些象在他的画面中,忽然变得很小很小,变得无限的小而孤独,好像它们从来都如此。

我们似乎被这样的象打动了:一头看不出任何表情的象,奔走在无尽的旷野里,好似一个孤独的人类的孩子,在时间的洪流中摸爬滚打。

旷野可以是虚构的,那头象或许也是。只有艺术家的情感是真挚的。我们就是被这份情感的浓度和纯粹度打动了,莫兰迪也曾说过,他关注的是由物与物的关系中所传递出的情感的力量。无论是《白象》,还是《孤独的象》,这里面物与物的关系都是极其简单的,简而言之,就是一头象和这个世界的关系，就是我和这个世界的关系，也就是我和自己的关系。

这是所有人，从一开始到最后，真正要处理的关系。

在人生的不同阶段，常玉处理的始终是最重要的问题——此时此刻的问题，哪怕是生命的最后瞬间，在他那里也不过是另一个"此刻"，并不比此前的时刻重要，或不重要。

作为一个人，常玉任性地选择了自己的生活方式；而作为一名艺术家，难免心不在焉。他以毕生余力奔走推销自己发明的"乒乓网球"，而对画作多少有些听之任之。杜尚曾说"我最好的作品就是我的生活"，常玉不仅认同这样的观点，也在努力践行之。

（2020年第10期）

黑蜘蛛

柳 营

做了面条。

鸡蛋、西红柿、蘑菇、瘦肉、豆腐干混炒在一起，与煮熟的细面条拌着吃。女儿说味道极好。想念母亲做的面，她的面向来都带汤，汤里加青菜、瘦肉丝或者一个煎鸡蛋，清淡可口。

在极为安静、朴素、简单的日子里，任何普通的食物，都呈现出了与之前不一样的意味，似乎人的感官因了周围的寂静，被无限地放大，反而让食物的味道变得更为深沉丰富。

之前去很好的餐厅，坐在优雅的环境里，吃到极其美味的食物，也仅只是味觉上的体验。如今一碗自己做的面条，却有盛满了千山万水的感觉，流淌着生活点滴间聚起来的滋味，以及长长的能够连接到母亲的思念。

思念也时常会从母亲跳跃到外婆。

七八岁之前，姐姐与弟弟留在父母身边，而我大多数时间都在外婆家，她就是半个母亲，她是我的童年记忆。

外婆长得娇小秀美，五官精致，皮肤细白，对他人温婉友善。周围的邻居，会在白天的任何时候出现在外婆家，只为和她说几句家常闲话。其中一位，每顿都会捧着饭碗进外婆家，没完没了地絮絮叨叨。外婆放松自然，声音柔和，听起来悦耳动人。她与人说话时的姿态，也极富感染力和亲和力。

她为人大方，会和大家分享屋里的所有吃食，我因此也几乎天天都可以得到不同人家的各种食物。在她身边，是热闹和快乐的，却又有着巨大的静谧安详含在其中。与她一起生活的日子，少有孤独与悲伤。她就像是柔风，温和慰人，足可以吹散悠长的日子带来的无聊。

她做事有条不紊，动作熟练轻柔，时间在她身上，是线型的，流畅并且有序。即便时不时有人来串门，她仍旧是一边缓缓地依着她的计划做着自己的事，一边轻快且富同理心地与人交谈。

外公大多数时间都不在家。他微驼着背，走出家门，走向别的小镇，别的村庄，走向外面的辽阔与自由。他早年是某一合作社的社长，一场运动之后，他被冤被关押，后来平反，补发了工资。他开始钻研易经八卦，观人心相，云游四方。

外公难得在家的日子里，外婆会成为另外一个女人。她变得陌生，刻薄的言语里充满了嘲讽，甚至诅咒。她开始易躁易怒，极度情绪化，整日喋喋不休，但即便是咒骂的时候，外婆仍旧会压低嗓音，只够外公听到就行，她实在太要面子，只要有外人在，她就会变回原本的样子。不过，外公回家的第一天，倒是风平浪静的，因为这一天，外公会把口袋里所有的钱都交给外婆，外婆会抽出一两张递还给外公。外公称之为零用钱。

似乎听习惯了外婆的咒骂，外公不开口，不顶嘴。他意志坚强，性情平和，慷慨善良。他质朴自然，不谙俗事，身上有着无拘无束的孩童般的天真之气。路上遇到在运动中折磨过他的人，也会致以问候。外婆不行，外婆会咒骂他没骨头，好了伤疤忘了痛。他会说，为什么要记住痛？那些人，一样在大梦里。我听不懂他的话，而外婆觉得他疯癫。

他痛恨被禁锢在家里，除了三顿吃饭的时间，他会自动消失在外婆的视线之外。有时我会随他一起出游，去看一场电影，或到附近的寺院拜访老方丈，或坐在茶馆里听说书。与外公在一起的时光，自在惬意。他喜欢用浓密的胡子，摩擦我细嫩的脸蛋。他爱他的胡子，三餐过后，都会用随身带着的那块柔软的手巾沾上水，细细擦拭他的胡子。多少年过后，我仍记得他身上的气味，并不浓郁，平和单薄里带了些许孤独。是的，自在的表象之下，深藏着不可见的忧伤。那些忧伤而孤独的气味，至今都让我觉得难过。

他会给我讲他遇到的人和事，各种离奇古怪的经历，讲万物中的阴阳及失衡，讲暗藏在表面的危机，以及那些日常中旁人不愿看见的"真相"，讲人的命与运。

外婆家烧煤炉，点煤块时，需要用纸或者别的易燃物。每天点煤炉是件大事，外婆经常被烟呛得眼里冒泪。秋天时，我会长久地待在院外的那棵樟树底下捡树叶，用针线将透着红与特别清香的樟树叶一叶叶穿成长条，拖回家给外婆点煤炉。

一日，穿树叶穿得无聊，就趴在树底下看蚂蚁搬家。恰巧外公云游回来，他蹲下身来对我道："宝宝，你在看蚂蚁时，知道谁在看你吗？"我抚摸着他的胡子回："是你。"他笑起来："不，是樟树。它一直在看着你。那又是谁一直在看着樟树呢？"我摇头。他抬头指指天："是老天。"他说："人比蚂蚁大，树比人大，但老天最大，它一直在那里，你看，就在我们的头顶。"我因了他的话，知道了蚂蚁的小以及"我"的"小"，知道了大地之上，"天"的永恒辽阔。是大与小，是内与外。

后来读《道德经》时，读到"天地不仁，以万物为刍狗"时，想起年幼之际，外公指着树下的蚂蚁与我讲的话。知天地看待万物都是一样的，一切随其自然发展。不管万物变成什么样子，那是万物自己的行为，与天地无关。天地顺其自然，一切犹如随风入夜，润物无声。

当外公在家时，我更喜欢与外公粘在一起，在他放松自在的气息里，感受着与外婆不同的爱与他特有的内在的天真。只是外公在家待不了几天，如果他一直待下去，他的耳朵会长茧，他的身子会变矮，他残存的那些活力会被外婆的咒语驱赶。

外婆是只黑蜘蛛，在外婆面前，他是一条柔软无力的虫。

外公会在某个清晨，早早起床，背上行囊，吱呀一声打开门，又轻轻合上门。我能听到他的脚步声一点点远去，远离外婆的咒骂，行走在自由却又孤独的远方。

当外公的脚步声消失在没有被太阳照亮的黎明深处，我听到搂着我睡的外婆，长长地松出一口气，身子似乎因此柔软下来，然后继续沉入梦乡。我抬头看了眼外公的床，它在靠墙的角落里，看起来那么小那么窄那么孤单，我似乎能感觉到，床上外公留下的那点儿余温，正在空气中完全散去。

外公走后，日子立马恢复原样。

柔和安宁的光泽在外婆脸上再次浮动，她的声音重新变得温婉动人，她对着我唤心肝宝贝时的样子，如春风拂面，美好得能让整个世界都变得金光闪闪，熠熠生辉。

我像一只听话的小狗，每天跟在外婆身后，待在外婆那透明简单却又复杂深邃的世界里。外婆很美。她的美，只呈现给她的邻居，她的亲人，她的孩子。她的美与深情，只寂静地盛放在她自个儿的世界里。

外公是她的另一个世界。他们因命运的巧合而靠近，却无法真正相融。他们是两个完全不同的世界。他们交集过，却无法平行。

外公在外独自游走的日子里，我经常会想念他，不知他在外面吃什么，会睡哪里，会否孤独。我暗自期待着他能早日回来。我喜欢抚摸他长长的胡子，喜欢他带给我的那些神秘鬼怪的故事，渴望与他再次去探索门外新奇的一切。

我不能在外婆面前提外公，更不敢说我想他。她会看着我，不说话，但我知道，她生气了。除了外公回来的第一天，外婆几乎憎恨外公的全部存在，就连外公飘荡在屋子里的气味，都会让她变得面目可憎。他的言谈，他的举止，他的处事方式，甚至连他走路的姿态，全都会刺痛她那敏感脆弱的神经，让她无法忍受，并且火冒三丈。

那日早晨，有人敲门。躺在床上的我以为是外公回来了，兴奋地从床上翻跃而起，急急跑去开门。

门口站着陌生的父亲。

看到他时，我的身体瞬间变得冰冷，心里充满了惊恐。我后退几步，跑回房间躲了起来。听他与外婆的对话，知道他是专门来领我回去的，因为要上小学了。这就意味着不能继续与外婆生活在一起，意味着我必须离开这里熟悉的一切，那些每天来串门的邻居、我的哑巴朋友、外婆院子里的枣树、院外的大樟树、外婆做的饭菜、睡前外婆的抚摸，以及将错过所有外公可能在家的日子……

我对即将发生的一切觉得害怕，也万般无助，身体里有着巨大的被撕裂的痛苦。我躲着他，不想看到他。我怕他，不想跟他一起回家。我连饭都没吃，就跑了出去，躲在邻居家的大柜子里，颤抖着，怀着一丝侥幸，希望不要被找到。

能不被找到吗？这世上哪有别的容身之地。我如小羔羊，被外婆从人家的柜子里抱出来，送到父亲身边。

从一个世界，到另一个世界。

从暖的到冷的。从平静的到不安的。从熟悉的到陌生的。从无忧的到苦恼的。

离开外婆，进入让人讨厌的学校，被欺凌，被孤立。痛恨"集体"生活。在父母和姐弟身边，在那个是家的家里，我是外人。没人意识到我是个外来者。我置身其中，晕头转向，听他们说话，看姐姐与弟弟玩游戏，我孤单单地站在一旁，就像站在梦境之外。我不懂母亲的方式，更不懂父亲的脾气。很长一段时间里，始终被巨大的孤独感包围。每每黑夜降临，我都会躺在床上，思念着外婆的气息，想念她唤我心肝宝贝时满脸的光与慈爱，也想外公的长胡子和他那些神奇的故事，我就那么僵硬地躺着，置身陌生与孤寂之中，眼角淌着泪，在无边的落寞中入睡。

醒来时，脸上还有泪迹。

小小的年纪就想着，以后自己有孩子，无论在什么状态下，都不要让孩子与我分离。

长大后，成了母亲。

为母如战士，带着天生的爱，承着之前不曾想象过的具体而琐碎的全部养育之责任，在笑与泪中，滑行在脆弱与坚强的缝隙间。无论在怎样的状态下，无论身在何处，一直都将她带在身边，伴她左右。陪她入睡，看她醒来。感受着一日复一日的琐碎与美好。从婴儿，到现在，直到她将来独立为人，拥有她自己的生活。

在与她相伴的日子里，无数次在半夜醒来，碰到她温暖的身体时，感恩她能让我成为一个母亲，感谢她来做我的女儿。

之前，在西湖边，曾听过身边最亲近的女友的感慨，后悔当初没有将曾经到过她身体里的婴儿留下来。她说，她当时一面想做母亲，另一面却对婚姻犹豫不决，处于忧心之际，打电话给一位忘年交。对方说，相对于其他充满各种变数的人际关系，母亲与孩子的关系，具有某种恒定的力量，对于一个独立的、有着经济基础的女性来说，做母亲，更应是基于自身意愿的成熟选择。多少人，即便最初相爱，因爱有了孩子，但等到有孙子孙女时，仍有可能会选择分手……所以，孩子既非相爱的必然，也非婚姻的必需，更非维持感情的必备。不要执着于把孩子与概念里的"爱"和"对"的人联系在一起。成为母亲，是"大"自然。

即使是有如此智慧的忘年交，也没有打消她的心忧。在一段试着交往的关系中，如果意外怀孕，或者如万千女人一样去医院流产，或者为了生子在并不那么满意的关系中妥协且接受婚姻的必需。生孩子必要"准生证"，不然就是"黑"人。面对被限制的以及被框架了的，她权衡再三，最终没有勇气与那个不是那么投缘的人走进婚姻，也没勇气生下那个孩子。如今，依旧一人，那个对的人仍没有出现。事业有成后，已近五十的她，多次去别的国家试着取卵生子，却已错失了做母亲的最好时机。

五十，对于男性而言，是黄金和钻石的生育期，即使人到七十，仍可老来得子。当今，在男女经济独立且能力相当的前提下，男女最大的区别在于男女生育期的不同，以及传统观念下视"男与女"的"有别"。

长大后，听母亲说，自她懂事起，就没见过外公外婆同睡一张床。

我说，为什么他们没有试着分开。

母亲讲："外婆需要外公的钱养家，外公需要有个'家'。"

命运的某个时点，让他们交集，外婆因此有了孩子，但他们很快就变成了冤家，甚至连在同一张餐桌上好好吃顿饭都无法做到。即便如此，生活仍得继续，她没有任何别的选择。外公生前一直在逃离，直到老了病了，逃不动了，待在屋里活得像个隐形人。有一天早晨，被家人发现，他已离世。外婆的世界，从此安静了下来，她再也无人可骂了。两个如此美好的人，过了一辈子猫和老鼠，又如战场般硝烟四起的生活。

母亲也是个美好的人。父亲看起来斯文白净，但脾气暴躁。母亲在特殊时期，因了外公的冤假错案，受了牵连，失去继续读书的机会，外婆为了让她远离是非，咬牙将她远嫁到不那么疯狂热衷政治的偏远地区，母亲屈服于外婆的主张，开始进入婚姻，并且从此失去任何纠正的机会，因为无论从物质还是从精神，她都无法做到"独立"。

如今已老，小媳妇姿态的母亲，竟然在岁月中慢慢长成外婆的模样。她成了那只黑蜘蛛，父亲成了那条柔软无力的虫。父亲，变成了那个让人心疼的人。

在所有对外的关系中，母亲都能做到隐忍、柔软、智慧以及充满善意和同理心，唯独与父亲，争吵不断、喋喋不休、抱怨不止，有时甚至歇斯底里。她一生都在承着对方情感上的粗糙与脾气的粗暴，一生都想试着用她的方式改变对方，却永远适得其反。

老了，她身体里几十年来积下的愤怒，使得她在面对因衰老而不再那么暴躁的父亲时，依旧"激情澎湃"，只要机会出现，她的委屈与不甘便如山洪暴发，因为孩子已大，她从这段关系里获得了真正的"独立"与"解脱"，对生活早已无所顾忌。

他们是一条绳上的两个不同物种，却从来都不曾真正相知，内部世界也从未曾真正同行，更不曾在相似的频道里有过"只可意会不可言传"的彼此触动或者互相起舞。

前不久，与母亲视频，之后又像平常一样汇了钱。

母亲语音留言道，你不用每月都汇，你之前见面时给的，以及每月汇来的，都存着，请先照顾好你们自己。母亲曾问过我，那些她存着的钱，之后可不可以给她的孙子，因为儿子没什么赚钱的能力。我说，已经是您的了，我尊重您做出的任何决定。

每月仍旧汇，只是想让她开心。是一种方式，更是一种表达。

收到她的留言，我写了短信给她（她耳朵不那么好，更方便读短信）："您是我的牵挂。年轻人可以通过自己的努力，有着各种可能，而您已经老了，我会尽我所能让您觉得安心。"

母亲用语音回:"如果三个都如你一样孝顺、懂事,我真如是在天堂。你姐五十了,还有让我头痛的一堆烦心事。"

我回:"世间事太多,儿女子孙的事更多,事实上您一件都管不了,操心也没用。生得了人身,保不了人世。如何过日子,还得要靠您自己的态度。忧也是一天,喜也是一天,日子还是日子。即使再给我们一万年,仍有无数操心事。所以,人生短短百年,尽可能放宽心,吃好睡好。"

母亲回:"每次和你聊天,都让人宽心。每当感受着你的孝顺时,都会想起我的娘,你的外婆。当时太苦,和你父亲又不那么合,且已经有你姐了,所以知道有你时,就下了决心一定要去医院流产。先带着你姐偷偷离开家,进城住在你外婆那里,决定第二天把你姐留在外婆家,独自去医院。你外婆知道我的想法后,怎么都不肯让我去医院。她说,已经有了,就该珍惜。她坚持要我生下来,她承诺会帮着我照顾。你知道,我向来听我娘的话。如今享受到你带来的孝顺,会忍不住感谢我娘,就感觉你是当初我的娘留给我的福……"

那么多年来,第一次知道,原来自己是母亲不想要的,是外婆保下来的。也明白,为什么整个童年,全都在外婆身边。

那天收到母亲的语音时,是晚上八点多。晚饭后习惯出门散步,正从中央公园出来,拐进莱克星顿大道,往家的方向走。街上没什么人,已处于疫情之初,城市已有慌张之气。在空阔的街头走呀走,边走边生出一些恍惚来,心里觉得难过,因为有姐有弟,向上够不着,向下更够不着,知道自己因为是个女孩,在别人眼里,是多余的,但不知道是母亲曾经真的不想要的。不过这样的念头,也就是一瞬间,很快便恢复了正常。

母亲当时肚子里的那个小东西,还不是"我"。如果她曾坚定地选择去流产,就如我当初想把女儿生下来,应该都是一样的。

只是想,如果母亲真去了医院,那么,这世界就没有此刻的"我"了。

"我"更不会走在纽约的街头,家里也就没有那个"女儿"了,安吉自然也不可能会遇到我,那么他的世界会完全不同。这样一连串地想着时,就觉到了世间巨大的虚空……

一切都在机缘巧合里。

"我"来此世间，或者没来此世间，只是母亲的一念之差。因此，"我"就更应该珍惜这"来"到此世间的难得旅程。

晚上陪女儿重看了《傲慢与偏见》。除了女性的自身独立，婚姻生活是否幸福，有时真的完全是个"机会"问题。好在，现在社会，对于很多女性而言，婚姻已不再是唯一的选择。

看完电影，与女儿聊了上述关于我的外公外婆，她的外公外婆的故事。也告诉她前不久外婆在语音里说的话。我说："如果没有我的外婆阻止你的外婆去医院拿掉'我'，就没有你了。"

她稍有片刻惊讶，然后笑起来道："也许你会投胎到别处去，我也会投胎在别人家，只是你不做我的母亲，倒是挺可惜的。别人做你的女儿，肯定没我好。"

她那厚脸皮的话，逗得彼此都大笑起来，笑声穿透小屋，散在山林的深处。

入睡前，她对着我呢喃道："我还是很想念并且感谢外婆，因为她最终选择生下了你，不然，我就不会睡在你旁边了。"我搂了搂她，没一会她便眯眼睡着了。

夜色浓郁，火炉已熄，是入睡的时候了。

（2020年第10期）

金陵上元夜

赵柏田

一

这一刻，我什么也不必做。我只消把心腾空，让它像一把音色喑哑的古琴，裸陈于愈来愈重的夜色中，去感受空气中细小的旋涡和神秘的律动。

美术馆外，是京城三月如酒浆一般流淌的阳光。我可以视而不见。我是在16世纪中叶的金陵城，上元节之夜。身旁穿梭的青年男女，我也可以视若不见。他们都幻化成了一个个提灯人，或者是相携看灯的士人游女。

邱志杰说，历史是一个剧场，剧情一再上演，剧本早就陈旧不堪。他设置了一个剧场等我们入座。他把我从南方邀来，出席他历时九年创作的《邱注上元灯彩计划》的开幕雅集，却不承想，我在人群中看到的是一个坐在轮椅上的邱志杰。一个月前，他在脚手架上画画，一脚踏空，摔成骨折。我还以为，坐在轮椅上的艺术家，是今天这场开幕雅集最大的一个"装置"呢。

"因思书画的命运，得对的人蔑视，也胜于被错的人青睐。"我默念着邀函中他的这句话，对接下来的遇合还懵然不知。我不知道我在这里会看到什么，听到什么，偌大的美术馆里，我又会与谁遭遇。

我唯一知道的是，这一切的缘起，是明朝的一个风俗画家。这个生活于嘉靖、万历年间的画师，曾应江宁县某富商之约，在绢本上画下了那个上元之夜。因为身份卑微，这个画师甚至没有在作品上签下自己的名字。今天的《邱注上元灯彩计划》，即是以四百多年前的这幅画为起点。这使我一脚踏进展厅，就似乎落入了一双眼睛无处不在的凝视中。这个无名画家，他在打量我，观察我的言行举止，伺机要把我画在他的笔下。

二

下午两点，我随着潮水般的人群涌入美术馆一楼大厅。身前身后，全是一张张陌生而年轻的面孔。预定的三点钟到了，聚集在美术馆一楼大厅的人越来越多。他们成群成团地拥进来，时散时聚，似乎一时间无法判断自己该出现在哪个位置，或做些什么。每个人都试图在人群中寻找熟人，就像一滴水在寻找另一滴水。我这样的独行者成了最尴尬的人。进入大厅快一小时了，我还没有找到邱志杰。本来我以为他会像新郎一样出现在门口，站在他最得意的装置作品边上与人握手、合影。但并没有。人群中，我看见了戴着圆框眼镜、一头王尔德式鬈发的徐冰，看见了范迪安。他们的笑容和电视上一模一样。我还远远地看见了李敬泽，他站在人群的旋涡中，好像笑得也有些迷惘。而那个坐在楼梯上神情落寞的英国老头，谁也不知道他是从牛津赶来的艺术史家柯律格，中午，我们刚刚同车从机场到了昆仑饭店。

有人想去二楼展厅看个究竟，但在楼道口被几个身量壮硕的保安拦住了。争执了一会，他们不得不返回一楼大厅重新汇入人群。这里成排的摊位上罗列着的古物——瓷瓶、手串、旧书、石像，使他们暂时忘却了等待的焦虑。有人在观察器物的年代和成色，有人在讨价还价，也有钱物两讫的，欣喜地奔向下一个摊位。没有刻意安排，剧情已经在不知不觉中上演，这众声喧哗的场景，正对应着四百多年前金陵城秦淮河夫子庙前的那场华灯高张的盛会。人群聚集的地方就是剧场，人与人相遇产生对话，对话带来关系，而艺术就是对这千万重关系的一种呈现。这，也只是我的一种揣摩。

其时，这件野心勃勃的作品正掀开一角，那是《邱注上元灯彩计划》的开幕戏《古玩市场》。这个坐在轮椅上的艺术家，用一种几乎无缝对接的魔术，让时间暗换，乾坤挪移，让在场者于懵懂中，一脚从现实踏入了艺术的太虚幻境。

他几乎有点固执地把这个上元夜设定在嘉靖四十五年，从这个给定的历史时刻,"邱注计划"悄然开始,大厅里响起了一个女声旁白:"西元1566年,大明嘉靖四十五年丙寅年,虎年,上元节。秦淮河畔游人如织。沿岸酒楼妓馆皆满。露天古董花鸟市场生意兴隆。当夜,名甲天下的金陵灯会照常举行……一个月后,江宁县富商委托画师制作的《上元灯彩图》顺利收笔。"

每一个被无名画家捕捉进画面的人,似乎心里都明白,当极绚烂的一幕消逝后,接下来就是时代的永夜。是以他们尽情游赏着、享乐着,想要把好日子过完。画家的笔触是欢快的,而绢布背后他的眼神,却忧虑而苍茫。而四百多年后,邱志杰以一种追忆者的心情面对此画,重返那个盛世之末,他的不安更甚,忧心更甚:这现代性曙光降临的前夜,历史的三岔道上,我们究竟丢失了什么?

好吧,他说服我了,也说服了在场的每一位,我们是在嘉靖四十五年的上元之夜。我们所处的地理位置,是在南方,大明王朝的留都金陵,"秦淮河往北过三山街的内桥一带"(此语来自故宫文物鉴定专家徐邦达和杨新对这张古画的判断)。刹那间,我几乎是以一种追忆前世的心情,想起了那些不禁夜的狂欢,想起了那些把夜空照得灿如白昼的灯盏,也想起了陪我们一起看烟火的女友的脸。而这一幕今生繁华的背后,是那个无名画师热切而忧伤的眼睛。

他看着狭巷通衢里三教九流的各色人等,看着出没在瓷器店里的书生和商人,看着奔跑的孩子、杂耍艺人、怀抱鲜花的女子。他也看着在人群中用力挤着的登徒子,看着抬着一只鹿走过大街的屠户。他的目光在夜色中伸得更远,越过那些纱灯、滚灯、槊灯、弹壁灯和做工考究的鳌山"万岁灯",越过古都上空已然黯淡的王气,他看到了这欢腾游乐世界的尽头,那是在帝国的东北,渔阳鼙鼓动地来,而朝堂上的清流派、元老派正混战一团。他爱这盛世的欢愉,但一切终将逝去,马蹄声碎,华厦将倾,所有的歌都将成为挽歌。悲欣交集,当是他临风展纸时的心情。

那么,这高张的华灯,是在张岱的《陶庵梦忆》里,也是在刘侗、于奕正的《帝京景物略》里,而那个散乱地堆放着清刻《金瓶梅词话》《性理大全》和《鲁迅选集》《让良知自由》等古今图籍的书铺,则是秦淮河边三山街的蔡益所书铺了。日后的《桃花扇》里,乙酉三月,侯方域、陈贞慧、吴应箕三人来这里赴李香君之约,不料香君被选入宫,三人刚见面,就被公报私仇的阮大铖捉去。那书铺主人,一开场就如此这般自夸:"在下金陵三山街书客蔡益所的便是……"而一出《桃花扇》的最后,金陵玉殿,秦淮水榭,在女真人的铁骑下全都冰消雪释,唯留下一曲白鸟飘飘水滔滔的《哀江南》。

此时的剧情已行进到了第三幕:《碰瓷》,一个顾客和商家发生了争执,一个身着制服、手持发出尖厉啸声扩音器的城管登场了。这个现代人的突然闯入打破了预想的剧情年代设定。这时,场中人突然发现,他们已不再是单纯的围观者,不知不觉间,每个人都成了剧中的一个演员。

黑色的纸飞机,不知从何处飞出来,滑翔在每个人的头顶。一方巨大的玄色布帛在场子上空翻飞,如同一具飘忽着远去的灵柩。此时,应已到箫鼓渐歇、星倦灯残时,睡梦已在向每个人发出召唤,排成长队的"鬼魂"上场了。中央美术学院实验艺术系学生串演的鬼魂们,头发打着干胶,穿着结满蛛网的前朝官服,他们行走时,黑色衣袂破空处的空气都似乎冻住了。"鬼梦"让喧嚣的市场突然如沉到了水底般安静。他们在想这鬼魂是何者所化,会不会进入我们的梦,一种巨大的宿命感如沼泽地的雾气,渐渐浮了上来。

就在这时,我透过二楼栏杆看到了坐在轮椅上的邱志杰。场中人的目光都落在那些行走的"鬼魂"上,谁也没有注意到,艺术家是什么时候悄悄上的二楼。他拿着相机,对着一楼大厅不住地变换着角度。我相信我们每个人都落入了他的镜头里。从一入场,我们不只是落入了四百多年前那个画师的眼里,也落入了邱志杰的眼里,落入了他为我们预设的剧场里。

三

现在该说说那幅画了。

长久以来,画史不载此卷,海内外艺术品拍卖市场也难觅此画踪影,一直到上世纪90年代初,一个偶然的机缘,这幅《上元灯彩图》才落入一个叫徐政夫的收藏家手里。这个在开幕式现场一直推着轮椅上的艺术家的貌不惊人的老者,现在是这幅画的保管者。

九年前,正是在徐政夫那里,邱志杰初识此画。无从揣想他彼时的心情,他说他看到了"一个时刻","一个市场",一出上千年来反复上演而脚本缓慢演化的"戏剧"。那么,这是一个艺术家运思的起点了。他说他曾花了五年时间临摹此画,与这个前辈无名画师相互凝视并秘密交流,最终发展成了今天这个"邱注计划"。

于是他把画中的场景,演绎成了一个剧场。穿过《古玩市场》这个不需门票,也不必纳投名状的入口,即将通往的是"邱注计划"的幽暗曲折处。

那是怎样一个泠然的世界啊。这个巨大的装置展厅,邱志杰将之命名为"金陵角色绣像"。在这里,艺术家邱志杰启动他强大的历史想象力,像那个说出皇帝的新装的孩子,说出了帝制中国的一个秘密:历史总是在抄袭自身,历史的情节总是惊人相似,而脚本的数量总是那么几个,是以,不管朝代如何更迭,恒定的角色总是那么几个。

对一幅古画的临摹和注解,由此成了一个艺术家方法论构筑的起点,但整个作品的完成又远不止此。这场展事说是"邱注",其实也大可以"李注""王注",寻常人看来,这"注",乃是"我注六经",而邱志杰则是"六经注我"了。他画卷上旁注的碎片式思绪,带着诗人的激情和辩论家的机锋,已经溢出了他的前辈画家设定的河道。

这是因为,他超越了那个特定的夜晚——嘉靖四十五年上元夜,也超越了地理——金陵秦淮河畔,而进入了对历史和现实普遍性观照的玄思。他如同一个炼丹术士一般,在历史的坩埚中提炼角色,把它们一一锻造成形,而后,又像陈洪绶画《水浒叶子》一样,出以笔法高古的绣像,给它们在"金陵"的剧场中一个位置。这一刻,艺术家给自己设定的角色,是神。他在创世。

在一次访谈中,邱志杰说道,提炼的角色有一百零八个,它们有时候是人物,有时候是某样事物,有时是说不清道不明的某种思绪。我现在看着这些物件和画作,它们从嘉靖四十五年金陵上元之夜而来,从秦淮河边那个人声鼎沸的市集而来,却已然凌空飞驾于这些具象之上,成为一个紧丝密合、相互制动的"金陵剧场"。穿行、低首、徘徊在这个剧场,每个人都成了百代之过客。沉沦于时间,又在时间的岸边慨叹。

此刻,我已站在了"不夜天"系列灯笼下面。其实,在进入一楼大厅时我已注意到了这些灯笼。当我穿过长长的历史绣像画廊，站在这奇幻的不夜天，我明白了邱志杰为什么把它们称作"金陵之心"。它们是剧场的灵魂，是人类亘古的情感，是世界最后的安慰。但众生都被参与历史的幻觉蛊惑了，都没有心情来抬头好好看一看它们。

在二楼的绣像展厅，我好几次看到沉思中的敬泽。我们就像两个猜谜人，秘密交流各自猜中的谜底。在此次来京之前，我还在构思一个小说，我设想过把背景设置成明朝、晚清，或者民国。走出金陵剧场，不说如受电击，却也令我深自检讨，一个受制于具象的小说，总会被时代的意识形态局限，而一个《红楼梦》式的假语村言的世界，大荒山无稽崖下一块顽石在尘世间的游历故事，才更具永恒性。"金陵剧场"就是艺术家邱志杰的"石头记"啊。

晚宴时，徐政夫先生出示了《上元灯彩图》真迹。这幅画被小心罩在玻璃柜里，和邱志杰初识此图时的一幅临摹作品一起，接受宾客们的观瞻。未来人凝视的目光，想必也会如今夜我们凝视四百多年前的那个无名画师一般落到我们在座者身上。

辞别主人出来，三月的京城还有些凉意，走在艺术区青灰色的夹墙下，我突然领悟到，邱志杰为什么说要感谢这位生活在四百多年前的南京城的画家。因为正是这个无名画家，帮助他，也帮助我们，认识了什么是中国，什么是中国艺术。

这里是金陵。邱志杰说，这个叫作金陵的剧场，可以是任何地方，任何一个记忆与失忆交错、欢庆与告别同步、朋友和敌人同体的地方，都是金陵。

我想，它还应该有一个名字：人间世。

（2020年第11期）

时间中的铁如意

吴文君

我上班的地方在南寺街，院子虽大，却没有门房，所以，工作地址一般就留"仓基街41号"，免得邮局没地方送。

有时，也用印有"仓基街41号"的白色大号信封，给朋友寄书寄杂志。

第一次去"仓基街41号"，还是2004年前后。大概是去参加文联或作协的一个什么会，进门，先看到一幢青灰砖墙的小楼，紧邻小楼的还有两幢旧宅。小楼自有浓郁的民国味道，和隔一条街的徐志摩故居风格年代相同，门厅中央摆放着张宗祥先生的半身铜像，背后是他拍摄于晚年的大幅照片——当然了，这里本来就是张宗祥纪念馆，也是张宗祥书画院。院子里的一株罗汉松总有百岁以上，已经长到和小楼的屋顶齐平。会是在新楼里开的，结束就不早了，暗昏昏的天色里，大家都往外走，虽然记着那几间老屋，也只有跟在后面走了。

没想到，过了五年，我换了工作，"仓基街41号"成了我的半个单位。还有半个单位在南寺街，也就是说，办公地点在南寺街，日常管理在"仓基街41号"。说起来是有点奇怪，跟人解释也麻烦，有时还真是觉得说不清楚（不相干的人也没必要说那么清楚吧）。但是自此，时不时地就要往"仓基街41号"跑一趟。发工资了，去领个工资条；年底了，要交总结；上面来考核，要给大家开个会；去办公室复印点材料，拿点信封。诸如此类的事，零零碎碎，每年也有不少。

碰到值班，就更无聊了，只能和保安聊聊天，或者找本书看看，只等下班时间一到，倒掉茶水，收拾收拾回家。

有几年，一听到值班，就会觉得很讨厌，怎么又要值班了？

松尾芭蕉在《笈之小文》中说：一时有一时之爱好，一日有一日之情趣。……平素迂腐顽固、不与为伍之人，一旦相逢于乡间小道，或于茅舍颓败之家遇见风雅之人，则宛若瓦里拾玉、泥中得金。

时间长了，忽然有一天体会到值班也有好处，可以像半个主人那样在院子里四处走走。

如果一个人对书画没什么了解，也没多大兴趣，多半不知道张宗祥是大书法家、版本学家、学者，擅长绘画和古籍校勘，经他手抄的古籍有六千余卷，当过浙江省教育厅厅长、浙江图书馆馆长。杭州的西泠印社，在柏堂里陈列着被称为"西泠巨擘、一代宗师"的七任社长的照片和简介，张宗祥位列第三任，前有吴昌硕、马衡，后有沙孟海、赵朴初、启功和饶宗颐。

不同于现在那些旧居不旧的假名人故居，院里这三幢旧宅，都是早年建造起来的。进门看到的青灰砖墙小楼，名"铁如意馆"，1926年张家跟姓汤的人家买来地基建的，三间两层；西侧的三间木结构平房，是张家祖宅，张宗祥的出生之处；平房西侧的"爱愚草堂"，两层木质，四方形，是张宗祥之兄张麟书的住宅。

这三幢旧宅，只有"爱愚草堂"另有用途，辟了会议室和画室，平日只留中间过道，厢房和楼上是进不去的。"铁如意馆"前些年改造成展厅，陈列张宗祥的生平业绩；平房复原了出生房和厅堂，这两处，都是对外开放的。

雨天，平房的屋檐下滴落着一串串雨水，屋内更觉安静清凉。

1882年农历二月，张宗祥出生在平房的西厢房里。谱名思曾。

五岁到九岁，深受足疾之苦。十岁，拄着拐杖能走了，开始读《诗品》，临颜鲁公《多宝塔碑》。十二岁，跛足外出求学，跟从姑父读"四书"，也常和好友蒋百里在一起读书，互相借阅。十七岁，正值"戊戌变法"失败，"六君子"被杀，参加书院考试，因读《宋史·文丞相传》，完卷后署名"宗祥"，又因发榜后名列第一，"宗祥"之名就这样沿用下来。

他好像天生知道要从书中得到什么，不以行动不便为苦，只恨读书不多。跛足，据说是因为骨结核，却一直误以为是冻疮。这未尝不是一种克服肉体脆弱的修炼，一种"天将降大任于是人也，必先苦其心志"的必经之路。十八岁，足疾痊愈。跟着邻居的儿子习武，体格也有了好转。参加海宁州（县）考试，名列第一；参加嘉兴府的府考，又是场场第一。一时被誉为奇童。

二十一岁中举后，走出祖宅，辗转各地任教，从本地的开智学堂到桐乡桐溪学堂，到嘉兴府中学堂、浙江高等学堂、杭州府中学堂、浙江两级师范学堂。三十岁，任清华学堂地理教师。当年他教地理，都是自编地图，不单单讲地理、地质，也讲文学、历史、军事、政治。书读得多，博学，文史、金石、音乐、戏曲、医术无所不通。三十三岁，任教育部视学。三十五岁，以为读书贵在精校，著书不如抄书，从此致力于雠校及搜抄善本、孤本，如《八十书怀》自述："四五十年事校抄，每从长夜到天明。"

在海宁，张宗祥常被人拿来与蒋百里相提并论，诸如"两大才子"，"文有张宗祥，武有蒋百里"。蒋百里有学生唐生智，张宗祥门下有陈布雷。蒋百里身为军事家而不忘读书，喜欢诗歌，喜欢美术，翻译过《文艺复兴美术史》。张宗祥虽是文人，一生脱不了读书、教书、临帖、抄校，为官是为生计，是"非禄不能自给"，行事却自带几分武将的气概。

在浙江两级师范学堂教书期间，因为原校长沈钧儒辞职，富阳人夏震武继任，到校第一天便让教师穿上礼服到礼堂去参见他。这种做法激怒了鲁迅、张宗祥等人。夏震武因为顽固不化，被称为"木瓜"。这场教师和"木瓜"的斗争，得到各校教师的声援，以夏震武辞职离校告终。

担任教育厅厅长选拔考清华的学生时，说情的函电从各地飞来，积了几寸厚。主事考试的人问他怎么录取，他干脆利落来一句："我考儿子。不考老子。"

他收藏的铁如意，本是明崇祯年间碛石举人周宗彝随身之物。清兵入关，攻破碛石，周宗彝以铁如意为武器，带领乡人投入血战，兵败后，全家殉国。

这柄铁如意在民间流落了两百多年，他得到后，珍视至极，不管去哪儿都随身带着，抗战中辗转北京、汉口、重庆等地，也是不离左右。既然书斋名"铁如意馆"，与此相应，他有了"铁如意馆主"的别号，抄校书籍常钤上"铁如意馆主"的印章，连抄校用的纸也是印有"铁如意馆主"的连史纸。

1992年，故居重修，张氏后人把它移赠给故居，陈列在铁如意馆中。

今天，一进铁如意馆的门厅，就能看到玻璃橱里的铁如意。

这当然只是一件复制品——周宗彝拿过、沾过清兵之血、跟着张宗祥南来北往多年的铁如意，想来藏在库房的某个隐秘之处——然而，就算是复制品，它也是古朴的。六十九厘米长，两斤一两半重，看体量，就不同于案头指间把玩的小器物。早在上古时代，铁如意就是兵器，属冷兵器的一种，传说第一个把它造出来的是黄帝，为的是攻打蚩尤。让我意外的是，文天祥也有一柄铁如意，用于防身和作战指挥。

这不是巧合，也不是偶然。从改名"宗祥"，到收藏抗清义士的铁如意，对张宗祥来说，是有源头的。

借用木心的话，文天祥就是张宗祥的精神血缘。做人，行事，都从"丹心"里来。所以，有时举家食粥，而怡然无愁悴之色；编了《本草简要方》一书，自认为是中医中去糟粕、存精华之作，却无钱付印；章太炎死后，墓地占地十七余亩，他以为不用这么大，以为"人之传不传，岂在坟墓大小"。

在院子里来来去去久了，有时会突然感觉到细小的不安。某一天去办公室，从铜像跟前走过，忽然闪出一念：如果老是写不出好的东西，岂不是愧对这个地方？从这一念渐渐又生发出另一念：我是不是要写一写张宗祥先生？我总要写一写才不算白白地在这儿走过这么多年吧？可是他这么博大，每想起来，就觉得无从下笔。想到最后，不过是趁着没人去出生房、铁如意馆走一走。

平房的正门上有一块"举人第"的匾额，只不过，院子里的各种文献、记录也好，大家口头说起来也好，都还是以"出生房"或者"出生地"来称呼这幢房子。

阴天、半雨半阴，这里最为寂静、恬然。没有太阳，灰尘全都不见了，更显得房间里窗明几净。后天井的光透过长窗映进厢房，微白，像新结的蚕茧一样柔和。

西厢房有老式雕花大床，有梳妆台，有脸盆架子，十足的主人家的卧房；东厢房有书桌、书架，有窗前的蕉叶，一如一百多年前的某一天，一个跛足少年在此苦读。只不过，我当然知道这张书桌又是复制品，铁如意馆的那张才是旧物。

每件事有适合每件事的时辰。去铁如意馆，我喜欢下午。最好是天特别蓝的那种晴天，三点前后，太阳已经有点西斜了，看完楼下的文字图片，踩着木楼梯往上。忽然，满屋子都是红光，光影参差，斜映在墙上、地板上、书画上，整座楼像是恢复了旧日的生机，不只是静寂的纪念，故物无声的陈列，还有"（参加展览售卖作品）得一百五十元，除装潢四十元，以二十元给内子，给九女、健媳各十元。余则买蟹一醉"的谐趣、"每从长夜到天明"的豪气。

每次去，都会注意不同的事物，有时是那张旧书桌，桌面布满墨迹刻痕；有时是那只刻有棋盘的茶几；有时是那几幅复制的字画；有时，只是站在辉煌的光影里，想想往事；有时，忽然想到天井里去，左右看看——保安自然不会来管我——于是拔开插销，走到树荫浓密的天井里，既有闯入私密禁地的欢喜，又像只是在自己家里坐乏了，出来透口气，找棵竹子或者枇杷看看那般平常。

一楼有一幅《千岁之松图》，之前见过，也没觉得特别。然而又有一天，从那儿走过，忽然觉得画上的老松虽然只是几笔淡墨，却和院里那棵罗汉松十分相像，也是枝干孤直，简而不繁，即便身处闹市也像独立于无限的自然当中……款识最后一行写着："乙亥端午前一日，冷僧戏墨，时年七十有八。"这棵老松画得怎么好我不懂，只是凝神之间，忽然觉得这其实就是先生的自画像。

铁如意是张宗祥秉性的一部分。老松、冷僧也是他秉性的一部分。冷僧是他晚年的自号，从他少年、中年的照片一路看过去，愈到晚年，愈见慈悲。那么，为什么叫冷僧呢？查院里的资料，总还是不明白，倒是"冷僧不冷"的感觉越来越鲜明。

院里每年有不少书画展，2019年的七八月间，展出"西泠印社老照片"，某一天趁着没人，跑进去看，耐耐心心地从丁辅之、王福庵、叶为铭、吴隐四人在孤山买地盖房子创立印社开始看起，然后是印社内最重要的"汉三老碑""印泉""闲泉""华严塔"。拐过一个直角，墙上忽然出现数十人的头像，一眼望去，大多认不出来，第一个应该是吴昌硕；戴圆眼镜、胡子很长那个是马一浮？底下也没有文字说明这些人是谁，除了弘一法师，只有他，什么注释都没有也无关紧要，我自会走过去，自会从他的微笑中感念到观音菩萨才有的"慈眼视众生"，由此而生出恭敬之心。

丰子恺评弘一法师，是一个十分像人的人。

看过这次老照片展之后，进了铁如意馆，走近那柄沉寂于时间之中的铁如意，走近墙上那些照片，那些一简再简，不过寥寥几行的文字，也常常无端地想到这句话。

（2020年第12期）

汉诗

翁美玲诗选

翁美玲

白洋淀的红月亮

不同于往日的方式
以瘦弱的身形,像眉叶
一弯银月无法被浩瀚夜空举起
这轻,随时会消散殆尽

而今夜,这空
被一轮红色的火焰燃亮
被满满的圆满填充着
这是一张地道的女人的圆脸蛋

梦幻中,升至半空
夜色中显示的柔美和祥和
是她无法预知的
她在叙述着什么呢

鼓动的蛙鸣,粉艳艳的荷花
美人般的睡莲——
一枚安于现状的叶片
推开小的苍茫,寂寥
从时光缝隙试图靠近这层层波光

芦苇庞大的家族不事喧哗
安静地听着她的颂歌
湖水藏起了鱼的鳞片
风的鞘翅藏住了辽阔的歌喉

月亮轻移步子,舞动红纱裙
夜色红润,空中光亮着
静谧中,我以诗歌的名义
给她和白洋淀拍了一张合影

梧桐花开着白

有过江海的涛浪
有过绿水青山的婉约
这玉质的纯净,绽开柔软的白
花枝相拥,多像相爱的人

坐在日暮的高处,看斜阳西下
而夏风,不请自来,给她更深的白
把她的枝叶染绿,用温暖抚摸

绕开春江八百里的润泽
缓慢向北,秋水依旧,在悬崖断壁处
春风又是一度

苍茫中,她绽开白之后的落地声响
和青春坠地的重击声
我远古的爱在开启时光的鳞片,一并落下

她不像雪花那般水灵，或者轻盈

峰回路转，她却没有回旋的余地
一生就白这么一次
春光，秋雨，或冬寒啊
她将含着冷握别，这尘土堆砌的世界

她最后的光亮被捡起，异常地幽静
捧在我的手心，被我和另一位女子怜惜着
枝头空了，除了几朵暮云和晚霞
乍见些许的忧伤也被悬挂，那是我的

（2012年第3期）

思华年（组诗）

钱利娜

一本书上的两个名字

是草原上的两朵落花
是春天对秋天说的一句悄悄话
生下了它们
没来得及结果
就被吹到偏僻的角落，凌乱的春风
把两朵不相干的花
装订成册
在一场完美的虚构里，它们隔着皮肤一样的纸
闭上眼睛
以为可以爱得更久

是河上的两条小船
一条船，过一道弯
就看见另一条
它们听同一片桨声，住同一条河流
但它们之间
从没有一条缆绳

是两座青山
第一页，略高处是我

翻过去,就是你

一个山头
高一点,越过密密麻麻的孤坟
看着另一座山头

总有这样的时刻

总有这样的时刻
雨水的野蛮与严谨的生活相约
让屋宇下的翅膀疼痛

总有这样的时刻
爱情穿上我
像穿上一只不合脚的鞋子

总有这样的时刻
草木寻找本心
我借用你
陷入对自己的深情

总有这样的时刻
独驾的我,像一滴弄脏的雨
碾过街道

在一个人飞奔的路上
那些无法得到的事物
久久不肯离去

它的小脸
隔在窗外
冰凉的目光
一直看着我
看着我

我的指尖与它
永远只隔了
那一小块玻璃

我们从不说爱

小贩和小贩
撑起地摊
其中会有一对
抱在一起，互相取暖
像两滴露珠，落在一起
在清晨相爱

也会有两个离乡背井的人儿
手拉手，谈起未来：
一间小房、几点积蓄
和一个传递香火的男孩

甚至会有一个小尼姑
穿过集市的叫喊，她的袍子
一路泄露身体的秘密
她的肌肤整洁
升不起一丝炊烟

她更像喧哗说出的休止符

她更像另一个我,突然从俗世
抽身而退,甚至来不及爱
就渐行渐远

(2012年第8期)

台州，神仙居住的地方（组诗）

天　界

故　乡

那么低矮。她苍老的身子
慢慢躺下

没有比这更沉重了
敞开怀抱的故乡，如老母亲为游子
端上丰盛晚餐。如归根落叶
铺满坟茔

老的、小的、离去的——
一代又一代人
回到故乡

我知道
每个人心中，都有小小一片土地
那必定是最怀旧
最庄严的

神仙居

要在这块田地挖一口池塘

养鱼。养一些荷花
然后搭间木屋
园前院后
种豆，种丝瓜
再种岁月

这并不悠闲，也不遁世
充满生机的农场
虫鸣风清，阳光白云中奔跑
垂钓者，水面上
看人世无常

邀上几友
煮雨煮酒煮三二壶月色
然后，学古人
举杯击节，揖手而去

尤　溪

一条羊肠小道
通往上古

相信这些老树
奇岩。这些飞瀑、绝壁、溶洞
甚至乌鸦
臭虫，都是神仙化身
他们日出而息
月升吟风

尤溪，神仙酿的酒吧
如此清洌。细皮嫩肉的小鱼
是仙女丫鬟

山里人忘了时间
有一块石碑
记录着

午夜的大海

大海——这一眼望不到边的黑绸缎
此时静得出奇
半个月亮盘踞在云层
满天空星星撒下来
像一粒粒珍珠。黑绸缎
隐隐动了起来

一切都是黑的
那些光亮隐约。只有几点渔火
像情人蒙眬湿润的眼睛
在远处一闪一闪

它们暗示着什么
海水用柔软身子抚摩沙滩
比白天斯文
比黄昏温情。这么黑，这么静谧神秘的大海
我确实听到塞壬的歌声
而黑绸缎，裹住了所有冲动

（2012年第10期）

雨之墟地（节选）

叶 琛

一

远风轻抚，枝丫低于黄昏的眷顾
草如莺歌，荒土于此低头，作物于此退到更远
我抬手挥洒雨水，宛比暮夜的歌
我的青春在此时的挥别中不了了之，在送离的途中
漂去残余的白——虚有的属刃割裂的水

我是山峦之上朴素的道具
结构到层次的拥挤混沌是我生命的全部逻辑
或又一样一样都可以被解析，一样一样
掩盖身体里的秘密路径：
奔往故乡，奔往善良的举措，树上挂着
水珠一般大小的音符，一个嘱托、一束光的背影
我以此抓出一把母亲往年的叙事

不再是幸运的。什么落在树叶上，什么
将不再拥有云的滋养，透明的欲望，故乡重新生长
我振动着一种比喻，像振动蜻蜓的翅膀
不需要力，也不需要毁灭的爱抚
我就建立起蔚蓝的果实，挂在天空，挂在
水雾弥漫的大岛上

也不需要帆和锚，不需要漫漫漂泊的启程

二

水的诱惑不及葬礼，水的宽广不及墓碑
定风灯啊定风灯
生命从此改过。有人穿过隔世的造访运作悲伤
从哪开始都是路过啊，白布白布黑纱黑纱

……我身于边缘看到死亡如此平凡而感到温暖
河流一样
白色的露水一样，清早的有氧吐纳一样
我确信，没有谁，是为了潦草的过场

如果天色渐晚，我的从容更显旧了
忙碌的炊烟打点我的时光，我握着这一切
讨论相片里的我像不像母亲，讨论我的归属地
以及几盏蜡光和几炷香火
这是人生。对的。务必强调生命的规矩
与谁都没有例外

我想证实刻满字的石碑有雨水经过
不仅是在黄昏
不仅琐碎
那时，野蜂看着它，过往的历史看着它
历久弥新的革新文明看着它
于是，雪从墓碑上轻轻滑下
噢，"雪落中国"啊，我们不可否认的无边大爱

(2012年第11期)

在租房的日子(组诗)

张 驰

夜 窥

每晚,儿子走进房间
总要用半块红砖把门挡上
也把属于青春以外的任何东西
挡在门外
这之后,我能看到的
只有门缝里挤出的一丝灯光
灯光越往外挤
房间就越神秘

我想知道,他进房之后只是看书
或者按我所说,做些健身运动
抑或其他
这样想时,我常在心里调侃自己
青春啊,我的青春
跑到了儿子身上

总有不放心的时候,总有好奇的时候
那就窥视一下吧
站到阳台,才发现
那事先卷起的一角窗帘

早被他紧紧拉上

五子棋

跟着你，紧紧地跟着你
你的夜色填到哪里，我的食指
就拾起一颗纯白的心，跟到哪里
食指连心地跟，还有九根指头
早就瞄准了你的去向

横着跟，竖着跟
斜起眼睛，还是要跟
跟不上就堵，堵不上再跟
哈哈哈，那落地有声的夜色
在棋盘上无处隐藏

总有围不住的时候，白天
围不住黑夜
总有堵不及的时候，黑夜
堵不上白天
那就输吧，输给你五子连成的一条直线
也赢回你
五指掩脸的笑靥

等 待

也许是养成的习惯，来到租房
我会首先安静地坐一会
不亮灯，不抽烟

等待那团结实的黑，像流沙
将我淹没
我会把自己想象成一棵牧豆树的根
十根手指，十根脚趾
是根须，在沙漠底下
疯狂地生长

这种感觉很美
二十条根须从不同的方向扎进去
只为寻找水源
好让头顶上的那一小截茎叶
早日钻出沙漠
长成一株真正顽强的牧豆树

这样想的时候，也是我最为幸福的时候
我是儿子的根
他是我的茎，我的叶
我的未来枝繁叶茂

（2013年第7期）

秋风辞

涂国文

七夕之夜

七夕之夜。有的爱情在饭店
有的爱情在公园一角
有的爱情在宾馆床上
有的爱情在家里的饭桌上
也有的爱情回了娘家
在医院
或者麻将桌上

七夕之夜
爱情换上了一张玫瑰花的脸
泛起葡萄酒的红晕
没有变脸的
脸上依旧柴米油盐酱醋茶
七粒大麻子

连续几天的暴雨
银河水位高涨　淹没了鹊桥
天上亿万年的上弦月
这天从来就没有圆满过
像爱情的谶语

水中的幻象　摇晃而破碎

失去爱情的人们
加入河边暴走者的行列
在黑夜暴走
将体内死亡的爱情
像一身臭汗一样
出掉

寂静多么美好

火热的爱情过去。寂静的友谊不失时机地到来
寂静多么干净
多么辽阔
多么空

我说的是立秋　是腰斩农历的节气
这个伟大的刽子手
将生活拦腰砍成两截
把喧闹、繁华、溽热和污秽拦截在昨天
把空　留给明天

而空是多么好
像淤泥里萌出的莲芽
像敦煌石窟中游动的蝙蝠
像太平洋洋面上一片安详的天空
像一张尚未着墨的画纸

春天是靠不住的　夏天是虚张声势的

寂静的秋天多么美好
累累硕果将列队于驿路的枝头
像一个个从心灵出发的汉字
漫向冬天的一片雪原

夕颜开满南坡

手机被摘走　充满电的手机被摘走
像被一个残酷的人
从大地上摘走向日葵从铁树中摘走花冠
从心脏中
摘走爱情

被摘走手机的充电器
像一条被摘走果实的藤蔓
一条被台风摘走大海的江河
蜷缩在夜风中
露出小小的委屈
和一种天使之白

从手机被充满电到被摘走
是漫长的一生
是蚕蛹化蝶的一瞬
在漫长和一瞬之间
山峰上升湖泊下沉太阳朗照星光灿烂明月生辉
而夕颜开满南坡

我拾起充电器
将它插进我的咽喉、鼻腔、耳廓、双目或胸膛

我被充电
然后我才能在我的体内
重新孕育暴风、骤雨、闪电和
万钧雷霆

（2016年第1期）

普陀山的侧面

啊 呜

三摩地

入了三摩地,故人纷纷
细碎窸窣的日影光斑
化作陈年的密雨

纷纷的修行者
一个个不可点数的迷川
在枯枝败叶间,不动声色

绿苔爬过肩头
青石板路便从唐宋威仪
屈尊为,一个午后的凉意

一节莲藕

吞一枚子弹
参悟生死
然后有大把的闲暇
耕明月、吸清风
放生一尾红鲤
也不问众生的解脱

究竟在何处

写一朵白云
造一座海楼
丢了棒喝
沐浴、漱口，至诚一心
一遍往生
浮出一节莲藕
也不想池泥
积了几分，只说

你把我拗断了
便能看到
一个个空洞洞的世间
隐伏于荒烟蔓草
市井喧声
青翠翠的，不知此生

弄　堂

山民们走后，菩萨们
纷纷遁入风雨
豆荚小路便爆裂开
吐出碎石、泥灰和窨井盖
吐出硕大的药师殿
又吐出清一堂、澄心堂
和伯寓堂，还要吐出
融末小院的时候
一道拱券门卡在喉咙

成了年久日深的咳嗽
不知，药师菩萨们
可曾留下一剂止咳的方药

纳凉的菩萨

入夜，我们到海边候船
一整天的燥热
都在这台阶上打坐
呼吸回应着海风的和缓
我这才想起中午
双泉禅院的树荫下
那些纳凉的菩萨
避开了多少暑气腾腾的人间

（2016年第7期）

谷频的诗

谷 频

诉 说

给我一朵野花的火焰吧,像浆果
就要胀破的身体,失记的泥土
最容易使人想起远方的场景
而刺眼的雪光,令旅途迷失了退路
我从秋露中醒来还有一些醉意
看见村庄环海湾而立,这是
时间最真实的胎记。

群鸟是灵魂之上的精灵
他们的胃里全是充血的欲望
像一缕淡去的雾气,我抓住她的尾巴
却无法在一匹巨大的蓝布下面游荡
那就把飞翔之水留住,把丝绸般柔滑的盐粒
用阳光包裹,磨难中的我们从不会
放过一切腐朽而神奇的事物。

像天空般蔚蓝的情愫

剪辑往事是想给心灵提供远景
在春天陷落履痕,是想寻找

如何穿越海洋的版图
我们目睹苜蓿的诞生与消逝
距离天空更近些，谦卑的表达
使山谷的嘴唇得到了回音

感谢大海的率真，是谙熟的笛音
将掘出生活太久的情愫，连同
无法切除的根须，引诱进
你熟悉多年的讲义夹中
更多的激流在敞开无数个窗子
轻轻张望，这些文字全都醒了过来

（2017年第1期）

安 放（外一首）

风 舞

安 放

兄弟　我跟你说过
你要亲自负责我肉身的安放
只有你那双粗粝的大手操作
我才能微笑地瞑目
安详地睡熟

你要把我安放在青葱的春山
在映山红开遍的斜坡
我会静听流水潺潺地梳理我的灵魂
让我已经逝去的生命借籍树根
和大地的气息一脉相承
我会攀缘那些粗壮的枝杈
轻轻拨开茂密的绿叶
在春天里歌声里
重新细数油菜的花香和桃李的芬芳

我不忍离去
趁我一息尚存
我要回忆一遍所有的美好
像一匹瘦骨嶙峋的老马颤颤站起

依着栅栏思念故乡至爱的亲人
我弥留的意识中一定有鲜花盛开
有我终生相伴的淡淡忧伤飞舞
化开所有的哀怨成为一声善良的结语

请你用清凉的泉水帮我洗净
用一块洁白的布匹把我仔细包裹
我要体面地出席另一个盛会
请把我的竹笛放在手边
把你送我的书籍枕在我的头部
把那个深情女子送我的翠玉放进我的手掌
嘱咐我紧紧地握住
转告她我还爱着她

那么兄弟　跟我道别吧
你打算给我做碑的青石
就横放在地上当我的书桌
我还要继续熟读唐诗宋词
聆听鸟语呼吸花香静坐于林
精神的归隐犹如播种
在明年的春天我还会悄悄地复活

野渡无人

在春天的雨丝里
我听到了花开的声音
跃过潮湿的石阶渐渐走近
我看到了满地的芬芳
铺开锦绣的衣裳

晾晒在我爱情的村庄

芳草连天
心手相连的诺言还在唇边
这个朴素的渡口
被爱情装点得风月无边
想要用萨克斯或小提琴
奏出最美妙的浪漫

就苦心经营着这个渡口
我宁愿辛苦一点
在河的对岸为你拉纤
用一船一船的爱意把你包围
不要让潮水洇湿你粉红的裙裾
不要让黄昏的雨水冷却了温暖

黄鹂的鸣叫渐行渐远
曾经是那么忙碌的渡口
为什么荒废了所有的记忆
任野草在心灵的两岸疯长
曾经的优雅小船
载不动思念的沉重
在我将要出发的渡口搁浅

（2017年第3期）

方石英的诗

方石英

在微山

可是我还在喝酒,尽管整座小城
都睡了,都在梦里做一个好人
那又如何?重要的是我还醒着

微山,微山,空空的城
荡荡的月光洒在微子墓前
也洒在张良墓前,万顷荷花已败
秋天早已深入骨髓

可是我还在喝酒,幻想一把古琴
断了弦,高手依然从容演奏
弦外之音,驴鸣悼亡也是一种幸福

微山,微山,微小的山
不就是寂寞石头一块
异乡的星把夜空下成谜一样的残局
趁还醒着,我喝光,命运随意

愿　望

去天空打铁吧
用黄昏赤诚的寂寞
锻造一把镰刀，一个人
收割往事
翻七七四十九座山
只为盗取仙草
让远在天边的你
突然醒悟，其实
我是一个不坏的坏蛋
选择秋天回到海边
在星空下喝酒
在波涛中死去活来
我把石头与盐粒
统统还给你
只留一根乌黑的长发
裱在宣纸上，等你
白发苍苍的那一天
我要把这段细细的青春
亲手交还给你

漠河玛瑙

睁开双眼
就看见瓦蓝的天空
刚出生的白云已是影帝

躺在大地巨大的摇篮
洛古河上的月光
洗出我温润如玉的前世

读自然之书
让风每天轻抚我的额头
定有一道光带我青春还乡

一亿年的潜心修炼
只为等一个懂我的人

（2017年第5期）

捕风与雕龙

飞 廉

乐清雨夜
——赠黄纪云

雁荡山归来，夜雨萧索，孤馆，重读《人与事》：
勃洛克，温柔挚诚，清明淡泊，拥有可以造就
伟大诗人的一切品质；"最后的田园诗人"，叶赛宁
"太习惯于感到寒冷，太习惯于战栗"，而革命的
"一只铁腕"迅速"收拾了黎明所播的麦穗"；
高傲，严峻，"喜欢电熨斗中的闪电"，
对时代发出"大雷雨般嘲笑"的马雅可夫斯基；
最后，我想象着法捷耶夫脸上"应付一切错综复杂的
政治问题时那种歉意的微笑"……睡去。
梦见"青色的俄罗斯"，梦见星光在撒盐，
梦见老父亲死去。大哭醒来，听见岁月在激烈咳嗽，
清寒的街灯，冷冷照着那棵蘸满了雨水的大榕树。

小雪日，读海明威

第一场寒冷的冬雨，城市的凄凉时光突然而至。
"鸟巢"咖啡馆，继续写那篇密歇根小说。
笔下的年轻人开怀畅饮，于是我也要了
一份圣詹姆士酒。这时，一个姑娘走进咖啡馆，

独自坐到窗前（窗外，有人叫卖取暖的细树枝），
头发乌黑，东方那神秘的美。我很想
把她写进小说——"美人呀，无论你在等谁，
哪怕今生再也见不到你，现在你也属于我了，
你是我的，整个巴黎都是我的，
我则属于这个笔记本和这支铅笔。"我深深感到
忧伤。我多想带她离开这"不尊重一切，
醉生梦死"的法国，这坏天气的巴黎，
去一个下雪而不是下雨的地方，那里青松闪耀，
门外不时传来咯吱的踏雪声。晚上满天繁星。

（2017年第6期）

落下来　落下来

陈　灿

一发炮弹扑来
铺天盖地
钢铁的声音落下来
山体撕裂的声音落下来

一个生命对另一个生命
精准的算计
在一瞬间
落了下来

昨天落下来
今天落下来
苦难落下来
死亡落下来
墓碑落下来
一首诗落下来
落下来吧
落
下
来

我唯有张开怀抱

去迎接
声音的石头
声音的钢铁

我唯有用青涩的目光
没有恋爱过的心跳
没有抚摸过月光的手
去迎接
落下来的战争
落下来的命运
落下来的黑暗

落下来
就是让根重新找回大地
落下来
就是犁铧给田园翻身
落下来
就是结束
就是开始
就是上升

落下来
战争的一片羽毛飘向天际线
清晰留下一道五线谱
钢铁砸碎骨头发出琴裂之声
这头颅的道具
这眼球的道具
这手指的道具
这胳膊的道具

这断腿的道具
这残趾的道具
还有你已找不到的我的心脏
还有我已放下的青春梦想
此刻都落在战场的大舞台

我放下梦想不是我没有渴望
你找不到我的心脏不是我没有心脏
它曾经多么有力地搏动着啊

在这里我已一无所有
在这里我已倾其所有
全部为了迎接你
落
下
来

一切，戛然而止

（2017年第7期）

火　焰
——记闲林埠篝火之夜

周小波

火焰撕开午夜饱和的静寂
自鸣钟便落了下来
魔鬼或是天使顺便降临
半红半蓝妖艳的脸，转换在平庸的黑色里
拘谨越过界线
拎着呼吸，四处闲逛
柴火堆成的塔尖玫色绚烂，舞动着
赤裸的狂野
火的裂帛声，裹着风的子弹
携着失缰的刀锋，刺伤了夜硕大的臀

热浪的牙咬穿了痛，触不可及
让男人心里养着的烈酒沸腾
眼神越过火焰就滚烫
对面的女子更加妩媚。蛾子成了不速之客
在不经意的下一秒惊醒
狂乱地追光裸奔
成为涅槃的底座。梵音穿林而出
心神不宁的僧人梦游着
在火焰边围坐，女子翕动着红唇
山风细腰易折，不俗即仙，一俗便妖

（2018年第6期）

林新荣的诗

林新荣

散 步

江水缓缓,只有船来时
才有浪波
在一个荒凉的渡口
涨潮时
江面一下宽了
芦苇,一些在水中
一些还在风里摇曳
——姿影一直伸向远方

和落日交织着,色彩渐渐地
浓重
铄金的江水,像万物
被抽去了骨头
凝滞着:
数只江鸥,在缓缓地飞

坐在云端

其实是风托起我的杯盏
顺势托起我

我汲些茶，顺便坐在云端

面前的石桌、石凳，托不住我
四周的苍松也无能为力

夜色被风吹开一点
被月破开一层，刚好让我看到一只喜鹊
两只猫头鹰

身后的嫩芽一定在舒展
声响类似远处的虫唧

鸟儿，一只低吟
另两只静默

它们看着星光——
我们被茶水泡得如此寂寞

暮　色

暮色
是与蛙声一起来临的
蛙声与水声
纠缠时
我已从寒气里站起来

在小七孔桥的某个下午

一路上蹚着水花

带着树荫间的光斑、鸟鸣及岩上的青苔
哦,它们如此动人

从涓涓细流
到哗哗奔涌的溪河
它们,在遍山的翡翠里
窥视着我们

这是些幽幽的眼眸,洗过鸟翅
漂过云朵
蹚过初恋,盛过传说

和我们深深对峙着
而我们,就一直站在这拂动的绿叶间

咖啡馆

窗外的小鸟唱和一次,春光,可爱的
春光就明媚一分。一杯咖啡
躲在树荫下

阳光像撒了金粉
——这一切是神的预设,大地伸了伸懒腰
他喝的现磨咖啡
磨不平内心的棱角

(2018年第7期)

徐静的诗

徐 静

你依然拿着石头

每一个字,都是虚掩的门
门里日子泛着光泽
照进一滴树叶的晶莹
透出猫的安静

你推门进去
瞳孔选择凹陷的位置沉默
词语间闪动着废墟
每一句话都住满荒年

天空一下住满石头
你还站在枯木边
自成一意孤行的风景
妄图游过分针去寻找大地

你依然拿着石头
井里已经躺满被你亲手扼杀的猫
还有你告诉我们的
那个浩瀚温暖的故乡

绕过整个世界的寂静

从拥挤的世界滑落
微渺，广袤，或起或浮
从"最好的选择"到"怎样过不是过"
只用一只行李箱的距离
是刺人的空气把我们弄醒
曳入明晃晃的白昼，一去不返

进入上千只海风车的翻滚
断断续续、往来倏忽的水
给暗沉、生脆的脚杆上了釉光
急遽在前后沥干
留下凄美的沙砾
诉说其他岛屿的意义

岛屿繁衍着岛屿
似乎每一处都落满星星
在拐角处等待升起
我终将选择一座岛屿住下
任凭沿途的呼啸涓涓而出
脆弱夜夜出没，虚弱而苍白

世界是一只倒悬的漏斗

风吹过屋檐，霓虹初上的窗前
车鸣，以及无尽抛光的月色
消失，停泊于高楼某处

一只倒悬的漏斗
附着,粘连,自下而上
在潮湿狭窄间剥离脆弱的灵魂

所有人都透过漏斗仰望
整夜高悬在他们头颅上方
是黝黑幻化的乌云
上方或下方的雨滴
皱缩成这样或那样的种子

有一颗种子滚落
一半又一半
我弯下腰,把它裹紧
好像也能这般轻而易举地裹紧生活
在缝隙间留下平静的路

(2018年第9期)

俞湘萍诗歌

俞湘萍

乡居生活

黑夜的脚趾,划过
石刻的波纹,冲刷白昼
时间的指缝刻满尘土,爷爷
用枯老的皮肤劈下三棵李树
他总说
"草木生之,禽兽居之
河水流淌,于是安居"。
虚晃的一面镜子,血液颤动
晴空一声蝉鸣,我爱上家园

白昼,白昼,爱风声
奇袭明亮的古琴,禅的一滴
美梦,清冽的树长满雀斑
挑着点点客心归朝华
溟蒙中,生出绿色微笑

夜间的星子,莫要颓败
你们的直觉如此准确
喝醉了酒就与我同乐,我们
丢失一个苦恼

另一条河岸

渡河,枯萎的枝丫
衔着死去的,麻雀
露出惨白,那艳丽,那肚皮

另一边的河岸,也许不愿意接纳
哀丽的死亡,也许沉默着,喜悦着
竟得到天空的回赠

亡故的河水也曾互相坦白,小小的生命
心事重重,将命运抛进迷茫的水泊
一同来,一同去
生长在水里的额头,饱满而辉煌
长出不可思议的嘴,吞食
吞食所有闪光的蝉鸣

行轨记

铁轨,涌潮的海岸线
无意义的脸
背着蜜蜡浇灌的一颗心
这颗心我们共有

沿着自立的孤寂
行驶在安静的疤痕上
城市的古栈道绿意深沉
我们为之迷惘的

有待于诗人去平息

为这大地的一个妙喻
天空安静睡下
鱼鳞般的美梦——
该以我的所有真知去触碰

无声者

有形的佛在雾霭里
吐出作古的不朽
家乡、异乡、铭刻的纹路
一样的自由
佛是足以断代的无形

哺乳期的人类,以有形吮吸无形
无声的母亲,大地竖起两座
女性,蜷曲的山体

一段创伤未被保存,依旧自鸣得意
以无爱损害有情,灰烬扫出一盏盏
沙砾的青灯

倥偬的战马,一生被刺入战役
嘶鸣的山川为生命遗留
沉默的,沉默的隐喻
借给一首悼亡诗

(2019年第1期)

我从鸬鹚湾村经过

周一飞

我从鸬鹚湾村经过
看见郑旦　袅袅娜娜地
从池塘里升上来
开成一朵荷花
向我嫣然一笑
粉红色的笑脸
红透了越国半江江水
两片红红的嘴唇
真想一吻下去
吻她个二千五百年

我从鸬鹚湾村经过
看见一条小船停在浣江边
郑旦的父亲手里拎着两条大鱼
肩膀上停着两只雪白的鸬鹚
郑旦的母亲
正倚在门口等着父女俩
归来

我从鸬鹚湾村经过
看见郑旦和西施坐在船上
正奔在灭亡吴国的路上

她们笑里藏着越王勾践那把杀人的干将莫邪剑
她们乳汁里藏着复仇的毒药
那毒药是勾践卧薪尝胆的血泪和给吴王当马夫的屈辱
配制而成的

我从鸬鹚湾村经过
这个叫郑旦的姑娘啊
正奔向灭亡吴国的路上
这个弱不禁风的姑娘
这个手无寸铁的姑娘
这个从未尝过恋爱滋味的姑娘
这个大字不识一个的姑娘
这个让天下男人汗颜的姑娘
这个从未出过村子的姑娘
正奔向灭亡吴国的路上
从此杳无音信

我从鸬鹚湾村经过
英雄的吴王夫差啊
打败了越国
却让吴国灭亡在西施和郑旦的裙下
我从鸬鹚湾村经过
几十公里的距离
西施却足足走了二千五百年
直到把自己走成一座铜像
才回到故里
她坐在故乡的怀抱里
坐在故国的情怀里
满眼的泪水

把历史迷茫的双眼擦得发亮
西施那块浣纱的石头至今泪水涟涟
而对岸郑旦这个姑娘啊
站在画像里
一转身就默默地流泪

（2019年第1期）

救赎书(组诗)

柯健君

在码头

小货轮靠岸。渔民卸下一筐筐水产品
沾着海浪的帆缓缓降下
有一点风了,斜阳随暮色垂落
客船鸣起了长长的笛声。行人们脚步更加
匆匆。占据一个座位后,他们把包袱堆在一旁
只是啊,心还沉甸甸的,不知道塞满什么

沙

我比一粒沙还要缓慢。没有
从岸上走到海里去
台州湾畔的海,已经生出一片一片
浑黄的锈斑。我庆幸,我慢下来
等泪水滴落还有一段时间
那就苍茫着
看够了海,请一粒沙到梦里去
那里干净,简单。

救赎书

人的一辈子就是一本救赎书

原先我们有纯真，藏在眼睛里
有一些善念，放在心上
甘露和温暖，传递在手和脚
点亮一盏灯，照别人也照自己
将神明置于头顶

尘世越深，才知道，把失去的赎回来
才会幸福和快乐

所以岁月越深，我们越在做同一件事
如何让自己，简单，且无欲

芦　苇

风来。芦苇的每一次弯腰
都是在翻阅一页经书

知道它为什么白了头。因为，参透了
黑即是白，色即是空

把狂涛怒号当作是清醒的警句
一声鸣笛，一记木鱼

海多么阔。天空多么远。风多么大

身动不止，心却静

一小块月光

窗子半开。月光进入屋里只一小块
如水。如玉。如乡愁
我在参悟，其间的温暖、悲凉，或疼痛

是遗漏的一块冰冷，如铁沉重
深夜，月亮随神祇移动
一小块月光，成一丝丝白色

是母亲梳落在床脚

（2019年第5期）

李利忠的诗

李利忠

雷

在沉闷的夜晚，
传来雷瓮声瓮气的声音：
"啊，我陷进一片黑暗的泥沼，
我要脱去这憋屈的胶鞋。"

春　天

妹妹，你站在绸缎的水边，和花朵一起等我
我一路走，一路忍不住泪落

而你像一小块寂静，一小块阳光
心无旁骛，看我顶着风
过来与你抱头痛哭

土豆曲

一个人上坡，一个人挖，一个人清理，一个人装
矍铄，从容，像在土里淘金

在布袋坑的早晨，站在窗口看他挖

布袋装满了,看他慢慢挑下山

不知道他叫什么名字,初夏的阳光
像布袋将我们如两只土豆装在了里面

莲　藕

什么时候我的生活变得如此沉闷
连一成不变倒映在湖面的天空
连摸黑行进在残荷上的雨水
也比我轻松自如
它们深一脚浅一脚
走走停停　打打闹闹
何其活泼
什么时候我才能拔出深陷的泥足
恢复这雨水
这天空的生动

回乡偶书

很远就看见父亲
在红莲簇拥的田间
劳作,有如一只鹭鸟

我满心欢喜
像多少年前一样
悄然走近
忽地叫了他一声
他年纪大了,重听

我又大叫一声

父亲从农事中
像一只惊飞的鹭鸟
回过神来
他快活地递给我
一支莲蓬
就像一只鹭鸟
给雏鸟叼来
一条虫

（2019年第7期）

在杭州

顾 艳

整理遗物

一、算盘和印泥
父亲抽屉里收藏着祖父的
算盘和印泥
它们从民国走来,一个世纪
大珠小珠依然顺溜　而
八大山人的印泥盒
完好如初　色彩鲜亮耀眼
好比祖父的一生

可以说话的日子
祖父穿着清朝的袍子　东奔西忙
印章和印泥盒　这随身之物
就在他那袍子的兜兜里
权力和荣光
都在惊涛骇浪中　蓄集成
一缕袅袅飞升的炊烟

二、两只樟木箱
这是母亲的陪嫁
从外祖父家出发　经过

十里长街　浩浩荡荡

母亲叙述当年的景象
就像插上了鸟儿的翅膀
只有这个时候　她是高兴的

大半个世纪　两只樟木箱叠放在一起
或者，可以说在母亲的床头一隅
上面覆盖着碎花锦麻布　麻布上
一只乳白色花瓶里
常年盛开着红玫瑰

这是多么喜气的景观啊
无论肃杀的秋天，抑或是
严酷的冬季

我从未想过箱子里的秘密
如今，盛开的玫瑰花凋谢了
我走近它　却无法打开它
所有的秘密都随母亲逝去

2006
——给G

2006已经过去了
十三年
曾经花开的瞬间
被风吹过一地辉煌
我却不知

鹰在峡谷上空盘旋

岁月如一截一截流水
晚风中有过多少燃烧的灰烬
寂静　安详
我数着掌心的纹路

初夏的午间　树叶婆娑
一群鸟儿飞过村庄
葬礼之后，我呆坐木椅
裙裾袭地　长发蓬松
心如冰冻的河口

此刻，你悄悄地来
我看见乌云散去
小楼窗外两只蝴蝶背靠花瓣
白云朵朵
编织着诗和远方

（2019年第8期）

慕白的诗

慕 白

日月山

夕阳下,一群牛羊在坡上吃草
炊烟从帐篷里飘出,牧羊犬安静
土拨鼠圆头圆脑,逢人就打躬作揖
小河流,哼着纯净的歌,我看见
风不卑不亢,和落日一样不谙世事
在高原,日、月、山
都是朴素,都是善良的

回首长安

在长安,做一个凡人多么好
结庐红尘,相遇就是不舍
佳丽地,此生得遇,回首长安
我可以醉,可以醒,可以自由呼吸
不需要云游四方,不再追名逐利
摸得着温暖,摸得着心跳
这里人间祥和,时和光都缓慢
没有纷争,一晌贪欢,万般随缘
我可以披头散发,放浪形骸
酒醉还来花下眠,何须终南山,何须桃花源

佛在我心,从此像一个苦行僧,在自己的庙里修行
不管成不成佛,以后的这一千年里
我只热爱你和我自己

听诗人莫度讲那苹果的故事

冯唐易老,李广难封
2016年秋
诗人莫度说
他明天早上就要回家
去摘苹果

莫度是甘肃天水人
天水有麦积山
伏羲庙和南郭寺
有李广和杜甫

莫度说他家有五百株苹果树
一株苹果树有五百斤苹果
但一斤只能卖五毛钱
还要摘下来挑到公路上

喝酒时我告诉莫度
在南方,在我家文成
超市卖的苹果要十多元钱一斤
菜市场批发的也要六点五元

一斤苹果
只能卖五毛钱

诗人莫度说
天水也缺水
他明天早上就要回家
得去摘苹果了

悼　词

妈妈，和尚和道士都在为您做法事
和尚和道士都在说好听话
为您招魂，超度，希望您此去西天
脱离苦海，早登极乐
妈妈，只有我，您儿子心里的悼词是
人间再苦，你在就是天堂

（2019年第9期）

生命的供词（组诗）

流　泉

读书记

一些章节
逗号连绵，似一场风
跟着另一场风，而它们，终究找不见
落脚的句点，就像我翻检
剩余的体温
再也不会，将一件多年的碎花衣
披覆在身上

我的仓储
仍未塞满尘灰，我腾出
全部的空间
用于反刍，消解，用于渴望中的低鸣
如若，这时候
我执意要挥霍它们，是我
从中已获取
安宁

供　词

落日

为大地熔金
一幅招贴画是风做的,以悲壮
招揽人心

不朽是一座城堡,建立在沙子上
而衰老是被岁月
挤对的门

看风景之人
都有葵花一样的命
夕光中,有的正在诞生
有的已死去

好溪从来不提自己的好

枯水季
讲述着水的好处
钓鱼的人,围拢在河中央的
小水潭。钓鱼的人说,水再大些
鱼会去远方

钓鱼的人说
有一种鱼,自带灵性
全身发光——
这鱼不上钩,它腾出水面,一整座灵山
都是带光的

我相信
好溪水流淌了一千多年

好溪堰就把十八个村庄四百八十公顷农田擦亮了一千多遍

顺着好溪堰
一直向前,风声
断断续续,吹送着隐隐的木鱼声
那么多芦花
恣肆,在裸露的河滩上

好溪堰与灵山连在一起
好溪似乎也与人心连在一起
枯水季细小的涓流,一样能融入好溪堰开闸时的
这来自好溪内部的奔腾
与契阔

正如
——背负尘世的
寂寥,那生活的洪流,仍在涌荡
这绵延无边际的
慈悲……

(2020年第2期)

王利锋的诗

王利锋

遗失的拥抱

母亲不知道
拥抱时的体温是几度
她没有教过我
和最亲的人张开双臂
甚至在耳畔说一句柔软的话
她只告诉我　要像稻穗一样
在风前低头，在雨后抬头
她说，难过的时候
就给窗台上的水仙花浇点水
水仙花只需一瓢清水，就什么都会有
到了暮年，我的母亲开始喜欢喃喃自语
开始喜欢听楼下的裁缝阿姨
用老式的缝纫机
轻轻踩出光阴里久远的回声
开始喜欢和老去的花猫一起等太阳下山
喜欢被小孙子牵着手
满院子追赶翩跹花间的蝴蝶
有一次我回家　看见她正戴上老花镜
低头翻找我儿时的那些照片
那时，窗外的两朵月季并蒂开着

一朵紧挨着另一朵
仿佛多年来　我和母亲
遗失的拥抱

礼　物

小伦把脑袋探出车窗
天真地叫了一声"爸爸再见"
我回眸　看见多年前
我吃力地趴在拖拉机车窗里
追喊我父亲的背影
他的眼睛噙着我的光亮
他的微笑含着我的幽暗
我在一瞬间老去
也在一瞬间重生
我们一直都在等待
这命中的礼物
来治愈岁月的嚣张
晨风留下的目光
此刻停留在合欢树梢
等小伦放学的时候
等父亲归来的时候
它才会轻轻地合上眼睛

（2020年第3期）

胡理勇的诗

胡理勇

天漏了

初春的天空薄如蝉翼
不知谁碰了一下,四分五裂
满肚子的水,滴滴答答
苦大仇深似的,倒也倒不完

不相信天空在垂泪
她悲哀什么
因为九个太阳被射下了八个
因为星辰纷纷地逃离、背弃
那么多的鸟在翱翔
那么多的乱云在飞渡
她的高度在那

小时候,大人告诉我
不能乱叫皇天,会遭雷劈的
三皇五帝都要祭天
以免被惩罚
历代君王更是以天之子自居
虽然干了不少伤天害理的事

天，漏了
需要补天的女娲，需要五色石
但我相信这是上天的乳汁
严冬过后，万物，嗷嗷待哺

夜　雨

月亮睡着了，星星睡着了
夜，正走向梦的深处
而雨，却将夜打湿
淅淅沥沥，像埋怨，像指责

淡黄的灯光打破了沉默
思绪万千，像雨丝
在这雨夜
我能做什么

不老实的心，蠢蠢欲动
一定要干点惊天动地的事来
譬如去偷个鸡、摸个狗
或者去偷一段情，为平淡增项

太平凡的人
还是做些平凡的事较好
去书架上，揪出几本经史子集
找找先人的路，或看看宫廷争斗

在这雨夜，类我者几何
漠不关心这雨的成因、质量、雨量

还要下多久,对今后的影响
从不听听雨的烦言絮语

老屋或打开

现在,最要紧的事
把深宅大院的大门打开
把吓阻春风的石狮子移走
把锁住春心的锁具换了
让它自由地呼吸

这风雨飘摇中的宅院
高墙危垒,掩藏着心事
飞脊走兽,山节藻棁,秀着繁华
可惜厚重的朱漆
像昔日的辉煌,剥落一地
企图锁住岁月的铁锁,自己
却先锈迹斑斑

我实在不愿目睹这种景象
一椽椽地腐烂
一角角地倒塌
成了鸟的老巢,白蚁的天堂
在日出和日落中老去
像一个踟蹰的老者,在岁月中
那不可一世的骄傲劲呢

这古老的大门,打开它
需要一份伟力

历史上，曾数度打开过
无奈又给关上了
有许多人在门前饮恨
有许多人在门前泣不成声

这份霉变了的祖宗遗留
阳光，只有阳光
让它重获新生

（2020年第4期）

余退的诗

余 退

挠痒痒

我记得在古井边
搓完澡,看着
肥皂泡孵出的七彩光

胳肢窝、腹侧都暴露着
保留着最细微的敏感

往往有一只调皮的手
突然伸过来
挠你。日出的时光里

我记得,即使在摔伤后
绷带缠住的小胳膊
还有力气拔出一根狗尾草

带来一次不明的偷袭
接下来是:咯咯笑

麦田金黄

油炸过的麦田愈加金黄

压缩进纸碗里的一小块麦田
变得成熟,易携
刚好可以将它塞进
行李袋的空当里

当开水冲开卷曲的丰收
几分钟时间后,就会拥有
一种通体皆汗的饱足感

落地窗前,一个青年白领
端着泡面。他看着灯火之外
他来的那个收割机的清晨

他撕开了封纸
撕开包装盒内深深
捂住的秋天

蟑螂的胜利

结伴而居,这些不起眼的小生灵
搏击着,似数不清的贴纸
它们令人生厌地粘着
可哀的胜利和我们的胜利多么类似

我看着它沿墙体爬动
一注意到我的杀机，就歪歪扭扭
逃窜进——那没有家门的缝隙
现在，它肯定在向外张望

白矮星

摔倒之前，那老婆婆已然坍塌
一生的火焰逐渐熄灭

她用最后的力量，将行星们推离
贵金属般的记忆在大爆炸
她迅速缩小，成为面目全非的
白色星体———一只骨灰盒

她黯淡，依旧是悬在天穹的
一颗星星。冷却，变得极度缓慢
并非绝对寒冷的黑色坟墓

（2020年第5期）

植物园

李郁葱

一

花朵,从宿醉中醒来
红色的、白色的、粉色的,它们用统一的声音
宣告一种春天的狂野:那是从下而上的舞蹈
那是事物中心的堡垒,在花被催醒了的季节
那是飘落,带着孤寂的梦的影子

而他们到来,肉体的松弛
在绷紧了一个冬季的严寒后,
那些声音变得固执而悠长,如果你听到
或者为那突然发育的芽苞而惊讶
相比之前的冬天,你能有一个春天的心吗?

像是脱落了的衣服,从少女到妇人
这些树,几乎没动,却勾勒出时间的流逝
它们那么喧嚣,在我以为静态的美里
它们不动声色地开始表演
用饶舌的赞美,把事物隐藏得更深

原谅一个在春风中沉默的人
他只是被风吹得轻薄,原谅他对于世事的无知
现在他的视野被那旺盛的枝叶遮挡

他以为看到了花园的轮廓,但
这些悄悄翻转的枝叶,这些如雨的花香……

二
凋谢有时,哪怕在它绚烂开放的这一刻
可以听到那低低的飘落
那些坠向大地的脸庞,如果它们
有着被隐藏起来的时光
那些在成长中被忽略的,那些简单的手势
当阳光和雨水间隔着落下:
对熟悉的身体感到疲倦
但能否从陌生的地方获得?像
这些叫不出名字的植物,万物生
它们有着这一季的束缚,它们循环
在每一年归来,在任性中离开
这样的枝头,它们沉默,
不会像鸟儿一样热闹,但如果我们看
像色盲对色彩并不敏感,我们
执着于什么样的喧嚣?从枝头
飘落到大地:我们接受怎么样的风?

三
当那些叶子开始茂密,眺望的中途
枝头的雨形成一个城堡
那么可以听说风在春天的形状
那些变幻,那些竖着的良心,像那些
花瓣,在暴雨和雷声中结出了果实

草地开始茂盛,在孩子的叫喊中

那些被纯粹的失眠所煎熬的人
看到这平缓的阳光，像画框里的风景
有一刻汹涌于我们的视野
它既不出奇，也并非淡而无味

那么在这样安静的地方，当那些蓬勃的根
纠缠、延伸，在它们的争夺中
那些脱落生命的气息，我们迢遥中猜想着的
抛弃了太多的冬天，我们也变不成夏天
但我们把这些季节起伏成群山——

（2020年第6期）

在大青山，等风来

缪佳祎

海边公路
对大青山的喜欢，从一条公路
开始，自山脚沿着公路盘旋而上
缓冲的坡度，如同步步生莲的朝拜
生怕错过每一个拐角
姿态迥异的海湾、悬崖与礁石

世间风景，有着磁场般的魔力
灵魂的潮声会在某个瞬间拍碎禁锢
想起某部汽车大片里
风驰电掣于蓝色公路的黑色流星
那么不拘一格，特立独行

路边的芦花丛，无声无息地
飘摇着苍茫、流浪、自由或飞扬的隐喻
让偶尔经过的人散发和谐的气场
原来化身一株芒草也是可能的
在大自然里消融郁气，便是顺应天地

双足走过，车轮驶过，每一种
翻越的方式，都有着孤注一掷的勇气
站在青山之上，只需要放空

静听大海的呼吸与搏动,等风来
等心里的某个空洞被希望填满

碧云古道,行至云深处
有一条路,通往诗和远方
这是多么诗意的开头,像大青山顶
那块毫无情绪的指示牌
居然有峰回路转的情节与想象

废弃的碧云古道,就在脚下蜿蜒
隐匿在血液深处的探险欲望
从四肢百骸沿着经络缓缓流向心脏
枯叶的腐蚀味,正钻入胸腔

像山腹被打开,那些不知名的植物
与星星点点的生活遗迹悄然呈现
相互缠绕,此消彼长
处处埋下可供鉴赏的人文底蕴

宋时隐匿于此的碧云庵
犹有石墙断壁,于幽苔藤蔓间残留
无尽岁月,青灯长卷
菩萨的慈悲照见世人的虔诚

传说此庵虽小,却有黄龟年兄弟
马耆禅师等名人驻足
顿觉这苍海之巅、群山之上
有一缕佛光普照,草叶静若禅语

一路潜行,穿径而下
抬首间,蓝天碧海扑面而来
而筲箕湾,如微缩景观被安放于
大青山壮阔的怀抱与纵横的视野

云上的时光戛然而止,思绪回归
天空中飞过一只银灰色的大鸟
叹浮云苍狗,万事皆休
诵经的有缘人正在云游的路上

(2020年第12期)